Urs Augstburger

Der Berg der Namenlosen

Roman

bilgerverlag

Yeah, the wars, they will be fought again
The holy dove, she will be caught again

Bought and sold, and bought again

The dove is never free

Ring the bells
that still can ring
Forget your perfect offering

There is a crack, a crack in everything
That's how the light gets in

Leonard Cohen

In your eyes
the light, the heat
I am complete
I see the doorway
to a thousand churches

Peter Gabriel

Prolog

Das Mädchen schlängelt sich flink durch das Chorgestühl und schlüpft in den Beichtstuhl.

Quirin hat ihre Augen gesehen. Nur kurz, als sie im Portal an ihm vorbeigewischt ist, er stand unsichtbar im Halbdunkel.

Ein helles Braun, golden fast.

Bernstein.

Das trifft es. Versteinertes Harz von fossilen Bäumen, verfestigt sich während Jahrmillionen unter Druck und Hitze, vor allem in Küstengebieten und Sedimenten …

Steine sind die Leidenschaft des alten Dorflehrers gewesen.

Seine nicht, aber einiges ist hängen geblieben.

Ein sonores Murmeln hebt an. Bruder Martin hat das Mädchen offenbar schon erwartet. Quirin schleicht sich an die hölzerne Rückwand des Stuhls und horcht.

Sie sprechen leise, er kann sie nicht verstehen.

Die Glocke der Klosterkirche schlägt die halbe Stunde und hallt nach. Sein Gewissen regt sich. Er ist noch keine fünf Wochen Novize.

Aber diese Augen …

Alles andere in Schwarz gehüllt. Verhüllt. Die alten Frauen im Dorf kleiden sich so.

Auf leisen Sohlen schleicht er Richtung Ausgang, im Mittelgang kniet er reuig nieder, schlägt das Kreuz, eilt ins Freie. Der Nebel reißt kurz auf, das helle Sonnenlicht blendet ihn.

Ein Novize tut das nicht.

Aber ist er denn freiwillig hier?

Kein Bedauern bei seinen Eltern, nur Erleichterung, als er ihrem Wunsch schließlich nachkam.

Er kann es ihnen nicht verargen.

Das dritte Kind, das unterkommt, es müssen immer noch sechs durchgebracht werden.

Der Hof gibt nicht genug her.

Abt Stefan hat Quirin zum Gartendienst bei den Gräbern der Patres am Kirchenportal eingeteilt. Seine Anweisungen hat er mit einer launigen Bemerkung garniert: Die Arbeit könnte durchaus umsonst sein, vielleicht würden sie bald alle dort ruhen, wenn Kennedy und Chruschtschow ihr atomares Duell auf Kuba zu weit trieben. Quirin hat erwidert, das wisse der Herr sicher zu verhindern, worauf Abt Stefan etwas von der Unergründlichkeit gewisser Wege murmelte, das zeige auch der hohe Besuch aus der Bundeshauptstadt morgen. Der halb hohe, hat er sich dann schmunzelnd korrigiert und hinzugefügt, dabei habe er für ihn eine ganz besondere Aufgabe.

Jetzt hantiert Quirin Livers mit der Gartenschere in der unsteten, milchigen Oktobersonne, das Portal der Klosterkirche beobachtet er aus dem Augenwinkel. Lisetta, die Dorfhebamme, eilt vorbei, in sichtlicher Eile, ihre große Tasche in der Hand. Sie versäumt es trotzdem nicht, Quirin zuzunicken, sie erkennt ihn auch in diesem Gewand. Wünscht *buna sera* mit dem gewohnt freundlichen Lächeln, das sie für alle hat, die dank ihrem Wissen heil zur Welt gekommen sind.

Oben auf dem *Cuolm* verschwimmt ihre Gestalt in den letzten Nebelschwaden. Die Kirchentür öffnet sich, das Mädchen aus dem Beichtstuhl kommt mit Trippelschritten auf Quirin zu. Er kauert neben einem Strauch nieder, wendet den Kopf etwas ab, schielt unauffällig zu ihr hinüber. Er möchte ihr Gesicht sehen. Doch sie hat das schwarze Tuch wie einen Schleier über die Haare gezogen.

Quirin ist sich sicher, dass er sie nicht kennt. Sie ist nicht von hier. Sie passt nicht in die Deserta. Zu zart ist sie, zu leichtfüßig ihr Gang.

Eine Fremde.

Nach der Beichte scheint sie keineswegs erleichtert, im Gegenteil. Ihre Haltung verrät gar Beschämung.

Absolution hat sie doch sicher erhalten!, denkt Quirin.

Was sie wohl angestellt hat?

Beichten Mädchen dieselben Dinge wie die Burschen?

Die Erinnerung an seine letzte Beichte lässt ihn erröten. Selbstschwächung ist das Codewort für das übliche Vergehen. Drei Ave-Maria war die Buße für die Buben von Dadens.

Gibt es bei den Mädchen dieselben Strafen?

Für dieselben Vergehen?

Er spinnt den Gedanken nicht weiter.

Das Mädchen geht die Gasse zum Dorf hinunter, und Quirin folgt ihr. Er hätte nicht erklären können, was ihn reitet, er lässt ganz einfach die Hacke fallen, streift sich nachlässig die Erde von den Knien und geht ihr hinterher. Ohne Erlaubnis. Ohne zu wissen, weshalb. Selbst als sie hinter dem Bahnhof die Schienen der rhätischen Bahn überquert und neben der Kirche *Sontga*

Gada den Trampelpfad in die Rheinschlucht einschlägt, bleibt er hinter ihr. Es ist offensichtlich, dass er dem Mädchen folgt, doch sie schaut zum Glück nie zurück, ihre Schritte sind schnell , das Kinn hat sie auf die Brust gedrückt, den Blick starr auf den steilen Weg gerichtet. Quirin lässt ihr jetzt mehr Vorsprung. Sie haben das Dorf hinter sich gelassen, nähern sich durch die Birken auf der *Plaunca da Fontanivas* dem Fluss, nur noch sie beide jetzt.

Hier ist der Nebel undurchdringlich.

Quirin bleibt stehen.

Er will sie nicht ängstigen.

Was tust du bloß hier, *ti tamazi?*

Nein, er ist nicht dumm, er folgt nur einem Instinkt. Ihr Verhalten beunruhigt ihn. Vielleicht braucht sie Hilfe. Sie sollte nicht allein hier unten am Fluss herumspazieren, fernab von allem, sie wirkt bekümmert. Sie erreicht das tosende Wasser, geht zügig über die Brücke des Rheins, bleibt dort nicht stehen, das beruhigt ihn. Drüben marschiert sie flussaufwärts, und Quirin fragt sich, ob wohl die Arbeiterbaracken ihr Ziel sind. Sonst gibt es ja nichts hier unten. Nur die Unterkünfte der Mineure. Im Frühjahr haben sie die Arbeiten für die Armee im Felsen wieder aufgenommen. Ihr Zweck geheim natürlich, auch diesmal. Keiner weiß, was gebaut wird, aber immer mehr Arbeiter kommen. Von einem Dorf neben dem Dorf sprechen sie schon.

Italienische Mineure. Ein paar Portugiesen.

Jetzt braucht schon die Armee Ausländer, lästern sie im Dorf.

Alles halb so wild, denkt Quirin. Mit den Portugiesen können sie sich ohnehin gut verständigen, mit den Italienern geht es auch irgendwie.

Die paar Mädchen und Frauen, die sie zu Gesicht bekommen, arbeiten weiter unten in der Deserta, in der Tuchfabrik.

Der Auenwald lichtet sich ein wenig, sie sind in Sichtweite der ersten *Baracca da pulenta*, wie die Dadenser die Unterkünfte spöttisch nennen, um ihr Unbehagen den Fremden gegenüber ein wenig zu kaschieren.

Das Mädchen biegt unversehens in einen Querweg ein, er führt vom Fluss weg und endet bei der Kapelle Sogn Gion Battesta.

Dort stemmt das Mädchen die schwere Tür auf und geht hinein.

«Die ist ja frommer als ich», murmelt Quirin halblaut. «Erst Beichtstuhl, dann Kirche!»

Ein Sonnenstrahl bricht durch den Nebel, lässt die Birkenblätter goldgelb erstrahlen, nur für Momente, schon schließen sich die Schwaden wieder.

Soll er ihr nach? Er hat das Kloster ohne Erlaubnis verlassen.

Er hat sich noch nicht daran gewöhnt, für einen Spaziergang um Erlaubnis zu fragen, könnte er zu seiner Verteidigung anfügen.

Quirin lehnt sich an den Stamm einer Arve und bricht einen Zweig ab, schnuppert daran, fühlt sich sogleich geborgen, so hat es auch in seiner alten, getäferten Schlafkammer geduftet. Das Mädchen bleibt in der Kapelle. Bald hat Quirin genug vom Warten. Er schleicht sich näher heran, nimmt Anlauf, springt hoch und klammert sich an das Brett unter dem einzigen Fenster der Kapelle. Vorsichtig zieht er sich hinauf. Das Glas ist bemalt, er sieht das Innere durch einen orangen Film. Das Mädchen ist nicht zu sehen. Dafür sieht er überall auf den Kirchenbänken Schalbretter liegen.

Wozu das denn?

Die Kapelle wird schon lange nicht mehr genutzt.

Quirin kann sein Gewicht nicht mehr halten und lässt sich fallen. Er will sich aufrappeln und erstarrt in der Bewegung, horcht angestrengt. Ein Singen … Kinder, ein Chor! *Jesses,* das kann doch nicht sein. Doch, da! Wieder diese Klänge, der Wind trägt ihm tatsächlich den Gesang von Kinderstimmen zu. Kaum hörbar, aber … irgendwie fremdartig, es ist nicht romanisch, der Klang verführerisch, traurig, sehnsüchtig die Melodie.

Ein Schauer läuft ihm über den Rücken.

Der Chor der armen Kinderseelen.

So, wie es ihm die Großmutter immer erzählt hat.

Er vergisst das Mädchen und kehrt der Kapelle den Rücken, erstarrt im nächsten Moment.

Drüben, im Nebel, am Wasser.

Da sind sie.

Und doch nicht.

Er sieht nur Silhouetten von … von Kindern, der Größe nach zu urteilen, acht schwarze Schatten, einer hinter dem anderen. Und sie, der neunte Schatten, etwas größer, vorneweg.

Eben war sie doch noch in der Kapelle?

Er stemmt die Kirchentür auf. Nichts. Der Raum ist leer.

Wie immer sie das auch angestellt hat.

Die Nebelschwaden greifen nach den Kindern, sie lösen sich im Grau auf, hinter ihm fällt die Tür krachend ins Schloss.

Er hastet los, orientiert sich am Gesang.

Dieses Lied kennt er! Ja. Von der Großmutter.

Oder doch nicht? Fantasiert er bloß?

Er erreicht das Rheinufer, das Brausen und Rauschen übertönt sogar sein Keuchen und das Knacken der trockenen Äste unter seinen Füßen.

Ein einsamer Sonnenstrahl plötzlich. Fast waagrecht sticht

er durch den Nebel, er trifft auf die Wasseroberfläche und zaubert ein Glitzern auf die Wellen. Das Wasser erscheint nun grün, zumindest zwischen den Gischtkronen, fast so wie im Sommer. Dann geschieht etwas Seltsames. Ein Windstoß hebt den Nebel wieder an, zwei, drei Meter nur, er wölbt sich zu einer Kuppel, die das vom Wasser reflektierte Glitzern abermals zurückwirft. Weitere Strahlen finden einen Weg durchs Grau, sie stanzen drüben goldene Bahnen in die Nebelwand. Wie … wie die Orgelpfeifen in der Klosterkirche! Und rundherum Funkeln, als sei es der Klosteraltar an Weihnachten, wenn alle Kerzen brennen, doch hier leuchtet es vor ihm, über ihm, um ihn herum. *Ina catedrala da glisch!* Als Kind hat er jede freie Minute am Rhein verbracht, aber so etwas hat er noch nie gesehen. Mit offenem Mund bestaunt er die unwirkliche Lichterkathedrale, die ihn umschließt.

Ist das Kloster vielleicht doch der richtige Ort für ihn?

Immer wieder ist dort die Rede von Erscheinungen, von Visionen.

Ist das jetzt eine?

Die Kinder wieder, etwas flussabwärts! Wie Trugbilder im Nebeldunst, vielleicht vierzig Meter vor ihm.

Aber es sind nur noch sieben!

Ein Kind fehlt. Hat er falsch gezählt? Nein, er ist sich sicher. Vorher acht, jetzt sieben.

Sie sind nicht mehr so dunkel und bleiben doch Silhouetten, seltsam körperlos, direkt über dem Fluss jetzt.

Schweben sie?

Er will näher heran, will sehen, ob eine Brücke ihr Schweben erklärt. Im selben Moment lösen sich die Schatten auf, werden eins mit der grauen, sanft brodelnden Masse über dem Wasser.

Nichts mehr zu hören.

Nur das ewige Rauschen des Rheins.

Aber sie? Zumindest sie war doch … echt. Ein Mensch wie er, aus Fleisch und Blut.

Viel schöner nur.

Und das verschwundene Kind?

Er blickt sich vorsichtig um, als könnte es ihn plötzlich aus dem Nichts anfallen. Statthalter Bruder Jakob stammt aus dem Wallis, in der Werkstatt erzählt er unablässig Graatzug-Geschichten. Wer einer armen Seele in die Augen schaut, ist anderntags tot, weiß Quirin so.

Er kann nichts mehr ausmachen. Die Nebelschleier werden raffinierter, narren ihn ein ums andere Mal, trüben seinen Blick, seine Augen tränen. Endlich verschattet der Nebel den letzten Sonnenstrahl, kein Glitzern mehr, nur noch undurchdringliches Grau.

Quirin ist wieder allein.

Der Gesang verhallt, das Mädchen verschwunden.

Er muss sie wiederfinden.

Kapitel 1

Risse

Sie stürzte, rutschte ungebremst in die Dunkelheit, tiefer in diese fürchterliche Spalte, die sich plötzlich schwarz wie ein Haifischschlund vor ihren Füßen …

«Niculan!»

Ihre Stimme hallte hinauf, sie schlitterte weiter, ihr Rücken ein einziger, feuriger Schmerz. Instinktiv spreizte sie ihre Arme und Beine ab, das schien zu helfen, sie wurde langsamer, mit einem Ruck blieb sie hängen.

Stille.

Brennende Schmerzen um die Hüfte.

Ängstlich bewegte sie die Beine. Ihre Füße hingen in der Luft. Über einem Abgrund?

Noch einmal schrie sie laut, diesmal aus Ohnmacht. Sie steckte fest. Ein Riss in der Erde? Eine versteckte Felsspalte? Sie bemühte sich um einen logischen Gedanken. Die Spalte war hier offenbar enger. Glücklicherweise, wurde ihr bewusst. Sie blickte hinauf. Zehn Meter war sie bereits in die Tiefe geschlittert. Nur noch ein schmales Stück Himmel war zu sehen.

«Meret?!»

Furcht war in seiner Stimme zu hören.

«Hier!»

«Schmerzen?»

«Ja. Geht.»

«Steckst du fest, kannst du dich halten, hast du genügend Luft?»

Sie wusste nicht, auf welche Frage sie zuerst antworten sollte, und rief bloß: «Ja!»

«Ich gehe zur Hütte hinüber, in zehn Minuten bin ich zurück.»

Der Druck um ihre Hüften war stark, so schnell würde die Erde nicht nachgeben. Und er konnte ihr ja nicht einfach hinterherrutschen, er brauchte zumindest ein Seil, um sie hochzuziehen. Wenn einer das Richtige tat, dann Niculan.

«Beeil dich, verflucht.»

«Gleich zurück.»

«Lass Bigna nicht allein!»

«Natürlich nicht.»

Sein Kopf verschwand.

Sie ärgerte sich über ihre Bemerkung, Niculan war mit Bigna noch umsichtiger als sie selbst, er hätte ihre Tochter niemals allein gelassen.

Zum Glück hatte er sie getragen.

Ihr Gesicht an seiner Schulter, während sie schlief. Was für ein schönes Bild. Zu lange hatte sie zurückgeschaut, die Spalte nicht gesehen.

Aber sie hatte Bigna nicht mitgerissen. Nur das zählte jetzt.

Niculan hatte ihr den Proviantrucksack überlassen, dessen

Träger ihr jetzt schmerzhaft tief in die Brust schnitten, sie aber vielleicht rettete, weil er sie zusätzlich verkeilte.

Gut so, dachte sie. Solange die Riemen hielten.

Erdkrumen und Steinchen kullerten auf sie herab, sie erschrak, hielt wieder ganz still, verdrängte jeden Gedanken daran, was ihr da unten drohte. Glücklicherweise konnte sie nichts sehen. Ihre alte Höhenangst hatte sie dank der gemeinsamen Touren mit Niculan unter Kontrolle gebracht, sie aber nie ganz überwunden.

Und Platzangst hatte sie mittlerweile auch, verflucht!

Sie legte den Kopf in den Nacken und suchte wieder dieses Stück vom Himmel.

Der Tag war so schön gewesen. Zu schön, offenbar.

Wieder dieser Gedanke, der Meret schon in der Schwangerschaft immer wieder angeflogen hatte. Als hätte sie es nicht verdient, als verlange das Glück Gegenleistungen.

Ihr erstes gemeinsames Wochenende auf dem Maiensäß, die erste Wanderung zu dritt, die Tochter im Tragrucksack, da wo es Bigna immer am besten gefiel.

Etwas über vier Monate war die Geburt erst her, sie konnte sich keinen Tag mehr ohne ihre Tochter vorstellen.

Bigna war in Sicherheit, dachte sie und versuchte, ruhig zu atmen.

Aber die Natur spielte verrückt, die Erde tat sich auf, nach dem verregneten Sommer jetzt auch hier, das durfte sie als Wissenschaftlerin nicht überraschen.

Machte aber jedes Glück noch zerbrechlicher.

Sie waren schon fast zurück im Maiensäß gewesen. Übermütig hatte sie zur Gipfelkuppe hinaufsprinten müssen, um Niculan ihre «postnatale Fitness» zu demonstrieren, mit der sie sich gebrüstet hatte. Kurz vor der Kuppe hatte sie noch einmal zurückgeschaut, hatte ihn lachen sehen. Als sie oben ankam, war sie überwältigt vom Blick auf die Deserta und Dadens in der Ferne.

Dann hatte sich der Abgrund aufgetan.

War sie eben weitergerutscht? Der Druck auf ihre Brust wurde stärker, sie atmete plötzlich gepresst.

Meret, sepren ensemen! Keinen Millimeter wirst du dich bewegen, jetzt reiß dich schon zusammen!

Sie zwang sich in Gedanken zurück an den *Lag da Laus*, den tiefgrünen See in der Senke drüben, wo sich wegen des steilen Aufstiegs nur wenige Wanderer hintrauten. Zu Beginn waren sie allein am See gewesen. Bald war Bigna eingeschlafen, Niculan und Meret hatten Zeit für sich gehabt, hatten geredet, wie schon lange nicht mehr, zu Mittag hatten sie Würste über dem Feuer gebraten, und waren schließlich selber eingenickt, die Kleine zwischen ihnen.

«Traust du dich wirklich?», hatte Niculan sie schließlich gefragt.

«Was für eine Frage!»

«Acht Grad, schätze ich. Neun höchstens. So kalt!»

«Das ist dein Problem!»

Im nächsten Moment waren sie nackt am Ufer gestanden, ungeachtet der ersten Wanderer, die eben am anderen Ende des Sees aufgetaucht waren.

Niculan war blitzschnell im Wasser gewesen, fast zu schnell für ihren Geschmack, konnte er nicht auch einmal zaudern? Keine Chance, kopfüber hatte er sich in den See geworfen, war dann aber mit ein paar schnellen Zügen gleich wieder zum Ufer zurückgeschwommen. Immerhin das! Ihr hatte die Kälte hundert Messerspitzen durch die Füße gejagt, drei Versuche der Angewöhnung erst, dann aber war auch sie ganz eingetaucht, zu seiner Überraschung!

Das hatte aber nur funktioniert, weil sie sofort vor Kälte ganz starr wurde. Eine Ganzkörperanästhesie, sozusagen. Und danach ein kaum auszuhaltendes Kribbeln, und ja, plötzliche Lust auch, als Niculan sie erst mit seinem Körper aufgewärmt und dann minutenlang mit dem Badetuch abgerubbelt hatte.

Zu schön, um von Dauer zu sein, hatte sie gedacht.

Und jetzt hing sie über dem Abgrund.

Sie horchte auf. Was für eigentümliche Klänge ... Sie lauschte angestrengt hinab. Wahrscheinlich nur der Wind, der durch die Spalte pfiff. Für einen Augenblick hatte es sich wie ein Singen angehört. Ein Chor irgendwo tief unten im Berg.

Erste Halluzinationen?

«Meret!!»

Endlich.

«Ich bin nicht weggelaufen», versuchte sie einen Scherz.

«Hast du noch Halt?»

«Ja.»

«Hier das erste Seil, es ist oben im Felsen verankert. Führe es unter deinen Schultern durch.»

Sie konnte das Seil erhaschen, tat, wie er sie geheißen hatte, und merkte zugleich, wie sie durch ihre Bewegungen ein bisschen ins Rutschen kam. Bloß nicht!

«Hol mich hier raus!»

«Ich bin bei dir.»

Blitzschnell ließ er sich an einem zweiten Seil ab, kurz über ihr blieb auch er fast stecken. Er verkeilte seine Beine zwischen den Wänden des Risses. Fast so, dachte Meret, wie sie früher als Kind im Türrahmen herumgeklettert war. Er beugte sich zu ihr hinab, erreichte knapp ihre Schultern.

«Etwas gebrochen?»

«Glaub nicht. Aber viel Druck um die Hüfte.»

«Sei froh drum. Reich mir das Seilende. Ich ziehe dich hoch und dann auf meinen Rücken, okay?»

Weil die Spalte so eng war, konnte er nicht zu ihr gelangen, er blieb über ihr und hob sie mit dem Seil unter Aufbietung all seiner Kräfte ein Stück hoch, verlor kurz den Griff, und sie rutschte zurück. Er machte einen neuen Versuch, diesmal konnte er sie unter den Achseln fassen und zu sich hochziehen. Dann drehte er den Rücken gegen sie. Sie begriff und schlang ihre Arme um ihn, umklammerte mit den Beinen seine Hüften. Sofort begann er den Aufstieg am Seil, mit dieser Schlingen-Technik, die sie nie ganz verstanden hatte. Musste sie auch nicht, er war der Bergführer. Trotzdem spürte sie, wie viel Kraft es ihn kostete, wie sein Körper unter der Anstrengung zu zittern begann, bis sie endlich auf die Felsplatte neben dem Riss kriechen konnte.

«Bigna?»

Niculan deutete zum steinernen Kreuz auf der Kuppe, Meret stolperte sofort hinüber, nahm ihre Tochter aus dem fest verkeilten Tragerucksack und drückte sie an sich.

Im Maiensäß entfachte Niculan ein Feuer im Specksteinofen.

Er nahm sie in den Arm, minutenlang standen sie eng umschlungen. Er dachte, sie würde in Tränen ausbrechen, er hatte es ja selbst kaum ertragen, sie da unten in der Enge, das Nichts unter sich …

«Geht schon», sagte sie endlich tapfer und löste sich von ihm.

«Wirklich?»

«Ja. Ich … staune selbst ein bisschen, aber der Gedanke, dass Bigna oben und in Sicherheit war, relativierte alles.»

Niculan nickte. Die Leichtigkeit, mit der Meret den Sturz wegsteckte, machte ihn misstrauisch. Er vermutete, dass sich die Folgen davon später bemerkbar machen würden.

«Und jetzt?», fragte sie.

«Was meinst du?»

«Wir müssen doch etwas tun. Eine Meldung, irgendwas?»

«Wenn du wirklich wieder okay bist, gehe ich noch mal hinauf und schaue mir die Stelle genauer an. Oder noch besser, ich flieg gleich den ganzen Hang ab.»

«Erste Anzeichen eines Bergsturzes?»

«Die Gegend hier galt nie als Gefahrengebiet, aber diese Risse sind neu.»

«Oder sie waren da, schmaler, noch nicht sichtbar.»

«Du bist die Wissenschaftlerin.»

«Aber keine Geologin.»

«Dann kommst du hier klar?»

«Ich lege mich zu Bigna aufs Fell, und alles ist gut. Mach nicht zu lang, Adalina und Fidel kommen zum Essen hoch.»

«Eigentlich überrascht mich das noch immer», sagte Niculan, während er die Jacke anzog.

«Dass sie sich zu zweit angemeldet haben, meinst du?»

«Ja. Ist noch nie vorgekommen.»

«Sie sind schon lange befreundet. Hast du mir doch erzählt!»

«Ja, schon. Trotzdem, Fidel ist zwar so unkonventionell, wie ein Mönch nur sein kann, aber immerhin Pater im Kloster. Die haben vielleicht unten im Tearoom mal zusammengesessen, doch mehr wäre unschicklich gewesen.»

«Was Fidel wiederum wenig kümmern würde. Wir werden ja sehen. Ich habe mir eigentlich nichts dabei gedacht, als Adalina ihn angekündigt hat. Ich dachte, er wolle dich mal wieder sehen.»

«Das wird es sein.»

Er küsste sie zum Abschied.

«Ich habe wohl keinen Aufwind mehr und muss bis nach Dadens hinunterfliegen. Von dort fahre ich am besten mit den beiden hoch. Adalina bringt das Essen ja mit, du kannst dich ausruhen.»

«Sag das mal Bigna!»

Niculan holte den Gleitschirm aus dem Schuppen. Er verließ die beiden nur ungern, aber er wollte zumindest sichergehen, dass sie hier im Maiensäß nicht in Gefahr waren.

Oben auf der Kuppe schaute er sich um. Selbst wenn der Berg wirklich in Bewegung geraten sollte, lagen die Maiensäße von Mompé und Dadens auf der anderen Seite. Dort fiel das Gelände sanfter ab. Ihre alten Weiden, die *pardatsch da vaccas*, die einst sein Großvater Dosi Cavegn mit seinen Kühen bestoßen hatte, wenn er nicht gerade wieder irgendwo nach Kristallen grub. Das war lange her. Schon 1947 hatte das Kloster seiner Familie den Hof abgeluchst und Großvater Dosi zum Klosterhofbauern hinabgestuft.

Wohlweislich hielt Niculan sich von der Spalte fern. Der Anriss klaffte wenige Zentimeter unter dem *Cuolm* auf, von oben her für Meret nicht sichtbar, weil Gras und Buschwerk die Sicht darauf verdeckten. Nur schon deshalb musste die Stelle schnell abgesperrt werden. Wem sollte er Meldung machen? Das Land hier war nie Gemeindebesitz gewesen. Einst hatte es seiner eigenen Familie gehört, einige Jahre nach der Annektierung durch das Kloster hatte der Abt das Land an die Armee verkauft. Die wiederum machte längst keinen Gebrauch mehr davon, seit geraumer Zeit wurden alle Bunkeranlagen veräußert. Die alten Kavernen weiter unten im Berg und damit das gesamte Land hatte schlussendlich Robert Haas gekauft.

Wer sonst.

Huora speculant!, zischte Niculan verächtlich.

Er zog den Schirm aus der Hülle und breitete ihn aus. An Haas schieden sich die Geister in Dadens. Niculan hielt gar nichts vom Besitzer der neuen Luxuslodge. Immerhin war die so perfekt in die Auenlandschaft am Rhein eingepasst, dass die vielen riesigen Holzgebäude in den Birkenwäldern kaum auszumachen waren. Selbst die künstlich angelegten Badeseen und Fischweiher wirkten im bläulichen Nachmittagsschatten natürlich.

Das war aber auch das Einzige, was er Haas zugutehielt.

Wenn der Berg wirklich rutschte, wäre sein Reich da unten zuerst gefährdet.

Vielleicht ein Grund dafür, dass bislang niemand die Bewegungen im Berg gemeldet hatte. Risse dieser Art taten sich selten ohne Vorwarnung auf. In Zeiten des schmelzenden Permafrosts kontrollierten die Geologen sämtliche Steilhänge ab einer gewissen Meereshöhe regelmäßig. Mit Sicherheit war die ganze Umgebung gründlich untersucht worden, bevor sie den halben Rhein da unten umgestaltet hatten. Das Resort war erst vor drei Jahren gebaut worden. Zuvor hatte Investor Haas aber schon kräftig in der Region investiert, die Luftseilbahnen gehörten bereits ihm, zwei alte Hotels im Dorf ebenfalls, davor war er im Nebental mit einem Hochhaus-Projekt aufgefallen, dem ersten seiner Art im Gebirge. Sein Einfluss in Dadens war stetig gewachsen, gut möglich, dass er das eine oder andere verborgen halten konnte, wenn es nur seinen Plänen diente.

Niculan machte alle üblichen Kontrollschritte, entwirrte ein letztes Mal die Leinen, rannte mit wenigen Schritten ins Leere, der Schirm zog ihn sofort hoch. Die Thermik half ihm heute allerdings nicht. Er legte die Schleifen deshalb so, dass er nur einmal über jeden Abschnitt des Hanges schwebte. Direkt unter dem Riss, der Meret zum Verhängnis geworden war, entdeckte er tatsächlich noch einen zweiten, etwas weniger breiten. Sofort flog er das Gebiet darunter ab, der instabile Hang lief zunächst in einer kleinen Fläche aus, bevor er in fast senkrechten Felsstürzen abfiel. Niculan überflog *Muota Pigniel.* Mächtige Felswände durchbrachen nun an einigen Stellen den steilen Waldhang, selbst die Föhren konnten sich dort nicht mehr festkrallen. Schon bald hatte Niculan einen großen Teil der rund achthundert Meter zwischen dem *Cuolm* und der Deserta hinter sich gebracht. Keine weiteren Risse. Bei den Wasserfällen von *Valpreina* nahm er eine Bewegung wahr. Er fand noch ein bisschen Aufwind, überflog die Stelle ein zweites Mal. Er hatte sich nicht getäuscht: In unwegsamem Gelände waren zwei Männer zugange. Sie kauerten unterhalb des Wasserfalls an der *Sontga Crusch.* Nahmen sie Wasserproben? Niculan zog eine Schleife, richtete die Gopro-Kamera auf seinem Helm nach unten und drückte auf gut Glück ein paar Mal den Fernauslöser. Dann musste er sich schleunigst um den Schirm kümmern und wieder einige Höhenmeter herausschinden, er hatte keine Lust auf einen weiteren Fußmarsch und wollte nach Möglichkeit direkt hinter Adalinas Haus landen.

Er änderte den Kurs, kam noch einmal aus dem blauen Schatten ins Sonnenlicht und nutzte die Thermik.

Zufrieden konstatierte er, dass seine Höhe bis nach Dadens reichen würde. Unwillkürlich erinnerte er sich an seine Anfangsjahre und die alten Schirme, mit denen sie damals unterwegs waren, die hätten solche Flüge niemals ermöglicht. Wenn er damals beim Maiensäß abgeflogen war, hatte er sich die letzten Kilometer nach Dadens regelmäßig erwandern müssen, den Schirm auf dem Rücken.

Der Kampf um jeden Meter Höhe und Weite hatte ihn zu einem besseren Piloten gemacht. Und er hatte sich zugleich die Härte und die Hartnäckigkeit angeeignet, die er für die Ausbildung zum Bergführer benötigte.

Niculan blickte zu den bewaldeten Flanken des Péz Baselgia zurück.

Giavelen, wer entnahm schon Wasserproben an einem hellen heiteren Sonntag?

Hoffentlich waren die Fotos brauchbar. Er war sich fast sicher, dass einer der beiden Männer, jener ohne Uniform, Robert Haas gewesen war. Das machte Niculan noch misstrauischer.

Der Mann war nicht dafür bekannt, irgendwo selbst Hand anzulegen.

Kapitel 2

Fidels Überraschung

Meret wunderte sich selbst über ihre Gelassenheit. Vor zwei Stunden noch war sie in diesem Erdschlund gefangen gewesen, nun lag sie neben Bigna auf dem Schaffell, wohlig gewärmt vom Specksteinofen, beobachtete, wie sie hoch konzentriert an einem ihrer Spielzeugringe lutschte. Eine vollkommene Ruhe, die sie in den ersten vierzig Jahren ihres Lebens vergeblich gesucht hatte, umfing sie.

Bigna protestierte mit einem leisen Quengeln, sie hatte soeben ihren Kauring verloren. Meret beugte sich über sie, sofort strahlte die Kleine, der Ring war vergessen, Merets Haare waren interessanter. Sie erzählte Bigna in scherzendem Ton, dass sie fast in den Berg hineingefallen wäre, aus lauter Übermut, Bigna solle sich bei solchen Sachen ja nie ihre Mutter zum Vorbild nehmen. Dann schlummerten sie ein, doch schon Minuten später schreckte Meret wieder auf. Mit der Ruhe, in der sie sich gewähnt hatte, war es doch nicht weit her. Sie legte eine Decke über Bigna und stand auf. Bis Niculan mit Adalina und Fidel zurückkam, würde sie ein wenig Ordnung in ihre Fotos bringen.

Schon seit einigen Jahren verfolgte sie ein persönliches Projekt, ein Hobby ohne künstlerischen Anspruch, auch wenn das Niculan anders sah. Sie hielt die wichtigsten Dinge, die ihr widerfuhren, mit einer alten Polaroid SX-70 fest, baute aus schlichten Holzleisten eine Art Steckrahmen für die Polas und kombinierte sie zu Minigalerien. Selbst hier im Maiensäß hatte sie damit eine Fensternische gefüllt, unten in ihrer Dadenser Wohnung waren die Bilder allgegenwärtig.

Die Fotos hier erinnerten sie an die Monate im Berner Oberland, wo sie für einen norwegischen Investor eine komplett neue, energieautarke Siedlung gezeichnet, geplant und realisiert hatte. Ein ganzes Dorf, von Grund auf neu und nachhaltig gedacht. Neuhäusern. Ein wunderbares Projekt! Zum ersten Mal hatte sie sich verwirklichen können, zum ersten Mal war nicht alles wie so oft in der theoretischen Planung hängen geblieben, Neuhäusern wurde jetzt nach ihren Vorgaben gebaut. Etwas später als gedacht, es waren dann doch noch einige Hindernisse zu überwinden gewesen. Sie öffnete gedankenversunken die Schublade der Kommode und fand das Bild, nach dem sie wohl unbewusst gesucht hatte. Der Ursprung ihrer Fotoleidenschaft! Das Bild ihres Vaters war kurz vor seinem Tod aufgenommen worden, wenig später war sie zur Welt gekommen. Die SX-70 hatte er in Warhol-Manier nonchalant über der Schulter hängen. Vor Jahren war diese Kultkamera in Künstlerkreisen wieder aufgetaucht. Meret hatte im Internet ein Exemplar ersteigert und war sofort dem nostalgischen Charme ihrer Bilder erlegen.

Das Unvollkommene daran gefiel ihr. Die digitalen Bilder von heute ließen keinen Interpretationsspielraum mehr, sie waren zu perfekt. Zu eindeutig. Zu kalt. Die Polaroidkamera tat das Gegenteil, hielt das Ungefähre, das jede Realität erträglich machte, auf warme, altmodische Art fest, und machte das Sujet zeitlos.

Meret hielt das Bild ihres Vaters ins Licht. Vinzenz Benedikt. Als er hier in der Nähe starb, war er nicht mal so alt gewesen, wie sie jetzt. Schicksal eines Bergsteigers. Abgestürzt, in den Bergriesen auf der anderen Seite der Deserta, sie konnte den Grat sogar von hier aus sehen. Nur Tage, nachdem ihr Vater Adalina, seine alte Liebe aus der Klosterschule, wieder getroffen hatte und für sie Merets Mutter verlassen wollte, war Benedikt verunglückt.

Mittlerweile war die alte Adalina Merets beste Freundin in Dadens. Heute Abend kam sie mit Fidel zum Essen. Das war in der Tat ungewöhnlich, Niculan hatte recht. Aber sie freute sich auf den Besuch, sie mochte Fidel sehr. Er war nicht umsonst der beliebteste Lehrer der Klosterschule gewesen, über Generationen hinweg. Schon Merets Vater war in den 1960er-Jahren in seinem Gestaltungsunterricht gewesen. Fidel hatte es ihr erzählt.

Die Kreise schlossen sich nur scheinbar, wusste Meret. Ein Kreis war eine vollkommene Form, darin vielen Anfang und Ende in eins. Aber in ihrer Familie war nichts vollkommen.

Sie hatte in der Spalte an ihren Vater gedacht.

Der freie Fall. Der Abgrund unter ihr. Die Angst.

Fast unwirsch drängte sie den Gedanken beiseite.

Bigna gluckste im Schlaf.

Dank ihr war alles anders.

Würde vielleicht alles anders werden.

Sie ordnete die Polas im Holzgestell neu an, so wie sie das öfter tat. Die Bilder, die am stärksten dem Tageslicht ausgesetzt waren, verblassten schneller. Das störte sie keineswegs, im Gegenteil, es war ihr zu einem Spiel mit den eigenen Erinnerungen geworden. Dieses Gefühl, sie könne verblassen lassen, was immer sie wollte, oder im Gegenteil, frisch und lebendig halten, was ihr wichtig war.

Die drei Polas von Sanna, ihrer Freundin, hatte sie vor Wochen ins direkte Licht gerückt. Auf einem war auch Sannas Sohn Kilian zu sehen. Die Konturen in Sannas Gesicht verschammen bereits, gingen im etwas dunkleren Hintergrund auf, was ihr ebenmäßiges Gesicht aber noch faszinierender und geheimnisvoller machte.

Während ihrer Zeit im Berner Oberland hatte sie in Sannas Lodge gewohnt, sie waren sich dabei sehr nahegekommen, bedingt auch durch die existenzielle Gefahr, in der sich Althäusern plötzlich wiedergefunden hatte, weil gefährliche Munitionsreste aus dem Zweiten Weltkrieg in einem alten Militärdepot gefunden worden waren.

Das ganze Dorf hatte nach Neuhäusern umgesiedelt werden müssen, und sie und Sanna …

Eigentlich sollte sie sich bei ihr melden. Sanna hatte Bigna noch gar nicht kennengelernt.

Sollte sie anrufen?

Ihre Zurückhaltung hatte Gründe.

Wenn sie die Fotos weiter dem Licht aussetzte, würde ihr Gesicht in den nächsten Wochen ganz verschwinden. Sich einfach verlieren in der Unschärfe der Polas.

Ja! Meret lächelte ein bisschen verloren. Sannas Lieblingswort. Sie punktierte ihre Gedanken oft mit einem Ja dazwischen.

Sie war ihr in Neuhäusern wie eine Schwester gewesen.

Sanna hatte mehr gewollt. Meret nur manchmal.

Sie zögerte, dann stellte sie die drei Polas mit einer entschlossenen Bewegung nach hinten.

Das Bild ihres Vaters kam zurück in die Schublade.

Sie setzte sich auf die Ofenbank, entfaltete die Wanderkarte der oberen Deserta und startete den Laptop.

Meret lebte erst seit drei Jahren hauptsächlich in Dadens. Sie arbeitete mittlerweile nur noch auf Anfrage. Eine Erbschaft hatte ihr ermöglicht, ihr Greentec-Start-up, das mit einigen Erfindungen im Nachhaltigkeitsbereich international erfolgreich geworden war, in eine Stiftung zu überführen. Seither konnte sie sich ihre Aufträge aussuchen. Ihre Freundin Gret, Geschäftspartnerin seit Anbeginn, leitete die Stiftung *CleanGreen.* Sie konnten sich nun voll auf die Forschung konzentrieren, ohne sich immer gleich darum sorgen zu müssen, wie schnell ihre eigenen Erfindungen auf dem Markt Gewinn abwerfen würden.

Noch war sie in der Deserta nicht wirklich heimisch, die rätoromanische Sprache brachte sie immer wieder zur schieren Verzweiflung, auch jetzt auf der Wanderkarte musste sie sich erst orientieren, bis sie den *Plaun Pardatsch* unterhalb ihres Maiensäßes fand. Ihr Finger glitt hoch zur Kuppe. Dort war sie in die Tiefe gestürzt. Péz Baselgia hieß offenbar das ganze Bergmassiv. Auch das hatte sie nicht gewusst, Niculan sprach immer nur vom Péz. Seltsamer Name, hieß *Baselgia* nicht Kirche? Und auch … Kristall? Auf Rätoromanisch war vieles möglich, sie würde Niculan danach fragen.

Meret studierte Ausrichtung und Gefälle des Bergs, der vom Rhein her steil anstieg. Nur an der einen Stelle, entnahm sie den breiter werdenden Höhenkurven, wohl rund vierhundert Meter unter dem Riss, milderte eine weite Mulde das Gefälle. Begrenzt wurde sie durch ein Felsband. Es brauchte keine geologischen Kenntnisse, um die Folgen eines Felssturzes abschätzen zu können. Durch ihre Bauerfahrungen im Berner Oberland war sie mit Gefahrenkarten aller Art vertraut, sie wusste, dass fast jedes Gebiet in Siedlungsnähe auf Risiken hin abgeklärt war, und wunderte sich ein wenig. Am Fuß des Péz Baselgia war die berühmte RiverLodge gebaut worden. Offenbar hatte man den Berg als ungefährlich eingestuft. Robert Haas, der Besitzer, hatte es sogar geschafft, den Dadensern die komplette Umgestaltung ihrer Auenlandschaft schmackhaft zu machen. Vielleicht, weil diese fünf Kilometer oberhalb des Dorfes lag und die Gegend weiter unten, wo sich im Sommer die Dadenser meist tummelten, unangetastet blieb. Die künstlichen Seen und Weiher bei der RiverLodge, die sie mit Niculan diesen Sommer umwandert hatte, waren noch gar nicht eingezeichnet. Aufgrund der Karte konnte Meret sich nun auch vorstellen, wie das Gebiet dort früher ausgesehen hatte.

Optisch hätten ihr die Holzgebäude der Lodge ganz gut gefallen. Als Fachfrau hatte sie sofort erkannt, dass die Häuser zwar nachhaltig wirkten, die Materialien das aber nicht waren, schon gar nicht die exotischen Hölzer. Sie ärgerte sich, dass noch immer solche Resorts ohne die notwendige Expertise gebaut werden durften.

Wenn sie das Sagen gehabt hätte …

Einige Bungalows waren auf Pfählen ins Wasser gebaut worden, sie gaukelten ein Gefühl von Freiheit und Weite vor, selbst hier, zwischen den Bergriesen der Deserta.

«Abends setzen sie sich dann ins Kanu und fangen Fische fürs Abendessen!», hatte Niculan gewitzelt. Einige deftige romanische Ausdrücke, deren Bedeutung Meret nur lautmalerisch verstanden hatte, machten ihr zudem klar, was er von dem Besitzer des Resorts hielt.

Haas war in der Deserta tatsächlich umstritten. Die einen fanden, er rette mit seinen Investitionen in die touristische Infrastruktur die Talschaft und stoppe die Landflucht, die anderen waren vom genauen Gegenteil überzeugt.

Die Lodge war eine seltsame Mischung aus Hotel und Ferienwohnungsanlage. Es gab dort offenbar normale Hotelgäste, die Besitzer von Eigentumswohnungen, die zeitweise ebenfalls vermietet wurden, und die Privilegierten, die ihre Luxuseinheiten nur für sich hatten.

Diese etwas abgesonderten Häuser drängten sich im oberen Teil des Geländes dicht an die Felsflanke. Und standen, so ging das Gerücht, in der Regel leer.

Meret seufzte leise. Die letzten drei Hitzesommer hatten dem Investor allerdings auf beunruhigende Weise recht gegeben. Seine zu Beginn scheinbar überdimensionierte Lodge florierte seit der Eröffnung. Scharenweise waren betuchte Unterländer in die Deserta gepilgert, dankbar für jedes Grad Kühlung, das die höhere Lage versprach. Schluss mit Ferien am Mittelmeer, wo es überall über vierzig Grad heiß gewesen war, jetzt kamen sie hierher gerast, in derartigen Massen, dass an Spitzentagen die obere Deserta für Tagestouristen gesperrt wurde. So wie man das nur aus den goldenen alten Zeiten des Skibooms in den 1980er-Jahren kannte.

Kein Hotel war begehrter als die RiverLodge im tiefen, beharrlichen Schatten des Péz Baselgia, an den kühlen Wassern des Rheins. Der im Sommer gerade noch genügend Wasser führte, die Stausee-Betreiber sorgten dafür. Mit ihnen hatte der Hotelbesitzer offenbar ein beidseitig befriedigendes Abkommen getroffen.

«Der Visionär der Deserta», wurde Haas auf der Homepage der Lodge unbescheiden genannt.

Ihr Handy brummte. Niculan. Er sei sicher bei Adalina gelandet und würde mit den beiden im Auto zurückkommen. Sie solle sich doch mal die beiden GoPro-Bilder anschauen, vielleicht könne sie erkennen, womit sich Haas und der andere an der *Cascada Sontga Crusch* beschäftigten.

Sie vergrößerte das erste der mitgeschickten Fotos. Im Anschnitt konnte sie die Gischt der Wasserfälle, das große Kreuz am Rand des Felsbeckens und die beiden Männer erkennen. Der eine hielt ein Traggitter für Reagenzgläser in der Hand, der andere zog gerade etwas aus dem Wasser.

Sie scrollte zum zweiten Bild. Einer der beiden Männer blickte jetzt zu Niculan hoch, und wenn sie sich nicht sehr täuschte, hatte sie wie eben noch auf der Homepage wieder den «Visionär der Deserta» vor sich.

Der Tycoon entnimmt persönlich Wasserproben?

Exakt. Zusammen mit einem vom Militär. Wozu?

Meret zögerte mit der nächsten Textnachricht. Es gab viele Gründe für so was, Wasserproben machte man allerdings nur, wenn man Verunreinigungen feststellen will, nicht wegen irgendwelcher Felsbewegungen.

Sie schrieb es Niculan und beugte sich dann zu Bigna hinab, plötzlich besorgt, weil sie schon so lange keinen Laut mehr von sich gegeben hatte.

Später öffnete sie die OpenAI-Anwendung *ChatGPT,* die sie in letzter Zeit testete, und gab den Namen Robert Haas ein. Unverzüglich spuckte die Anwendung die gewünschten Informationen aus. Meret überflog die Zeilen, ihre Finger trommelten dabei etwas ratlos gegen die Umrahmung des Displays. Die Datenmenge zum Visionär der Deserta war überschaubar. Kein Wort allerdings zur RiverLodge, die ihn in Dadens zum Dauerthema gemacht hatte. In den Einträgen war vor allem von einer Bunkeranlage die Rede, von der Meret noch nie gehört hatte. Gebaut zwischen 1945 und 1955, hier in diesem Teil der Deserta, ohne präzisere Ortsangabe. Offenbar eine der größten geheimen Alpenfestungen des Schweizer Militärs. Zwischen 1940 und 1970 hatte die Armee die Alpen durchlöchert, wie heute jeder wusste, kaum eine Bergregion, die nicht mit Bunkern und unterirdischen Festungen gesichert worden war. So schnell, wie die Vorstellung obsolet geworden war, die Schweiz könne sich im Kriegsfall in die Berge zurückziehen und sich so verteidigen, so überflüssig waren nun all diese Anlagen. Meret fühlte sich unwillkürlich an die derzeitigen Diskussionen zum ungebremsten Ausbau der Armee erinnert. Aus einem vagen Bedrohungsgefühl heraus, wie es damals im Kalten Krieg die Menschen beherrschte, sollte auch heute wieder aufgerüstet werden. Ohne Plan allerdings, nur um so zu tun, als unternehme man etwas gegen den Weltenbrand.

Heute waren die Bunker Altlasten aus dem letzten Aufrüstungstaumel, militärisch komplett unnütz, aber die Armee verdiente noch immer an den Bauten, die einst die Steuerzahler finanziert hatten. Es gab genügend Kaufinteressenten dafür, wie Meret wusste. Gerade in der Prepper-Szene, bei jenen seltsamen Zeitgenossen, die das Ende der Welt jeden Moment erwarteten und sich darauf vorbereiteten, war das Interesse riesig, wie auch die unzähligen, ständig angeklickten Youtube-Videos zu diesem Thema bewiesen. Größere Anlagen waren noch begehrter, mutierten zu kühlen und erdbebensicheren Serverräumen für die IT-Branche, das war in Zeiten von Crypto-Minern und KI-Anbietern Gold wert. Zu diesem Zweck hatte Haas wohl die Anlage in der Deserta gekauft. Ein Schnäppchen für einen Mann, der sein Vermögen mit einer Kette Physio-Studios für Prominente in den USA gemacht hatte, wie die Suchmaschine der überraschten Meret verriet.

Mit so was wurde man Millionär?

Gegen Ende des Textes fanden sich dann gar einige Andeutungen zu Haas' Verbindungen in die Prepper-Szene, so sei sein Spitzname in jenen Kreisen «Doctor Doom».

Merets Kurzrecherche, deren Wahrheitsgehalt sie keineswegs überschätzte, unterschied sich doch ein bisschen von dem Bild, das die Homepage des RiverLodge-Resorts zeichnete.

Doctor Doom.

Sie konnte sich ein Lächeln nicht verkneifen.

Als selbst ernannter Visionär der Deserta würde er diesen Namen wohl nicht mehr so gern hören.

Plötzlich wusste sie, weshalb von seiner Rolle als Investor im Tal nichts zu lesen war: Ihre Gratisversion von OpenAI hatte nur Daten bis September 2022 eingelesen. Da hatten sie mit dem Bau des Resorts erst begonnen.

Doch auch die frühe Geschichte von Robert Haas war faszinierend. Millionär dank Physiotherapie-Studios? Ein Schwarzenegger für Anspruchsvolle. Dann eine fast überstürzte Rückkehr in die Schweiz, wie es schien, war etwas in diesen Studios wohl nicht ganz so geschmeidig gelaufen, wie er sich das gedacht hatte, nur am Rande wurden die wundersamen Salben und Drinks erwähnt, die er vertrieb. Dann der Kauf des Bunkers hier, alles ein bisschen abenteuerlich. Sie musste sich Einblick in seriöse, journalistisch erarbeitete und geprüfte Erkenntnisse verschaffen, wurde Meret klar. Sofort schrieb sie Gret, ihrer

Geschäftspartnerin, sie brauche wieder mal ihren Zugang zur Schweizerischen Mediendatenbank. Grets Antwort kam postwendend, mit der Bemerkung, Meret solle sich doch besser um ihr geliebtes Patenkind kümmern und sich nicht in die nächste halbseidene Geschichte vertiefen. Der zwinkernde Smiley ließ keinen Zweifel: Gret befürchtete mal wieder Kollateralschäden.

Es gehe doch nur um einen etwas seltsamen Hotelbesitzer in Dadens, antwortete sie.

Das Surfen in der Datenbank war erfahrungsgemäß aufwendig, sie verschob es auf später. Bignas Zappeln verriet ihr, dass die kleine Dame gleich nach Unterhaltung verlangen würde. Und das Motorengeräusch unten auf der Alpstraße kündigte ihren abendlichen Besuch an.

Adalina stellte zwei große Schüsseln auf den Tisch und nahm ihr sogleich Bigna ab. Die fasste ihr mit einem zufriedenen Glucksen sofort an die Nase, und Meret wusste, dass die Kleine sie erst wieder brauchen würde, wenn Adalina zurückfuhr.

«Niculan möchte Fidel den Riss zeigen.» Adalina deutete nach draußen. «Falls du auch noch mal hochwillst.»

«Und das Essen?»

Adalina lächelte bloß. «Maluns ist nicht sehr aufwendig!» Natürlich, dachte Meret, und drückte ihr einen Kuss auf die runzlige Wange. Als würde Adalina das bisschen Kochen und gleichzeitige Kinderbetreuen überfordern.

Sie war fünfundsiebzig, Fidel achtzig, und Meret kannte niemanden, dem das Alter so wenig anzumerken war wie diesen beiden.

Sie warf sich eine Jacke über und ging nach draußen. Zu ihrem Erstaunen trug Fidel nicht die Ordenstracht wie üblich, sondern eine schlichte schwarze Hose und die alte neonfarbene Skijacke aus den 1980er-Jahren, die er sonst nur bei seinen sportlichen Freizeitbeschäftigungen angezogen hatte. Beim Gleitschirmfliegen, beispielsweise. War aber schon eine Weile her.

Ein Wunder, war die nicht komplett zerschlissen, dachte sie. Fidel hatte in seiner aktiven Zeit für einige spektakuläre Unfälle gesorgt.

«Keine Tracht heute?», fragte sie erstaunt. «Willst du noch joggen gehen?»

Fidel lächelte nur.

Sie nahm Niculans Hand und zog ihn zur Kuppe hoch. Das letzte Tageslicht reichte gerade noch aus, Fidel kniete sich an den Rand des Risses, blickte hinab, richtete sich dann leise ächzend wieder auf und ging zurück zur Kuppe, um sich einen besseren Überblick zu verschaffen. Niculan zeigte ihm, wo er den zweiten Riss weiter unten entdeckt hatte.

Dann schaute Fidel lange und nachdenklich in die Deserta hinunter.

«Die Wasserproben haben sie unten bei der *Sontga Crusch* genommen», sagte Niculan.

«Curios», murmelte Fidel.

«Pertgei?»

«Ach … Nur so ein Gedanke. Der Teich da unten ist eines unserer unheiligen Heiligtümer.»

Meret wollte nachfragen, Niculan kam ihr ungeduldig zuvor.

«Wie konnte der da unten ein ganzes verdammtes Resort hinbauen, wenn sich doch offensichtlich der Berg hier bewegt.»

Fidel lächelte nachsichtig. «Warum fragst du mich das? Du bist stimmberechtigter Dadenser, das zu verhindern wäre auch deine Aufgabe gewesen.»

Niculan wollte widersprechen, musste Fidel dann aber insgeheim recht geben.

Man hatte Haas bei seinem Projekt in Fragen der Umweltverträglichkeit, der Nachhaltigkeit und der Größe des Resorts auf die Finger geschaut, oder auch weggeschaut, aber Gefahrenpläne vom Péz Baselgia waren nie ein Thema gewesen.

«Du hattest offenbar einen Schutzengel, Meret, ein Wunder, ist dir nichts geschehen. Gehen wir?»

Meret hakte sich bei ihm unter.

«Seltsamerweise bin ich da unten einigermaßen ruhig geblieben, mir war nur wichtig, dass Bigna nicht in Gefahr war.»

«Du hast halt neue Prioritäten», sagte er nur, er kannte sie gut, ihre Erkenntnis überraschte ihn nicht.

Sie spazierten zurück Richtung Maiensäß.

«Im Ernst jetzt, Fidel, warum trägst du keine Ordenskleider», hakte Meret nach. «Ich habe dich so noch nie gesehen.»

«Weil morgen mein Geburtstag ist.»

«Ich weiß. Dein Achtzigster. Obwohl du hier wieder hochgehetzt bist wie ein Dreißigjähriger. Du willst dich modisch verbessern?»

«Nicht direkt, ich trete aus.»

«Was?» Niculan und Meret waren abrupt stehen geblieben.

«Ich trete aus dem Kloster aus.»

«Du willst …? Weshalb?»

«Weshalb jetzt noch, meinst du?»

«Wie viele Jahre warst du Pater?»

«Mit Unterbrüchen oder ohne?» Fidel lächelte schelmisch. «Fünfzig wohl. Es ist ganz einfach: Es hat bisher immer gestimmt für mich, aber meine letzten Jahre will ich nicht im Kloster verbringen.»

«Sondern wo?»

«Ach, ich ziehe zu Adalina», sagte er leichthin.

Niculan und Meret schauten sich fragend an. Fidel amüsierte ihre Ratlosigkeit sichtlich.

«Das heißt … im Sinne einer Alters-WG?», fragte Niculan vorsichtig.

«Ich meine eher im Sinne einer Beziehung», sagte Pater Fidel.

Kapitel 3

Ein Kuhhandel

Abt Stefan hört die Unruhe vor dem Fenster und lässt mit einem ergebenen Seufzer die Zeitung sinken. Die Störung kommt von draußen, woher auch sonst. Abt Stefan weiß den Grund dafür: die Ankunft des hohen Besuchs aus der Hauptstadt. Im Kloster selbst würde niemand die mittägliche Ruhe nach dem Essen stören. Die Zeit für Abt Stefans heiliges Ritual, daran wird sich auch in den letzten Jahren seines Amtes nichts mehr ändern, ungeachtet dessen, wie viel Ärger ihm seine Zeitung trotz allem regelmäßig beschert. Seite für Seite studiert er dann die Morgenausgabe der NZZ, die um diese Zeit endlich in der Deserta angekommen ist, am Studiertisch sitzend, als gehöre diese Lektüre zu seinen höchsten Pflichten. Das unvergleichlich weite Korrespondentennetz der Zeitung entschädigt ihn für die politische Einfallslosigkeit des Blattes, für den Mangel an Humanismus und sozialem Gewissen. Es ist auch der einzige Grund, weshalb der Abt die NZZ der Basler National-Zeitung vorzieht, die ihm viel näher stünde. Die Berichte aus aller Welt trösten Abt Stefan zudem darüber hinweg, dass er selber all diese Länder nie so wird bereisen können, wie er es sich als junger Student der Geografie erträumt hatte.

Auch an diesem Freitag, dem 26. Oktober 1962, mitten in der Kubakrise, kann der Abt der Art der Berichterstattung wenig abgewinnen. Nicht mal die NZZ-Redakteure, so hat er in den letzten vier, fünf Tagen den Eindruck gewonnen, sind sich der Gefahr bewusst, in der die Welt gerade schwebt. Chruschtschow hat provoziert und krebst glücklicherweise zurück – wenn sich das nicht als Finte entpuppt. Und der junge Kennedy nutzt die erste Gelegenheit, die sein Amt bietet, um seine Härte und Entschlossenheit, an der viele zweifeln, endlich unter Beweis zu stellen. Auf die Gefahr hin, die Welt in einem Atomkrieg zu zerstören. Das scheint den Herren Redakteuren im fernen Zürich zweitrangig zu sein. Dabei ist der Widersinn der atomaren Aufrüstung nie offensichtlicher als jetzt, da alle am Abgrund stehen, Amerikaner, Sowjets, einerlei. Ein Sieg in einem solchen Konflikt wird lediglich darin bestehen, dass der Sieger einige Augenblicke später stirbt als der Verlierer. Was für eine wahnwitzige Art der Konfliktlösung! Wie kann da irgendwer noch länger einen Sinn in Atomwaffen sehen? Der Abt tritt ans Fenster. Sein heutiger Gast sehr wohl. Der hat mit seiner Meinung diesbezüglich noch nie hinterm Berg gehalten. Beruhigend ist für Abt Stefan deshalb einzig, dass die Dauer des Besuchs überschaubar ist. Der Divisionär wolle den Klosterbrüdern keine unnötigen Mühen bereiten und würde im Kurhotel Dadenserhof absteigen, und dort auch die Mahlzeiten zu sich nehmen. «*Quei macachi*», murmelt Abt Stefan. Was für ein Angsthase! Er geht zu seinem Pult hinüber, faltet die Zeitung sorgfältig zusammen und steckt sie in den von Schreinermeister Bruder Leonard eigens gefertigten Ständer. Die heutige Lektüre hat ihm wenigstens wieder Hoffnung gemacht, dass eine Lösung der Kubakrise am Verhandlungstisch möglich ist.

Wirklich berührt hat den Abt ein Abschnitt am Ende des Leitartikels. Die Abschlussklasse eines Londoner Gymnasiums war in Streik getreten, um die Öffentlichkeit auf die Gefahr einer Nuklearkatastrophe aufmerksam zu machen.

Wie sehr hätte sich der Abt darüber gefreut, wenn seinen Schülern etwas Ähnliches eingefallen wäre.

Jetzt hört er Stimmen, die sich im Kreuzgang nähern. Er ist kein zartbesaiteter Diener Gottes, nie gewesen. Eher ein gewiefter Diplomat, aber vor der anstehenden Strafaufgabe muss er sich doch kurz sammeln. Er atmet einige Male ruhig und bewusst ein und aus. Im anstehenden Gespräch muss er die Contenance bewahren.

Er hat keine Ahnung, was der Herr Divisionär, immerhin der Logistikchef der Schweizer Armee, von ihm will. In seinem kurzen Schreiben hat er sich bedeckt gehalten, bis auf den Hinweis, es handle sich um ein geschäftliches und vertrauliches Treffen.

An Geschäften mit dem Militär ist der Abt nicht interessiert. Daraus kann nichts Gutes entstehen, das weiß er aus Erfahrung. Nur sind sie hier, in dieser strategisch wichtigen Region unterhalb der beiden Alpenpässe, manchmal unumgänglich.

Divisionär Kalt ist ein ehemaliger Klosterschüler, das macht die Begegnung brisant. Der Abt wird sich sein Wissen zunutze machen. Kalt dürfte jetzt Mitte fünfzig sein, vermutet er, rund zwanzig Jahre jünger als er selbst, zu Kalts Schulzeit ist er selbst schon Pater und sogar Vertreter des Präfekten, des Internatsleiters, gewesen. In dieser Zeit ist ihm alles über die Gymnasiasten zugetragen worden. Unvermeidlich deshalb, dass er auch jede Einzelheit des damaligen Skandals kennt. Bei dem mittelmäßigen Schüler Kalt, der am Ende gar der Schule verwiesen wurde, hat aber auch gar nichts auf eine spätere steile Militärkarriere hingedeutet. Außer seinen familiären Beziehungen vielleicht, stammt Kalt doch aus einer Innerschweizer Offiziersdynastie. Das hat sich bei seinem Aufstieg in der Armee offenbar ausgezahlt, diesen wohl erst ermöglicht. Was Abt Stefan nicht erstaunt, in die oberen Militärkreise gelangt nur, wer über das nötige Beziehungsgeflecht verfügt.

Entsprechend stuft er die Qualität der Armeeführung ein.

Abt Stefan schaut sich ein letztes Mal in seinem Arbeitszimmer um. Er hat das Sofa, das sonst stets mit Dokumenten und Unterlagen belegt ist, freigeräumt. Den Stuhl am Tisch in der Ecke hat er Richtung Sofa gedreht. Der Abt nimmt aus der Schublade seines Sekretärs eine schwere goldene Kette, die er seit Beginn seiner Amtszeit noch nie getragen hat. Anders als sein Vorgänger, der zu Schulzeiten des jungen Kalt das Kloster geführt hat. Manchmal mit Güte, sehr oft mit harter Hand. Kalt wird sich mit Sicherheit an die halbjährliche Abtvisite und seine fatale letzte Unterredung mit dem damaligen Abt erinnern, und jetzt genau dieselbe Situation wieder vorfinden.

Deshalb hat Abt Stefan ihn auch nicht vor dem Kloster empfangen, wie es bei einem der höchsten Schweizer Offiziere üblich gewesen wäre.

Schon mal ein kleiner Affront für den Divisionär, vermutet er.

Er wird Kalt sogar seine Hand mit dem Abt-Ring zum Kuss hinhalten, beschließt er in diesem Moment.

Es klopft, Abt Stefan bleibt sitzen, fordert aber vernehmlich zum Eintreten auf.

Nicht mal ein Pater hat Kalt hochbegleitet, dazu hat der Abt bewusst Klosternovize Quirin Livers verdonnert. Ein weiteres Signal an Kalt. Der junge Quirin macht nun, sichtlich überfordert, Divisionär Kalt Platz. Natürlich trägt er Uniform, denkt der Abt. Als Kalt ihn auf dem Sofa sitzen sieht, verliert der Auftritt des Offiziers sofort an Elan. Abt Stefan lächelt zufrieden, wohl wissend, was eben in Kalt vorgeht. Langsam steht er auf und streckt Kalt die Hand mit dem Ring entgegen.

Kalt küsst den Ring nicht, drückt die Hand ungeschickt und lässt sie sofort wieder los.

«Abt Stefan, welch eine Freude!»

«Die ist ganz meinerseits, Karl. Ich nenne Sie jetzt einfach mal so wie früher, dann fühlen Sie sich sicher gleich wieder heimisch hier, trotz allem.» Er lässt die letzte Bemerkung kurz nachwirken, und sagt dann: «Setzen wir uns doch!»

Der Abt zeigt auf den Stuhl und setzt sich selber wieder auf das Sofa, von dem aus der alte Abt früher die Schüler gepiesackt hatte.

Dort hat er mit Sicherheit auch jenes letzte Gespräch mit Kalt geführt … Während draußen vor dem Kloster einige Dadenser wutentbrannt Kalts Herausgabe forderten.

Tatsächlich, Kalt zögert, unmerklich fast, er schaut sich nach einer anderen Sitzgelegenheit um, die bietet sich aber nicht an, und er setzt sich widerwillig auf den Holzstuhl, den steifen Offiziershut legt er auf den Tisch.

«Unglaublich», sagt er dann. «Hier hat sich nichts verändert!»

Es klingt wie ein Vorwurf.

«Da haben Sie recht, Karl», antwortet ihm Abt Stefan und spielt wie zerstreut mit der goldenen Kette, wie es sein Vorgänger damals bei den Schülergesprächen getan hat. Er sieht, wie Kalt nervös auf seine Finger blickt. Dann besinnt sich der Mann wohl darauf, was er erreicht hat, seit er die Schule hier verlassen hat, und hangelt sich ins Jetzt zurück.

«Ich möchte Ihnen nicht zu viel Zeit stehlen, lieber Abt, ich weiß, Sie haben viel zu tun, und die meine ist noch knapper bemessen, wie Sie sich denken können.» Er streicht eitel über die Bügelfalte seiner Uniformhose, lieber noch hätte er sich stattdessen auf seine breiten Schulterpatten geklopft.

«Ah, ich dachte, Sie wären hauptsächlich privat nach Dadens gekommen?»

«Nein, nein, wo denken Sie hin, meine Reise hierher ist rein beruflich. Natürlich treffe ich abends zum Essen einige alte … nun … Bekannte, aber das Gespräch hier ist der Grund für meinen Besuch und sozusagen von nationaler Bedeutung.»

«Oha, da setzen Sie mir aber schön zu!», sagt Abt Stefan mit kaum wahrnehmbarem Spott, dabei spielt er in aller Ruhe weiter mit seiner Goldkette. «Gespräche von nationaler Bedeutung führe ich sonst eher selten.»

«Bei mir ist es umgekehrt», erwidert Kalt prompt.

Abt Stefan quittiert es mit einem amüsierten Blick. Aber Kalt fällt das Anmaßende seiner Worte gar nicht auf, zu sehr ist er von sich eingenommen.

Ich hol dich schon noch vom Podest herunter, denkt der Abt und sagt launig: «Dann erzählen Sie mir doch, was wir armen Benediktiner hier für die Nation tun können.»

Kalt deutet zum Zeitungsständer hinüber. «Ich sehe, Sie verfolgen das Weltgeschehen. Die Krise, in die uns dieses Kommunistenpack gestürzt hat. Darum geht es mir im Grunde.»

«Um drohende nukleare Katastrophen?», fragt der Abt, wieder in heiterem Ton.

«Genau», sagt Kalt.

Der Abt mustert ihn lange, bevor er weiterspricht. «Sagen Sie mal, lieber Karl, das, was Sie letzthin der Neuen Zürcher Zeitung diktiert haben, das ist ja nicht wirklich Ihre Überzeugung?»

«Was genau meinen Sie?», fragt Kalt.

«Ich weiß den ungefähren Wortlaut noch, Sie sicher auch, die Aussage hat ja unglaubliche Wellen geschlagen, vor allem bei denen, die hellsichtig die unumgängliche Begrenzung von atomaren Waffen anerkennen. In dem Artikel sagten Sie doch: Es gibt Fälle, in denen wir unbedingt Atomwaffen einsetzen müssen, selbst auf die Gefahr hin, dass die Zivilbevölkerung einen großen Schaden erleiden würde. Nur aus Rücksicht auf die Bevölkerung könne man unmöglich darauf verzichten. Da sind Sie wohl ganz falsch zitiert worden.»

«Mitnichten.»

«Das war Ihr Ernst?»

«Aber gewiss.»

«Sie müssen entschuldigen, Karl, das strapaziert jetzt mein logisches Denken. Ihr Auftrag als Divisionär ist doch, die Schweiz und die Schweizer zu schützen. Sie sozusagen als Abfallprodukt bei einem Atomschlag sterben zu lassen – das wäre doch ein bisschen am Auftrag vorbei gedacht, oder täusch ich mich da?»

«Mein lieber Abt», sagt Kalt herablassend, «Sie kennen sich in der heutigen Art der Kriegsführung nicht aus. Lesen Sie doch die Zeitung, in Kuba wird uns gerade vorgeführt, was es heute braucht, um sein Land zu schützen. Und damit eben nichts passiert im eigenen Land, verfolgen wir jetzt die neue Doktrin der *Mobile Defence*, das heißt, wir bringen unsere Verteidigungslinie dorthin, wo die Gefahr herkommt. In die Sowjetunion. Deshalb haben wir ja auch die Anschaffung von Mirage-Kampfflugzeugen beschlossen, sie können Moskau erreichen und dort die Bomben abwerfen, die am meisten Wirkung erzielen.»

«Sie wollen Moskau mit Atomwaffen angreifen, um die Schweiz zu schützen, verstehe ich Sie richtig, mein guter Karl?»

Abt Stefan glaubt seinen Ohren nicht zu trauen. Er muss sich vergegenwärtigen, dass wirklich ein Divisionär der Schweizer Armee vor ihm sitzt und nicht irgendein kriegsbesessener Fanatiker.

«Selbstverständlich!», sagt Kalt. «Ich staune übrigens gerade auch ein bisschen, nehmen Sie tatsächlich Moskau in Schutz? Die Sowjetunion? Dieses gottlose Pack, das uns unter das Joch des Kommunismus zwingen will? Sie als Gottesvertreter? Höchst bedenklich!»

«Das klingt fast so, Karl, als möchten Sie mich als Landesverräter oder Ähnliches einstufen. Führen Sie etwa Buch über unsereins? Und … dann war es also auch Ihr unheiliger Ernst, als Sie öffentlich propagiert haben: ‹Lieber tot als rot!›»

«Selbstverständlich, teilen Sie die Meinung etwa nicht?»

«Natürlich nicht, mein lieber Karl, wo bleibt all das, was Sie hier gelernt haben? Vom Wert des menschlichen Lebens, der über allem steht, beispielsweise.»

«Nun werden Sie nicht gleich weinerlich, Herr Abt. Sie machen mir wirklich Sorgen. Aber ich gebe Sie nicht auf, ich habe ein anschauliches Beispiel, selbst für Sie: Wenn es im Kloster eine Wespenplage gibt, was ist das einzige Mittel, der Wespen Herr zu werden? Genau, Sie müssen das Nest ausräuchern. Sie müssen das Übel an der Wurzel packen. Um dazu in der Lage zu sein, müssen wir uns vorbereiten. Und deshalb bin ich hier.»

«Um die Sowjets in Moskau ausräuchern zu können?»

Kalt geht nicht auf den Scherz ein, und Abt Stefan sieht ein, dass bei einem Hardliner wie Kalt Humor verschenkt ist.

Kalt öffnet seine Ledermappe und zieht eine Landkarte heraus.

«Ich bin wegen eines Landkaufs hier. Es gibt zwei Möglichkeiten, das Anliegen des Schweizer Militärs durchzusetzen. Wir werden uns handelseinig und das Kloster verdient ein hübsches Sümmchen daran, oder wir enteignen, die Richter werden diesen Landabtausch nachträglich legalisieren, und Sie erhalten nichts. Bitte sehr, mein lieber Abt, das Gebiet ist bereits eingetragen. Rot schraffiert. Die grüne Fläche gehört uns bereits seit 1941, da haben wir ja auch schon gebaut.»

Bevor er die Karte auf den Tisch legen und den Abt damit zum Aufstehen zwingen kann, streckt der seine Hand nach der Karte aus, die Kalt ihm jetzt wohl oder übel überlassen muss. Abt Stefan vertieft sich darin und erkennt schnell, worum es geht. Oben am Péz hat der Kanton, wie von Kalt erwähnt, der Armee schon vor Jahren Land für eine Festungsanlage abgetreten. Mit deren Bau war noch im Krieg begonnen worden. Eine nachvollziehbare Entscheidung zu jener Zeit, selbst für den Abt, liegt Dadens doch am Kreuzungspunkt zweier großer Alpenübergänge in den Süden. Die Artillerie-Anlage ist damals in die Flanke des Péz getrieben worden. Bei dem Gebiet, um das es jetzt geht, handelt es sich aber tatsächlich um Land des Klosters, es umfasst den Talboden des Vorderrheins oberhalb von Dadens auf einem Abschnitt von gut einem Kilometer Länge, das dortige Auen- und Sumpfgebiet, dann einen Teil der gegenüberliegenden Wiesen und auch die untersten steil abfallenden und dicht bewaldeten Hänge des Péz rund um den Wasserfall an der *Sontga Crusch.*

«Nicht eben bescheiden, Ihre Ansprüche!»

«Na, Herr Abt, wir wollen nicht übertreiben. Außer einigen Wiesen am Gegenhang, die wir etwas nobler entgelten werden, ist das alles unproduktives Land für das Kloster. Schauen Sie sich nur den Talgrund an, die vielen Irrläufe des Rheins, ein einziges Morast-Gebiet. Das hilft weder Ihrem Klosterhofbauer Dosi Cavegn noch sonst jemandem, es sei denn, Sie wollten plötzlich Frösche züchten. Für die Küche des Dadenserhofs, vielleicht? Nein, nein, wir sprechen hier von wertlosem Land.»

«Finden Sie? Das Urteil darüber steht wohl nur uns Besitzern zu.» Der Abt faltet die Karte langsam zusammen. «Und wozu das alles?», fragt er dann.

Es ist ihm tatsächlich ein Rätsel, weshalb das Militär hier einen so riesigen Landbedarf hat.

«Das ist geheim.»

Abt Stefan kann ein spöttisches Lächeln nicht unterdrücken. «Sie wollen uns unser Land abkaufen, oder wahlweise auch stehlen, aber können nicht mal sagen, wozu?»

«Nur so viel, das ist ja auch schon bekannt: In diesem Bereich wurden bei der Uransuche, die unsere Regierung in den ganzen Schweizer Alpen durchgeführt hat, einige kleine Vorkommen gefunden. Deshalb werden wir weitere Kavernen in den Berg treiben. Und wir brauchen eine Erschließungszone davor, für Anfahrtsstraßen, für Truppenunterkünfte und Ähnliches.»

«Wenn ich Sie richtig verstehe, haben wir gar keine Wahl.»

«Nein. Wir zahlen dem Kloster den derzeit üblichen Preis für solch unproduktives Land und raten Ihnen, das Angebot anzunehmen.»

«Soso, das raten Sie mir …» Wieder spielt Abt Stefan mit seiner Goldkette. «Nun denn, ich werde das mit meinen Brüdern und dem Orden besprechen und Ihnen in Kürze eine Antwort geben. Ich kann Ihnen allerdings jetzt schon sagen, dass Ihr Angebot sehr verbesserungswürdig ist.»

«Das glaube ich kaum», sagt Kalt und macht Anstalten, sich zu erheben. Der Abt übersieht es und lehnt sich im Sofa etwas zurück. Dann sagt er beiläufig: «Eigentlich erstaunlich, Ihre Berufswahl, Karl. Wenn ich mich da an Ihre Schulzeit hier erinnere …»

«Wie meinen Sie das?», fragt Kalt, plötzlich vorsichtig und argwöhnisch.

«Hier waren alle überrascht, als Sie die militärische Karriere wählten, bei Ihrer, nun ja, Sie wissen schon.»

«… bei meiner was, Herr Abt?»

«Bei Ihrer Vorgeschichte. Wir wollen uns doch nichts vormachen, Karl. Zum Schluss wusste das halbe Dorf hier Bescheid. Ich brauche Ihnen den Namen des Mädchens wohl nicht in Erinnerung zu rufen.»

Kalt schnellt hoch, der Stuhl kippt mit einem Poltern zu Boden. Er macht keine Anstalten, ihn wieder aufzustellen.

«Sie haben gerade eine rote Linie überschritten, Abt Stefan. Sie wissen genau, dass die Kleine damals nicht zurechnungsfähig war. In Anbetracht Ihrer Unbedarftheit bei solch wichtigen Geschäften übersehe ich Ihren Fauxpas. Unser Gespräch ist beendet. Sputen Sie sich mit Ihren Abklärungen beim Orden, ich erwarte Ihre Antwort morgen um zehn Uhr im Dadenserhof.»

Jetzt erst steht der Abt auf. «Ich werde gerne da sein, Herr Kalt, und Ihnen den neuen und angemessenen Preis nennen.»

In diesem Moment verlässt Karl Kalt der letzte Rest von Selbstbeherrschung. Er tritt dicht vor den Abt hin und sagt mit hasserfülltem Blick: «Sie wissen offenbar nicht, mit wem Sie sich anlegen.»

«Eben doch, mein lieber Karl. Eben doch. Ich weiß es sehr genau, aber viele andere wissen es noch nicht, und warten nur drauf, ein wenig mehr über Sie zu erfahren. Beispielsweise was Sie bereit sind zu tun, wenn Ihnen jemand nicht zu Willen ist.»

Abt Stefan macht eine entlassende Armbewegung zur Tür hin, er verzichtet diesmal, Kalt den Ring hinzuhalten.

Kapitel 4

La Cascada Sontga Crusch

Beide hingen sie ihren Gedanken nach, als sie aus dem Gemeindehaus traten und Bignas Kinderwagen die wenigen Meter zu Niculans Skimanufaktur schoben.

«Aber natürlich lassen wir nach diesem Ereignis den Riss absperren», imitierte Niculan Gemeindepräsidentin Cordelia Flepp launig.

«Immerhin bin ich mal ein Ereignis!», scherzte Meret, auch ein bisschen im Versuch, ihn zu beruhigen. «Aber schon seltsam: Da öffnen sich Risse am Berg, und Cordelia überlässt die Klärung einem Privaten.»

«Und dem Militär, nicht zu vergessen. Aber trotzdem, das ist feige. Die Behörden dürfen sich nicht aus der Verantwortung stehlen!»

«Die schieben sie Haas zu, weil die Überwachung so aufwendig ist.»

«Und der wird nichts tun.»

«Wer weiß, vielleicht schon.»

«Du nimmst den in Schutz?»

«Liegt ja in seinem Interesse, spätestens wenn er seine Investitionen gefährdet sieht!»

Niculan blieb stehen, und Bigna fing sofort an zu quengeln.

«Es bleibt ihm nichts anderes übrig, meinst du?»

«Precis», sagte Meret. Als sie letzthin wieder kläglich am Romanischen gescheitert war, hatten sie beschlossen, vorerst nur noch Wörter zu benutzen, die es ähnlich auch im Schweizerdeutschen gab.

In der Tür der Manufaktur erwartete sie schon Marc, Niculans rechte Hand und der stolze Patenonkel von Bigna.

«Ich habe dir die Form für den nächsten Testski bereitgelegt, Niculan, also her mit meiner Kleinen.» Er zwinkerte Meret zu und hob Bigna behutsam aus dem Wagen.

«Schau, wie sie mich anstrahlt!», sagte er stolz.

«Das macht sie bei allen», sagte Niculan trocken.

Meret schmunzelte. «Hör nicht auf ihn, Marc, sie freut sich, viel Vergnügen euch. Ich bin dann weg.»

Sie drückte Niculan einen Kuss auf die Lippen, strich Bigna sanft über die Wange, dann machte sie sich auf den Weg. Es fiel ihr wie immer schwer, Bigna zurückzulassen, aber sie wusste, dass sie sich daran gewöhnen musste, wenn sie bald wieder arbeiten wollte. Bis kurz vor der Geburt hatte sie den Aufbau des energieautarken Musterdorfs im Berner Oberland geleitet, unter höchstem Zeitdruck, weil eine ganze Gemeinde aus Sicherheitsgründen umgesiedelt werden musste. Seither hatte sie keinen neues Auftrag angenommen, aber sie spürte, wie ihre Lust zurückkehrte, Lösungen für scheinbar unlösbare Probleme auszuknobeln. Seit Bignas Geburt ereilte sie immer öfter die

Angst, den Wiedereinstieg nicht zu schaffen, so rasant waren die Entwicklungen in ihrem Beruf. Dann rief sie sich jedes Mal in Erinnerung, was sie und ihre *CleanGreen* bereits angestoßen hatten. Mit der Plastic-Screening-Plattform zur Säuberung der Ozeane beispielsweise, mit ihren Solarfolien, die die Fassaden- und Fenstergestaltung von Grund auf veränderten, und natürlich mit ihrer revolutionären Brennstoffzelle, die dem Bau von Wasserstofffahrzeugen bereits einen neuen Schub verliehen hatte.

Sie passierte das Kristallmuseum *Ca' Cristallina* und bog in die Gasse Richtung Oberdorf ein.

Hier war sie vor Jahren zum ersten Mal Sep Antoni Gienal begegnet. Der sanftmütige Sonderling, rüstig wie eh und je, muss sicher bald hundert Jahre alt sein, dachte sie. Er war so etwas wie der Schutzheilige des Dorfes, jeder kannte ihn und seine Marotten. Auf Kristallsuche war er vor Jahrzehnten abgestürzt, hatte trotz seiner schweren Kopfverletzung weitergelebt, doch es waren für immer Schäden zurückgeblieben. Keiner hatte je erfahren, was seinen Sturz ausgelöst hatte. Hartnäckig hatten sich allerdings die Gerüchte gehalten, Merets Großvater sei darin verwickelt gewesen. Nur Wochen nach dem Unglück war der dank eines riesigen Kristallfundes zu Geld gekommen.

Aber Genaueres wusste niemand.

Erst gestern hatte sie Sep Antoni auf ihrem Spaziergang mit Bigna getroffen. Der sanfte Greis hatte sich fast nicht mehr von der Kleinen trennen können.

Beim Sportzentrum blieb sie stehen, nahm beiläufig das schnelle Fortschreiten der Renovationsarbeiten wahr. Dank Haas blühte Dadens auf.

Meret war unschlüssig, wie sie ihren freien Nachmittag gestalten wollte. Sie sollte eigentlich zurück nach Hause und weiter die Wände ihres Ateliers streichen, doch ihr war nicht danach. Sie entschied sich für eine Wanderung den Rhein entlang, nahm den steil abfallenden Weg, ließ die Kirche Sontga Gada hinter sich, einen ihrer Lieblingsorte in Dadens, und fand sich bald am Rhein wieder.

Mit einigen wenigen Schritten war sie aus der Welt und der Zeit gefallen.

Sie bildete sich hier jedes Mal ein, sie teile die Liebe zu diesem Ort mit ihrem Vater und mit ihrem Großvater. Wirklich wissen konnte sie es nicht, sie hatte beide ja niemals kennengelernt.

Hier in den Birkenwäldern war vermutlich noch alles so wie früher, ging ihr durch den Kopf.

Was für ein Unsinn!

Natürlich nicht, sie konnte sich nichts vormachen. Ein kritischer Blick genügte. Die kranken, verdorrten Bäume waren nicht zu übersehen. In den letzten fünfzig Jahren hatte der Klimawandel mehr Schäden angerichtet, als es die Menschheit während Jahrhunderten davor geschafft hatte. Jeder sah es, jeder spürte es. Jetzt schon. Dabei war es noch keine fünfzehn Jahre her, dass die Rechtsbürgerlichen in diesem Land den Klimawandel ungestraft geleugnet und ihn damit weiter vorangetrieben hatten, zu einer Zeit, als man das Ruder noch hätte herumreißen können. Und warnende Wissenschaftlerinnen wie sie waren schlicht desavouiert worden. Auch das ungestraft.

Wie werden die Populisten das in ein paar Jahren ihren Kindern und Großkindern erklären?

Wie sie wider besseres Wissen krakeelt und intrigiert hatten?

Mit dreisten Lügen, wie immer.

Es war alles belegt, archiviert, jederzeit nachweisbar.

Wäre doch auch ein Projekt!, dachte sie plötzlich. Mithilfe

ihres Vermögens jeden Einzelnen von denen juristisch zu belangen! Wegen wissentlicher und mutwilliger Zerstörung menschlicher Lebensgrundlagen. War das einklagbar? Beihilfe zum Völkermord in den am ärgsten betroffenen Ländern.

Hatten es die Schweizer Klimaseniorinnen vor dem europäischen Gerichtshof nicht vorexerziert?

Es war Zeit, diejenigen an den juristischen Pranger zu stellen, die mit ihren Aussagen und ihrer Politik Klimamaßnahmen verhindert hatten.

Und sie zur Verantwortung zu ziehen, nicht nur symbolisch.

Meret blieb auf einer alten Steinbrücke stehen und beobachtete, wie das wenige Wasser sich seinen Weg zwischen den mächtigen Felsblöcken suchte.

Noch nicht mal kleinlaut sind sie geworden. Den Klimawandel, den sie vor wenigen Jahren noch geleugnet hatten, propagierten sie nun als eine Realität, die nun mal nicht mehr zu ändern sei, die Gesellschaft – und noch viel wichtiger: die Wirtschaft! – müsse sich nun eben an die neuen Gegebenheiten anpassen.

Diese rückgratlosen Egozentriker. Plärrten schon wieder in die Welt hinaus, nur neue Atomkraftwerke könnten die kommenden Energieprobleme lösen. Weil sie dafür bezahlt wurden, natürlich, nicht weil sie etwas davon verstanden.

Mit vielen von ihnen hatte sie sich im Laufe der Jahre angelegt.

Robert Haas schien der Nächste zu sein.

Aber müsste sie nicht auch mit solchen Typen zusammenarbeiten? Mit den wichtigen Investoren?

Sie war Richtung *RiverLodge* unterwegs, fiel ihr auf.

Lange und reglos schaute sie dem flirrenden Spiel der Sonnenstrahlen auf dem Wasser zu. Bis ihre Wut endlich abklang.

War sie denn so viel besser, fragte sie sich, als sie ihren Weg fortsetzte, nun am anderen Ufer des Rheins.

Sie hat ein Kind in diese Welt gesetzt.

Was blieb Bigna in dreißig, vierzig Jahren? Nicht nur ein oder zwei Grad wärmer würde es dann sein, alle Kipppunkte, vor denen sich die Wissenschaftler so fürchteten, waren dann längst erreicht, und jeder früher als prognostiziert.

Dennoch hatten sie und Niculan ihrem Wunsch nachgegeben.

Jetzt blieb ihr keine Wahl. Sie musste wieder in die Gänge kommen, ihre Fähigkeiten nutzen, Tropfen auf heiße Steine fallen lassen immer und immer wieder, vielleicht halfen beim Heilen der Natur ja homöopathische Gesetzmäßigkeiten.

Für die es keinerlei wissenschaftliche Belege gab.

Ihr Lächeln blieb bitter.

Als Mutter konnte sie sich Pessimismus nicht mehr leisten. Sie musste Bigna Hoffnung geben, in jedem Moment ihrer Kindheit und Jugend, vorangehen, an eine Zukunft glauben, wie auch immer die aussehen mochte, und diesen Glauben an ihr Mädchen weitergeben.

Sie sollte den Gedanken an die sterbenden Baumriesen verdrängen, die ihren Großvater und ihren Vater überdauert hatten, jetzt aber nadellose Skelette waren, verdorrt in einem der letzten Dürresommer, bereit, zu fallen. Nachdenklich richtete sie ihren Blick auf die unscheinbaren Triebe, auf die vielen Schösslinge und Sämlinge, die dereinst die Aufgabe der verdorrten Bäume übernehmen, Schatten spenden und Kohlenstoff binden würden.

Sie kam zu den nächsten Wegweisern.

Der eine deutete bergwärts zur *Cascada Sontga Crusch.*

Die Wanderzeit war auf eine halbe Stunde gerechnet, aber

Meret erreichte den Wasserfall schon nach zwanzig Minuten. Vielleicht war sie ein wenig zu schnell aufgestiegen, die Hitze war ihr ins Gesicht geschossen, der Oktobertag war unglaublich warm, wie oft jetzt. Kaum war sie am glasklaren Wasser angekommen, streifte sie die Kleider ab, wie Niculan und sie es immer taten, wenn sie eine Wanderung krönen wollten. Sie watete vorsichtig in den Teich. Das Wasser ging ihr nur bis zur Hüfte, sie holte tief Luft und ließ sich hineinfallen. Die Kälte traf sie wie ein Schlag, und die Gischt des Wasserfalls war eisig. Meret schaute, dass sie schnell wieder aus dem Wasser kam, zitternd fischte sie die Picknickdecke aus dem Rucksack und hüllte sich darin ein.

Sie schaute zum Wasserfall hinüber.

Die Wasserprobe!, fiel ihr plötzlich wieder ein. Das war hier gewesen.

Sie hob die Decke etwas an und ging zu der Stelle zurück, an der sie ins Wasser gewatet war.

Sie hatte etwas Seltsames gesehen …

Zwischen ihren Füßen, just bevor sie eingetaucht war.

Sie ging noch einmal hinein, sofort begannen ihre Füße zu schmerzen, so unerträglich, als steche jemand fortwährend Nadeln hinein. Sie fand den seltsam rechteckigen Stein sofort wieder, nahm ihn hoch und sah zu, dass sie aus dem Wasser kam.

«Solange Sie nur einen Stein mitnehmen, drücke ich ein Auge zu. Aber nur eines!»

Meret fuhr herum.

Der Mann stand einige Meter von ihr entfernt unter einer Föhre und grinste sie an. Meret spürte, wie spärlich das Tuch sie bedeckte, die eine Brust gar nicht, aber sie verzichtete darauf, sich artig zu verhüllen, im Gegenteil, sie streckte sich ein wenig und trocknete sich ungerührt weiter ab. Prüde war sie nie gewesen. Dafür sah sie jetzt, wie ihr Gegenüber durch ihr Verhalten eingeschüchtert wurde. Der Mann wandte den Blick von ihr ab.

«Ich schlage vor, Sie drehen sich jetzt erst einmal um, und ich ziehe mich in dieser Zeit an, dann können Sie mir sagen, was immer Sie möchten, Herr Haas.»

Robert Haas schien nicht überrascht, offenbar war er es gewohnt, erkannt zu werden.

«Genau so machen wir das, Frau Sager!»

Er drehte sich tatsächlich um, ging gar noch ein Stück in den Wald hinein und blieb dort stehen, als warte er auf ein Kommando, dass er sich wieder rühren durfte.

Meret ihrerseits war verblüfft, dass er ihren Namen wusste. Ohne Eile frottierte sie sich ab, ließ die Decke auf den Stein fallen und schlüpfte in ihre Unterwäsche. Mit der Trekkinghose hatte sie etwas Mühe, weil sie an der noch feuchten Haut klebte. Bevor sie etwas sagte, blickte sie sich verstohlen um. Woher war der Mann eben bloß gekommen? Sicher nicht auf dem Wanderweg, der endete auf der anderen Seite des Teichs.

Seltsam.

«So. Ich hoffe, Sie überfallen nicht regelmäßig harmlose Wanderinnen.»

Haas drehte sich gemächlich um.

«So sehen harmlose Wanderinnen nicht aus», sagte er doppeldeutig.

Meret ging nicht darauf ein. «Woher kennen Sie mich?»

«Wer kennt Sie nicht, Frau Sager. Ich wollte Sie sogar mal engagieren.»

«Mich?»

«Vor Jahren, als wir mit der RiverLodge begannen. Ich hoffte, *CleanGreen* würde die Planung übernehmen.»

«Taten wir das nicht?»

«Ihre Geschäftsführerin hat uns ziemlich schnöde abgesagt.»

«Gret merkt in der Regel, wem zu trauen ist und wem nicht.»

«Das war jetzt nicht sehr nett, Frau Sager.»

«Ich denke, sie hat sich über Dr. Doom so ihre Gedanken gemacht.»

Sie ließ den Satz wirken und fragte sich, weshalb Gret Haas wirklich abgesagt hatte. Sie würde sich abends bei ihr erkundigen. Aber bei all den Anfragen, die zeitweise auf ihr Institut eingeprasselt waren, würde sie sich vielleicht nicht einmal mehr erinnern.

«Dr. Doom? Solche Geschichten glauben Sie? Nicht eben ein Qualitätssiegel für Ihr Institut. Einschätzungen von allfälligen Business-Partnern aufgrund irgendwelcher Urban Tales im Netz? Ich bitte Sie, das können Sie besser!»

«Man sollte natürlich nicht alles glauben, was man so googelt. Aber ebenso wenig sollte man gewisse Warnsignale ignorieren.»

«Nun, die RiverLodge ist längst gebaut, brauchen Sie noch mehr Beweise für meine Seriosität? Das wäre mir wichtig, jetzt, wo Sie hier leben und ich Sie endlich mal aus der Nähe sehen darf.»

Diesmal war sein anzüglicher Ton nicht zu überhören, an Meret prallte er ab. Sie wunderte sich mehr darüber, wie sehr er sich von ihrem Anblick hatte beeindrucken lassen.

«Ich glaube ja eher, Sie brauchen bald jede Expertise, die Sie kriegen können.»

Haas wusste sofort, worauf sie anspielte. «Das mit Ihrem Unfall tut mir leid. Die Gemeindepräsidentin hat mir erst vor einer Stunde von Ihrem Malheur erzählt. Wir sind bereits daran, die Stelle zu markieren und abzusperren.»

«Das wird den Riss auch nicht schließen.»

«Ach, das wird von selbst geschehen, haben Sie ein bisschen

mehr Vertrauen zur Natur. Und zu unseren Geologen. Alles Spezialisten, die Armee wacht zudem über uns. Auf Wiedersehen, Frau Sager.»

Haas drehte sich ab und nahm den Weg Richtung Fluss unter die Füße. Plötzlich hielt er nochmals inne und drehte sich ihr zu.

«Ich möchte übrigens immer noch mit Ihnen arbeiten.»

«Das Resort ist doch gebaut?», sagte Meret erstaunt.

«Nur die erste Etappe. Jetzt verkaufen wir gerade die Einheiten für die zweite Etappe. Die sind noch ausgefeilter und deshalb begehrter, dafür könnte ich Sie brauchen.»

«Mich oder meinen Namen?»

«Beides. Mir gefällt das neue Dorf in Althäusern, das Sie konzipiert haben. »

Meret konnte ihre Verwunderung nicht verhehlen. Er wusste von Neuhäusern?

«Da drüben zum Beispiel», Haas deutete auf die andere Talseite, die im Sonnenlicht leuchtete. «Dort planen wir das große Solarkraftwerk, das unser Resort in drei Jahren mit Strom versorgen wird. Ich brauche ein Konzept dafür. Und eines für alle anderen Umweltfragen bei Etappe 2. Vom Transportsystem bis zur nächtlichen Beleuchtung.»

«Warum?», fragte Meret geradeheraus. «Sie haben sich hier nie umweltbewusst verhalten.»

Haas schaute sie einen Moment schweigend an, freundlich interessiert, aber auch seltsam unberührt von ihrer Kritik.

«*CleanGreen* wollte mich ja nicht beraten, das haben Sie nun davon. Aber warum nicht diesmal? Überlegen Sie es sich, ich melde mich bei Ihnen. Auf Wiedersehen, hoffentlich.»

Das Wort sehen betonte er natürlich.

Warum nur waren Männer so berechenbar.

Ohne eine Antwort abzuwarten, verschwand er. Meret wollte

ihm nachrufen, er müsse sich gar nicht erst bemühen, doch etwas hielt sie zurück.

Eine nächste Bauetappe … Davon hatte sie noch nichts gehört.

Der Berg wurde also von Haas und dem Militär überwacht.

Wenn sie mit ihm zusammenarbeitete, würde sie Einblick in seine Organisation bekommen. Vielleicht auch mehr erfahren über die Risse oben am *Cuolm*.

Aber deswegen arbeiten für einen wie Haas?

Im Leben nie, dachte sie.

Sie war frei in ihren Entscheidungen, es gab keinen finanziellen Zwang, weshalb sollte sie sich das antun?

Der Stein, den sie zurücklegen sollte, stach ihr wieder ins Auge. Sie hob ihn auf und setzte sich damit auf einen Felsen in die Sonne. Sie hatte schon im Wasser bemerkt, dass er keine natürliche Form hatte, es war eine grob behauene Tafel, zwanzig auf dreißig Zentimeter. Sie drehte ihn um und entdeckte zu ihrer Überraschung eine Inschrift.

A nies affon perdiu
Per il nostro bambino perduto

Für unser verlorenes Kind.

Eine Gedenktafel wohl.

Im Wasser?

Verloren. Ein seltsamer Ausdruck. In Rätoromanisch und Italienisch, zudem. Weshalb zweisprachig?

Sie packte die Decke zurück in den Rucksack. Jetzt fröstelte es sie doch noch.

Ein Zufallsfund, kein Zeichen, Meret!

Sie hätte den Stein gar nicht erst aus dem Wasser nehmen sollen.

Meret ging zum Teich zurück, watete noch einmal hinein und legte den Stein behutsam ins Wasser zurück.

Meret schulterte den Rucksack und wanderte auf demselben Weg, den sie gekommen war, wieder zurück. Bei der Weggabelung schaute sie auf die Uhr. Noch erwartete sie niemand. Sie unterdrückte den Drang, in die Manufaktur zu eilen, sich zu versichern, dass es ihrer Tochter gut ging.

Natürlich ging es ihr gut, sonst würde Niculan anrufen.

Sie kontrollierte das Handy.

Keine Nachricht. Meret schüttelte über sich selbst den Kopf.

Sie wandte sich rheinaufwärts, mochte noch fünf Kilometer von der Lodge entfernt sein, von dort würde sie das Postauto zurück nach Dadens nehmen. Sie wanderte los, der Weg führte dicht am Ufer entlang, und wurde von zittrigen Birkenblättern beschattet, immer wieder boten sich traumhafte Blicke auf das Wasser, das im Sonnenlicht türkisfarben leuchtete. Nach einer Viertelstunde zweigte ein schmaler Pfad ab, er führte vom Fluss weg näher zur Bergflanke. Kurz entschlossen folgte ihm Meret. Unversehens tat sich eine Lichtung im Auenwald auf. Sie stapfte durch das hohe Gras und stieß am anderen Ende auf eine Ruine, eigentlich nicht mehr als die Grundmauern eines Gebäudes. Vermutlich eine ehemalige Kapelle.

Weshalb gerade hier?

Sie ging um die Ruine herum, dahinter setzte sich der Pfad fort, er schlängelte sich durch hoch aufschießende Erlen und endete schließlich vor einer senkrecht aufsteigenden Felswand.

Besser gesagt, vor einem Tor im Felsen, wie Meret feststellte.

Fortezia Surrein

Die Festungsanlage, von der *ChatGPT* gesprochen hatte.

Die Haas gehörte.

Ein kurzer Text verwies auf die Bauzeit der Festung, 1945 bis 1965. Die Festung sei nun in Privatbesitz, Führungen könnten zum Preis von fünfhundert Franken auf www.fortezia.ch gebucht werden, dort finde sich auch der Kontakt für Interessenten von erdbebensicheren Lagerräumen.

Der überzogene Preis für die Führungen verriet, dass Haas nicht wirklich an Besuchern interessiert war. Das machte Meret erst recht misstrauisch. Sie überlegte, wen sie an ihrer Stelle unerkannt in die Kavernen schicken könnte. Haas würde mit Sicherheit auch Niculan erkennen, mit seiner Skimanufaktur schaffte es dieser regelmäßig in die Desertaner Lokalmedien, die beiden hatten sich auch schon getroffen.

Fidel?

Er war bekannt wie ein bunter Hund. Aber vielleicht verkleidet? Meret schmunzelte unwillkürlich. So wirkte er im Moment immer, in seinen neuen Zivilkleidern. Morgen waren sie bei den beiden eingeladen, zur Wohnungseinweihung, sozusagen. Dann könnte sie Fidel fragen. Er könnte sich als militärbegeisterter Pensionär ausgeben, der für eine Führung durch die Festung bereit war, einen happigen Teil seiner Rente hinzublättern, um so für einen Tag der häuslichen Langeweile und Einsamkeit zu entrinnen.

Oder sie ging gleich selber hin. Sie verwarf die Idee sofort wieder, schon beim Gedanken daran machte sich ihre Platzangst bemerkbar.

Kapitel 5

Das Liebespaar

«Weißt du, was das Beste ist, wenn ein Pater bei dir einzieht?», fragte Adalina Meret schelmisch. «Er beansprucht keinen Raum. Seine Habseligkeiten haben in einem einzigen Karton Platz.»

«Stimmt, mehr besitzt du ja gar nicht, Fidel!»

«Es war der schnellste Umzug der Geschichte», sagte Adalina. «Ich habe mein altes Bastelzimmer geräumt, ein Bett steht da seit Jahr und Tag, ein Schrank, ein Schreibtisch. Er musste nur seinen Karton ausräumen, schon hatte er seine neue ‹Zelle› bezogen.»

Sie blinzelte Meret zu. «Klosterbrüder sind zudem ruhige Zeitgenossen, ist mir als Erstes aufgefallen. Wenn Fidel nicht manchmal zum Essen käme, würde ich ihn glatt vergessen.»

Die Blicke, die die beiden sich zuwarfen, als Fidel in die Küche ging, verrieten Meret und Niculan, dass Adalina Fidel bloß aufzog.

Die beiden waren viel mehr als eine Zweckgemeinschaft.

Adalina drückte Bigna einen Kuss auf die Wange und reichte sie zu Niculan hinüber, sie wolle Meret im Garten etwas zeigen. Gespannt ging Meret ihr hinterher. Es war eine gute Gelegenheit, ein bisschen nachzufragen. Beim Abendessen kürzlich, bei dem sie die große Neuigkeit erfahren hatte, war sie noch zu überrascht gewesen, wollte nichts Falsches zu ihrer Entscheidung sagen. Geschah ja nun nicht jeden Tag, dass zwei Achtzigjährige sich verliebten und der eine dafür sogar das Kloster verließ, entgegen seinem ewigen Gelübde. Einen Antrag auf Dispens davon hatte Fidel mit dem Einverständnis des Abts gestellt, die letzte Entscheidung darüber lag nun beim Heiligen Stuhl in Rom.

«Eigentlich musste ich Fidel dazu überreden, bei mir einzuziehen», sagte Adalina. «Er wollte sich erst eine eigene Wohnung nehmen.»

«Warum das denn?»

«Es wirke sonst so, als wolle er sich bloß in ein sicheres Nest setzen, falls er mal pflegebedürftig würde.»

«Fidel doch nicht!»

«Natürlich nicht, aber Angst vor dem Gerede hatte er trotzdem. Angst um mich, präziser gesagt, er ist ja Gegenwind gewohnt, seit immer schon. Und es wurde tatsächlich schon einiges über uns getuschelt im Dorf, in den letzten Tagen, das kann ich dir versichern.»

«Sogar wenn das ein Grund gewesen wäre, fände ich den völlig berechtigt.»

«Dass wir beide einfach für uns schauen, im Alter, meinst du? Aber das hätte mir nicht gereicht! Ich habe mich schon vor langer Zeit in den verrückten Kerl verliebt. Natürlich, da ist nie etwas passiert. Es geschah gemächlich, wie das in unserem Alter eben läuft. Vor allem hätte ich niemals verlangt, dass er wegen mir das Kloster verlässt. Seine Entscheidung hat, so scheint mir, erst in zweiter Linie mit mir zu tun. Auch wenn er etwas anderes sagt. Von einem möglichen Austritt hat er nämlich schon vor Jahren bei unseren ersten, noch harmlosen Treffen, gesprochen. Aber jetzt schau dir das mal an, mir hat das ganz vieles erklärt!»

Adalina öffnete die Tür zum Gartenschopf und deutete in eine Ecke, das Fensterlicht wurde dort seltsam reflektiert. Meret trat näher ... und stand vor einem Grabkreuz.

«Es gehört Fidel. Schau es dir nur genauer an.»

Meret hob das filigrane, auf den ersten Blick schlichte Kreuz aus schwarzem Gusseisen hoch.

«Du kennst ja die Gräber der Brüder, direkt neben dem Eingangsportal zur Klosterkirche. Obwohl jeder sein Kreuz selber gestalten könnte, sehen alle genau gleich aus. Und jetzt schau mal dieses an!»

«Aber warum ...? Jetzt sag nicht, ihr rechnet bald mit dem Schlimmsten!»

Adalina schmunzelte. «Weil er schon ein Kreuz hat? Nein, immer mit der Ruhe. Das ist offenbar normal im Kloster. Und bei Fidel ist ja eh klar, dass er sich das niemals von jemand anderem hätte gestalten lassen. Höchstes noch von seinen Schülern, das hätte auch zu ihm gepasst. Schau es dir genau an, er hat es dann wirklich selber gemacht.»

Sofort ins Auge stach die kleine weiße Taube, die oben auf dem Kreuz saß und seltsamerweise durch eine knallrote Papageienfeder veredelt war . Dann sah Meret, dass er alle Verbindungsstücke zwischen dem Kreuz und seinen ornamentalen, geschwungenen Verzierungen golden lackiert hatte. Deshalb die Sonnenreflexe. Ebenso golden war die Inschrift INRI und die Sonne in der Mitte des Kreuzes.

Sie lachte auf. «Das ist typisch für Fidel!», sagte sie und deutete auf die vier schwarzen Glöckchen auf der Unterseite der Querstrebe.

«Aber … das hier?» Der Rosenkranz, der um das Kreuz geschlungen war und in einem kleinen, fast kitschigen Goldkreuzchen endete, überraschte sie.

«Ist mir ein bisschen zu katholisch», sagte sie.

Adalina schmunzelte. «Ich war kürzlich bei den Gräbern der Patres und habe mich zum ersten Mal genauer umgeschaut. Die Kreuze sehen wirklich alle gleich aus. Das ist ja schon zu Lebzeiten so gewollt, keiner in der Klostergemeinschaft soll herausstechen, außer dem Abt, alle sind gleich. Wenn du Fidels Kreuz zu den andern stellst, wird es sich im ersten Moment komplett einfügen, doch auf den zweiten Blick fällt es auf. Wegen all dieser liebevollen Verzierungen.»

Sie schaute nachdenklich auf das Kreuz.

«Vielleicht hat er ja in den letzten Jahren einfach festgestellt, dass er nicht mehr wirklich da hineinpasst. Ich kann mir gut vorstellen, dass er bei seinen Mitbrüdern oft auf Widerstand gestoßen ist, nicht nur mit dem Kreuz hier.»

Sie lehnten es wieder gegen die Wand und traten ins Sonnenlicht hinaus.

«Du bist also glücklich?», fragte Meret.

«Und wie!» Adalina schloss lächelnd die Schopftür. «Und ich weiß jetzt auch, wer mein Grabkreuz mal gestalten wird.»

Fidel und Niculan saßen am Tisch in der niedrigen Stube, wo Meret stets glaubte, den Kopf einziehen zu müssen. Niculan war das gewohnt, er war hier zu Hause, hatte schon vor dem frühen Tod seiner Mutter meistens hier bei seiner Tante gelebt. Kein

Wunder, dachte Meret oft, ist das Verhältnis der beiden so eng. Seit Niculans Kindheit hatte sich wenig verändert, wie er immer wieder beteuerte. Der Specksteinofen mit der Decke auf der Ofenbank, die blütenweißen Vorhänge, die Schwarz-Weiß-Fotos vom alten Dadens. Das erste zeigte eine Gruppe Männer, die mit ihren Zapinen einen frisch gefällten Stamm aufspießten und ihn für die Schussfahrt ins Tal ins Holzgeleit wuchteten, auf einem zweiten waren Bauern zu sehen, die auf dem Rohbau eines Heugaden herumturnten, auf den Schultern riesige Wandhauen. Auf dem nächsten errichteten sie gemeinsam eine fünf Meter hohe Kornhiste.

«Vielleicht hat Fidel gar noch nicht alles gezügelt», empfing Niculan Adalina scherzend. «Ich würde mich nicht wundern, wenn er dir bald enthüllt, dass er in der unteren Deserta noch einige Storage-Räume voller Malutensilien hat.»

Fidel tischte Kaffee und Gebäck auf. Meret gewöhnte sich nur langsam daran, ihn in normalen Kleidern und bei solchen Handreichungen zu sehen. Der ehrwürdige Pater Fidel, der Universalgelehrte, der Künstler, der Revoluzzer, der Bruchpilot … jetzt in seiner neusten Inkarnation als braver Hausmann! Sie schielte auf seine Füße, neugierig, ob er gar gefilzte Hausschuhe trug, doch diesen Gefallen tat er ihr nicht.

«Im Ernst jetzt, Fidel», hakte Niculan nach. «Du brauchst doch Leinwände, Pinsel, Farben … sonst wird dir langweilig.»

Adalina hob abwehrend die Hände. «Unsere Tage sind so schon randvoll, bring ihn nicht auf Ideen.»

«Du vergisst, ich bin pensioniert. Und mir wird sicher nicht langweilig, wir haben ja uns.» Er sagte es, als wäre es das Natürlichste der Welt, und genauso unbefangen küsste ihn Adalina zur Bestätigung auf die Wange.

«Das ist immer so bei frisch verliebten jungen Turteltäubchen», relativierte Meret schmunzelnd. «Diese rosa Brille, bevor sie dann der Alltag einholt. Nimmst du?»

Sie legte Adalina die unruhige Bigna in die Arme. Als sie merkte, wo sie gelandet war, schlief die Kleine beruhigt ein.

Die vollkommene Harmonie zwischen ihrer Tochter und Adalina kam Meret manchmal wie ein kleines Wunder vor, auf seltsame Weise wie eine Wiedergutmachung. Als Siebzehnjährige hatte man Adalina zu einer Abtreibung gezwungen, danach hatte sie keine Kinder mehr bekommen können.

Der Erzeuger war Merets Vater gewesen. Adalinas Jugendliebe.

Als Adalina sie im Spital besuchte und Bigna zum ersten Mal in den Armen hielt, hatten sie und Meret sich lange angeschaut, in stillem Einverständnis, ohne Worte.

Beide wussten, Adalina würde die Rolle der *Tatta* mit aller Leidenschaft erfüllen.

«Dieses Kind wird niemals verloren gehen», hatte Adalina Meret beim Abschied im Spital zugeflüstert.

Meret war es wieder eingefallen, als sie die seltsame Inschrift auf der Steintafel oben am Teich gelesen hatte.

Jenes Kind war offenbar verloren gegangen.

Deshalb hatte sie der Fund so seltsam berührt. Derselbe Ausdruck! Nicht mal Niculan gegenüber hatte sie die Steintafel erwähnt.

Er war schon ungehalten gewesen, als sie ihm von Haas erzählt hatte, und von seinem ‹unmoralischen› Angebot, wie Niculan es sofort genannt hatte.

Meret gab Zucker in ihren Kaffee und nahm etwas Gebäck. Dabei sah sie Fidels Blick, er betrachtete Adalina, die eben Bigna von einem Arm in den anderen Arm bettete. War das Schmerz in seinen Augen? Sehnsucht? Als sein Blick den ihren traf, hatte er sich schon wieder unter Kontrolle.

Ihm hätte sie von dem Stein erzählen wollen.

«Jetzt rück mal raus mit der Sprach, Fidel, wie lange hast du dir den Austritt schon überlegt?», fragte Niculan in diesem Moment.

«Das willst du wirklich wissen?»

«Ja.»

«Seit dem Moment, in dem ich eingetreten bin.»

«Im Ernst?»

«Ich glaube, bei keinem von uns vergeht ein Tag, an dem man nicht ... wie soll ich sagen ... nicht vergleicht.»

«Wie meinst du das?»

«Wiederkehrende Gedanken einfach. Was anders geworden wäre. Draußen. Was aus uns geworden wäre, hätten wir den normalen Weg eingeschlagen.»

«Und doch bist du so lange geblieben.»

«Ich bin auch nicht normal!»

Meret lachte auf, Adalina schmunzelte und nickte wissend, Niculan schüttelte nur den Kopf.

«Muss der Mann doch achtzig Jahre alt werden und Hals über Kopf aus dem Kloster flüchten, um endlich mal ein Fitzelchen Selbsterkenntnis zu erhaschen!»

«Ich stell mir das schwierig vor», sagte Meret. «Je länger man im Kloster ist, desto größer muss doch die Angst sein, die Ordensbrüder zu verlassen und das Leben mit ihnen aufzugeben.»

«Das ist auch so», sagte Fidel ohne jede Ironie.

«Und was genau hat zu deiner Entscheidung geführt?»

«Die späte Entscheidung, meinst du?» Fidel lächelte. «Sie natürlich.»

Adalina sah ihn versonnen an.

«Mit Verlaub, Adalina kennst du schon ewig, deswegen bist du doch nie …»

«… normal geworden, willst du sagen, Niculan. *Lumpazi che ti eis!* Doch, doch, ich kenne dich, du Schlingel.»

Meret und Adalina lachten. Der Schüler und sein ewiger Lehrer – ein Verhältnis allerdings, das sich im Laufe der Jahre immer wieder mal umgekehrt hatte, beim gemeinsamen Gleitschirmfliegen, beispielsweise. Schon seltsam, wie die Dinge sich gerade fügen, dachte Meret. Adalina war wie eine Mutter für sie, Fidel seit langem schon ein Vaterersatz für Niculan. Sie betrachtete Bigna, die eben aufwachte. Ihr Mädchen hätte es mit ihren Großeltern nicht besser treffen können.

«Mich interessiert das wirklich», sagte sie zu Fidel.

Er lächelte. «Eigentlich ist es einfach. Eine simple Abwägung. Ich bin achtzig geworden, mir bleiben noch ein paar Jahre, im besten Fall. Die könnte ich auch im Kloster verbringen. Aber in meinem Alter ist es Zeit für das eine oder andere Fazit, man fragt sich, ob man an den paar Wendepunkten des Lebens auch wirklich immer die richtige Entscheidung getroffen hat. Gleichzeitig hat sich bei uns etwas verändert, für mich zunächst unmerklich, zugegeben, Adalina musste mir da erst Beine machen. Früher hatte ich mich auch schon mal anders entschieden.»

«Tatsächlich? Jetzt wird's sogar für mich spannend!», sagte Adalina.

«Ach, weißt du …», sagte Fidel schnell und fast abwiegelnd, wie Meret auffiel. «Das passiert jedem Klosterbruder irgendwann, immer mal wieder sogar. Solche Geschichten würden unser Kaffeekränzchen sprengen, glaub mir. Kümmere dich lieber um die Kleine. Nur so viel: Früher hatte ich mich immer für das

Kloster entschieden, offensichtlich, doch jetzt war die Zeit reif für etwas anderes.»

Meret wartete einen Moment, doch er sprach nicht weiter. Wollte nicht weitersprechen.

«Und frühere Entscheidungen bereust du?»

«Man kann eine Entscheidung schlecht bereuen, wenn man nicht wirklich die Wahl gehabt hat. Die habe ich jetzt.»

«Genau», sagte Meret, der eben klar wurde, dass sie tatsächlich an der Oberfläche einer Geschichte kratzte, die wohl viel größer und dramatischer war, als sie sich das bisher vorgestellt hatte.

Fidels Zögern eben …

Niculans Miene verriet ihr, dass er nicht mehr wusste.

Adalina offenbar auch nicht.

«Ich bin einfach nur glücklich für euch zwei», sagte Meret dann abschließend. «Und das ist ziemlich eigennützig gedacht, ich kann mir keine perfekteren Großeltern für Bigna vorstellen als euch zwei. Und Adalina findet dank deiner Hilfe noch mehr Zeit für die Kleine. Was uns das Leben bedeutend leichter macht.»

«Und wie!», sagte Niculan etwas misslaunig. «Du findest neuestens sogar Gelegenheit, mit Robert Haas zu flirten!»

Adalina blickte überrascht auf. «Meret, hast du uns was zu erzählen?»

Meret berichtete von ihrer Begegnung am Wasserfall oben. Über ihre Nacktheit und die Steintafel verlor sie kein Wort, versuchte sich aber genau an das zu erinnern, was Haas zu ihr gesagt hatte.

«Als würden solche Risse sich wieder schließen!» Fidel schüttelte nur den Kopf.

«Er fand wohl, wir hätten zu viel Aufhebens um meinen Sturz gemacht, die Spalte sei gar nicht besonders tief.»

«Tamazi!», entfuhr es Fidel.

«Das Einzige, was für unseren Dummkopf spricht: Offenbar wollte er damals bei der Planung der RiverLodge mein Institut anstellen. Ich habe mich noch bei Gret erkundigt. Sie kann sich nicht daran erinnern, natürlich nicht, aber die entsprechenden Aktennotizen belegen, dass eine kurze Überprüfung von Haas Ungereimtheiten und seltsame Verbindungen in die Prepper-Szene ergeben hatten, worauf die Anfrage abgelehnt worden war. Trotzdem hat er mir ein neues Angebot gemacht. Gut, noch sehr vage, aber trotzdem erstaunlich.»

«Er hat dich tatsächlich erkannt?», fragte Adalina. «Dann muss er sich ja wirklich für dich interessieren.»

«Vielleicht hat er mich gegoogelt, nachdem er mit der Gemeindepräsidentin gesprochen hat.»

«Wisst ihr, was ich denke?», sagte Niculan plötzlich. «Mit dieser Lodge und dieser Bunkeranlage stimmt irgendwas nicht, Haas kennt Merets Reputation, und er will sie für seine Zwecke einspannen, mit ihrem guten Ruf blenden und sie so gleichzeitig mundtot machen.»

Meret schaute ihn leicht irritiert an. «Mundtot? Du denkst wirklich, dass er das schafft?»

«Wenn er dich bezahlt, nimmt dich niemand mehr ernst.»

«Oder erst recht», gab Meret zurück.

«Du meinst, er hat Angst vor ihr?», fragte Fidel Niculan.

«Versetz dich in seine Situation. Wenn ich in den vergangenen Jahren jedes Gesetz und jede Regel gebogen hätte, weil das in dieser Gemeinde und in dieser Konstellation eben möglich war, dann wäre ich gegenüber jedem kritischen Geist, der hier im

Tal lebt und über Fachwissen verfügt, misstrauisch. Jetzt bewegt sich oben der Berg, und er plant unten die neue Etappe, noch größer und teurer offenbar. Der kauft sich doch jede Gutachterin, die er kriegen kann.»

«Ich bin nicht käuflich», sagte Meret schmallippig.

«Es wurde Haas nie ein wirkliches Fehlverhalten nachgewiesen», gab Adalina zu bedenken. «Man kann verachten, was er macht, tue ich in Teilen, aber ich glaube, letztendlich bewegt er sich mit seinen Projekten im üblichen Rahmen. Der in diesem Kanton ja sehr flexibel ist. Und nicht nur hier, schaut mal über den Pass, wie sie dort dem Ägypter den roten Teppich ausgelegt haben. Auch da mithilfe des Militärs, übrigens.»

«Noch ist Haas nichts nachgewiesen worden, sagen wir es mal so.»

Meret wunderte sich ein wenig über Niculans heftige Reaktion.

«Fakt ist», fuhr dieser jetzt fort, «Haas stellt die Gemeinde immer wieder vor vollendete Tatsachen, lässt sich bauliche Eingriffe im Nachhinein bewilligen, dann, wenn sich niemand mehr traut, ihn vor Gericht zu zerren. Und weil sich die Gemeinde schon zu lange auf der Nase herumtanzen lässt, ist sie jetzt machtlos. Zu viel hängt von ihm und seinen Investitionen ab. Schau dich um. Die Bahnen und Lifte, der Hotelturm drüben, die Gebäude, die in letzter Zeit auf den Immobilienmarkt kommen, was meinst du, wem bald alles gehört.»

«Er will die Erdrutsche verharmlosen, meinst du? Damit schadet er letztendlich nur sich selbst.»

«Da wäre ich nicht so sicher.»

«Ich hätte diesbezüglich übrigens eine Aufgabe für dich, Fidel», sagte Meret plötzlich.

Sie erzählte ihnen, dass sie neben dem Eingang zur *Fortezia surrein* auf den Hinweis gestoßen war, dass Führungen durch den Bunker angeboten wurden.

«Und jetzt möchtest du, dass ich inkognito eine Führung mitmache? Alte Kanonen und miefige Truppenunterkünfte bestaune?» Fidel war mäßig begeistert.

Meret fasste kurz zusammen, was sie über den Dr. Doom der Prepperszene im Internet gelesen hatte. Mit jedem weiteren skurrilen Detail wuchs Fidels Interesse, und Meret sah, dass es keine weiteren Überredungskünste von ihrer Seite mehr brauchte.

«Unsere Stiftung kommt natürlich für die Kosten auf, irgendwie bin ich überzeugt, dass alles, was du dort zu sehen bekommst, durchaus von allgemeinerem Interesse sein könnte.»

«Dann werde ich mich mal darum kümmern.»

«Ich habe dich, ehrlich gesagt, schon angemeldet», sagte Meret nur leicht verlegen.

«Ach ja?»

«Ich dachte, das gehört zu den Dingen, die Pensionäre in ihrer Freizeit eben tun. Die Führung ist immer am letzten Freitag im Monat, du kannst dich also noch darauf vorbereiten. Perücke, Bart, Prepper-Kleidung, er darf dich einfach nicht erkennen. Ich will wissen, wie er seine Projekte den Interessenten von auswärts verkauft.»

Adalina musste beim Gedanken an Fidels Verkleidungskünste schmunzeln. «Im Schultheater hat er stets für Furore gesorgt mit seinen seltsamen Kostümen und Auftritten. Mit Vorliebe hast du übrigens Frauenrollen gespielt, fällt mir da gerade auf. *Item.* Du wirst auch deinen Spaß dabei haben, Haas hereinzulegen.»

«Danke, dass ihr das für mich entscheidet», sagte Fidel trocken, aber sein gutmütiges Lächeln verriet, dass er nicht abgeneigt war.

Als sie nach Hause spazierten, fiel Meret Niculans mürrisches Schweigen auf.

«Ich habe ihm ja noch gar nicht zugesagt», sagte sie beschwichtigend.

«Aber du wirst.»

«Tatsächlich komme ich immer mehr zu der Erkenntnis, dass ich Haas nur so auf die Schliche komme, sollte er irgendwelche dunklen Geschäfte planen.»

«Das sehe ich anders.»

«Und noch etwas, das mir je länger, je wichtiger wird: den bereits Bekehrten zu predigen hilft selten weiter, wir müssen auch die Unternehmer, die sich sonst nicht um Nachhaltigkeit scheren, bearbeiten. Die erst recht.»

«Warum machst du dann die Führung nicht gleich selber mit?»

«In einen Bunker hinein? Das ist jetzt nicht dein Ernst? Du weißt, wie schnell ich Platzangst kriege. Nie mehr, Althäusern hat mir genügt.»

Seit sie beide zusammen mit Fidel bei ihrem letzten Auftrag im Bernischen in einer unterirdischen Anlage beinahe ums Leben gekommen wären, konnte sie sich nicht mehr unter Tage aufhalten. Schon Tunnelfahrten, die für sie früher nie ein Problem gewesen waren, ließen sie seither in kalten Schweiß ausbrechen.

«Ich wüsste einfach zu gern, was Haas von sich erzählt, wenn er von vermeintlichen Bewunderern umgeben ist.»

Abt Stefan erscheint pünktlich um 10.00 Uhr im Dadenserhof. Das Hotel hat dem hohen Gast aus der Bundeshauptstadt ein Viertel des Frühstückssaals reserviert, dort sitzt er nun mit seinem Kaffee vor einer Mappe mit Unterlagen.

Was für ein einsamer Mensch, denkt der Abt, und für einen kurzen Moment hat er fast Mitleid mit ihm. Fehlt gerade noch!, weist er sich selbst zurecht. Er hat am Vortag genug von dem Divisionär gehört. Wie schlimm muss es um die Armee eines Landes bestellt sein, fragt er sich zum wiederholten Mal, wenn einer wie der so hoch aufsteigen kann?

Er begrüßt Kalt mit einem kurzen Nicken.

«Ohne Vorreden, hier die Summe, die der Orden verlangt, kein Verhandlungsspielraum.»

Kalt reißt den Umschlag auf, die Forderung des Klosters scheint ihn nicht weiter aus dem Konzept zu bringen.

«Das ist das Doppelte von dem, was ich Ihnen in Aussicht gestellt habe», konstatiert er.

«Weil Sie uns nur die Hälfte des tatsächlichen Wertes angeboten haben», kontert der Abt.

«Ich habe mich bezüglich einer möglichen Enteignung im Landesinteresse klar genug ausgedrückt, scheint mir.»

«Ja.» Der Abt hält Kalts bemüht hartem Blick, ohne mit der Wimper zu zucken, stand. «Wir haben über Enteignungen gesprochen, einerseits, und über seltsame Neigungen andererseits …»

Der Divisionär schaut schnell auf, bleibt aber ruhig. Offenbar hat er sich eine Taktik zurechtgelegt.

«Es ist Ihr Glück, Herr Abt, dass uns die Zeit fehlt, unseren kleinen Disput auszufechten. Oder gar lange zu verhandeln. Die Schweiz braucht dieses Land, diesen Berg. Wir zahlen deshalb den verlangten Preis.»

Da schau an, dachte Abt Stefan überrascht. Hätte er gar noch höher gehen sollen?

Kalt steht auf und kommt um den Tisch herum, er stellt sich dicht vor Abt Stefan auf, der ihn um einen halben Kopf überragt.

«Dafür verspreche ich Ihnen, dass wir dieses Land auf jedem

Quadratzentimeter für das nutzen, was Bolschewisten-Freunden wie Ihnen zutiefst zuwider ist. Und wir beginnen sofort damit, Bautrupps und ein weiteres Kontingent italienischer Mineure sind aufgeboten. Unsere Truppen in der alten Festung werden das neue Gelände bereits morgen umzäunen. Mit Stacheldraht. Höchste Geheimhaltungsstufe, ab sofort kein Zutritt mehr für Zivilisten, die nicht an den Bauarbeiten beteiligt sind. Sagen Sie das Ihren Leuten! Ich schreibe gerade an den Instruktionen für die Wachen: Scharfe Munition, Schießbefehl. Die Zeit der Spielchen ist vorbei, Herr Abt.» Er fährt sich mit Daumen und Zeigefinger über seinen dünnen Schnauzer und fügt dann hinzu: «Sie dürfen gehen.»

Abt Stefan lächelt so nachsichtig, als wäre Kalt noch immer der Klosterschüler von einst.

«Dazu brauche ich keine Erlaubnis, deine schon gar nicht, Karl. Ich gehe mit Freude. Eine letzte Frage: Warum um Himmels willen hast du dir ausgerechnet ein Umfeld gesucht, in dem dich früher oder später einholen wird, was du der armen Annamengia angetan hast?»

Er klopft Karl in falscher Freundschaft auf die Schulterpatte.

«Haben dir diese beiden Sterne die Macht gegeben, Gleiches wieder zu tun? Müsste man sich vielleicht mal ein bisschen erkundigen?»

Er dreht sich auf dem Absatz um und geht.

Wie immer, wenn ihn etwas aufwühlt, setzt sich Abt Stefan auf eine Bank im Gemüsegarten des Klosters. Minutenlang sitzt er regungslos da, bis er unversehens lächelt.

Die Landschaft dort am Rhein ist sehr reizvoll, zugegeben. Für das Auge. Aber das Land ist komplett wertlos, der einzige Punkt, in dem Karl Kalt recht hat.

Er lässt die beiden Begegnungen mit dem Divisionär Revue passieren. Für das Kloster hat er das Maximum erreicht, davon ist er überzeugt. Wenn das Militär das Land wirklich will, stehen denen alle Wege offen, selbst eine Enteignung wäre in diesem armeehörigen Land kein Problem. Umso erstaunlicher, dass Kalt den Preis akzeptiert hat.

Haben ihm wirklich nur schon die Andeutungen zugesetzt?

Dem Abt ist die Sache nicht leichtgefallen. Eigentlich hat er Kalt erpresst. Doch jedes Mal, wenn die Scham darüber überhandnimmt, erinnert er sich an all die inakzeptablen Aussagen, die Divisionär Karl Kalt schon in der Öffentlichkeit und nun auch ihm gegenüber gemacht hat.

Ein Mensch wie er ist in einem so verantwortungsvollen Amt nicht tragbar, das ist seine tiefste Überzeugung.

Die exhibitionistischen Eskapaden von Kalt im Dorf damals hätte man noch als jugendlichen Unfug abtun können, was danach mit dem Mädchen geschah, niemals.

Kalt leistet sich heute noch Dinge, die man ihm in seiner Jugendzeit lange nachgesehen hat. Den Zynismus, seinen leichtfertigen Umgang mit der Wahrheit, das Anschwärzen anderer. Bis zum Übergriff, bis er zu weit gegangen, gewalttätig geworden war. Doch offensichtlich war diese Geschichte außerhalb der Deserta nicht bekannt geworden, rätselhaft, wie Kalts Familie das geschafft hatte.

Und was auch immer Annamengias Familie dafür erhalten hatte. Der Neubau ihrer Scheune im Jahr darauf war niemandem im Dorf entgangen.

Er glaubt nicht, dass sich Kalt von seinen Drohungen hat beunruhigen lassen. Ein abgefeimter Karrierist wie er muss auf entsprechende Enthüllungen vorbereitet sein. Was also sind seine Beweggründe?, fragt sich der Abt erneut. Weshalb ist er höchstpersönlich ins Kloster zurückgekommen, mit seiner Vergangenheit? Ist es seine Art, sich am Kloster zu rächen? Kleinlich und lächerlich wäre das, würde aber zu ihm passen. Vielleicht steht er auch einfach unter großem Zeitdruck, das Bauvorhaben der Armee durchzupauken.

Der Abt blinzelt in die Sonne, die nicht mehr viel Kraft hat und ihn doch noch ein wenig wärmt. Allmählich entspannt sich seine Nackenmuskulatur. Vielleicht kommt er ohne Migräne davon.

Drüben stutzt einer der Novizen gerade die Himbeerbüsche.

Quirin Livers. Der kommt ihm wie gerufen, ihn hat er schon lange sprechen wollen.

«Nur nicht so schüchtern, Quirin», sagt der Abt, als der Novize auf sein Rufen näher getreten ist. «Setz dich einen Moment zu mir, ich möchte etwas mit dir besprechen.»

Quirin setzt sich, der Abt sieht, wie nervös er ist.

«Du stellst dich ganz geschickt an, sagen mir die Brüder. Offenbar arbeitest du am liebsten mit den Händen?»

Quirin nickt, dann merkt er, dass der Abt an ihm vorbei in die Ferne schaut. «Das stimmt», sagt er deshalb vernehmlich.

«Als ich mit deinen Eltern über deinen Eintritt hier ins Kloster gesprochen habe, und darüber, was du alles schon kannst, haben sie mir von eurem Maiensäß erzählt.»

Quirin fragt sich, womit er die Aufmerksamkeit des Abtes verdient, was er ausgefressen haben mochte.

«Du warst den ganzen Sommer allein da oben?»

«Ja.»

«Und du hast die ganze Renovation selber gemacht?»

«Ja. Also, ja. Die Holzarbeiten.»

Abt Stefan lächelt. «Gab es denn noch andere Arbeiten?»

«Das nicht gerade, nein. Doch, die Wasserleitungen natürlich.»

«Würdest du dir zutrauen, dasselbe für das Kloster zu tun?»

«Hat das Kloster ein Maiensäß?», fragte Quirin erstaunt.

«Oh ja, einige. Aber ich denke an ein ganz bestimmtes. Drüben, ob Mompé, in den *pardatsch da vaccas.*»

«Das alte Maiensäß der Cavegns?»

«Du weißt wirklich Bescheid! Genau. Eigentlich gehört es jetzt uns. Gehörte uns …»

Der Abt zögert unmerklich, bevor er fortfährt. «Das Kloster braucht es aber nicht wirklich, deshalb soll es an Dosi Cavegn zurückgehen. Bereits so renoviert, dass sie es zu ihren eigenen Zwecken nutzen können, meinetwegen auch nur zur Erholung. Und hier kommst du ins Spiel …» Der Abt dreht sich zum ersten Mal ganz zu Quirin. «Leider ist das Maiensäß baufällig. Ich möchte, dass du hinaufgehst, von mir aus auch einige Tage, alles aufnimmst, aufzeichnest, und mir Vorschläge machst, wie du das Maiensäß renovieren würdest. Und was das kosten würde. Eine große Arbeit, ein richtiges Projekt. Traust du dir das zu?»

Quirin schaut den Abt mit offenem Mund an, dann nickt er eifrig, überwältigt von diesem Angebot.

«Wunderbar, dann ist das abgemacht. Für diese Arbeit begibst du dich unter die Fittiche von Statthalter Bruder Jakob. Er kann dich bei allen technischen Fragen unterstützen. Wenn du zum Maiensäß hochgehst, oder wenn du dort übernachtest, meldest du dich bei ihm ab und besprichst mit ihm auch den Zeitpunkt deiner Rückkehr. Wir müssen uns darauf verlassen können, verstehst du? Wir wollen stets wissen, wo du bist. Ich übernehme eine große Verantwortung, wenn ich dich so was machen lasse, du bist ja erst Novize.»

«Ich würde das sehr gerne tun.» Endlich bringt Quirin einen ganzen Satz heraus.

«Großartig, wohlan! Ich setze unverzüglich Bruder Jakob in Kenntnis und gebe ihm den Schlüssel zum Maiensäß. Und jetzt kümmere dich wieder um die Himbeeren, damit wir nächstes Jahr einen schönen Ertrag haben!»

Quirin bedankt sich nochmals und rennt dann zu seiner Rebschere zurück. Er hätte vor Freude jubeln mögen. Nicht nur wegen des Auftrags und der selbstständigen Arbeit. Der Weg zum Maiensäß führt hinunter an den Rhein und vorbei am Seelenacker und an der Kapelle. Schon morgen wird er dort sein und nach dem Mädchen mit den Bernsteinaugen Ausschau halten. Fast mit offizieller Erlaubnis. Irgendwie.

Kapitel 6

La Spina da vin

Drei Wochen lang schien sich keiner um die Erdbewegungen am Péz zu kümmern, dann geschah alles zur gleichen Zeit. Haas rief Meret an, sie vereinbarte ein Treffen mit ihm. Als sie Niculan davon erzählte, wurde er wütend und beschloss, selber Bewegung in die Abklärungen zu bringen. Die jährliche Versammlung der Wasserkooperation stand an, das war eine gute Gelegenheit. Als er aufbrach, kreuzte er Adalina in der Tür. Er drückte seiner Tante einen flüchtigen Kuss auf die Wange, er sei schon spät dran.

«Spät wofür?»

«Wir haben Versammlung.»

«La corporaziun?»

«Gie.»

Eine kaum wahrnehmbare Regung in ihrem Gesicht machte ihn stutzig.

«Tut en uorden?»

«*Gie.*»

«Aber?»

«Ach. Nur Fidel. Er ist etwas still in letzter Zeit.»

«Klingt nicht nach ihm. Der neue Alltag?»

«Wer weiß …»

«Keine Angst, Fidel wirft nichts aus der Bahn.»

«Vielleicht werde ich ihm schon zu viel.»

«Sicher nicht. Soll ich mit ihm sprechen?»

«Untersteh dich.»

«Ich werde es geschickt machen. Kommt er zur Versammlung?»

«Er ist nicht eingeladen.»

«Fidel gehört jetzt zur Familie.»

«Dann ruf ihn noch schnell an, ein bisschen Abwechslung tut ihm vielleicht gut.»

Es war einer dieser schon fast zur Gewohnheit gewordenen warmen Herbstabende. Niculan setzte den Helm auf und startete seine *Triumph*. Die Versammlung fand in der *Academia Treglia* oberhalb Mompé statt, mit Ausblick über die ganze Deserta. Das Kulturzentrum war ein minimalistischer Holzbau, errichtet auf dem exponierten Bergrücken, an dem ein Orkan einst den Wald niedergemäht hatte. Gefertigt war er aus ebenjenem Sturmholz.

Heute waren solche Unwetter zu häufig, als dass man ihnen noch Mahnmäler widmen würde, dachte Niculan.

Bevor er losfuhr, rief er Fidel an, und als er zwanzig Minuten später die ersten Serpentinen in Angriff nahm, saß der Pater auf dem Sozius, in der nun schon vertrauten neonfarbenen Skijacke. Sein Kopf wurde von Niculans Ersatzhelm mittlerweile so stark zusammengepresst, dass sie bald nicht mehr um den Kauf eines neuen Helms herumkämen.

Fidels Vorfreude auf den rasanten Ritt konnte das aber keineswegs mindern.

Nur einer getraute sich zu fragen, weshalb Fidel mitgekommen war, Niculan sagte bloß, Fidel vertrete Adalina, das reichte allen Anwesenden als Erklärung, der neue «Zivilstand» des Paters hatte sich herumgesprochen. Wirklich überrascht war ohnehin keiner. Wenn es etwas gab, das Fidel auszeichnete, so war es seine Unberechenbarkeit, die war in der Deserta sprichwörtlich.

Zum ersten Mal dabei, beobachtete Fidel interessiert, ja gespannt, den Verlauf der Versammlung.

Die Risse am Péz Baselgia wurden bei keinem der ordentlichen Traktanden erwähnt. Niculan wollte diese Geschichte später selber zur Sprache bringen, unter dem Punkt *Varia*. Die Generalversammlung der *Corporaziun d'aua*, der Wasserkooperative von Dadens, war auf den ersten Blick nicht der richtige Ort für eine Diskussion darüber, doch viele einflussreiche Dadenser waren hier, deshalb wollte sich Niculan die Gelegenheit nicht entgehen lassen. Es passte ihm allerdings gar nicht, dass Robert Haas fehlte, und er auch niemanden als Vertretung hergeschickt hatte. Auf seinem Land lagen immerhin vier der achtundzwanzig Quellfassungen, die das Wassernetz der Deserta speisten, vieles, was hier in der Versammlung und vor allem beim Umtrunk danach besprochen wurde, betraf Haas und sein Resort ganz direkt. War seine Abwesenheit ein Zeichen dafür, dass sich Haas nicht mehr in die Niederungen der Lokalpolitik begab, um einer möglichen Konfrontation auszuweichen? Oder hatte er derzeit drängendere Probleme zu lösen? Niculan bedauerte, dass er ihn nicht in aller Öffentlichkeit mit seinen Beobachtungen konfrontieren konnte.

Nun, Meret hatte ja bald Gelegenheit, ihn auf seine Absenz heute anzusprechen.

Wie Niculan hatten die meisten Dadenser ein zwiespältiges Verhältnis zu dem umtriebigen Investor. Jeder in der Deserta wusste, ohne Haas gäbe es im Tal keinen nennenswerten Tourismus mehr, die Gemeinde und die früheren Betreiber der Bergbahnen hätten den Sprung in die Zukunft niemals geschafft. Haas hatte den Dadensern ein Stück Hoffnung zurückgegeben. Alle waren ihm zwar in gewisser Weise dankbar, auch Niculan, der als Bergführer und Skidesigner ebenfalls vom Tourismus abhängig war. Doch jede neue Investition von Haas, dem Deutschschweizer und Flachländer, nahmen die Dadenser mit gemischten Gefühlen zur Kenntnis.

Zu Unrecht!, fand Cordelia Flepp, die Haas Niculan gegenüber stets verteidigte. Die Gemeindepräsidentin kannte Niculan seit frühester Kindheit, sie waren Tür an Tür aufgewachsen und immer befreundet geblieben, so gegensätzlich die Wege, die sie eingeschlagen hatten, auch waren. Cordelia war zwei Jahre älter als Niculan. Als sie überraschend die Wahl zur Gemeindepräsidentin gewann, bejubelten vor allem die rätoromanischen Medien den Senkrechtstart der jungen Politikerin und prophezeiten ihr eine große Zukunft, auch auf nationaler Ebene.

Niculan hielt seiner Jugendfreundin öfter vor, sie räume Haas so viele Steine aus dem Weg, weil er und sein allfälliger Erfolg auch sie über die Deserta hinaus bekannt machen würde.

Ob denn irgendwas an ihrem Leben diesen Verdacht nur ansatzweise bestätigen würde?, hatte sie einmal zurückgefragt. Und tatsächlich, sie machte keine Anstalten, wegzuziehen, sie war fest im Dorf verankert, und die ganze Verwandtschaft half ihr bei der Betreuung ihrer drei Kinder.

Ihr Mann hatte sich schon vor längerer Zeit davongestohlen.

Was außer ihr keinen überrascht hatte.

Auf diesem Auge war Cordelia schon immer blind gewesen, fand Niculan.

Als die Gemeinde wieder einmal einen ungebührlichen Kniefall vor Haas machte, waren Cordelia und Niculan ein bisschen über Kreuz gekommen. Damals hatte sich gezeigt, nach welchem Muster Haas seine Betriebe modernisierte. Blieb irgendwo eine Baubewilligung zu lange aus, baute er unerlaubt, was er sich vorgenommen hatte, ob Seilpark, Minigolf-Anlage oder Rodelbahn. In der Gewissheit, dass sich nachträglich schon eine Lösung finden würde. In einem Fall hatte zu Niculans Erstaunen selbst der Kanton mitgemauschelt und neue nutzungsplanerische Grundlagen erstellt, die eine Bewilligung des bereits abgeschlossenen Baus nachträglich erlaubten.

Grau war nicht zufällig die Farbe im Kantonsnamen.

«El fa tuttina tgei ch'el vul!», sagten die Dadenser über Haas, er mache ohnehin, was er wolle. Darin steckte zu gleichen Teilen Ärger und Bewunderung.

Niculan war Cordelia gegenüber noch deutlicher geworden. Haas tanze ihr nach Lust und Laune auf der Nase herum, hatte er ihr vorgehalten. Und in jenem Moment hatte sie sich nur halbherzig dagegen gewehrt.

Aus dem unguten Gefühl heraus, das sie in diesem Moment teilten: Einer wie Haas wird sich nie mit dem kleinen Finger zufriedengeben.

Versonnen und manchmal nur mit halbem Ohr verfolgte Niculan die kurzen, sachlich-humorigen Diskussionen über die einzelnen Traktanden. Zu Beginn drehte sich alles um die Statistiken des Wasserverbrauchs im vergangenen Jahr. Erst danach, als über neue Projekte gesprochen wurde, einen zusätzlichen Brunnen im Unterdorf zum Beispiel, wurde es spannender. Wenn Fidel die Zusammenhänge nicht verstand, klärte Niculan ihn mit leiser Stimme auf. Fidel schien im Gegensatz zu Adalinas Beobachtung ganz der Alte zu sein, seine Augen funkelten, viele der Voten belustigten ihn, er hatte seinen Spaß bei diesem Ausflug.

Auf dem Gebiet von Adalinas und Niculans Maiensäß lag eine Quelle, die Familie Cavegn war deshalb seit der Gründung 1931 Teil der Kooperative. Im Laufe der Jahrzehnte hatten sich immer mehr Weiler in der Deserta angeschlossen. Mit jedem weiteren Dürresommer wuchs der Bedarf an Reservoirs und einer neuen, klugen Aufteilung der Wasserkontingente, und damit auch die Bedeutung der Kooperative. Einst hatte sie sich beim launigen feuchtfröhlichen Gründungsfest den hintersinnigen Namen *Spina da vin* gegeben. Spina hieß eigentlich Wasserhahn, aber auch der Hahn am Weinfass wurde so genannt. Festfreude und Weinseligkeit der Kooperative waren schon in der Zweideutigkeit des Namens angelegt.

Seit Niculan mit Meret zusammenlebte, war ihm bewusster geworden, welche Feinheiten verloren gingen, wenn zwei nicht dieselbe Muttersprache hatten. Obwohl jeder Dadenser mindestens zweisprachig war. Mit Bigna kam nun auch sprachlich eine neue Dynamik in ihre Beziehung. Von Anfang an hatte jeder in seinem Dialekt mit ihr geredet, nun wetteten sie bereits darauf, in welchem die Kleine ihr erstes Wort sagen würde.

Niculan war in Gedanken abgeschweift. Als der Präsident endlich zum Traktandum *Varia* kam, blinzelte er Fidel zu und machte sich bemerkbar. Er sprach von den beiden Rissen oben am *Cuolm*, und dass Meret dort fast verunglückt wäre. Als er auch noch berichtete, dass ihr Kooperationsmitglied Haas dort Wasserproben entnahm, war ihm die Aufmerksamkeit der ganzen Versammlung gewiss. Er sah Cordelia an, dass sie ihn am liebsten auf den Mond geschossen hätte. Kaum hatte er seine Schilderungen beendet, war ein Gemurmel zu hören, und alle Blicke richteten sich auf die Gemeindepräsidentin.

«Das schmeckt ihr gar nicht», kommentierte Fidel zufrieden und lehnte sich vor.

Sie war eigentlich nur als Gast und Gemeindevertreterin zur Versammlung gekommen, nun stand sie ungewollt im Mittelpunkt. Sie hob beschwichtigend die Hände und trat ans Rednerpult.

«Die Gemeinde weiß natürlich von den Erdbewegungen am Péz Baselgia, nicht zuletzt dank Niculans Meldung. Unterdessen sind die Risse abgesperrt. Das, was Meret widerfahren ist, wird sich nicht wiederholen. Bei ihr ist es zum Glück glimpflich abgelaufen. Wir stecken noch mitten in den Abklärungen, aber was wir jetzt schon sagen können: Die Bewegungen beschränken sich auf das Gebiet oberhalb von *Muota Pigniel*. Das Gebiet unterhalb der Geländemulde und damit auch die Rheinebene und die Lodge sind derzeit in keiner Weise betroffen.»

«Was heißt ‹derzeit›?», flüsterte Fidel, doch Niculan war etwas anderes aufgefallen.

«Wer ist ‹wir›? Wer macht hier Abklärungen?» Seine Frage war hörbar argwöhnisch. «Und wie kann es sein, dass sich plötzlich Hänge bewegen, die meines Wissens noch nie auf einer Gefahrenkarte erschienen sind? Obwohl gleich darunter eben erst das teuerste Resort der ganzen Ostschweiz gebaut worden ist?»

Cordelia lächelte nur. «Welche deiner Fragen möchtest du denn zuerst beantwortet haben?»

«Unsere Maiensäße liegen dicht an der Gefahrenstelle. Wir, sagst du. Wer genau ist jetzt für die Überwachung verantwortlich?»

«Normalerweise die Gemeinde, das kennt ihr ja von jeder Rüfene. Aber in diesem Fall gehört das ganze fragliche Landstück einem Privatmann. Und ihr alle wisst auch, wem Haas den Péz Baselgia abgekauft hat. Im Kaufvertrag ist vereinbart, dass in einem solchen Fall nicht die Gemeinde die Verantwortung trägt. Das zur Beruhigung all derer hier, die mich eh nie wählen werden.»

Cordelia Flepp schaute schmunzelnd in die Runde.

Sie war mit so komfortablem Vorsprung gewählt worden, dass sie sich solche Provokationen leisten konnte. «Deutsch und deutlich: Für die Überwachung und allfällige weitere Maßnahmen sind Spezialisten des eidgenössischen Militärdepartements zuständig, die vormaligen Besitzer der Bunkeranlagen und des Landes. Zusammen mit Robert Haas. Sie haben mit ihrer Arbeit längst begonnen, wie mir Robert Haas berichtet hat. Dieses Vorgehen ist übrigens schon im Kaufvertrag so festgehalten.»

«Warum?», fragte Fidel.

«Macht doch Sinn!», erwiderte Arno Beer, Aktuar der Corporaziun und seit Kurzem stolzer Leutnant der Schweizer Armee. «Niemand kennt den Berg, seine Geologie, sein Innenleben so genau wie das Militär.»

«Das ist doch mal eine zufriedenstellende Erklärung.» Beers Onkel, der Präsident der Coperaziun und ebenfalls ein großer Militärfreund, klopfte traditionsgemäß dreimal auf den Tisch. «Und eine Gefahr besteht ja nicht, wie die Gemeindepräsidentin versichert. Auswirkungen auf unsere Quellen sind keine bekannt geworden. Du wirst uns sicher weiter auf dem Laufenden halten, Cordelia. Damit wäre nun auch das letzte Traktandum besprochen, wir können im gemütlichen Teil weiter darüber diskutieren.»

Niculan wollte nochmals auf die Haas-Aktion mit der Wasserprobe zurückkommen, ließ es aber dann sein. Fidel ging mit ihm einig. «Das ist nicht der richtige Moment, so was kannst du nicht in einem Plenum besprechen», wisperte er Niculan ins Ohr. Bereits wurden Stühle gerückt. Niculan ging mit Fidel vor die Tür. Die eine Zigarre am Abend ließ sich der einstige Pater jetzt erst recht nicht nehmen. Eine kubanische natürlich, Fidel hatte einen Ruf zu verlieren.

«Weshalb hat das Militär eine solche Klausel unterschrieben, kannst du mir das mal sagen?», platzte es aus Niculan heraus. «Während es gleichzeitig in der ganzen Schweiz seine komplett überflüssig gewordenen Bunkeranlagen loswerden will! Ohne Aufsehen, damit auch ja niemand zu rechnen beginnt, wie viele Milliarden und Abermilliarden damals im Kalten Krieg verschleudert worden sind. Für die Durchlöcherung der Alpen!»

«Und trotzdem keine freie Sicht aufs Mittelmeer», antwortete Fidel auf seine launige Art, bevor er wieder ernst wurde. «Du erlebst täglich, wie die lieben Offiziere und ihre Handlanger im Parlament aufgrund der vielen neuen Gefahrenszenarien Morgenluft wittern und sich gerade eine neue Militärdoktrin für die nächsten zehn Jahre zimmern. Dafür brauchen sie was? Genau: Flugzeuge, Panzer, Drohnen, wer weiß, vielleicht sogar neue Bunkeranlagen, vergiss nicht, der Russe, der Ungar, der Georgier, alle könnten sie morgen schon bei Diepoldsau an der Grenze stehen. Sie brauchen die nächsten Fantastillionen, aber sicher keine dummen Fragen, was ihre einstige Doktrin vom Alpen-Reduit jemals gebracht hat. Außer Kosten.»

Niculan teilte seine Meinung. Dabei war er – im Gegensatz zu Fidel – nicht mal ein Armeegegner.

Er glaubte, wie jeder etwas kritischere Geist, nur längst nicht mehr alles, was ihm die Militärführung weismachen wollte. Gerade in jüngster Zeit. Mehr Geld für die Armee, bitte schön, aber ja keine Fragen. Warum sich auf günstige Drohnentechnologie spezialisieren, wenn einem das Geld für eine gänzlich unnütze Flotte von Kampfflugzeugen nachgeworfen wurde?

«Fidel verheimlicht mir etwas!»

Adalina konnte Bigna endlich in ihr Bettchen legen. Die übliche Prozedur, sie auf und ab gehend in den Schlaf zu wiegen, hatte diesmal gedauert.

«Nichts für ungut, Adalina, aber du interpretierst da vielleicht etwas falsch.»

Meret versuchte, Adalinas Bedenken zu zerstreuen. Sie spürte, wie sehr diese Fidels Verhalten beschäftigte.

«Ich hätte ihn davon abbringen sollen», sagte sie auch jetzt wieder.

«Das Kloster zu verlassen? Nein, das war allein seine Entscheidung. Seit wann ist er denn anders, kannst du das an etwas festmachen?»

«Jetzt, wo du mich fragst … seit diesem Brief wohl!»

«Welcher Brief?», fragte Meret erstaunt. Davon war bis jetzt noch keine Rede gewesen.

«Letzte Woche. Ein Pater vom Kloster hat die Post gebracht, die noch immer dort landet. Darunter ein Brief ohne Absender, sah aber irgendwie offiziell aus. In Zürich gestempelt. An jenem Abend hat es begonnen.»

«Du verbindest das miteinander?»

«Ich weiß doch auch nicht, Meret. Ach, vielleicht sind wir einfach zu alt für so was.»

«Dummes Zeug!» Meret nahm Adalina in die Arme. «Ihr wart einfach zu lange schon allein, jetzt machst du aus jeder Mücke einen Elefanten. Entweder du sprichst ihn selbst direkt darauf an, oder ich spiele die Detektivin. Wir finden heraus, was es mit diesem Brief auf sich hat.»

Als Niculan und Fidel in den Saal zurückkamen, schlugen die Wellen schon hoch. Wie überall, wo einige Desertaner zusammensaßen, verstand man bald das eigene Wort nicht mehr, jeder schwatzte mit jedem und alle durcheinander. Vor allem Fidel, noch immer an die Stille im Kloster gewöhnt, hatte Mühe, den vielen Gesprächsfäden zu folgen. Es wurde fabuliert, erinnert, assoziativ weitergesponnen, mit Worten gespielt, mit Vergangenem geprahlt, Vollbrachtes glorifiziert, Misslungenes bis zur Lächerlichkeit und Erträglichkeit kleingeredet. Just als Niculan sich nochmals Cordelia vorknöpfen wollte, nahm ihn der alte Sep Antoni Gienal in Beschlag. Der alte Freund von Niculans Großvater Dosi würde dieses Jahr seinen hundertsten Geburtstag feiern. Obwohl oder gerade weil Sep Antoni seit einem mysteriösen und schweren Sturz am Berg in anderen Sphären lebte, wie Fidel es ausdrückte. Meist war schwer nachzuvollziehen, was er einem sagen wollte, umso mehr überraschte er Niculan in diesem Moment.

«Es ist alles wegen der Kinder!»

«Welche Kinder, Sep Antoni?»

«Hopla Toni, nauscha Frida, la canastra sederschida.»

Verblüfft schaute Niculan dem Alten ins Gesicht. Ein trauriges Lächeln war in die unzähligen Runzeln eingestanzt, aber die Augen blickten Niculan freundlich und ganz ungetrübt an. Alle im Dorf liebten Sep Antoni, Adalina sagte oft, sie kenne keinen sanfteren Mann. Und nun ausgerechnet dieser Kinderreim, mit dem Niculan neustens mit Bigna auf seinen Knien Reiterchen spielte, sehr zur Freude der Kleinen. So wie es seine Mutter einst mit ihm gemacht hatte.

Nun überraschte ihn Sep Antoni mit demselben Reim.

«Hoppla Toni, ich weiß. Aber welche Kinder?»

Der nächste Satz war mehr gestammelt als gemurmelt.

«Meine Schwester schwimmt zu Kreuze.»

Niculan versuchte zu verstehen. Jetzt plötzlich ein deutscher Satz? Zu Kreuze schwimmen … Er kannte die Metapher nur in Verbindung mit dem Wort ‹kriechen›. Und Schwester? Seines Wissens war Sep Antoni ein Einzelkind. Aber wer wusste das schon so genau. Seit Jahrzehnten lebte er allein im Unterdorf, keine lebenden Verwandten mehr, und kaum noch einer, der sich an die Zeit erinnerte, als Sep Antonis Verstand noch klar und er der erfolgreichste Strahler der Deserta gewesen war, wie seine legendäre Kristallsammlung noch heute bewies.

«Hatte Sep Antoni eine Schwester?», rief Niculan Fidel zu.

«In seiner Fantasie vielleicht schon», sagte Fidel nur.

Niculan legte Sep Antoni die Hand auf dessen schwielige, knotige Faust.

«Du weißt mehr über den Berg?», fragte er, und versuchte, Sep Antonis unsteten Blick einzufangen. «Über den Péz Baselgia?»

«Péz Baselgia, na. Il cuolm senza num, gie. Anonim.»

Was wollte er ihm nur sagen?

Sep Antoni schaute ihn eindringlich und auch etwas verzweifelt an.

Baselgia war das romanische Wort für Kirche, aber Kinder nannten auch die Spitzen von Bergkristallen so. Die Form der Bergflanken und die Vielzahl von Kristallfunden, die dort gemacht worden waren, hatten dem Massiv wohl den Namen gegeben. Aber wenn er Sep Antoni richtig verstand, war es für ihn schlicht der Berg ohne Namen.

Anonim?

Oder meinte er den ‹Berg der Namenlosen›?

Er würde Adalina fragen müssen. Sep Antonis Anspielungen erinnerten ihn an die alten Sagen aus der Gegend, die Spezialistin dafür war seine Tante.

«Wird uns der Berg gefährlich?», fragte er endlich.

«Il cuolm, na. Nus sturin mitschar dil limpilampi.»

Sep Antoni blinzelte mit beiden Augen gleichzeitig, dann stand er auf und ging zur Tür. Wer ihn bemerkte, rief ihm einen Abschiedsgruß zu, keiner versuchte, ihn zu einem weiteren Glas zu bewegen, jeder wusste, dass Sep Antoni immer nur das tat, was er sich gerade vorgenommen hatte. Er würde jetzt den Wanderweg hinunter nach Dadens nehmen, ungeachtet seines Alters mausbeinallein. Weil es eine mondhelle Nacht war, und der fast Hundertjährige immer noch sicher auf den Beinen war, hätte auch niemand den Versuch gemacht, ihn aufzuhalten.

«Was ist?», fragte Fidel Niculan, der Sep Antoni noch immer verdutzt nachschaute.

«Ich glaube, er hat eben ein Wortspiel gemacht?»

«Sep Antoni? Ein bewusstes?», fragte Fidel erstaunt.

«Ja.»

«Was genau hat er gesagt?»

«Der Berg sei nicht das Problem, wir müssten dem Galgen entrinnen.»

«Dem Galgen? Du meinst … ach so!»

«Precis.»

Beide schwiegen. Nicht der Satz an sich war irritierend, sondern das eine kindliche Wort darin, *limpilampi*, das im Romanischen sowohl Galgen als auch Hase bedeutete.

«Er warnt uns also vor dem Hasen …», sagte Fidel endlich. *«Fetg interessant!»*

Kapitel 7

Loretta d'Angelo di Sassoferrato

Haas musste sie aus dem Inneren der Anlage beobachtet haben. Kaum waren sie vollzählig, trat er aus dem Eingangstor der Festung, und Fidel musterte ihn amüsiert. Er hatte gedacht, er sei der Einzige in Verkleidung hier. Haas trug wohl seine Dr.-Doom-Gedächtnisuniform, eine grüne Jägerhose, eine dünne, schwarze Daunenjacke, ein olivenfarbenes Cap und – wie hätte es anders sein können – Wanderschuhe von *On*. Fidel gestattete sich eine subversive Erkenntnis: Für diesen Inbegriff einer Indoor-Veranstaltung trugen alle Outdoor-Kleidung. Außer ihm. Auf seine Neonjacke hatte er nicht verzichten wollen, seine Perücke und der Seehund-Schnauzer verunstalteten ihn aber so sehr, dass ihn keiner erkannte.

Der Höhepunkt seiner Verwandlung war ein Käppi aus den alten Beständen der Festungswache, die irgendwann dauerhaft in den Kostümfundus des Schultheaters übergegangen waren.

Das knappe Dutzend Männer verschiedenster Altersstufen, das ungeduldig auf Haas gewartet hatte, war ähnlich gewandet wie ihr Vorbild, wenn auch nicht ganz so körperbetont wie Haas. Fidel überlegte sich gerade, ob Daunenjacken auch auf Maß angefertigt wurden, als Haas ihm die Hand hinstreckte.

«No offense», sagte er zur Begrüßung, ein leichter Rheintaler-Akzent beeinträchtigte die Coolness seiner Eröffnung, «aber Sie sind wohl der Älteste unserer Gruppe. Die Anlage geht ziemlich weit in den Berg hinein, der ganze Weg wird annähernd acht Kilometer sein, meinen Sie, das schaffen Sie?»

Fidel lächelte und antwortete in leutseligem Ton: «Ach, wisst Ihr, das wird schon gehen. Mir setzt nur der Jetlag ein bisschen zu, ich bin eben aus Kansas eingeflogen.»

«Kansas? Kaum für Ferien!»

«I wo! Nein, ein Treffen mit Larry Malls Leuten.»

Die Bemerkung hatte die gewünschte Wirkung, Haas, der sich schon hatte abdrehen wollen, blickte Fidel mit neu gewecktem Interesse an, und Fidel zollte Meret innerlich Tribut. Sie hatte bei ihrer Vorbereitung am Abend vorausgesagt, dass Haas so reagieren würde. Larry Mall war in der Prepper-Szene so etwas wie ein Heilsbringer, hatten sie bei einer ausführlichen Web-Recherche herausgefunden.

«Sie wollen bei Larry …. kaufen?»

«Eher verkaufen. Also vielleicht, je nachdem, was ich heute sehe!»

Haas' Blick war noch immer argwöhnisch, und Fidel fragte sich, ob er nicht zu dick aufgetragen hatte. Was er und Meret über Larry Mall und seine atomsicheren Luxuswohnungen in einem ausrangierten Raketensilo in Kansas herausgefunden hatten, war wenig fundiert. Doch nun schien sich Merets Verdacht zu bestätigen, dass Haas vielleicht Ähnliches plante.

«Warum haben Sie sich dann nicht direkt bei mir gemeldet?», fragte Haas.

«Habe ich mir überlegt, aber ich war mal selbst Gefreiter bei einer Festungstruppe, damals, anfangs 70er-Jahre. Ich freue mich wie ein Kind auf die Führung! Wissen Sie, ich mache mir gern selbst ein Bild vom Ganzen.»

«Das freut mich zu hören. Schön, einen alten Bunkerveteranen dabeizuhaben, los geht's.»

Sie folgten ihm durch eine zwei Meter lange Betonschleuse ins Innere der Kaverne. Der erste Raum, allein schon so groß wie das Kirchenschiff im Kloster, war leer, bis auf einen blanken Tisch und einige unbequeme Holzstühle. Auf der Breitseite lag ein vier Meter langes Kanonenrohr so achtlos an der Wand, als sei es vergessen gegangen.

Haas begann, von jedem die fünfhundert Franken für die Führung einzuziehen.

«In dieser Halle wurden alle Armeelaster, die Güter anlieferten, ausgeladen», sagte er, während er die Runde machte.

Fidel war erstaunt, dass keiner eine Bemerkung zu dem völlig überzogenen Preis machte. Auch bei ihm, immerhin ein potenzieller Kunde für Größeres, kassierte Haas ungerührt ein.

«Gut, das hätten wir. Zwei Informationen vorweg: Die Temperatur hier ist konstant bei elf Grad, mir scheint, Sie sind alle richtig angezogen. Keine Anfänger, gefällt mir. Die Fortezia Surrein erstreckt sich über dreißigtausend Quadratmeter, einhundertneunzig Räume insgesamt, die Verbindungsgänge sind zehn Kilometer lang. Und das sind nur die Daten des für Sie zugänglichen Bunkerteils, der vor 1962 gebaut worden ist. Besser also, wir marschieren gleich mal los.»

Fidel überschlug im Gehen, wie lange das Kloster ihm für die über fünftausend Franken, die der Investor eben eingesackt hatte, wohl hätte Kost und Logis bieten können.

Ein Jahr, konservativ geschätzt.

Aber das war kaum ein Vergleich, der Haas interessieren würde. Fidel schmunzelte. Fortan konzentrierte er sich wohl besser auf Haas' Ausführungen, wenn er Meret danach die gewünschten Informationen liefern wollte. Sie folgten einem schmalen Gang abwärts, er wurde von Neonröhren an der Decke erhellt. Auf der unteren Ebene spazierten sie bald durch die Schlaf- und Esssäle der Mannschaft, inspizierten die Küchen und die Duschen für die Truppen. Unwillkürlich fragte sich Fidel, woher das Wasser kam. In anderen Bunkeranlagen gab es riesige Wasserreservoirs, das konnte er sich hier schlecht vorstellen. Wohl eher Wasserfassungen im Felsen. Wie hätte man so aber in Kriegszeiten verhindern können, dass das Wasser schon draußen verseucht wurde? Fidel hoffte, ein anderer würde die wohl etwas naive Frage stellen, damit er weiterhin Bunkerexperte blieb, aber keiner tat ihm den Gefallen. Sie marschierten jetzt durch ein komplettes Spital mit allen notwendigen Operationssälen. Viele Treppenstufen später gelangten sie wieder auf die obere Ebene und betraten den Maschinenraum. Neben den drei alten Dieselschiffsmotoren stand ein neues Stromaggregat.

Er hätte da ein bisschen was investieren müssen, gab Haas zu. Heutzutage brauche man ja auch WLAN hier drinnen.

«All die Räume, die wir bisher passiert haben, und die Sie uns nicht zeigen konnten, sind also vermietet.» Fidel konstatierte es, als wisse er schon Bescheid. «Was für Unternehmen bewerben sich denn dafür?»

Wieder schaute ihn Haas argwöhnisch an. «Was denken Sie?», fragte er zurück.

Fidel konzentrierte sich darauf, nicht in seine künstlichen Haare zu fassen. Die Perücke brachte ihn trotz der kühlen Temperaturen ins Schwitzen.

«Serverbetreiber», schlug er vor. «Das liest man doch ständig. Für Cryptomining, oder seit Neuestem für KI-Datenzentren.»

«Das trifft es teilweise. Wir sind erdbeben- und atomsicher, selbst elektromagnetische Angriffe wären chancenlos. Und den gigantischen Strombedarf können wir derzeit noch decken. Da planen wir jetzt etwas Neues. SMR-Technik, sagt Ihnen vielleicht etwas.»

Fidel bemühte sich, nicht laut loszulachen. *Small Modular Reactors,* kleine, überschaubare Atomreaktoren, das war derzeit eines der Zauberworte all dieser lächerlichen Politiker in der Schweiz, die sich der Atomlobby andienten und den Ausweg aus der Klimakrise in der Rückbesinnung auf die gute, ach so sichere Nukleartechnik sahen. Und nicht einmal merkten, dass ausgerechnet die Firma, die die SMR-Technik am stärksten vorangetrieben hatte, bereits wieder die Segel gestrichen hatte. Ganz einfach, weil sich auch kleinere Atomkraftwerke niemals rechneten, dies zum Entsetzen der wirtschaftsgläubigen Rechtsausleger, die sich bereits daranmachten, die Subventionstöpfe für erneuerbare Energielösungen zu kapern. Genau jene Politiker, die sonst nur in der Landwirtschaft Subventionen ohne Ende duldeten. Die hätte Fidel alle am liebsten per Arschtritt nach Fukushima geschickt, sie sollen da mal ein bisschen helfen, die radioaktiv verseuchte Erde über Hunderte von Quadratkilometern hinweg abzukratzen, mal so einen guten Meter tief, und alles in schwarze Plastikfolien zu packen und dann nach … hoppla … Wohin zu bringen?

Wusste keiner, auch die in Japan nicht.

Haas hatte unterdessen weitererzählt. «… und wir haben hier unten aber auch andere, überraschende Mieter. Die Eidgenössische Technische Hochschule macht bei uns Gravitationsforschung, weil die Bedingungen für sie hier unten ideal sind.»

«Wie hoch ist die Miete?», fragte ein bleicher Mann mit Hornbrille und halblangem, lockigem Haar. Er mochte fünfunddreißig sein. Fidel hatte ihn für einen Computernerd gehalten, bis der Mann unten bei den Operationssälen gefragt hatte, ob es wirklich nicht möglich sei, dass er mit seinen Schülern hierherkomme. Haas hatte es ihm wenig freundlich abgeschlagen und sagte jetzt: «Das dürfte für Sie eine Nummer zu groß sein.» Zu Fidels Erstaunen insistierte der Geschichtslehrer auf seiner Frage nach der Miete, und Haas lenkte ein, wohl mehr, um ihn zum Schweigen zu bringen.

«Ab zweitausendfünfhundert Franken im Monat.»

«Sind denn noch Räume zu haben?», fragte Fidel prompt.

Haas warf ihm einen schwer zu deutenden Blick zu, dann lächelte er. «Wir haben noch ein paar wenige. Falls jemand hier das nötige Kleingeld haben sollte.»

«Die Räume sind so, wie sie sind. Oder leer geräumt?»

«Wem die ursprüngliche Möblierung nicht gefällt, der muss selbst aktiv werden. Allerdings sollte die Einrichtung durch die Gänge passen.»

Einige in der Gruppe amüsierten sich über die Vorstellung solcher Einzugserschwernisse, Haas nutzte den Moment und sagte halblaut zu Fidel: «Zu dem, was Sie vielleicht interessiert, kommen wir später, nach der Führung.»

Haas wandte sich wieder den andern zu. «Mir nach, diese Treppe hoch, bitte! Wir gehen kurz an die frische Luft.»

Zwischenzeitlich waren sie fast hundert Meter tief im Berg gewesen, über die Treppe und einige weitere Gänge kamen sie zu einer Stahltür, die nach draußen auf eine Felsterrasse führte. Fidel brauchte einen Moment, um sich zu orientieren. Sie waren irgendwo in einem Waldstück unterhalb von *Muota Pigniel*, und die Gruppe scharte sich sofort für Selfies um das riesige Kanonenrohr, das hier seltsam deplatziert aus der Felswand ragte. Fidel interessierte das weniger, er hatte sich auch nicht die Kalibergrößen merken können, mit denen Haas so stolz um sich warf, als wären sie Maßeinheiten für die Potenz der Anlage. Beziehungsweise für seine eigene. Fidel gluckste in sich hinein und versagte sich weitere Gedanken dazu. Etwas gelangweilt ließ er seinen Blick über das Waldstück zu seiner Linken schweifen. Er fragte sich schon die ganze Zeit, ob sie sich nicht direkt in der Falllinie der Erdanrisse befanden. Mit Sicherheit! Und der Mann, der nach Fidels grober Rechnung hier jeden Monat eine Viertelmillion Franken über Mietkosten einnahm, wachte fortan selber darüber, wie sicher der Fels hier war.

Zumindest erstaunlich.

Sein Blick blieb an der gegenüberliegenden Fichtengruppe hängen.

Dort saß einer.

Fidel traute seinen Augen nicht.

Sep Antoni lehnte seelenruhig an einem Baumstrunk, in seiner Jägerkleidung verschmolz er fast mit dem Hintergrund. Der alte Sonderling schaute genau zu Fidel hinüber, dieser reagierte nicht, weil er ja mehr oder weniger inkognito unterwegs war, wie ihm gerade wieder einfiel. Dafür hob Sep Antoni nun seine Hände, winkelte die eine leicht an und bildete mit ihnen zwei Hasenohren.

Der *Limpilampi*, dem keiner entrinnen konnte …

Fidel ertappte sich bei seiner Unart, mit Daumen und Zeigefinger sein Ohrläppchen zu malträtieren.

Spätestens jetzt war klar, wen der alte Sonderling als Gefahr für das Tal ausgemacht hatte.

Quirin verliert langsam die Geduld. Seit er den Abstieg vom Maiensäß in Angriff genommen hat, bleibt er schon zum dritten Mal stecken. Der Stacheldraht rund um das neue Militärgelände riegelt das halbe Tal ab, sein Weg hinunter an den Rhein wird immer länger. Dabei hat er sich alles so schön ausgemalt. Statthalter Bruder Jakob hat er glauben gemacht, er brauche noch den ganzen heutigen Tag, um das Maiensäß für die Baupläne fertig auszumessen, deshalb auch die erneute Dispensation vom Gewand. Quirin genießt es, seine alten Kleider zu tragen. Für sein heutiges Vorhaben darf er nichts Klösterliches anziehen. Nach dem Ausmessen des Dachbodens hat er sogar den Staub aus seinen Hosen geklopft.

Vielleicht trifft er sie ja!

Ihm bleibt dafür noch der ganze Nachmittag.

Oder … muss sie arbeiten?

Wahrscheinlich ist sie in der Tuchfabrik angestellt, wie alle Italienerinnen. Dort arbeiten sie Schicht. Vielleicht hat sie am Freitag frei und arbeitet dafür am Wochenende. Darauf setzt er.

An einem Freitag ist sie auch zur Beichte gekommen.

Mit Bruder Jakob hat er vereinbart, dass er am Innenausbau arbeiten darf, bis der Zugangsweg zum *Plaun pardatsch* nicht mehr passierbar ist. Wenn er Glück hat, kommt der Wintereinbruch dieses Jahr später. Dann muss er auch nicht nach Ausreden suchen, wenn er das Mädchen mit den Bernsteinaugen treffen will.

Heute wird es klappen, er spürt es!

Quirin geht dem Stacheldrahtverhau entlang. Im nächsten

Moment lässt eine Detonation den Boden erbeben, ihr Donnern rollt über die Deserta und schlägt von der anderen Talseite wieder zurück. Quirin erschrickt nicht mal mehr. Abt Stefan hat ihnen erklärt, die Mineure müssten die ganze Eingangszone der neuen Kavernen vor dem großen Schnee freigesprengt haben, damit sie den Winter hindurch den Ausbau tiefer im Innern vorantreiben können. Was immer das Militär dort auch baue, es eile offenbar sehr.

Quirin ist das einerlei. Ihn ärgert nur, dass einer seiner alten Angelplätze nun im Sperrgebiet liegt. Aber seit er im Kloster lebt, kommt er ohnehin nicht mehr zum Angeln. Jetzt beschließt er, dem Stacheldraht Richtung Tal zu folgen, ungeachtet des üblichen Pfades, der seitlich abzweigt. Bald schon erreicht er *Sontga Crusch*, erfrischt sich am glasklaren Wasser, bespritzt Gesicht, Arme und Hände, dann eilt er weiter, entfernt sich vom neuen Sperrgebiet, die Kapelle *Sogn Gion Battesta* als Ziel.

Dort angekommen, kauert er im Schutz der letzten Bäume erst einmal nieder. Er schaut aufmerksam um sich. Nichts zu hören, niemand zu sehen. Vorsichtig nähert er sich der Tür zur Kirche. Sie ist zugesperrt. Intuitiv greift Quirin hoch und streicht über den oberen Rand der Tür, prompt fällt ein schwerer Schlüssel herunter. Er dreht ihn im Schloss und öffnet die Tür. Niemand da, das sieht er sofort. Nur die Schalbretter, die er damals durch das bemalte Kirchenfenster gesehen hat, findet er wieder. Jetzt wird ihm klar, wozu sie dienen. Sie sind auf den Rückenlehnen der Kirchenbänke befestigt und werden so zu Schreibflächen. Natürlich, auf einer kindgerechten Höhe!

Quirin schlüpft in die vorderste Bank. In den Ablagen für die Gesangsbücher entdeckt er prompt Kreidestücke. Offenbar hat hier ein Kind gemalt. Als er wieder aufsteht, verrutscht das alte, hart gedrückte Sitzkissen, die Ecke von einem Blatt Papier lugt hervor. Er hebt das Kissen etwas an. Die Zeichnung eines Kindes. Eine Gestalt mit Flügeln. Ein Engel? Ein Mädchen?

La bambina perduta steht in kindlicher Schrift darunter.

Quirin versteht ein bisschen Italienisch. Seine Großmutter mütterlicherseits ist eine Zugewanderte aus dem Bergell, sie hat bis zu ihrem Tod mit ihm Italienisch gesprochen.

Zur Selbstbehauptung, hat ihm die Mutter immer erklärt.

Zum Trotz!, hat sein Vater ihr immer widersprochen.

Das verlorene Kind.

Quirin betrachtet die Zeichnung lange, als wolle er sie sich einprägen, dann legt er sie vorsichtig wieder unter das Kissen.

Es könnte seine Schwester sein. Oder eines der anderen vielen Kinder auf dem Seelenacker. Fast jeder hat eine Schwester oder einen Bruder dort. Einen Onkel oder eine Tante.

Früher sind viele Kinder ungetauft gestorben.

Prompt hört er ihren Gesang wieder.

Er spürt, wie sich die Härchen auf seinen Armen aufrichten, lässt den Schauer vergehen, schüttelt fast verlegen den Kopf, denn diesmal ist der Gesang anders. Nicht sphärisch, eher übermütig kindlich. Und … Italienisch?

Die Kinder!

Mit drei Schritten ist er bei der Tür, doch draußen ist niemand zu sehen. Das Singen kommt vom Fluss her. Er verschließt die Tür hinter sich und legt den Schlüssel an seinen Platz zurück. Dann schlägt er sich durch das Gebüsch zum Wasser durch, entschlossen, das Geheimnis endgültig zu ergründen.

Und wirklich: Eine Schar Kinder, ins Spiel vertieft, das Mädchen mit ihnen, niemand nimmt ihn wahr. In der Gruppe der Älteren sind es vier, bei den Jüngeren ebenfalls. Ihr Alter liegt zum Teil weit auseinander, Quirin schätzt den Ältesten auf acht Jahre, die Jüngste ist wohl kaum zwei. Beide Gruppen versuchen, mit einem Staudamm den Rückfluss des Wassers von den Sandbänken in den Fluss aufzuhalten. Das Gesicht des Mädchens ist diesmal unverhüllt, die eng geschnittene Wolljacke betont ihre schlanke Figur noch, sie beugt sich in diesem Moment über den Damm, den die Kleinen gebaut haben, und bewahrt das Bauwerk in letzter Minute vor dem Einsturz. Aus dem Augenwinkel sieht Quirin, wie der älteste Junge an den Rand des Wassers balanciert, er macht sich an einem etwas größeren Stein zu schaffen, will ihn hochheben, und Quirin merkt, dass er sich übernimmt.

«*Adatg!*», schreit er und springt auf. Der Stein zieht den Jungen prompt zum Fluss hin, sein Kopf gesteht ihm nicht zu, dass er loslässt, und als er mit dem Stein ins Wasser klatscht, ist Quirin bereits bei ihm. Er erwischt ihn gerade noch am Arm und reißt ihn aus der Strömung, die hier nicht zu unterschätzen ist. Quirin muss sich dafür selbst nach hinten fallen lassen, eine Sekunde später liegen sie Seite an Seite im Sand, und das Mädchen ist bei ihrem Schützling.

«*Matteo, ma che cosa fai!*»

Der Junge beginnt bereits zu schlottern. Quirin ist mit den Füßen ins Wasser gerutscht und spürt selbst, wie kalt der Fluss ist.

«Er muss die Kleider ausziehen.»

Sein Rat kommt zu spät, sie zieht ihm bereits den Pullover über den Kopf und weist ihre Schützlinge auf Italienisch an, vom Wasser zurück zu ihren Dämmen zu gehen. Sie hat gemerkt, dass der Junge sich schämt, sich vor allen ausziehen zu müssen.

Quirin auch. «Ich helfe ihm, geh du zu den Kindern», sagt er.

Sie schaut ihn an.

Zum ersten Mal.

Er vergisst zu atmen.

Sie hat die Augen eines Wolfs, denkt er. Und das Gesicht einer Madonna.

Die Haare fallen ihr wie schwarzer Regen über die Schulter.

Noch nie hat Quirin ein Mädchen wie sie gesehen.

Diese zierliche Nase, die olivfarbene Haut, die hohen Wangenknochen …

Fast widerwillig lässt sie Matteo los und dreht sich ab. Quirin möchte sie zurückrufen, damit er sie noch eine Weile betrachten kann, das Zittern von Matteo holt ihn in die Realität zurück.

Er zieht seinen eigenen Pullover und nach kurzem Zögern auch sein etwas zerschlissenes Unterhemd aus, damit wird er den Jungen trocken reiben. Er bedeutet ihm, alles auszuziehen, und macht mit seinem Pullover einen Sichtschutz zu den anderen. Matteo begreift und entledigt sich blitzschnell seiner Kleider. Quirin reicht ihm das nun nasse Unterhemd. Als das geschafft ist, sitzt Matteo zwar getrocknet, aber noch immer nackt vor ihm. Kurz entschlossen zieht Quirin ihm seinen Pullover über, der reicht dem Kleinen bis zu den Füßen, verdeckt alles und wird ihn auch aufwärmen. Quirin nimmt ihn an der Hand und geht mit ihm zu den anderen hinüber.

«Ich mache ein Feuer und trockne unsere Kleider. *Un fuoco*.»

«Nein!»

Quirin sieht Furcht in ihren Augen.

«Warum nicht?»

«*Le farfalle!* Sie dürfen sie nicht entdecken.»

Das Mädchen spricht gut Romanisch, stellt Quirin erstaunt fest. Dann begreift er. Sie befürchtet, der Rauch könnte jemanden herführen. Offenbar darf man die Kinder hier nicht finden.

Das Mädchen trifft eine Entscheidung. «Ich gehe mit allen

zur Kirche zurück, du machst Feuer und trocknest die Kleider.»

«Lass Matteo bei mir. Wegen der Kleider. Wenn jemand kommt, werde ich sagen, er sei mein Neffe. Verwandt mit mir, verstehst du.»

Sie schaut ihn erst zweifelnd, dann dankbar an, wohl, weil sie auch keine bessere Idee hat. Sie ruft die Kinder zusammen. Quirin macht aus Flusssteinen bereits einen Kreis, wirft trockenes Schwemmholz daneben, weist Matteo an, mehr davon zu sammeln, und entzündet etwas dürren Reisig mit den Zündhölzern, die er immer dabeihat, wenn er zum Maiensäß geht.

Die Kinder verschwinden im Ufergebüsch. Das Mädchen schaut nochmals zurück, und Quirin fühlt sich unter ihrem Blick plötzlich nackt. Was er zur Hälfte ja auch ist, wird ihm klar.

Also weggeschaut hat sie nicht!

Das Feuer lodert schon bald hoch, und die Sache beginnt Matteo Spaß zu machen. Seine Socken legen sie auf die Steine neben das Feuer, bald beginnt der eine zu qualmen, Quirin rettet ihn mit einem Holla im letzten Moment. Die Kleider spannen sie auf starke Weidenäste, die Quirin mit dem Taschenmesser abgesäbelt hat, und verkeilen die Äste dann in den Steinen dicht am Feuer. Sie nehmen sich sogar Matteos Schuhe vor, stülpen sie, als wären es Würste, über zwei Stecken und halten sie über das Feuer.

Wenn Quirin etwas nicht versteht, behilft er sich mit Zeichensprache, trotzdem kommt er bei seinen Erkundigungen nicht sehr weit. Sein Nachname sei Farfalla, behauptet Matteo hartnäckig. Matteo Farfalla. Wieder dieses Wort, das schon das Mächen benutzt hat. Als Quirin nach seinem Haus, seiner *casa*, fragt, kommt gar keine Antwort, obwohl der Junge die Frage sicher verstanden hat.

Nach einer Stunde sind die Kleider so weit getrocknet,

dass sie sich anziehen können. Sie riechen wie frisch aus der Räucherkammer.

Quirin erstickt das Feuer mit Sand. Wenn das Mädchen so Angst hat, gibt er hier besser nicht noch mehr Rauchzeichen. Dann streckt er Matteo die Hand hin, der ergreift sie sofort mit einem glücklichen Lächeln, als hätte er eben einen großen Bruder gefunden, und stampft an Quirins Seite durch den Birkenwald.

Die Kirchentür ist wieder verschlossen, Quirin klopft vorsichtig, aber Matteo kräht so laut wie vergnügt: *«Siamo noi, Loretta!»*

Die Tür öffnet sich, Matteo schlüpft hinein. Das Mädchen ruft den Kindern zu, sie sollen still weiterzeichnen, dann kommt sie zu Quirin heraus, schließt das Tor und lehnt sich dagegen.

«Loretta also?», sagt Quirin endlich.

«Si. Sono Loretta d'Angelo di Sassoferrato. E tu?»

«Quirin. Quirin Livers.»

«*Bel nome*, Quirin.»

«Sassoferrato?»

«*Un piccolo villaggio*. Im Apennin.»

Sie deutet auf die verwitterte Holzbank unter dem Kirchenfenster, lässt ihm den Vortritt und setzt sich dann neben ihn.

Endlich kann er ihr Gesicht länger betrachten.

Er wird sie nie mehr gehen lassen.

«Du musst uns sofort wieder vergessen!», sagt sie.

«Oh nein!», protestiert er heftig und verstummt sogleich wieder. Sie schaut ihn erstaunt an, dann geht ihr ein Licht auf. Sie lächelt.

«Nein?», fragt sie gespielt naiv. «Du möchtest uns nicht mehr vergessen.»

«Nein. Also, ach so … Du sprichst von den Kindern?»

«Ja.»

«Von Matteo … Farfalla, zum Beispiel.»
«Ja.»
Quirin dämmert es langsam. Er hat doch vor Tagen ein Gespräch zwischen Abt Stefan und Bruder Martin über die Mineure und deren *Baracca da pulenta* belauscht, dabei ist es auch um Kinder gegangen. Wie den Italienern ein normales Familienleben verwehrt würde, wenn sie nicht den richtigen «Status» hätten. Er hat nicht alle ihre Ausdrücke wirklich verstanden. Offenbar müssten die Arbeiter und Arbeiterinnen die Kinder in ihrer Heimat zurücklassen. Von Rechts wegen. Hat sich alles nicht sehr logisch angehört.
«Du gibst ihnen Unterricht in der Kirche?»
«Ja.»
«Weil sie nicht in die normale Schule dürfen?»
Sie nickt verlegen.
«Arbeitest du nicht?»
«Doch, natürlich, sonst dürfte ich ja nicht hier sein. In der Tuchfabrik.»
«Da hat es doch einen Platz für Kinder, seit Neustem.»
«Nur für Schweizer Kinder.»
«Und du … wärst denn du lieber Lehrerin?»
Sie lacht auf. «Ich? Dafür bin ich nicht klug genug. Aber jemand muss sich einfach um die Kleinen kümmern.»
«Und wenn du in der Fabrik arbeitest?»
«Dann hilft sonst wer.»
Beide schweigen lange. Das ist diesmal aber nicht peinlich, stellt Quirin erstaunt fest. Bei anderen Mädchen flüchtet er sich immer gleich in ein paar Belanglosigkeiten, um die Stille zu durchbrechen.
«Was machst du so?», fragt sie.

Er ist erleichtert. Also hat sie ihn bei der ersten Begegnung nach der Beichte nicht wahrgenommen. Was soll er ihr erzählen? Die Wahrheit? Er entschied sich für die halbe Wahrheit.

«Ich arbeite im Kloster.»

«Du? Im Kloster?»

«Also, ja. Ich helfe da.»

«Ah, ich dachte schon … *ma sei troppo giovane!*»

Ist das ein gutes Zeichen? Es ist ihm nicht aufgefallen, man sieht es ihr nicht an, aber nach aller Logik muss sie einige Jahre älter sein als er, sie lebt bereits im Ausland und all das!

Loretta steht plötzlich auf und zieht ihn hoch. Sie legt die Fingerspitze auf ihre Lippen.

Als hinge sein Blick nicht ohnehin schon dort.

«Kein Wort über uns zu niemandem, schwörst du mir das.»

«Ja.»

«Auch nicht im Kloster.»

«Nein.»

«Sonst bringst du uns alle in Gefahr. Ich meine es ernst!»

«Ich weiß.»

Sie legt ihre Hände auf seine Schultern, nähert ihr Gesicht seinem und küsst ihn auf die Wange. Zart, gehaucht nur, aber … lange offenbar, denn jetzt steht sein Gesicht in Flammen, und er erkennt sich nicht wieder.

«Danke für deine Hilfe, Quirin.»

Quirin versucht, sich nicht an die Wange zu fassen, verzaubert, wie er ist.

Sie will doch nicht schon gehen?

«Was … was machst du jetzt noch?», fragt er verzagt.

«Ich muss zu den Kindern.»

«Soll ich … Ich … ich könnte ihnen etwas beibringen.»

Sie schaut ihn verwundert an, dann lächelt sie schelmisch.

«*Davvero*. Was denn?»

Mist. Quirin überlegt fieberhaft, was er zu bieten hätte, ihm fällt nur eines ein.

«Rätoromanisch, zum Beispiel?»

«Das möchtest du wirklich?», fragt Loretta nach.

«Ja!»

Sie lacht auf.

Das Strahlen macht sie noch schöner, denkt Quirin.

«Dann aber los, bevor du es dir anders überlegst!»

Sie nimmt seine Hand und zieht ihn in die Kirche, und er wäre mit ihr am liebsten einfach weitergegangen, am Altar vorbei, ein Eheversprechen murmelnd, durch die Hintertür hinaus, den Wald hoch, über den *Cuolm* und über alle Berge, bis ans Ende der Welt. Das will er ihr sagen, aber kaum stehen sie vor den Kindern, fällt ihm nichts mehr ein.

«Wisst ihr, was ‹Himmel› auf Romanisch heißt?», fragt er die Kinder in seiner Not.

Kapitel 8

Geheime Projekte

Der Winter meint es gut mit Quirin, er kommt nicht.

Die Deserta ist im Dezember immer noch schneefrei. Allerdings hat es abgekühlt, und die Kinder sitzen dick eingemummt in ihren provisorischen Schulbänken, als Quirin morgens um neun in die Kapelle tritt. Loretta ist da, so wie sie es Quirin beim letzten Mal versprochen hat. Er geht auf sie zu, will ihr fast um den Hals fallen, hält ihr dann aber doch nur verlegen die Hand hin. Sie lächelt erfreut und auch ein bisschen amüsiert.

«Heute beginnen wir offenbar früh mit dem Romanisch-Unterricht.»

Ein anderer scheut die Umarmung nicht. Matteo schießt wie ein Kugelblitz aus seiner Bank heraus und wirft seine Arme um Quirin. Etwas verlegen verstrubbelt dieser dem Kleinen die widerspenstigen Haare.

Loretta beugt sich zu Matteo hinab und flüstert ihm etwas ins Ohr, er nickt etwas unwillig und geht zu seinem Platz zurück.

«Er hätte zu gerne einen großen Bruder!», sagt Loretta entschuldigend.

Quirin hat schon geahnt, dass Matteo ihn mehr oder weniger adoptieren will. Als eines von neun Geschwistern, das Schwesterchen nicht eingerechnet, ist er den Umgang mit Kindern gewohnt.

Er geht bei jedem Kind vorbei. Alle sind sie mit Zeichnen beschäftigt, das Motiv kennt er.

«La bambina perduta …»

Loretta schaut ihn verblüfft an.

«Ich habe eine dieser Zeichnungen schon einmal gesehen», erklärt ihr Quirin. «Wie sind die Kinder darauf gekommen?»

«Wir spielen oft im Wald und drüben auf der Lichtung, oder auch ein Stück den Berg hoch …»

Quirin begreift. «Sie haben eines der Gräber gefunden?»

«Wenn es nur eines wäre. Ich habe ihnen erklären müssen, warum die Kinder hier begraben werden und nicht auf dem Friedhof. Daraufhin wollten sie diese Kinder malen.»

Quirin nickt. Sein Gesicht ist ernst geworden. Wieder geht er durch die Bänke, diesmal hält er nach einem bestimmten Bild Ausschau, doch er findet keines, das zu der Vorstellung passt, die er sich von seinem verstorbenen Schwesterlein macht.

Als er alle Bilder gebührend gelobt hat, kommt er zu Loretta zurück. «Es ist viel zu kalt hier drin», sagt er leise zu ihr. «Ich habe eine Idee!»

Er hat sie natürlich nicht erst jetzt, im Maiensäß ist schon alles vorbereitet und das kaputte Ofenrohr ersetzt. Statthalter Bruder Jakob hat ihm bereitwillig ein neues mitgegeben, als er ihm erklärt hat, er brauche für die Umbauarbeiten vor und nach dem großen Schnee eine Heizmöglichkeit, noch liege das alte Rohr frei und sei leicht zu ersetzen.

Das alles hatte er nur für Loretta getan.

Seit ihrem letzten Treffen dreht sich jeder seiner Gedanken nur um sie. Sie bringt ihn ins Grübeln und zum Fantasieren.

«Du hättest eine Idee», erinnert sie ihn im selben Moment, und Quirin merkt, dass er offenbar wieder zu lange in ihre bernsteinfarbenen Augen versunken ist. Manchmal liegt etwas Wildes, Ungebärdiges in ihrem Blick, doch jetzt schaut sie ihn ganz sanft an.

«Ja, stimmt! Warum machen wir nicht eine Wanderung zum Maiensäß hoch und spielen und lernen dort?»

«Was ist ein Maiensäß?»

«*Il mises*. Eine Hütte oben am Berg. Für die Hirten, im Sommer. Da ist es warm, es hat einen Ofen, ich kann einfeuern, da ist Platz für alle, und kein Mensch wird die Kinder dort finden.»

Loretta ist überrascht. «*Che buona idea!* Aber wie lange brauchen wir bis dahin?»

Das ist der Haken an der Sache.

«Eine Stunde, vielleicht etwas mehr. Die zwei Kleinsten kann ich auch tragen …»

«Quirin, was denkst du dir bloß! Eine Stunde ist doch viel zu viel, das sind kleine Kinder!»

Dabei hat er sogar noch geschwindelt, eine Stunde reicht nie. Die Enttäuschung ist ihm anzusehen, sie sucht sofort eine Möglichkeit, ihn zu trösten.

«*Sai che facciamo?* Wenn ich das nächste Mal freihabe und die Kinder nicht nehmen muss, gehen wir zwei hinauf.»

Nur sie beide?

«Wirklich?», fragt er erstaunt. «Das möchtest du?»

Sie nickt, ihre Augen blitzen ihn an, sie lächelt, ihre Unsicherheit und ihren Schreck über den eigenen Mut sieht Quirin nicht, weil sie sich rechtzeitig abdreht.

So kalt ist es hier in der Kirche gar nicht mehr, scheint es Quirin plötzlich.

Der Ausflug ins Maiensäß kann ruhig noch ein wenig warten.

«Kannst du … *come si dice* … stricken?»

«Stricken? Dieses Stricken?» Er fuhrwerkt mit imaginären Nadeln in der Luft herum. «Nein.»

«Dann darfst du dich zu den Kindern in die Bänke setzen. Der Zeichenunterricht ist zu Ende, wir machen an unseren Fausthandschuhen weiter.»

Bevor er sich versieht, hält er Lorettas Nadeln mit dem bereits begonnenen Handschuh in den Händen. Loretta erklärt ihm gleich am Objekt, wie er die Nadeln zu führen hat. Er stellt sich zum Vergnügen der Kinder ziemlich ungeschickt an, fast so, als trage er die Handschuhe schon beim Stricken.

Eine Stunde später ist allen richtig kalt, Loretta scheucht die Kinder nach draußen, Fangen spielen. Quirin bietet sich schon zum zweiten Mal an, am Fluss ein Feuer zu machen. Diesmal ist Loretta mutiger, als beruhige es sie ein wenig, dass mit Quirin jetzt ein Einheimischer in ihr Geheimnis eingeweiht ist. Sie sammelt mit ihm Schwemmholz und beobachtet dann, wie er geschickt das Feuer entfacht. Loretta steht auf und schleppt einen schweren Steinbrocken zum Feuer.

«Wir brauchen zehn davon!»

Sie bauen damit einen Kreis um das Feuer, so können die Kinder dicht davorsitzen. Elena, die Kleinste in der Gruppe, hat schnell genug vom Spielen und setzt sich auf Lorettas Knie. Loretta legt die Arme um sie, stützt das Kinn auf Elenas Lockenkopf, starrt leise summend in die Flammen.

Quirin traut sich kaum zu atmen.

Wie unbeschreiblich schön sie ist.

Wie mutig.

Ganz auf sich gestellt, mit der Verantwortung für die verbotenen Kinder … Verbotene Kinder, ja, so hat sie Bruder Paulin genannt, der Bibliothekar des Klosters. Quirin hat ihn tags zuvor besucht. Ob er ihm mithilfe seiner gescheiten Bücher nicht etwas über die italienische Gemeinde Sassoferrato ausfindig machen könne, hatte er sich getraut zu fragen. Eine seiner Schwestern sei in einen italienischen Mineur verliebt und plane tatsächlich, mit diesem nach Italien zurückzukehren, nun wolle die Familie mehr über diese Stadt wissen.

Und ob es übrigens stimme, dass die Italiener hier nicht mal Kinder haben dürften?

Paulin hatte nur gemurmelt, das sei etwas komplizierter, und alles brauche seine Zeit, was Quirin denn denke, als hätte er nichts Wichtigeres zu tun! Er solle am Abend noch mal kommen.

Das Warten hatte sich ausgezahlt. Einige Stunden später hatte sich der Bibliothekar alles Notwendige über Sassoferrato angelesen.

«Eine eher unbedeutende Ortschaft», hat er sofort mit Dozieren begonnen. «Am Monte Strega gelegen, in den Italienischen Marken.» Er zeigte Quirin auf einer pergamentenen Karte das Städtchen am Apennin-Osthang. «Etwas bekannter wurde Sassoferrato durch die Schwefelfunde im achtzehnten Jahrhundert. Der Abbau begann kurz nach 1900, in den Weltkriegen wuchs dann der Bedarf an Schießpulver und Munition, und in der Mine wurde Tag und Nacht gearbeitet. Allerdings nur bis 1950, dann brach die Nachfrage ein. In Kanada hatten sie zudem eine effizientere Abbaumethode für Schwefel gefunden. Deshalb kam es in Sassoferrato zum legendären Streik.»

«Warum legendär?», hat Quirin gespielt erstaunt gefragt, um

Paulin bei Laune zu halten. Jeder im Kloster wusste, dass man den Bibliothekar manchmal ein wenig aus der Reserve locken musste, wollte man wirklich etwas erfahren.

«1952 sollte die Mine geschlossen werden, die Arbeiter wehrten sich, sie verbarrikadierten sich in der Mine. Vierzig Tage unter Tage, sozusagen. Bis die Minenbetreiber überraschenderweise nachgaben. Ein höchst ungewöhnlicher Erfolg, die Mine war dann doch noch bis 1958 in Betrieb.»

«Und danach?»

«Gab es in Sassoferrato für niemanden mehr eine Beschäftigung, die Gegend entvölkerte sich, und ja, viele Mineure fanden in der Schweiz Arbeit. Die brauchen wir ja überall, du machst dir keine Vorstellung! Für all die Staudämme, für die Bunker und Festungen, für Straßentunnels. Wir sind ja dran, das ganze Schweizerland zu unterkellern. Weiß zwar keiner so recht, weshalb, wenn du mich fragst, aber wir tun es trotzdem. Ein paar von den Leuten aus Sassoferrato sind offenbar auch hier gelandet, wie der Verehrer deiner Schwester beweist.»

«Sie sollte also besser nicht mit ihm dahin ziehen?»

«Weshalb nicht? Dort ist nicht mehr viel los, aber vielleicht erholt sich das Städtchen ja wieder. Ist es hier in der Deserta denn viel besser? Deine Eltern haben dich ja auch nicht wegen der spannenden Gespräche mit mir ins Kloster geschickt, hab ich recht … Und wart ab, bis das Militär seine Anlagen fertig gebaut hat, dann kehrt hier erst recht wieder Stille ein. Totenstille.»

«Was bauen die da eigentlich?», hat Quirin sofort nachgefragt, doch nicht mal Paulin war diesbezüglich eine Hilfe.

«Das weiß keiner», hat er erwidert. «Nichts Gescheites, so viel ist mal sicher. Eine Schande, dass wir unser Land dafür abgeben mussten.»

Dann hat Quirin wieder nach den Kindern der Italiener gefragt, was den Bibliothekar sichtlich irritiert hat. «Wenn der deine Schwester heiratet und sie mit nach Italien nimmt, können sie dort Kinder haben, soviel sie wollen.»

Quirin tat erleichtert. «Ach so, dann hat ihr wohl bloß jemand einen Bären aufgebunden.»

«Es wird generell zu viel geredet in diesem Dorf.» Die Abneigung des Deutschschweizer Bibliothekars gegen die quecksilbrige romanische Art war wohlbekannt und drang immer wieder durch. «Eine Verwechslung wohl. Vielleicht war von den Einschränkungen die Rede, die viele der Italiener hier erlebt haben, wenn sie nicht eine spezielle Aufenthaltsgenehmigung besitzen. Dann dürfen sie ihre Kinder tatsächlich nicht mitbringen. Wenn Vater und Mutter zum Arbeiten hierherkommen, lassen sie deshalb die Kinder in Italien bei den Großeltern. Das ist auch keine Lösung, aber wohl immer noch besser als verbotene Kinder …»

Bruder Paulin ist plötzlich verstummt, und Quirin hat sich gehütet, weiter zu fragen.

«… als verbotene Kinder hier zu verstecken». Er konnte sich die zweite Hälfte des Satzes ohnehin zusammenreimen und hatte genug gehört.

Quirin legt das obere Ende eines armdicken Baustammes, der vom Rhein mitgerissen worden war, in die Flammen und schaut zu, wie sie unter der neuen Beute zu züngeln beginnen.

Farfalla heißt Schmetterling, das weiß er mittlerweile auch.

Lorettas Kinder ohne Namen.

Ein beunruhigender Zufall. Schmetterlinge sind die Seelen der zu früh verstorbenen Kinder, sagen die Alten.

Ob Loretta das weiß?

Sonst leben die Kinder irgendwo versteckt und eingeschlossen in der *Baracca da pulenta*. Im einzigen Frauengebäude hier, das wird wohl weniger kontrolliert. Tagelang eingesperrt in den Schlafsälen, im Estrich, im Keller … kein Wunder, wollen sie die Kleinen so oft wie möglich nach draußen bringen.

Wieder betrachtet Quirin Loretta. Und dankt einmal mehr dem Herrn für das trockene Wetter. Wäre Schnee gefallen, wie sonst üblich um diese Jahreszeit, wäre er nicht hier, wird ihm wieder klar. Dann dürfte er nicht mehr ins Maiensäß.

Könnte sich nicht mehr hierher in die Kapelle schleichen.

Niemals wird er in den Orden eintreten. Da ist er sich jetzt ganz sicher.

Er kann das nicht.

Warum sollte er?

Weshalb verzichten auf dieses Gefühl, das ihn jetzt wieder übermannt, das etwas tief in ihm zum Glühen bringt, diese Wärme, die jede Faser seines Körpers durchdringt, ihm eine Kraft einflößt, die ihn fast zerspringen lässt.

Doch wenn der Schnee kommt …

Bevor er Loretta verliert, wird er Abt Stefan bitten, ihn gehen zu lassen.

Die Eltern werden enttäuscht sein.

Na und? Er hat sich entscheiden müssen, bevor ihm das wirkliche Leben begegnet ist.

Die Liebe.

Das war sie doch?

Loretta holt ihn aus seinen Gedanken. «Du schaust … wie sagt ihr?»

«*Stroli?*»

«Was heißt *stroli?*»

Quirin besinnt sich auf seine Großmutter. «*Strano*, gibt es das bei euch?»

«*Sì*. Du schaust seltsam.»

«Mir ist nur grad etwas klar geworden. Sag mal, Loretta, wie viele von euch sind aus Sassoferrato hierhergekommen.»

«Du hast dir gemerkt, woher ich bin?» Sie schaut ihn überrascht an. «Wir sind unterdessen siebzehn, oder ... doch, stimmt. Dreizehn in der Männerbaracke und vier in der Frauenbaracke.»

Hoffentlich ist sie nicht mit ihrem Freund gekommen. «Warum bist du hier?», fragt er vorsichtig.

«Warum wohl! Bei uns gibt es keine Arbeit. Für niemanden. Vor vier Jahren wurde die letzte Mine geschlossen. Das war für meinen Vater das Ende. Er hatte so lange gekämpft.»

Sie ereifert sich, er sieht Tränen in ihren Augen. «Er hatte die Arbeiter 1952 in die Mine geführt, *un sciopero mistico*, ist mit ihnen vierzig Tage lang dortgeblieben, stell dir vor, ganz Italien hat mitgelitten. *Tutta l'Italia!* Aber sechs Jahre später war dann doch Schluss. Mein Vater fand keine Arbeit mehr. Für das hier ist er zu alt. Jetzt ist es an uns. Ich bin die Älteste, habe keinen Bruder, aber einer meiner Cousins ist schon früher hierhergekommen und er hat uns von den Möglichkeiten in der Tuchfabrik berichtet.»

«Hattest du keine Angst?», fragt Quirin, der sich keine Sekunde lang vorstellen kann, in ein fremdes Land zu reisen.

«*Scherzi?* Ich war krank vor Angst. Und dann an der Grenze ... wie sie dich behandeln. Die Untersuchung. Mit den Händen, überall. Wie Vieh wurden wir behandelt.»

Sie verstummt.

«Bist du wütend, Loretta», fragt das Mädchen, das auf ihren Knien sitzt und den Aufruhr in ihr gespürt hat.

«Manchmal, Elena. Und traurig. Das sind wir alle manchmal.»

Sie ruft die Kinder zu sich, nach einer kurzen Balgerei um die besten Sitze finden alle einen Platz am wärmenden Feuer.

Sie stimmen ein Lied an, ganz ohne Worte, summen die Melodie nur, sie berührt Quirin. Als hätten sie das Lied für den schlimmstmöglichen Fall eingeübt, für eine Situation, in der sie sich mit ihrer Sprache nicht verraten durften.

Als es zu Ende ist, fragt Matteo in die Stille hinein: «Ist Quirin jetzt dein Freund, Loretta?»

Quirins Gesicht wird purpurrot, Loretta sagt etwas verlegen: «Mein Freund? Er ist unser Freund, Matteo.»

Ihr Blick wird plötzlich ernst.

«Das bist du doch, Quirin?»

Fidel wurde kribblig, als Haas die Pläne und Broschüren vor ihm ausbreitete. Das war eigentlich der Teil, den sie für Meret vorgesehen hatten. Er saß mit dem Investor in dessen Appartement. Es war eine der Luxuswohnungen, die Haas im hinteren Teil des Resorts zwischen Felswand und Ufer des künstlichen Sees hatte bauen lassen. Alle mit ähnlichem Grundriss, hatte Fidel bei einem seiner Spaziergänge hierher festgestellt. Lang gezogene Gebäude mit zwei Stockwerken, das obere auf der Stirnseite zum See auskragend, der vordere Teil war auf Pfählen ins Wasser gebaut. Haas schob ihm eine weitere Broschüre hin, und Fidel richtete sich im Sessel auf.

Haas lachte. «Wusste ich es doch, das findet Ihre Aufmerksamkeit! Das sticht sogar Larry Mall aus, nicht? Bei uns haben Sie alles, was Sie sich dort mit den anderen Bewohnern der Silos teilen müssen, in Ihrer eigenen Wohneinheit. Aber sagen Sie mir doch erst, warum Sie Kansas aufgeben wollen.»

Noch während sich Haas nach der Führung von der Gruppe verabschiedet hatte, sichtlich froh, die Besucher wieder los zu sein, hatte Fidel sich seine Recherche mit Meret vergegenwärtigt. Die Ausstattung der Luxuswohnungen von Larry Mall in diesem ehemaligen Raketensilo beispielsweise, inklusive der Wellness-

und Schwimmlandschaft auf der untersten Ebene. Den Schutz, den sie boten, vom Erdbeben bis zur atomaren Verseuchung, wie viel sie kosteten, alles, was in der Diskussion mit Haas helfen mochte. Nun entschied er sich für eine Geschichte, mit der er sich nicht zu weit vorwagte.

«Die Wohnung ist schon zum Verkauf ausgeschrieben. Ganz einfach, Herr Haas, und mit Verlaub: Für mich selber brauche ich so was mittlerweile nicht mehr. Schauen Sie mich an! Doch, doch. Ich bin achtzig Jahre alt, und die Katastrophen, vor denen wir uns auf diese Weise schützen müssen, will ich, ehrlich gesagt, gar nicht überleben. Aber … da sind die Kinder meiner Frau. Für sie möchte ich etwas tun, eigene habe ich nicht. Sie leben in Chur und haben mit Kansas nichts am Hut.»

«Schön, Sie sorgen für die Familie, das gefällt mir.»

«Wie gesagt, ich bin achtzig, und das letzte Hemd hat keine Taschen.»

«Wohl wahr!»

Fidel beugte sich erneut über die Broschüre. Allmählich begriff er. Ihm waren am Ende der Führung im Bunker etliche betonierte Durchgänge aufgefallen. Haas' ausweichende Antworten, als die Hobbyprepper in der Gruppe danach fragten, hatten ihn nachdenklich gestimmt.

«Ich versuche grad zu orten, wo genau in der Bunkeranlage die neuen Wohnungen liegen. Sind wir daran vorbeigegangen?»

«Oh nein. Alles, was uns beide interessiert, war bei der Führung gar nicht zu sehen.»

«Dachte ich mir. Die machen Sie eher … zur Ablenkung, nicht?»

«Sie gefallen mir, Herr … Moment: Ich weiß Ihren Namen ja gar nicht.»

«Stefan Brameter.»

Ob es ihm der einstige Abt verziehen hätte, dass er sich kurz dessen bürgerlichen Namen auslieh?

«Herr Brameter also. Wir waren eben in der alten Fortezia, die vor 1962 gebaut worden ist. 1962 entstand eine zweite, geheime Festung, die ich dem Militär ebenfalls abgekauft habe, allerdings mit Auflagen. Ich darf Ihnen deshalb nicht zu viel darüber verraten. Eines aber schon: Ihr Ausmaß ist gigantisch. Und wie Sie hier in den Plänen sehen – die später gebauten Kavernen ergänzen sich perfekt mit der Lodge und den normalen Wohnungen außerhalb der Festung. Die gesicherten Gebäudeteile sind entworfen und gestaltet, mir fehlt noch ein Konzept für die äußeren, sichtbaren Teile der Anlage, aber ich habe bereits eine renommierte Nachhaltigkeitsforscherin an der Hand.»

«Wen denn?», fragte Fidel bewusst naiv.

«Meret Sager.»

«Die berühmte Meret Sager? Die Entwicklerin der neuen Brennstoffzelle?», fragte Fidel, um Meret eine Startrampe für ihr Gespräch mit Haas zu bauen.

«Genau die, da staunen Sie, nicht?»

Meret hatte noch nicht zugesagt, aber schon wurde ihr guter Ruf missbraucht. Fidel begann Haas' Vorgehensweise zu durchschauen.

«Also bauen Sie noch weiter.»

«Wie gesagt, das Ausmaß der Anlage ist …» Haas riss zur Veranschaulichung seine Arme weit auseinander.

Ein seltsamer Mensch, dachte Fidel. Er konnte Haas nicht fassen, nicht festmachen, ob dieser aus Überzeugung oder aus Geldgier handelte.

«Kann ich nicht kurz den geschützten Teil Ihrer Einheit anschauen?»

Haas schüttelte lächelnd den Kopf. «Den gibt es hier nicht.»

«Sie selbst haben kein … Reduit?»

«Reduit? Schön gesagt. Habe ich schon, darauf können Sie sich verlassen, Herr Brameter. Aber ganz woanders. Und schon viel länger, als es diese Lodge gibt.»

«Verstehe. Ich werde also alle Unterlagen studieren und mich wieder melden. Beim nächsten Mal können Sie mir dann eines dieser Reduits zeigen. Ich habe noch zwei Fragen, die mich bei der Herfahrt beschäftigten.»

«Nämlich?»

«Erdbeben. Wie soll eine solche Felskaverne sicher sein? Ich erinnere an das Erdbeben im Friaul, Stärke 6,7. Zahlreiche Schäden in den Eisenbahn- und Straßentunnels.»

«Das ist nicht vergleichbar, weil hier stützende Strukturen einbetoniert sind, abgesehen davon, ist diese Region nicht erdbebengefährdet.»

«Darauf verlassen tun wir uns aber nie, richtig?»

«Stimmt. Deshalb muss die Bauweise absolut sicher sein, und dafür hat das Militär damals aus eigenem Interesse gesorgt.»

«Gut. Lassen wir das mal so stehen, ich werde selber noch weiter recherchieren.»

«Tun Sie das. Und Ihre zweite Frage?»

«Die Bodenrisse oben am Péz Baselgia. Genau über uns. Der Hang bewegt sich. Der ganze Berg gar? Das gefährdet doch alles. Hier draußen sowieso, aber sicher auch im Berginnern.»

«Wer hat Ihnen denn davon erzählt?»

«Ach, ich kann ein bisschen Romanisch und war auf ein Glas in der *Cruna.* Danach weiß man alles, was die Deserta derzeit beschäftigt.»

Täuschte er sich, oder schwollen Haas die Adern an der Schläfe dicht unter dem Rand seines Caps gehörig an? Seine Antwort allerdings klang gelassen.

«Da haben Sie gehört, was man in der *Cruna* so hört: Dorfgeschwätz. Wir hingegen haben die Risse bereits eingehend analysiert, zusammen mit den Spezialisten vom Militär, die sind immer mit dabei in solchen Belangen. Die Geländebewegung ist sehr oberflächlich und beschränkt sich auf das Schuttgebiet oberhalb der großen Geländemulde, die alles auffängt. Kam früher auch schon vor, das ist bekannt. Unsere Anlagen im Felsen und hier unten am Fluss betrifft das in keiner Weise. Zur Sicherheit haben wir bereits die bestehenden Überwachungsmaßnahmen verschärft.»

«Das ist beruhigend zu hören», sagte Fidel, als befriedige ihn die Antwort bereits. «Darf ich die Broschüren und Pläne mitnehmen, ich möchte das alles mit den Kindern meiner Frau besprechen? Die werden von diesem besonderen Spiegelkabinett begeistert sein! Gefällt mir, Ihre Idee, eine ganz neue Definition des Doppelhauses.»

Kapitel 9

La catedrala ella baselgia

Meret wanderte Richtung Lodge, vor ihrem Treffen mit Haas wollte sie sich das ganze Tal nochmals anschauen. Sie war noch aufgewühlt von ihrem Streit mit Niculan, der partout nicht einsehen wollte, weshalb sie sich Haas ‹anbiederte›, wie er es nannte.

Man kommt seinem Feind am besten auf die Schliche, wenn man mit ihm gemeinsame Sache macht, hatte sie gesagt und er hatte zum Schluss nur erwidert, sie solle sich selber mal reden hören, er erkenne sie grad nicht wieder. Worauf er sich ohne Verabschiedung mit Bigna Richtung Manufaktur getrollt hatte.

Trotzdem gab Meret ihren Plan nicht auf, sie vertraute zudem darauf, dass Niculans Zorn bis zum Abend verraucht sein würde und er alles von ihrem Treffen würde wissen wollen. Ganz kurz war ihr der Verdacht gekommen, Niculan könnte eifersüchtig sein. Das war keinen zweiten Gedanken wert, aber manchmal zweifelte sie ein bisschen an der Urteilskraft der Männer in solchen Dingen.

Vielleicht hatte sie ihm deshalb nie erzählt, dass sie bei ihrer ersten Begegnung mit Haas nackt gewesen war.

Bei der Kapelle Sogn Gion Battesta überquerte sie den Rhein. Das Rauschen des Wasserfalls hatte sie schon auf dem Weg gehört, doch als Meret endlich vor dem stiebenden Wasser stand, beeindruckte sie der Anblick so sehr wie beim ersten Mal. Kein Wunder, dass die Gegend um das Heilige Kreuz zum Gedenkort geworden war. Den «Berg der Namenlosen» hätten die alten Dadenser den Péz Baselgia zeitweise genannt, weil an seinem Fuß im Laufe der Jahrhunderte so viele ungetaufte Kinder bestattet worden waren. Fidel hatte es ihr erklärt, als sie ihm von der Steinplatte im Teich erzählte. Ihr Fund hatte ihn nicht im Mindesten verwundert. In den alten Zeiten hätte es in diesen Bergtälern viele Totgeburten gegeben, von der Kirche aber keinerlei Beistand für die trauernden Eltern.

Die Dadenser hätten eigene Rituale finden müssen.

Die einen hätten eine Tafel auf dem Seelenacker niedergelegt, die andern am Rand der Lichtung ein Bäumchen gepflanzt oder aus Steinen ein Kreuz gebaut.

Es habe damals fast jede Bauernfamilie getroffen, auch Fidels eigene.

Er war nicht weiter darauf eingegangen und hatte stattdessen erzählt, wie nach einem besonders tragischen Fall sogar der umsichtigen Dorfhebamme der Kragen geplatzt sei. Wie viele Kinder noch sterben müssten?, hatte sie den Dorfpfarrer angeherrscht. Und wie viele junge Mütter, nur weil er dauernd predigte, sie müssten jedes Jahr ein Kind bekommen! Geburt, Stillen, neue Schwangerschaft, die Plackerei auf dem Hof, nächste Schwangerschaft. Er solle mal über seine Friedhöfe der jungen Mütter gehen, oder hinüber zum Seelenacker am Pez! Das halte doch niemand aus, ein solches Leben. Nichts als Entbehrungen, Arbeit und Trauer, immer wieder Trauer.

«Kann man sich heute fast nicht mehr vorstellen, solche Zustände», hatte Meret gesagt.

«Ist gar nicht so lange her», hatte Fidel geantwortet. «Ich habe es noch erlebt.»

Jetzt war er drüben bei Haas, und Meret hoffte, dass dieser ihnen nicht auf die Schliche kam. Vielleicht war die Geschichte, die sie sich am Computer ausgedacht hatten, doch etwas dick aufgetragen.

Und wennschon!

Sie war jetzt an der Stelle angelangt, wo ihre erste Begegnung mit Haas stattgefunden hatte.

Ihre peinliche Blöße …

Eben nicht! Sie hatte sich richtig verhalten. Stark, selbstbestimmt hatte sie ihn als Voyeur entlarvt, so dass es ihm selber fast peinlich geworden war.

Wieder fragte sie sich, woher er an jenem Nachmittag so plötzlich gekommen war. Sie ging den Teich entlang bis zur Felswand, die rund dreißig Meter senkrecht zu dem Sturz hinaufführte, an dem das Wasser ins Leere katapultiert wurde. Meret blickte sich um. Zu ihrer Rechten verdichtete sich der Wald. Sie zwängte sich durch das Dickicht am Rand der Lichtung und stapfte in den Wald hinein, zur besseren Orientierung blieb sie immer in der Nähe der Felswand. Unversehens zog sich eine drei Meter breite Mulde vor ihr durch den Abhang, sie war weniger stark bewachsen, und Meret fragte sich, ob hier einst eine Straße durch den Wald geführt hatte.

Wozu?

Sie folgte der Schneise, die auf eher unnatürliche Art den Hang durchschnitt, dabei stetig auf die Felswand zulief und unvermittelt vor ihr endete.

Meret wollte schon zurückgehen, besann sich dann aber und kletterte über Steine und Geröll dicht an die Felswand heran.

Die gar keine war.

«Das gibt es ja nicht!», murmelte sie, den falschen Felsen betastend. Jede Spalte, jeder Vorsprung, die ganze Struktur – alles nur gemalt. Auf … auf Beton wohl! So geschickt aber, dass die glatte Oberfläche eine dreidimensionale Struktur bekam. Erst jetzt, da sie mit der Hand darüberstrich, durchschaute sie die Tarnung. Aber Tarnung wofür? Wovor? Es war eine gewaltige Betonmauer, da war kein Tor, kein Eingang, keine Lücke, nichts. Sie wanderte der Mauer entlang weiter. Die Hälfte des vermeintlichen Kliffs, das selbst aus der Ferne imposant und gefährlich aussah, bloß eine raffiniert bemalte Betonmauer? Ob Niculan das wusste, fragte sie sich unwillkürlich. Sie machte einige Fotos von der Wand und eine Nahaufnahme von der Malerei. Wieder legte sie den Kopf in den Nacken. Wie hoch hinauf reichte sie?

Zwanzig Meter? Dreißig Meter?

Was war ihr Zweck?

Das hatte doch nichts mehr mit einer Militärfestung zu tun. Natürlich gab es dort lastwagenhohe Einfahrtstore, aber das hier?

Eine Staumauer ohne See …

Meret machte einige Schritte rückwärts und kam prompt ins Wanken. Sie wollte nach dem nächsten Ast greifen – und bekam stattdessen einen Arm zu fassen.

Erschreckt schrie sie auf, in der nächsten Sekunde erkannte sie ihren Helfer. Sie fand ihr Gleichgewicht wieder und ließ Sep Antonis Arm los.

«Was machst denn du hier?», fragte sie den Alten etwas verdattert.

Wie gewohnt bekam sie von Sep Antoni anstelle einer Antwort ein freundliches Lächeln, das alles und nichts erklärte.

«Danke trotzdem!»

Sie richtete ihren Rucksack, dann deutete sie mit dem Finger auf seinen Halsanhänger.

«Du trägst ihn immer noch?»

Den Kristall hatte sie ihm einst zur Bekräftigung ihrer Freundschaft geschenkt, im Gegenzug hatte sie ihren Fadenquarz behalten dürfen, den Sep Antoni einst auf der Kristallsuche mit Merets Großvater gefunden hatte.

«Ich kann meinen Kristall im Moment nicht tragen, weißt du! Bigna will ihn mir immer abreißen.»

Zur Veranschaulichung zupfte sie an seinem Anhänger, Sep Antoni lächelte.

«Du bist also öfter hier?»

Sep Antoni nickte.

«Und du magst ihn nicht … *il limpilampi?*» Meret deutete mit dem Kopf zur Lodge hinüber. Niculan hatte ihr von Sep Antonis seltsamer Warnung erzählt.

Wieder lächelte Sep Antoni nur.

«Ist Haas oft hier?»

Er zeigte zum Weiher hinüber.

«Dort? Am Wasser?»

«Gie.»

Meret dachte kurz nach, dann griff sie nach seiner Hand.

«Komm ein paar Schritte mit mir!»

Sie zog ihn zu der falschen Felswand hin und legte ihre Hand auf den Beton.

«Was ist das? Was ist dahinter?»

Er schaute sie fragend an.

«Im Felsen drin, was hat es da?»

«La catredala ella baselgia!», sagte er endlich.

«Die … die Kathedrale in der Kirche?»

Sep Antoni sprach wieder mal in Rätseln.

Meret wusste sich erst nicht zu helfen, dann kam ihr eine Idee.

«Kannst du mir … kannst du *la catedrala* zeichnen?»

Sie nahm ihren Rucksack von den Schultern und wühlte darin nach ihrem Notizbuch mit dem silbernen Bleistift, ein Geschenk von Niculan zu ihrem letzten Geburtstag. «Zum fliegenden Festhalten spontaner Ideen» hatte er auf die erste Seite geschrieben. Auf ihren Wanderungen hatte sie ihre Notizen früher gleich ins Handy getippt. Das sei doch keine Art, gute Einfälle festzuhalten, eine sinnliche schon gar nicht, hatte er sie aufgezogen. Da müssten Skizzen dazu, Zeichnungen, direkt von der Hand aufs Blatt, nur das entfache bei einem analogen Fossil, wie sie es sei, eine gewisse Kreativität!

Er werfe in seinem Glashaus grad mit Steinen um sich, hatte sie erwidert, aber sie hatte sich sofort in die Idee verliebt, und das Buch war ihr bereits zum kreativen Katalysator geworden, auch wenn es kaum in ihren Rucksack passte.

Sie setzte sich auf eine sonnenbeschienene Felsplatte und zog Sep Antoni neben sich.

«Warst du drin? Wie? Wann? Zeigst du mir, wie es da aussieht?»

Sie drückte ihm Buch und Stift in die Hand.

Er lehnte sich gemütlich gegen die Wand hinter ihnen und begann zu zeichnen. Seine Zungenspitze zwischen den Lippen bewegte sich dabei kongruent zu seiner Hand, fiel Meret auf. Gespannt schaute sie auf das Papier. Sep Antoni zeichnete erstaunlich leichthändig den stiebenden Wasserfall, das Kreuz, den

Teich, die ganze Felsfront bis etwa zu der Stelle, an der sie saßen. Er wählte dafür allerdings eine seltsame Perspektive, skizzierte *Sontga Crusch* von der Seite, im nächsten Moment verstand Meret, weshalb. Nun drang er gleichsam in den Felsen ein, schraffierte erst einen Tunnel, der von ihrem Standort direkt in den Felsen hineinführte, nach einer Weile mündete er offenbar in einen größeren Raum. Gespannt beobachtete sie, wie unter Sep Antonis Hand das Abbild eines seltsamen Bauwerks entstand. Er zeichnete den ersten Raum als horizontales Rechteck, allerdings mit einer halbrunden Gewölbedecke. Das anschließende Rechteck zeichnete er senkrecht, hier war die Decke noch gewölbter, nahm gar die Form einer Kuppel an.

Sep Antoni reichte ihr das Notizbuch, dann stand er auf, bedeutete ihr, dasselbe zu tun. Er zeigte rheinabwärts nach Dadens, das von hier aus gerade noch zu sehen war, dann auf das Kloster dort, und wieder auf die Zeichnung.

Jetzt begriff Meret.

«*Die Kathedrale im Péz Baselgia!* So sieht es dadrin aus? Wie eine Kirche im Felsen?»

Sep Antoni nickte eifrig. «*Avat Stefan sa!*»

«Abt Stefan weiß es? Aber der ist doch längst gest…» Sie brach ab. Wer wusste schon, welche Zeitebenen Sep Antoni miteinander verwob.

Wieder studierte sie die Zeichnung. Wenn die Proportionen stimmten, dann war der viel höhere Raum der Kuppelturm dieser Felskirche.

Eine Kirche für die Armee? Niemals.

«Wirklich so hoch?», fragte sie Sep Antoni. Sie zeigte vergleichend auf Wasserfall und Kuppelbau.

Sep Antoni nickte.

Nach ihrer Recherche über die Prepper in den USA waren Meret wieder die ausrangierten Raketensilos in den Sinn gekommen, doch hier türmten sich über der Kuppel Hunderte und Aberhunderte von Kubikmetern Fels.

Das alles machte keinen Sinn.

«Kommt man da hinein?»

Sie tippte auf den Kuppelturm.

Sep Antoni wiegte den Kopf hin und her.

«Und hierhin?» Sie deutete auf den Eingangstunnel.

Wieder bewegte er den Kopf leicht, doch er lächelte.

«Das ist alles zubetoniert, meinst du? Du kennst einen anderen Zugang?»

Er antwortete mit einer Handbewegung, die alles und nichts bedeuten konnte.

Plötzlich reichte Sep Antoni ihr fast förmlich die Hand, etwas, das er noch nie getan hatte, fiel Meret auf. Dann machte er auf dem Absatz kehrt und marschierte los, direkt in den Wald hinein, als seien die Wanderwege hier nur Hilfsmittel für Fantasielose.

Sie starrte auf die Zeichnung. Ein Traumbild von Sep Antoni, oder war er wirklich dadrin gewesen? Lange bevor alles zugemauert worden war?

Meret hatte reichlich Stoff zum Nachdenken, der Weg ins Resort erschien ihr kürzer als beim letzten Mal. Sie sah eben noch, wie Haas sich mit Händedruck von einem seltsamen, älteren Herrn mit wilden Haaren, keckem Käppi und einem fulminanten Seehundschnauzer verabschiedete.

Haas ließ den verkleideten Fidel stehen und lief sofort auf sie zu.

«Frau Sager, wunderbar, dass Sie gekommen sind, und ganz wunderbar sehen Sie übrigens aus, selbst so …!»

… angezogen, ergänzte sie im Stillen. Brachte niemand diesem Mann bei, dass er stets das Falsche sagte?

Allerdings so zuverlässig, dass es schon wieder wie eine Masche wirkte.

Wahrscheinlich gehörte das zu seinen Manipulationstechniken, er war berechnend und kaum so triebgesteuert, wie er sich gab.

Haas führte sie durch die Bungalows, die auf den See hinaus gebaut waren. Hinter dem letzten endete das Sträßchen an einem Gittertor, das geschickt mit Stauden und Gebüsch kaschiert war.

Haas zog einen Schlüsselbund hervor und öffnete das schwere Schloss, zog das Tor ein Stück weit auf, ließ Meret durchschlüpfen und folgte ihr.

«Hier beginnt das Gelände für die nächste Etappe. Sie werden staunen, welchen Gestaltungsfreiraum Sie haben.»

«Langsam, langsam! Ich habe den Auftrag noch gar nicht angenommen.»

«Das werden Sie, keine Sorge, idealere Bedingungen für Ihre Art von Projekten finden Sie kaum, unsere Klientel ist ausgesprochen kaufkräftig. Aber jetzt erst einmal ein Augenschein.»

Die Baumaschinen waren bereits aufgefahren, stellte Meret fest, Bagger und Planierraupen hatten das Gelände zwischen Felswand und Fluss eingeebnet, der Rhein war mit schweren Metallwänden eingedämmt worden, die Bagger konnten so das nächste Seebecken ausheben, ohne dass der Fluss das Gelände zu früh flutete.

Haas zeigte ihr, welches Ausmaß der See annehmen würde, und wo das Solarkraftwerk geplant war. Die gegenüberliegende Talseite hatte die perfekte Neigung für einen Panelpark.

«Ich verhandle noch mit den Betreibern der Kraftwerke vom Stausee oben. Die möchten sich beteiligen, ich will aber autonom bleiben und nur den überschüssigen Strom einspeisen. Wird in Spitzenzeiten viel sein, jährlich rechnen wir mit der Produktion von rund hundert Gigawattstunden. Die genaue Konzeption und eine allfällige Kooperation würde ich lieber nach Ihren Vorschlägen definieren.»

Meret musste zugestehen, dass der Ort dafür gut gewählt war. Das Land gehörte ihm, es gab keine Siedlungen mit direktem Blick auf die geplanten Solarpanele, mit Ausnahme einiger Maiensäße. Die Einsprüche würden sich im Rahmen halten, denn Umweltschützer waren in der Surselva dünn gesät, zu dünn, für Merets Geschmack.

«Dort zwischen See und Bergflanke werden wir also die dreißig neuen Einheiten bauen. So was hat es bis jetzt noch nicht gegeben. Luxusbehausungen für hohe Ansprüche. Ähnlich wie die Bungalows drüben, nur noch viel kostbarer ausgestattet. Die Gebäude sind wieder zweiteilig, jedes setzt sich in den Felsen hinein fort, dafür nutzen wir die vorhandenen Kavernen.»

«Wozu das denn?», tat Meret erstaunt, als sehe sie keinen Zusammenhang mit den reichen Preppern.

«Ach, mehr ein Spleen von mir», wiegelte er ab. «Ein zusätzliches Marketingargument, das in unseren unsicheren Zeiten zieht. Der Fels bietet kühlere Temperaturen und gleichzeitig die Sicherheit eines Luftschutzkellers. Beides wird immer wichtiger.»

«Eine etwas abwegige Idee, aber wenn Sie dafür Abnehmer finden …»

«Oh, keine Sorge. Und gerade deswegen haben wir Erfolg, wie sich bereits zeigt. Für Ihren Teil der Planung ist das aber gar nicht so wichtig. Sie müssen bloß wissen, dass der Energiebedarf für den Gebäudeteil im Felsen in etwa doppelt so hoch ist wie der im Außenteil. Es gilt also, mit dem Solarstrom dreißig Doppelhäuser zu versorgen, die ganze Resort-Infrastruktur dazu, denn hier gleich vor Ihnen bauen wir noch ein zweites Zentrum. Shops, Restaurants, Läden. Unten die RiverLodge, hier die Mountain-Lodge. Ihre Idee mit den Elektroautos als nächtliche Batterien für die Gebäude, so wie Sie es in Neuhäusern umsetzten, könnte man aufnehmen.»

Meret ließ sich nicht anmerken, wie sehr sie das Ausmaß des Vorhabens beeindruckte. Ein gigantisches Projekt, das zugleich aber erstaunlich wenig Nutzen für Gemeinde und Region brachte. Auf derselben Fläche hätte Haas ein gigantisches Hotel bauen können, dann hätte die ganze Deserta von zusätzlichen Touristen profitiert. So nicht. Doch aus rein geschäftlicher Sicht verstand sie seinen Ansatz. Gebaut würde schlussendlich wohl nur, was bereits verkauft war, die Mehrzahl der Käufer würde sich eher selten in der Deserta aufhalten, die besaßen wahrscheinlich alle Häuser rund um den Globus. Das waren reine Prestigeobjekte und Geldanlagen. Ob der Tourismus im Tal Bestand haben würde oder nicht, brauchte Haas weniger zu interessieren.

Den großen Reibach machte er schon beim Verkauf.

«Sicher, ein spannendes Projekt», sagte sie endlich. «Ich werde mir tatsächlich überlegen, ob wir den Auftrag annehmen. Deshalb Klartext jetzt: Das alles wäre auf einen Schlag erledigt, wenn sich der Berg weiterbewegt.»

Sie deutete zum Péz hinauf.

Er hob beschwichtigend die Hände. «Jetzt kennen Sie meine Pläne hier, glauben Sie, ich würde die Gefahr nicht ernst nehmen? Die Besonderheit des Geländes hier bedingt, dass auch das Militär schon lange ein Auge auf alles hat, nicht erst, seit sich die Risse geöffnet haben. Die Überwachung und allfällige Maßnahmen können wir also getrost der Armee überlassen. Schauen Sie bitte mal zum Gegenhang hinauf, dort neben der kleinen Kapelle, sehen Sie das Blinken? Der Reflex einer Kameralinse. Die haben hier jedes Überwachungsgerät aufgebaut, das zu haben ist. Mit einem Georadar wird der ganze Hang gescannt, ein Tachymeter misst die Bewegungen mittels Reflektoren, ein Steinschlagradar ist im Einsatz, seismische Sensoren, zudem GPS-Stationen und überall hochauflösende Kameras.»

«Weshalb ist das Militär auch nach dem Verkauf der Anlage noch zu solchem Aufwand bereit?»

«Ich weiß nicht, mein Verhandlungsgeschick vielleicht?», sagte er mit einem Zwinkern. «Im Ernst, das Militär war am Verkauf fast mehr interessiert als ich am Kauf, deshalb habe ich mir das eine oder andere zusichern lassen. Trotzdem war der Kaufpreis im Vergleich zu dem, was ich dafür erhalten habe, sehr niedrig. Ähnlich wie bei Samih Sawiris in Andermatt, der mich in der Sache beraten hat. Das Militär hat mein Projekt überhaupt erst ermöglicht, aber ich wollte mich noch zusätzlich absichern, deshalb wird die Anlage immer noch überwacht. Es sind riesige Kavernen hier im Berg, von der Armee gebaut, nicht von mir, für deren Sicherheit bleiben sie verantwortlich. Langer Rede kurzer Sinn: Es ist alles unter Kontrolle, die Risse stellen keine Gefahr dar, Sie können mir ruhig zusagen.»

«Nicht, bevor ich alle Pläne gesehen habe.»

«Die schicke ich Ihnen digital, das ist viel Material. Ich muss jetzt leider schon weiter, ein Kaufinteressent wartet.»

«Wie viele Einheiten haben Sie denn schon verkauft?»

«Wer eine Wohnung reservieren will, macht eine Anzahlung von fünf Millionen.»

«Fünf Millionen?»

«Überrascht Sie das? Ich sagte Ihnen doch, ich bin gut ausgestattet …» Diesmal zwinkerte er nicht, diese Bemerkung war wohl selbst ihm zu plump. «Der Endpreis für die Häuser bewegt sich zwischen neun und vierzehn Millionen. Wenn ich von Luxus spreche, meine ich Luxus. Dreiundzwanzig feste Interessenten haben wir, aus teils exotischen Ländern, nur eine Schweizerin ist darunter, aber was für eine, Sie können sich vorstellen, wer. Ein Zugpferd, wenn es darum geht, unser Reduit-Konzept zu verkaufen. Zudem ist ihr Chemie-Unternehmen nicht weit von hier angesiedelt.»

Meret war von allem, das sie gehört hatte, gleichermaßen irritiert wie beeindruckt, aber sie zeigte es nicht.

Niemals würde sie wirklich für Haas arbeiten. Aber sie wollte das Spiel weiter treiben, sie musste mehr wissen.

«Gut, Sie schicken mir alle Unterlagen, dann entscheide ich. Ich gebe Ihnen meine Mailadresse.»

«Nicht nötig, die habe ich.»

Fidel textete ihr, er sei auf ein Bier im *Bruni*, sie solle doch zu ihm stoßen. Sie antwortete ihm umgehend, obwohl sie sich noch immer nicht ganz daran gewöhnt hatte, dass der Pater beim Gebrauch digitaler Geräte seinen einstigen Schülern in nichts nachstand. Sie rief zudem Niculan an, und sagte ihm, wo sie zu finden sei.

Fidel war mindestens vierzig Jahre älter als die übrigen Gäste in dem legendären Restaurant, das schwedische Freerider vor Jahren übernommen und mit Möbeln aus allen Brockenstuben der Deserta ausstaffiert hatten.

«Ich bin der Einzige hier, der so alt ist wie das Mobiliar», kam er ihr zuvor und klopfte auf das leicht speckige Polster seines Sessels. Natürlich war es der weitaus bequemste in der gemütlichen Gaststube. Und er stand auch nicht zu nahe an den Fenstern, die waren etwa so winddicht wie Fischernetze, das wussten alle Stammgäste. Für eine Rundumerneuerung hatte das Geld nicht gereicht, und weil der Powder in Dadens immer seltener wurde, waren die Schweden auch längst weitergezogen. Freerider aus dem Schweizer Mittelland hatten das Haus übernommen.

Sie beugte sich für eine kurze, innige Umarmung zu Fidel hinab.

«Schade, dass du deine Haare wieder kurz trägst, das war ja ein Anblick eben. Welches Bier empfiehlst du?»

«Hier? Valaisanne Pale Ale, keine Frage.»

Meret bedeutete der Frau hinter dem Tresen, sie nehme dasselbe wie Fidel.

«Rate mal, wen ich gerade wieder oben am Kreuz getroffen habe!»

«Was hast du schon wieder da oben gemacht?»

«Irgendwie wollte ich in deiner Nähe sein, weil ich dir schon die Führung eingebrockt habe. Alles gut gegangen?»

Fidel nickte und wartete, bis sie ihr Bier eingeschenkt hatte.

«Wen also?», fragte er dann.

«Sep Antoni!»

«Und? Hatte er wieder mystische Wortspiele auf Lager?»

«Nein. Doch, eigentlich schon. Und er hat mir etwas gezeichnet.»

Sie zog ihr Notizbuch aus dem Rucksack und blätterte, bis sie zu der Zeichnung kam.

«Was soll das sein?», fragte Fidel irritiert.

«Bist du bei den Wasserfällen schon mal weiter der Felswand entlanggegangen, in das Waldstück darunter? Da ist die Felswand plötzlich nicht mehr echt!»

«Wie, nicht echt? Ach, eine Camouflage?»

«So sagt man wohl. Ein gigantischer Betonwall, der nur so tut, als sei er eine Felswand. Mit einer Bemalung so hoch wie die Wasserfälle.»

«Und Sep Antoni meint …»

«… dahinter sehe es so aus, so wie er es hier gezeichnet hat. *La catedrala ella baselgia* hat er es genannt.»

«*Lumpazi!* Da spricht der Schelm zwei Jahre lang gar nichts, und dann wirft er plötzlich mit Poesie um sich.»

«Erinnert dich das nicht an die Bilder, die wir gestern im Netz gesehen haben? In Kansas? Das Raketensilo? Vielleicht baut Haas da was Ähnliches.»

Fidel schüttelte den Kopf, aber sein Blick blieb auf der Zeichnung haften.

«Die schwarze Arche …», murmelte er versonnen.

«Was?»

«Einst wurde unser Kloster «die weiße Arche» genannt. Und es gab eine Weile lang das Gerücht über ein schwarzes Ebenbild. Was übrigens nicht so verwunderlich ist, eine Desertaner Sage erzählt gar von einer gläsernen Kathedrale im Gletscher.»

«Wo ihr immer meint, noch eine Kirche mehr unterbringen zu müssen», witzelte Meret.

Die schwarze Arche … Fidel wunderte sich über sich selbst, der Ausdruck war ihm aus ferner Vergangenheit zugeflogen, an den Zusammenhang erinnerte er sich nicht mehr. Abt Stefan? Könnte sein. Was der wohl damit gemeint haben könnte? *Giavelen.* Sein Gedächtnis wurde immer lückenhafter. Er zollte seinem Alter Tribut.

Jeden Tag ein bisschen mehr.

Fidel gab sich einen Ruck, lenkte seine Gedanken bewusst in die Gegenwart.

Das musste er immer öfter tun, fiel ihm auf.

Kein Grund, Trübsal zu blasen. Auch dafür ging ihm die Zeit aus. Dafür erst recht. Er nahm sich zusammen und deutete auf die Zeichnung: «Was auch immer das ist oder war, Haas baut tatsächlich Prepper-Paläste, oder weniger pompös: Reduit-Wohnungen.»

«Bleib bei Palästen. Ich habe eben das Baugelände mit ihm besichtigt und soll ihm ein Nachhaltigkeitskonzept für die Anlage erstellen.»

«Was du sicher nicht tun wirst.»

«Was ich ihm sicher nicht so schnell sagen werde. Zuerst versorgt er mich mal mit Material. Er wird mir alle Pläne mailen.»

«Als potenzieller Käufer habe ich übrigens schon etwas erhalten.»

Jetzt griff auch er in seinen Rucksack, zog die Broschüre von Haas heraus und legte sie auf den Tisch.

Meret betrachtete das Titelfoto. «Die sehen ja genauso aus wie die bereits vorhandenen Wohnungen am künstlichen See.»

«Aber die hier sind viel größer.»

«Und wo liegt der Haken?»

«Abgesehen vom Preis, meinst du? Kein Haken, zumindest nicht für die glücklichen Besitzer. Dreißig Stück stehen zum Verkauf. Immer zweistöckig, Terrasse über dem Wasser, Grundfläche pro Ebene hundertsechzig Quadratmeter.»

«Welchen Preis hat er dir genannt?»

«Variabel, aber bis zu fünfzehn Millionen. Ein Hochstapler, wenn du mich fragst. Das verkauft der nie.»

«Da bin ich mir nicht mal so sicher, er sagte, seit der Pandemie könne er jeden Preis verlangen, und dreiundzwanzig Interessenten hätten bereits reserviert. Anzahlung: fünf Millionen. Aber stimmt schon, für uns in der Deserta sind das ganz neue Dimensionen …»

«Und er zielt tatsächlich auf die Prepper. Dr. Doom hat mir das Geheimnis seiner Spiegelkabinette verraten.»

Meret schmunzelte. «Ist dir eigentlich bewusst, dass du dich nicht gerade wie ein achtzigjähriger Pater ausdrückst?»

«Nicht wie ein Pater? Bin ich auch nicht mehr. Oder meinst du: nicht wie ein Achtzigjähriger?»

«Du bist in allem ein Unikat.»

«Es war nie mein Ziel, eine Norm zu erfüllen. Und bezüglich der Sprache eines Achtzigjährigen – da habe ich sowieso wenig Übung. In den letzten sechzig Jahren habe ich mich kaum mit meinen Mitbrüdern, aber tagein, tagaus mit unseren Schülern ausgetauscht. Mit einer altmodischen Ausdrucksweise kann ich also nicht dienen. Ich könnte höchstens den einen oder anderen lateinischen Ausdruck hineinmischen, wenn dir das etwas gibt.»

«Bewahre, nein! Noch verstehe ich dich, sehr gut sogar. Aber … eine andere Frage noch, bevor Niculan mit Bigna kommt und sie mich in Beschlag nimmt: Bereust du deine Entscheidung zum Austritt mittlerweile?»

«Wie kommst du jetzt darauf?»

«Adalina hat Bedenken. Du hättest dich verändert.»

«Ach ja? Inwiefern?»

«Du seist stiller geworden.»

«Wirklich?»

«Seit … nun ja …»

«Seit?»

«Nun, sie meint, es hätte etwas mit einem Brief zu tun, den sie dir aus dem Kloster gebracht haben.»

«Ach, der …»

Fidels Gesicht wurde ein bisschen ernster, mehr aber auch nicht.

«Etwas Schwieriges?»

«Ein bisschen unangenehm. Eine Frau, der ich helfen soll, ihre Familie zu finden. Eine alte Geschichte, sehr alt.» Er zögerte, suchte nach Worten. «Erinnert mich an eine Zeit, an die ich nicht erinnert werden möchte. Aber … das erzähl ich dir ein andermal. Und Adalina kann ganz beruhigt sein, sie macht mich glücklich.»

«Dann sag ihr das!»

«Werde ich, keine Angst! Aber willst du jetzt wirklich nicht wissen, worum sich bei Haas alles dreht?»

Er blätterte in der Broschüre weiter. «Die Einheiten, die Haas offenbar den reichen Preppern dieser Welt verkauft, bestehen aus zwei Teilen. Die sichtbaren sind eben diese zweistöckigen Holzbauten auf den See hinaus. Hier erkennst du, dass ihre Rückseite immer nur zwei Meter vom Berghang entfernt ist. Und so sieht das im Seitenaufriss aus!»

Meret vertiefte sich in die Abbildungen.

Die Felswand am Fuß des Péz Baselgia war tatsächlich wie eine Spiegelachse. Ein unterirdischer Gang verband die Rückseite der Wohnkuben am See mit einem identischen Bau im Felsinnern.

Nur ohne Aussicht.

«Der Verbindungsgang von außen nach innen verfügt über meterdicke Betontüren, die im Notfall geschlossen werden können», erklärte Fidel. «Dann ist der Teil im Inneren autark. Eigene Lüftungs- und Filtersysteme, eigenes Kraftwerk im Innern, wer weiß, vielleicht in dieser seltsamen Kaverne von Sep Antoni. Eigene Wasserversorgung. Erdbebensicher, Schutz vor nuklearer

Strahlung. Und nicht zu vergessen: Wenn die Klimaerwärmung den Sommer auch hier bald unerträglich machen sollte, kannst du von den Außengebäuden einfach einige Meter ins Innere spazieren, in den dauerhaften Schatten, sozusagen. Bei der Führung hatten wir konstant elf Grad. Wird da wohl auch so sein.» Er brach ab. «Eigentlich seltsam», fügte er dann hinzu. «In Tunnels ist es doch immer warm, hier nicht.»

Meret blickte von der Broschüre auf. «Das ist wirklich derselbe Irrsinn wie bei diesen Silos in den USA!»

«Mit Verlaub, dieser Irrsinn, oder Geschäftssinn, je nach Perspektive, ist noch ein Stück raffinierter. Durch die Kopplung mit den Ferienhäusern draußen kann jeder noch ein paar Jahre lang die vorhandenen Naturschönheiten genießen, sollte sich der Weltuntergang doch noch etwas verzögern.»

«Stimmt. Wenn so was wie Natur einen Paranoiker überhaupt interessiert.»

Fidel blieb lieber bei greifbaren Fakten und Zahlen. «Ich frage mich sogar, ob die Käufer wirklich Prepper sind. Es gibt viel mehr Menschen, als du denkst, die für ein solch ausgefallenes Haus fünf, zehn, fünfzehn Millionen hinblättern. Als reine Kapitalanlage, nicht, um da zu wohnen. Das hier ist nicht gerade Monte Carlo oder St. Moritz, aber die Lodge bietet etwas, was die dort nicht bieten können.»

Dreiundzwanzig Einheiten seien bereits reserviert und angezahlt. Vielleicht war das gar keine Prahlerei gewesen. Meret multiplizierte eben noch im Kopf, als Niculan hereinplatzte. Bigna gluckste vor Freude und hatte sofort nur noch ein Ziel. Meret nahm sie in den Arm, das gab Fidel die Zeit, auch Niculan ins Bild zu setzen.

Zum Schluss erzählte er den beiden von der Führung durch

die alte *Fortezia Surrein* und wies auf die betonierten Durchgänge zwischen den beiden Teilen der Festung hin.

Meret zeigte auf die Zeichnung von Sep Antoni und überlegte laut: «Dann ist dieser Teil auch nach 1962 entstanden. Ich will wissen, zu welchem Zweck. Wie finden wir das heraus?»

Fidel antwortete nicht gleich. «Vielleicht habe ich da eine Idee», murmelte er schließlich. «Aber jetzt muss ich zu Adalina. Und morgen kümmere ich mich erst einmal um diese andere Geschichte, Meret. Dann sehen wir weiter.»

«Ich habe wohl noch nicht den ganzen Überblick», sagte Niculan. «Aber wenn das sein Konzept ist und er schon so viel investiert hat, darf sich aus seiner Sicht am Péz Baselgia kein Millimeter Erde bewegen, sonst sind seine ganzen Pläne Makulatur. Und die Lodge kann er auch gleich zusperren.»

«Es werde alles überwacht vom Militär, sagt er.»

«Er sagt noch so einiges.»

«Vielleicht sollten wir uns noch einmal das Rutschgebiet anschauen», gestand ihm Meret zu.

«Genau.» Niculan nahm das Friedensangebot an. ««Und wir müssen herausfinden, weshalb das Militär immer noch Überwachungsaufgaben übernimmt. Das irritiert mich mehr, als dass es mich beruhigt.»

Meret dachte bereits wieder weiter. «Eigentlich müsste man doch im Bundesarchiv Dokumente aus jener Zeit finden.»

Kapitel 10

Der Brief

Fidel murmelte etwas von Papierkram, gab Adalina einen Kuss und ging in sein Zimmer. Einen Moment lang hatte er überlegt, ihr die ganze Geschichte zu erzählen, dann aber entschieden, ihr nicht mehr zu verraten als Meret. Eine Frau habe sich an ihn gewandt, um ihren Vater zu finden, er müsse sich deswegen mit Geschehnissen auseinandersetzen, die er längst hinter sich gelassen hatte.

Weshalb ihn die Sache dann so sehr beschäftige?, hatte Adalina gefragt, aber er hatte nur mit der Schulter gezuckt.

Das wisse er selber nicht.

Allerdings … hatte der Brief zur Folge, dass er einen Jugendfreund aufsuchen musste, zu dem er seit sechzig Jahren jeden Kontakt vermieden hatte.

Vielleicht trug er die Geschichte deshalb schon seit Tagen mit sich herum, ohne wirklich aktiv zu werden.

Es fiel ihm schwer, sich mit Pancrazi zu treffen.

Wieder vertiefte er sich in den Brief, der ihm keine Ruhe mehr ließ.

Egregio Padre Fidel

Mein Name ist Vica d'Alessio, und ich hoffe, Sie verstehen mein Anliegen, wenn ich in Italienisch schreibe. Ich habe lange überlegt, ob ich anrufen soll, aber ich glaube, der richtige, behutsamere Weg für dieses Anliegen ist der altmodische.

Ich hoffe also, dieser Brief erreicht Sie. Ich hatte nur Ihren Namen und die Adresse des Klosters.

Von meiner Mutter. Vor einem Monat ist sie gestorben, Dio l'abbia in gloria.

Was ich heute bin, habe ich ihr zu verdanken. Sie hat alles für mich getan, hat sich selbst immer zurückgenommen. Die Sechzigerjahre und ihre Zeit in der Schweiz waren für sie prägend gewesen. Ich hatte oft das Gefühl, dass diese wenigen Jahre ihr ganzes Leben danach bestimmt haben. Im Guten wie im Schlechten.

Sie können sich vielleicht meinen Schock vorstellen, als sie mir kurz vor ihrem Tod offenbart hat, dass mein Vater nicht mein Vater ist. Das heißt: Die Geschichte, die sie zeitlebens über meinen leiblichen, früh verstorbenen Vater erzählt hat, war erfunden. Dieser Italiener, der wie sie in der Schweiz gewesen sei, als Mineur, und bei einem Arbeitsunfall ums Leben gekommen sei, sieben Monate vor meiner Geburt, den gab es gar nicht! Was hingegen stimmte: Meine Mutter kam 1963, auf sich gestellt und sicher nicht freiwillig, in ihre Heimat zurück. Ich habe nie ganz verstanden, weshalb man ihr die Aufenthaltsbewilligung in der Schweiz entzogen hat.

Dass sie schwanger war, hat sie erst in Italien festgestellt.

Dank der Geschichte vom tragischen Tod meines Vaters verlor sie in der alten Heimat nicht ganz ihr Ansehen, zumindest akzeptierte, wer ihr wohlgesinnt war, ihren Status als Witwe.

Die Zeiten damals sind anders gewesen, das muss ich Ihnen wohl nicht sagen.

Sie heiratete zwei Jahre später meinen Stiefvater. Seinen Namen, d'Alessio, trage ich gerne und mit Stolz.

Der Moment, in dem meine Mutter uns die Wahrheit offenbarte, war für uns alle sehr schwierig. Sie war nur noch zeitweise ansprechbar. Wir wussten, dass es mit ihr zu Ende ging, das Morphium war hoch dosiert und nicht alles, was sie in jenen Stunden noch sagte, war zusammenhängend und logisch. Den Kern davon allerdings verstanden wir: Mein Vater sei keineswegs Mineur gewesen, und Italiener auch nicht, sondern ein Einheimischer aus Dadens.

Natürlich fragte ich sie, weshalb mein Vater nicht zu ihr und damit zu mir gehalten habe.

Sie hat das nicht mehr klar beantworten können, sie hat nur gesagt, sie hätte nach dem Realisieren ihrer Schwangerschaft Brief um Brief in die Schweiz geschrieben, Dutzende, aber niemals eine Antwort erhalten.

Das war für sie Zeichen genug, dass allen Involvierten ihre Abreise nur lieb gewesen war. Irgendwann fand sie sich damit ab.

Das zumindest ist meine Interpretation ihrer letzten Worte. Vielleicht sei der Mann ja verheiratet gewesen, warf ich damals ein. Sie reagierte nicht auf meine Bemerkung. Ich fragte nach dem Namen. Vergeblich auch das. Sie wollte oder konnte ihn mir nicht sagen. Als hätte sie ihn so lange verschwiegen, dass er ihr nun nicht mehr über die Lippen kam. Sie sprach aber immer wieder vom muratore, von einem Bauarbeiter offensichtlich, der zuerst so etwas wie ein Wohltäter gewesen sei, bevor das Schicksal seinen Lauf genommen habe und die farfalle, die Schmetterlinge, nicht mehr fliegen durften. Auch diese Bemerkung hat leider niemand verstanden.

Ich weiß, was Sie denken. Es kann sehr wohl sein, dass mein wirkli-

cher Vater längst nicht mehr lebt, es ist viel Zeit vergangen seither. Aber nach reiflichem Überlegen möchte ich nichts unversucht lassen.

Der eigentliche Grund nun, weshalb ich mich gerade an Sie wende: Als es zu Ende ging, hat meine Mutter mehrmals Ihren Namen genannt. In diesem Punkt war sie deutlich und klar. «Frag Pater Fidel», hat sie gesagt, «er weiß Bescheid. Pater Fidel vom Kloster Dadens wird deinen Vater finden.»

Kurz darauf fiel sie ins Koma und wachte nicht mehr auf.

Der Name meiner Mutter war als ledige Frau Loretta d'Angelo. Später Loretta d'Alessio. Aus Sassoferrato am Apennin.

Ich weiß, das kommt für Sie sicher alles überraschend und klingt ziemlich wirr.

Aber ich hoffe einfach, Sie wissen etwas mehr über diese Geschichte, und vielleicht können Sie sich sogar an meine Mutter erinnern.

Wenn Sie irgendeine Idee haben, wie wir den Gesuchten finden können, würde ich mich über eine Antwort sehr freuen.

Es grüßt Sie herzlich
Vica d'Alessio

Sie habe Brief um Brief geschrieben …

Fidel schob den Stuhl zurück und stemmte sich hoch. Es war unumgänglich und unaufschiebbar, er musste den alten Pancrazi mit einigen Fragen konfrontieren.

Das hätte er schon vor Jahrzehnten tun sollen.

Er setzte sich wieder.

War es wirklich unumgänglich?

Er könnte diese Vica ja auch direkt zu ihrem Vater schicken.

Fidel verwarf diese Ausflucht gleich wieder. Er … er durfte sich nicht länger drücken.

Das Werkgelände der *Frars Flepp* überzog bald auch die letzten Landreserven der Gemeinde Zacuns. Den Weiler, einst ein idyllisches Bergbauerndorf, von Dadens rund sieben Kilometer rheinaufwärts, gab es ohnehin nur noch dank des Erfolgs und Steueraufkommens der drei Brüder Flepp. Dank Pancrazi Flepp, präziser gesagt. Entgegen dem Firmennamen führte er das Baugeschäft seit Jahrzehnten allein, seine Brüder waren stille Teilhaber. Und wurden – so das geflügelte Wort im *Postigliun*, dem letzten Restaurant in Zacuns – jedes Jahr noch stiller.

Das Urteil war verlässlich, denn die regelmäßigsten *Troccas*-Spieler dort waren eben die beiden jüngeren Flepp-Brüder.

Pancrazi selbst hatte keine Muße für Kartenspiele. Nie gehabt, noch nicht einmal in ihrer Jugend. Fidel und er waren Tür an Tür aufgewachsen und oft zusammen unterwegs gewesen. Jedes Bauwerk der Zacunser Kinder damals, ob Baumhütte, Staudamm oder Holzbrücke, war von Pancrazi geplant, initiiert und gebaut worden. Er war zwei Jahre älter als Fidel und der Anführer ihrer Clique gewesen. Schon mit zwanzig hatte er den damaligen Einmannbetrieb seines Vaters übernommen und dank der Baustellen rund um die geheime Festung ein Vermögen verdient. Das Militär hatte Gefallen an ihm gefunden: ein umtriebiger Jungunternehmer, der keine Fragen stellte und jeden Auftrag prompt erfüllte.

Unter den Einheimischen jedoch verlor Pancrazi im Laufe der Jahrzehnte fast alle Freunde. Zu rücksichtslos trieb er seine Geschäfte voran. Er kaufte jeden Kleinbetrieb auf, der ihm nützlich sein konnte oder mit ihm konkurrierte, Schreinereien, Elektrobetriebe, Sanitärgeschäfte. Ohne ihn wurde in der oberen Deserta bald gar nicht mehr gebaut, und zu einer Zeit, da außer den Eingeweihten noch niemand vom Baukartell und den geheimen

Absprachen im Kanton wusste, fielen die größten Aufträge so wundersam wie zuverlässig ihm in den Schoß. Der Zwischenangriff für den Bau des neuen Gotthard-Eisenbahntunnels in der oberen Deserta brachte den nächsten Geldsegen. Er versiegte fünfzehn Jahre lang nicht mehr. Kaum war der Tunnel fertiggestellt, begann ein gewisser Robert Haas zu bauen. Pancrazi Flepp wurde sofort zu seinem engsten Vertrauten, das war ein weiterer Grund, weshalb Fidel seinem einstigen Jugendfreund nur noch ungern begegnete.

Fidel trat auf den kleinen Platz vor dem Bahnhof und schaute auf Zacuns hinunter. Zu seiner Rechten sah er die alten Felder seines Vaters. Pancrazi hatte sie diesem schon vor Jahrzehnten abgekauft und einen seiner drei Werkhöfe darauf gebaut.

Auch beim Gang durch das Dorf erinnerte Fidel nur noch wenig an seine Jugend.

Das Hauptgebäude seines Unternehmens hatte Pancrazi unterhalb des Dorfes in den Hang gepflanzt. Ein moderner Holzbau von gefügiger Architektur, wie Fidel fand. Ästhetisch war dagegen nichts einzuwenden, außer dass sie sich ein bisschen zu sehr in die Landschaft duckten, sich ihr anbiederten, und gerade deswegen Fremdkörper blieben.

Pancrazis Sekretärin machte ein besorgtes Gesicht, als er sie bat, seinen Besuch zu melden.

«Sie haben keinen Termin?»

«Nein, aber warum tragen Sie mich nicht in Ihre schöne Agenda da ein, dann hätte ich einen.»

Sie rang ein bisschen um Fassung und verkniff sich eine strenge Antwort. Dafür war sie wohl zu nett, dachte Fidel. Oder sie hatte ihn erkannt und war in die Unterwürfigkeit gegenüber Ordensmitgliedern verfallen, die vielen im Tal eigen war.

«Ich schaue mal, ob ich etwas machen kann», sagte sie und verließ den Raum.

«Lamaschi! Tgei surpresa!»

Fidel zuckte zusammen, als er seinen alten Spitznamen hörte, so wie damals, als sie unten am Rhein ihre Ritterduelle ausgetragen hatten, und Pancrazi ihm mit der Weidenrute auf den Rücken hieb. Seit wohl sechzig Jahren hatte er den Ausdruck nicht mehr gehört. Er bezeichnete auf Romanisch einen trägen, langweiligen Menschen, aber er hatte ihn dem Zacunser Buben damals nicht mal krummgenommen. Fidel war auch nicht unbeliebt gewesen, im Gegenteil. Aber etwas träge. Einfach, weil er immer seinen Träumereien nachgehangen hatte.

Tatsächlich war Pancrazis Umarmung ernst gemeint und herzlich.

Fidel hatte ihm auch nie gesagt, was er von ihm hielt.

Von dem, was er getan hatte.

Wahrscheinlich hielt ihn Pancrazi wirklich noch für den alten Kindheitsfreund. Er freute sich jedenfalls über den Besuch, bat seine Assistentin sofort, die nächste Zoom-Sitzung um eine halbe Stunde zu verschieben und ihnen einen Kaffee zu bringen.

«Stimmt es also wirklich, *lamaschi*? Oder Fidel, oder wie nenn ich dich jetzt? Du bist tatsächlich ins richtige Leben zurückgekehrt?»

Ohne dich hätte ich das richtige Leben nie verlassen, dachte Fidel für sich.

«Fidel passt schon», sagte er und bemühte sich, friedlich zu bleiben. Er musste herausfinden, ob er dieser Frau ihren Vater wirklich zumuten konnte.

Vica … Musste die Kurzform von Ludovica sein.

Loretta hatte ihrer Tochter tatsächlich einen romanischen Namen gegeben, dachte er.

Im selben Moment kam ihm die Idee, wie er sich der Sache vorsichtig nähern konnte.

«Was führt dich zu mir, nach all der Zeit?», fragte Pancrazi im selben Moment.

Fidel hob fast beschwichtigend die Hände, als sei ihm die Störung hier peinlich. «Ich habe nur zwei, drei Fragen in einer Sache, die mich gerade beschäftigt. Wie du dir vorstellen kannst, habe ich so einige Projekte, die ich erst jetzt, außerhalb des Klosters, in Angriff nehmen kann. Eines davon ist ein Buch.»

«Du willst ein Buch schreiben? Großartig. Das würde ich nämlich auch längst tun, wenn mir das alles hier die Zeit ließe.»

«Warum hörst du nicht auf, du bist längst alt genug!»

Pancrazi lachte amüsiert auf. «Da muss ich warten, bis du vom Himmel fällst, damit mir mal einer die Wahrheit ins Gesicht sagt.»

«Im Ernst, macht dir denn die Arbeit noch Spaß?»

«Eigentlich schon, aber ich merk allmählich das Alter, ehrlich gesagt.»

«Dann verkauf und genieße dein Vermögen!»

«Das ist mein Lebenswerk, das verscherbelt man nicht einfach. Und ich habe keine Kinder, wie du weißt. Deshalb mache ich drei gute Männer aus dem Betrieb zu Teilhabern und werde ihnen auch die Führung in absehbarer Zeit übergeben.»

«Und die Frauen?»

«Wie meinst du?»

«Drei gute Männer hättest du nachgezogen …»

«Ach, Fidel, der ewige Romantiker. In unserem Geschäft sind die Frauen ein bisschen rar, immer noch …»

Er sprach nicht weiter und starrte plötzlich fast abwesend aus dem Fenster.

«Wie gesagt, ich schreibe ein Buch», kam Fidel auf sein Thema zurück. «Über die Gastarbeiter, die einst die Festungen, die Staudämme und die Tunnels gebaut haben und damit für unseren Wohlstand gesorgt haben.»

«Natürlich, wie könnte es anders sein. An einem Buch über mich zum selben Thema bist du wohl nicht interessiert? Falsche Perspektive für einen ehemaligen Pater …»

«Wart es ab, auf jeden Fall sitze ich jetzt ja hier, und du bringst mich gerade auf eine Idee!» Fidel beschloss, ihn bei seiner Eitelkeit zu packen. «Es wird eine Reihe von Porträts geben, ausgewählte italienische und portugiesische Arbeiterinnen und Arbeiter. Aber warum dem nicht eines von dir entgegensetzen? Wäre doch reizvoll! Ihre Geschichten gespiegelt in jener des Patrons!»

Pancrazi war nicht auf den Kopf gefallen.

«Wenn dir die Idee erst jetzt kommt, warum wolltest du mich dann eigentlich treffen?», fragte er, schon etwas vorsichtiger.

«Ach, nur um meinem Gedächtnis auf die Sprünge zu helfen. Um einige Lücken zu füllen. Du könntest mir beim Porträt von Loretta d'Angelo helfen. Spätere Loretta d'Alessio.»

«D'Angelo? Keine Ahnung. Warum sollte ich mich an sie erinnern?»

«Eine Näherin in der Tuchfabrik. Hat in der *Baracca da pulenta* gewohnt. Und die verbotenen Kinder betreut.»

«Ach, daher weht der Wind, es geht wohl eher um die in deinem Buch?»

«Auch, ja.»

«Du hast recht. War auch eine blödsinnige Auflage der Behörden. Die Kinder zu Hause lassen?! Das hat niemand verstanden.»

«Oh, da täuscht dich deine Erinnerung. Damals entstand erst die Fremdenfeindlichkeit in diesem Land.»

«Nicht bei denen, die mit der Sache zu tun hatten!», widersprach Pancrazi. «Ich war immer dafür, dass wir den Arbeitern das Leben so angenehm wie möglich machen müssen, egal ob Italiener oder Schweizer. Nur ein zufriedener Arbeiter ist ein guter Arbeiter, und nur an solchen war mir gelegen .»

Fidel beobachtete jede seiner Gesichtsregungen. Pancrazi spielte seine Rolle überzeugend. Hätte er nicht gewusst, was er wusste, hätte er ihm den Menschenfreund sogar abgenommen.

«Umso mehr erstaunt es mich, dass du dich nicht an Loretta d'Angelo erinnerst.»

«*Tgei sai jeu*! Wirklich, was weiß ich? Das ist so lange her. So hilf mir doch auf die Sprünge!»

«Winter 1962. Auf dem geheimen Militärgelände. Läutet da etwas? Du hast ihr und den Kindern die Baubaracke zu Caschlatsch zur Verfügung gestellt. Wohl nicht ohne Gegenleistung, so wie ich deinen Geschäftssinn kenne.»

In Pancrazis Gesicht arbeitete es heftig. Weil Fidel mehr wusste, als er eigentlich durfte? Oder wegen des ziemlich unverhohlenen Vorwurfs zum Schluss?

«Loretta», sagte Pancrazi endlich. «Tatsächlich, ich glaube, ich weiß jetzt, wer. Das Mädchen, das in meiner Baracke unterrichtet hat. Weißt du, wo sie mit den Kindern davor war? In der alten Kapelle Sogn Gion Battesta. Ohne Heizung! Da bin ich zufällig mal auf sie gestoßen. Sie hatte Angst, ich würde sie verraten. Doch etwas später ist sie sogar zu mir gekommen, und hat nach der Baubaracke bei Caschlatsch gefragt. Ich habe ihnen einen kleinen Specksteinofen geschenkt. Und ihr die notwendigen Schlüssel gegeben, weil die Hütte im Sperrgebiet stand.

Mehr allerdings hatte ich mit ihr nicht zu tun. Das Unglück war leider nicht voraussehbar. Das Mädchen ist danach plötzlich verschwunden. Aber das liegt alles im Ungefähren meines Vergessens, sechzig Jahre sind seither vergangen, kannst du das glauben, *lamaschi?*»

Pancrazi stemmte sich mit einem leisen Ächzen aus seinem Sessel hoch.

«Langsam muss ich wieder an die Arbeit. Aber ich habe nichts dagegen, mich mit dir über die alten Zeiten zu unterhalten! Die heutigen sind da schon einiges ernüchternder, wie du mir zugestehen wirst. Ich kann auch versuchen, mich besser an diese Loretta zu erinnern, aber ich glaube, da kommt nicht mehr viel. Ich war zwanzig und hab sie ein-, zweimal gesehen.»

Fidel beschloss, eine letzte Karte zu spielen.

«Ihre Tochter meint, die Mutter hätte dir Dutzende von Briefen geschickt, nachdem sie nach Italien zurückgebracht worden war.»

«Das … sagt die Tochter?»

Die Verblüffung in Pancrazis Gesicht wirkte so echt, dass Fidel einen Moment lang unsicher wurde.

«Und Loretta hat es ihr gesagt.»

«Dutzende von Briefen? Was für ein Unsinn!»

Fidel wollte etwas erwidern, bohrte aber nicht weiter nach. Noch nicht.

Er erhob sich ebenfalls.

«Das alles muss ein Irrtum sein», sagte Pancrazi, als er ihm die Hand reichte.

«Ja. Wer weiß. Ich forsche weiter. Gut möglich, dass ich mich wieder melde!»

«Tu das, Fidel, wäre mir eine Freude. Du hast mich richtig neugierig gemacht.»

Auf dem Weg zum Bahnhof wurden Fidels Schritte immer langsamer. Nicht weil er außer Atem war, er versuchte nur, die Gedanken, die ihm durch den Kopf wirbelten, zu entschleunigen und zu sortieren.

Loretta hatte ihrer Tochter gesagt, ihr Wohltäter sei ein Bauarbeiter gewesen.

Wer anders als Pancrazi kam da infrage.

Er log.

Fidel wusste es. Er hatte die beiden damals gesehen.

Bei der Dorfkirche blieb er stehen. Die Seinen lagen hier auf dem Friedhof. Außer dem Schwesterchen, sie hatte ihre letzte Ruhe bei den anderen Namenlosen gefunden.

Er ging weiter. Er war zu aufgewühlt, sich auch noch mit seiner Familiengeschichte zu befassen.

Warum bloß hatte Loretta ihre Tochter zu ihm geschickt?

War er ihr denn zu Hilfe verpflichtet?

Fidel kam gerade rechtzeitig zur Einfahrt des Zuges und nahm im ersten freien Abteil Platz. Das Handy meldete eine SMS. Meret fragte, ob sie sich noch einmal sehen könnten, bevor sie mit Niculan und der Kleinen zum letzten Mal in diesem Jahr für einige Tage aufs Maiensäß gingen. Das kam Fidel gerade recht, er wollte mit Meret seine Idee weiterverfolgen, wo sich die Geschehnisse beim Bau der Kaverne auch noch recherchieren ließen. Eine Schlüsselfigur war nämlich Abt Stefan, der sich damals ganz direkt mit der Armee angelegt hatte. Die Amtsbücher von Stefan würden das eine oder andere verraten … er musste es sich nur verschaffen. Bibliothekar Bruder Franz war ein deutscher Pedant, ein Hindernis also. Doch die Idee mit einem Buchprojekt über jene Zeit war strapazierfähig, dachte Fidel, während die Glasfronten der Lodge auf der anderen Talseite aufblitzten und an ihm vorbeizogen. Er würde Bruder Franz einfach erzählen, er wolle zusammen mit Meret eine Porträtreihe über die Äbte des Klosters Dadens schreiben und mit dem legendären Abt Stefan beginnen. Vielleicht kam er so an die Amtsbücher.

Er textete Meret, sie solle ihn beim Kloster treffen, er fahre gerade zurück nach Dadens.

In den vergangenen sechzig Jahren im Kloster hatte Fidel sich darin geübt, sich selbst nichts vorzumachen, das war im Klosterleben sehr ratsam gewesen. Jetzt konnte er sich eines unbehaglichen Gefühls nicht erwehren. Gab er den Rätseln um die alten Kavernen so viel Gewicht, um von seinen eigenen Geschichten abzulenken?

Bis zur Einfahrt in Dadens brütete er vor sich hin, ohne zu einem Resultat zu kommen.

Kapitel 11

In der Bibliothek

Die Bibliothek des Klosters erinnerte Meret an die Mailänder Scala. Der Auftraggeber für das energieautarke Bergdorf im Bernischen hatte Meret für ihre Planungsarbeit seinerzeit eine Spezialführung durch die Mailänder Oper geschenkt. Für eine Arbeit, die sie wohlgemerkt auch ohne jegliches Entgelt geleistet hätte, so einzigartig war das Projekt von Neuhäusern gewesen.

Gut, jetzt lag noch etwas Größeres auf dem Tisch. Haas hatte erste Pläne geschickt, aber die waren noch nicht sehr weit gediehen. Sie hatte nach präziseren Unterlagen gefragt, und Haas hatte ihr versprochen, beim Architekten und beim Projektplaner nachzuhaken.

Sie hegte den Verdacht, dass lediglich die Verkaufsbroschüren für die zukünftigen Besitzer umfassend und detailliert waren, und wenn es hochkam, noch die Tiefbaupläne für die Landschaftsgestaltung.

Vernünftige Berechnungen und Zeichnungen von den Hochbauten hatte sie nicht.

Das war etwas seltsam, da musste sie Niculan recht geben. Aber immerhin, seine Lodge war Realität geworden, deshalb glaubte sie nicht, dass Haas ein Hochstapler war, was Niculan immer öfter behauptete.

Ein Projekt wie die RiverLodge musste man erst einmal durchziehen.

Aber der Mann hatte seltsame Prioritäten, das stimmte.

Sie schob die Gedanken an ihn beiseite und konzentrierte sich auf ihr geplantes Ablenkungsmanöver vor dem Bibliothekar. Hunderte von Buchregalen ragten um sie herum in die Höhe, mit Abertausenden von Büchern. Meret stand bereits neben Bruder Franz, einem leicht verschrobenen Pater aus Süddeutschland, er war der Herrscher über dieses wundersame Buchstabenreich.

Fidel hatte sie auf ihn vorbereitet.

Die Bibliothek zog sich über mehrere Stockwerke, jedes davon gesichert durch ein wunderschönes Holzgeländer mit fein ziselierten Schnitzereien. Zum Schutz für neugierige Besucherinnen wie Meret. Sie machte eben einen gefährlichen Schritt nach hinten, weil sie den Kopf in den Nacken legte und die Buchwände vor sich bestaunte, leise ahnend, wie wertvoll viele der leinen- und ledergebundenen Werke waren.

«Wie finden Sie sich hier nur zurecht?», fragte Meret. Sie war buchstäblich von Büchern eingeschlossen, der Anblick machte sie schwindlig. Dabei hatte die Bibliothek gar nichts Düsteres, wie sie erwartet hatte, im Gegenteil, die Regale wurden von oben in ein warmes, fast goldenes Licht getaucht. Meret fragte sich unwillkürlich, wie sie hier Bücher hinausschmuggeln sollten, die das Kloster eigentlich nicht verlassen durften. Dieses Abtbuch oder Amtsbuch gehörte offenbar dazu, aber Fidel schien wild entschlossen, es mitlaufen zu lassen. Bibliothekar Bruder Franz würde bei einer solchen Frage niemals ein Auge zudrücken, hatte er gesagt. Ein Regelbesessener sei dieser pedantische Schwabe, aber er werde ihn schon austricksen, sie mussten ihn nur ein wenig ablenken.

«Da hat schon alles sein System, meine Liebe», sagte Pater Franz. «Eine ganz eigene Ordnung, die unsere Vorgänger eingeführt haben, und die viel Sinn macht, wenn man sie erst einmal durchschaut hat.»

«Was die wenigsten tun», fügte Fidel bei, «mir jedenfalls ist das nicht gelungen.»

«So wie ich dich kenne, hast du dich wohl auch weniger akribisch als Pater Franz mit alldem hier befasst», sagte Meret einschmeichelnd.

«Mir scheint, Sie kennen unseren Fidel gut.»

Dieser war plötzlich ganz zufrieden damit, dass er ja eben nicht mehr «ihr» Fidel war, er klatschte die Hände zusammen, und rieb sie dann aneinander, fast so, als wasche er sie in Unschuld.

«Unsere Anfrage ist ganz einfach, lieber Franz», sagte Fidel, das obligate «Bruder» genüsslich weglassend. «Uns interessiert für das Buchprojekt alles, was wir über das Kloster und Dadens in den 1960er- und 1970er-Jahren finden können. Schön wäre nun, wenn wir das Recherchematerial mitnehmen dürften, ich kann natürlich gern täglich hierherpilgern, ich habe nicht viel anderes zu tun, aber Meret hat eine kleine Tochter und wird ihren Teil der Arbeit hauptsächlich zu Hause erledigen.»

«Du kennst die Regeln», sagte Pater Franz streng.

«Schau doch, ob du bei den weniger kostbaren Büchern oder Unterlagen eine Ausnahme machen kannst.»

«Und Sie finden tatsächlich sofort die Regale mit den Dokumenten aus jener Zeit?», fragte Meret jetzt schnell und mit vernehmlicher Hochachtung.

Das tat seine Wirkung. Pater Franz bedeutete ihr, ihm zu folgen. Fidel nutzte den Moment, stieg zwei Stockwerke höher und steuerte die Regale an, in denen die Verwaltungsbücher des Klosters standen. Er war sich nicht sicher, ob Bruder Franz ihm Zugang gewähren würde, deshalb fragte er gar nicht erst. Oben angekommen, orientierte er sich, fand dann in einer Koje prompt jenen altertümlichen Glasschrank, den er von früher in Erinnerung hatte, und verwünschte sich sogleich. Lautlos eilte er wieder hinunter zum Pult des Bibliothekars, der schwer damit beschäftigt war, Meret zu beeindrucken. Fidel zog die rechte obere Schublade auf und fand zu seiner Erleichterung den Schlüsselbund für die Glaskästen oben. Sofort hastete er hinauf, öffnete ohne Schwierigkeiten den Schrank und fand bald die ledergebundenen, schwarzen Amtsbücher von Abt Stefan. Nur waren sie angesichts seiner langen Amtszeit so zahlreich geworden, dass Fidel sich nach kurzem Stöbern auf jene zwei Bände beschränkte, welche die Jahre von 1962 bis 1965 abdeckten. Das würde vorerst reichen. Ohne Skrupel ließ er sie in seinem ledernen Rucksack verschwinden, den Adalina ihm kürzlich vom Desertina-Markt mitgebracht hatte, mit der launigen Bemerkung, jemand müsse Fidel doch ein bisschen tauglich für das richtige Leben machen. Er verschob die Bücher im Schrank so, dass keine verräterische Lücke zurückblieb, dann schloss er den Schrank ab und kam gerade noch rechtzeitig vor dem Bibliothekar zu dessen Pult zurück. Möglichst unauffällig zog er die Schublade auf und ließ den Schlüsselbund hineingleiten, ein allfälliges Klimpern kaschierte er vorsorglich mit einem Hustenanfall.

«Entschuldigt, der Staub der alten Klassiker. Seid ihr fündig geworden?»

«Und wie! Bruder Franz sei Dank. Schau mal, das ist perfekt!»

Sie legte ein dickes Manuskript auf den Tisch und begann, darin zu blättern. Die Seiten waren von Hand beschrieben, Skizzen und Zeichnungen unterbrachen den Text immer wieder, sofort war Fidel klar, dass es sich um ein weiteres unveröffentlichtes Werk eines Klosterbruders handelte. Von denen gab es wohl Hunderte in der Bibliothek. Das Verfassen von oft obskuren Büchern war zu allen Zeiten ein Steckenpferd der Klosterbrüder gewesen. Die einen hatten Abhandlungen über Gesteine und Geologie der Desertina geschrieben, andere über die Kristalle berichtet, die hier seit zwei Jahrhunderten von den Strahlern gesucht und gefunden wurden. Ein beliebtes Thema war auch das langsam aussterbende Bauernhandwerk, dessen Mühsal mit wissenschaftlicher Akribie abgebildet wurde.

Meret war tatsächlich ein besonderer Fund gelungen.

«Bruder Martin hat ein Buch geschrieben, das passen könnte.» Meret las den Titel vor: «Von den geheimen Höhlen der Raubritter zu Caschlatsch bis zu den geheimen Bunkeranlagen der Schweizer Armee – die Ausbeutung des Péz Baselgia über die Jahrhunderte.»

Fidel lächelte fein. «Ich kannte Bruder Martin, ein wunderbarer Mensch. Es dauerte immer eine Weile, bis er auf den Punkt kam, der ausufernde Titel überrascht mich nicht.»

Er wandte sich an den Bibliothekar. «Meinst du nicht, dass die Bibliothek dieses eine Manuskript für zwei, drei Monate entbehren könnte? Solche Ausnahmen machen wir doch auch bei Studentenanfragen aus dem Unterland – in aller Regel.»

Er hoffte, dass er Pater Franz mit dem letzten Satz umstimmen konnte.

Franz rang sichtlich mit sich, musterte erst Meret, dann Fidel, als müsse er nochmals taxieren, wie verlässlich die beiden unerwarteten Besucher waren, dann nickte er widerstrebend und setzte sich an sein Pult.

«Ich muss aber erst einen Ausleihschein schreiben», sagte er, bereits wieder etwas mürrisch.

«Tu das, Meret wird ihn dir gern unterschreiben, und wir entgelten deine Mühen natürlich mit einem großzügigen Zustupf für den Opferstock.»

Meret schaute ihn über den gebeugten Rücken des Bibliothekars fragend an, Fidel nickte ihr zu und deutete auf den Rucksack, den er über der Schulter hängen hatte. Erst dann unterschrieb sie den Schein und verabschiedete sich so wortreich wie dankbar von dem Bibliothekar, der jedes Kompliment aufsog, wie Fidel mit einem milden Lächeln konstatierte.

Sie spazierten gemächlich vom Kloster ins Dorfzentrum zurück.

«Zufrieden mit der Ausbeute?», fragte Meret Fidel, der schon wieder in Gedanken zu sein schien.

«Sehr, ja! Ich habe die Amtsbücher von Abt Stefan von 1962 bis 1965. Wenn er sich wirklich mit dem Militär angelegt hat, wie ich mich zu erinnern glaube, sollte sich da einiges finden lassen. Ich ackere sie durch, und du findest im Endlos-Manuskript von Bruder Martin ja vielleicht etwas, das uns weiterhilft.»

«Wer weiß, ich habe ja schon ein wenig geblättert, ich freue mich darauf. Ich erstelle damit einen Wanderplan für den Péz. Wenn ich etwas zu einem Forschungsprojekt mache, und das wird es hier langsam, ob ich Haas nun zusage oder nicht, vertiefe ich mich gern in die komplette Geschichte. Erst recht, wenn es um den Ort geht, an dem wir leben.»

«Irgendetwas verbirgt die Armee, sonst würden sie für Haas nicht die Überwachung finanzieren.»

«Eben. Mich ärgert immer wieder, wie ungestraft das Militär seine Altlasten verheimlichen und verstecken kann. Was heißt verstecken, oft hielten die ihr Tun nicht mal geheim, weil sie sich für unantastbar hielten. So wie neustens wieder in den ganzen Aufrüstungsdiskussionen. Erinnerst du dich an die Munition, die nach dem Krieg tonnenweise in den Schweizer Seen versenkt wurde? Auch hier weiß kein Mensch, was sich im Péz wirklich verbirgt. Offengelegt werden die Dinge immer erst dann, wenn etwas auffliegt. Kürzlich habe ich gelesen, wie das Militärdepartement beim Ausmustern der Mirage-Flugzeuge vorgegangen ist. Hast du das mal mitbekommen? Die haben tatsächlich erst bei der Demontage der Flugzeuge gemerkt, dass Teile der Triebwerke radioaktiv waren.»

Fidel zog amüsiert die Brauen hoch. «Ein Treppenwitz der Geschichte. Das waren doch die Skandalflugzeuge, die zu Beginn sogar mit Nuklearwaffen hätten ausgestattet werden sollen.»

«Stattdessen entstand beim Verschrotten vierundzwanzig Tonnen radioaktives Material, es sollte in einem bestehenden Bunker in den Urner Alpen, der praktischerweise auch nicht mehr gebraucht wurde, einbetoniert werden. Beim Kanton haben sie dann noch rechtzeitig Wind davon bekommen und das Militär gestoppt. War ein ziemlicher Skandal, muss so zwanzig Jahre her sein. Auch das ist schon wieder in Vergessenheit geraten. Du darfst getrost davon ausgehen, dass von den Leichen, die in ihren Kellern liegen, kaum eine ans Tageslicht kommen wird. Aber eine ganz andere Frage: Wo ist denn diese Burg Caschlatsch?»

Fidel stoppte am Eingang zur steilen Gasse, die zu Adalinas Haus hinaufführte, und zeigte ihr die Stelle am Fuß des Péz Baselgia. «Es stehen nur noch die Grundmauern, und von irgendwelchen Höhlen habe ich noch nie gehört. Ich muss los, ich glaube, Adalina erwartet mich.»

«Das will ich doch hoffen», erwiderte Meret leichthin. «Wir fahren jetzt gleich aufs Maiensäß. Nur schnell noch, wenn wir uns jetzt ein paar Tage nicht sehen: Bist du bezüglich des Briefes weitergekommen?»

«Leider nicht.»

«Du wolltest doch jemanden treffen … den Vater, nicht?»

«Oder jemanden, den ich dafür gehalten habe.»

«Und jetzt bist du dir nicht mehr sicher?»

Fidel wiegte den Kopf hin und her. Er erinnerte sich wieder an Pancrazis verblüfftes Gesicht. «Eigentlich schon. Aber irgendetwas an der Geschichte übersehe ich.»

«Verrätst du mir, bei wem du warst?», fragte Meret und war überrascht, wie bereitwillig Fidel antwortete.

«Natürlich, warum nicht. Bei Pancrazi Flepp.»

«Sollte ich den kennen?»

Fidel schmunzelte. «Manchmal wirkst du, als seist du erst gestern in der Deserta angekommen.»

«Also sollte ich.»

«Pancrazi Flepp ist der größte Bauunternehmer in der Deserta, der hat hier überall das Sagen und überall seine Finger mit drin. Und … er ist der Bauunternehmer von Haas. Der Mann, der umsetzt und betoniert, was Haas sich so zusammenfantasiert.»

«Schau her!» Meret blickte Fidel prüfend an. «Kann es sein,

dass wir zwischen deiner und meiner Geschichte bald mehr Zusammenhänge finden, als uns lieb ist?»

«Alles ist möglich, liebe Meret.» Fidel umfasste mit einer weiten Armbewegung das Tal und die umliegenden Berge. «Ich vergleiche die Deserta manchmal mit den wunderschönen Tüchern, die sie damals unten in der Fabrik hergestellt haben. Ein Faden ist verwoben mit dem nächsten, das Gute und das Böse gehören zusammen, das Schöne und das Hässliche, Unschuld und Schuld wohl auch.»

Es schien, als wollte er weitersprechen, aber dann hatte er sich schon halb umgedreht. «Maile oder texte mir einfach, wenn du in deinem Schmöker oder am Berg auf etwas stößt.»

«Mach ich. Du aber auch, Fidel. Und ein kleiner Rat: Erzähl doch Adalina, um was es da wirklich geht.»

Etwas später stand Meret mit Bigna im Arm auf dem Balkon. Seit etwas mehr als einem Jahr lebte sie nun in Niculans Heimatdorf, und an Tagen wie diesen liebte sie es so wie er. Niculan war eben noch mit der Kleinen bei Adalina gewesen, wie immer mit dem Elektrobike und Anhänger, ihren unumgänglichen Untersätzen in diesem Dorf mit seinen steilen Anstiegen, es bestand eigentlich aus sechs nebeneinanderliegenden Weilern auf verschiedenen Höhen. Dank der Bikes konnten sie das Auto stehen lassen. Meret liebte ihre Einkaufsfahrten durchs Dorf, sie kannte mittlerweile fast alle hier und musste alle hundert Meter für einen Schwatz anhalten, der sich meist um Bigna in ihrem Anhänger drehte.

Sie blickte zum Kloster und zur unteren Deserta hinunter. Nur über dem Rhein und dem künstlichen Badesee hingen

Nebelschleier, sie zerfaserten an einigen Stellen und gaben die goldgelben Birken frei, die nächsten Tupfer in der vielfarbigen Herbstlandschaft. Meret nahm den Péz ins Visier. Was für ein Geheimnis barg er? Geriet er tatsächlich in Bewegung? Kam etwas ins Rutschen? Manchmal fühlte es sich so an. Als wollte jemand infrage stellen, was sie und Niculan hier aufgebaut hatten. In diesem Dorf, das mit seiner langen, reichen Geschichte alle Stürme überdauert hatte.

Bisher.

Und wenn der Berg wirklich kam?

Vielleicht verschleierte Haas doch etwas. Sie traute es ihm zu, dem Militär erst recht.

Niculan, der unten den neuen EV9 lud, rief ihnen etwas zu. Meret nahm die Kleine fester in den Griff und beugte sich vorsichtig über das Geländer. Die Optik des gigantischen Elektrofahrzeugs war schlicht schrecklich, aber der Skimanufaktur konnte der Wagen dank seiner Größe auch als Materialtransporter und Lieferfahrzeug dienen. Meret interessierte daran ohnehin nur, dass sie mit der Autobatterie nachtsüber das ganze Haus speisen und heute zum ersten Mal die Elektrogeräte im Maiensäß damit betreiben konnten. Sofern es Niculan gelang, die Anschlüsse miteinander zu verbinden. Große Ideen scheiterten immer an kleinen Details oder wurden durch diese unnötig verkompliziert. In ihrem Berner Vorzeigedorf hatte ein Elektrofahrzeug standardmäßig zu jedem Haus gehört, es wurde tagsüber über die Solarpanels auf dem Dach geladen, diente den Bewohnern für kürzere Fahrten in der Region, und am Abend reichte das Umlegen eines Schalters an der Ladestation, und der *Nissan Leaf*, ein handelsüblicher Elektro-Kleinwagen, wurde zur Hausbatterie. Zu Merets Überraschung reichte das vollends, über Nacht kam ein Vierparteien-Haus in der Regel mit weniger als einem Drittel der Batterieleistung aus.

Aber Meret machte sich nichts vor. Solche ausgeklügelten Kombinationen waren nur für einen Teil der Hausbesitzer erschwinglich, bei Mietblöcken und großen Siedlungen waren sie undenkbar, obwohl man gerade dort hätte ansetzen müssen. Das ging nicht ohne Hilfe des Staats. Das begriff jeder Klimatologe sofort, doch die Konservativen logen sich noch immer in die eigene Tasche.

Meret spürte, wie ihr Blut in Wallung geriet.

«*Essas prompts?*», riss sie Niculan aus ihren Gedanken.

«Ja, alles bereit, wir kommen gleich runter.»

Meret schloss die Balkontür und nahm die Tasche mit dem Klostermanuskript vom Tisch.

«Jetzt geht es los, Bigna. Du hast es gemerkt, nicht? Zum Maiensäß, ja, das gefällt dir, nicht? *Mises!* Sag: *Mises!* Maiensäß. Vielleicht zum letzten Mal dieses Jahr!»

Sie waren nicht die Einzigen mit diesem Plan. Überall in der Nachbarschaft standen die Kleinjeeps und Pick-ups bereit. Viele Dadenser Familien besaßen ein Maiensäß oder teilten sich eines. Die meisten *Mises,* einst die bäuerlichen Unterkünfte während der Alpsömmerung des Viehs, wurden nur noch als Wochenendhäuschen gebraucht. Man kümmerte sich noch ein wenig um den Wald und die Wiesen, die ans Maiensäß grenzten, genoss den Ausblick und die Ruhe, wanderte, kletterte, pilzte, holzte oder mähte. Fast so, dachte Meret manchmal, als sei den Dadensern ihr Dorf schon zu verstädtert und eine ursprüngliche Lebensweise nur noch da oben, an den Wochenenden, möglich.

Viele wollten das warme Spätherbst-Wetter nutzen, die meisten würden ihre Häuschen wohl auch gleich winterdicht machen, bevor die Zufahrtswege im heftigen Novemberregen verschlammten.

Während sie Bigna in ihrem Autositz anschnallte, schob Niculan seine Triumph aus der Garage. Sie hatten beschlossen, so lange oben zu bleiben, wie das Wetter hielt, und mit dem Motorrad konnte er jederzeit in die Manufaktur fahren. Obwohl Marc da ohnehin die Stellung hielt. Daran erinnerte Meret ihren Mann gelegentlich, wenn sein Pflichtgefühl wieder zu sehr Oberhand gewann.

Zwei Stunden später spülte Niculan in der Küchenecke die Teller vom Abendessen, Bigna lag auf ihrem Schaffell vor dem Specksteinofen, schwer beschäftigt mit dem Mobile, das über ihrem Kopf hing. Die *Bialetti* gurgelte und zischte leise, Meret nahm sie vom Herd, drehte das Gas aus und goss den Kaffee in die bereitgestellten Tassen. Sie setzte sich mit ihrer und dem Manuskript auf die Ofenbank.

Sie liebte die Stimmung hier oben. Draußen fiel das letzte Tageslicht in sich zusammen, der Ofen und der Gasherd hatten das Stübchen leicht aufgewärmt. Niculan legte sich zu Bigna auf das Fell und bewegte sachte das Mobile.

Es war schon unten in Dadens ruhig, wenn man von einigen Motorrädern auf der Passstraße absah, aber hier oben war es still.

Auch der kleine Streit mit Niculan über ihr Vorgehen gegenüber Haas war beigelegt. Sie hatte ihm klarmachen können, dass sie ihn in erster Linie ausspionieren wollte.

«So lässt es sich leben», sagte sie. Niculan musste schmunzeln.

«Bis dir die Decke auf den Kopf fällt», zog er sie auf.

«Ist ja auch sehr niedrig», erwiderte sie. «Willst du auch lesen?»

«Du weißt, ich bin kein großer Leser. Mir ist lieber, wenn du mir das alles nachher zusammenfasst. Hat Fidel nicht gesagt, der Martin sei immer vom Hundertsten ins Tausendste gekommen?»

«Etwas in der Art.»

«Dann lies dich mal ein wenig ein, bevor wir hier wegdämmern.»

Was sie alsbald taten, alle drei.

Kapitel 12

Erster Schnee

Der Winter ist da.

Sanft, aber dicht fällt der erste Schnee, während sie die Ruine von Caschlatsch umrunden und Richtung Maiensäß weiterstapfen. Quirins Zuversicht schwindet, trotz des heutigen Ausfluges. Der Schnee setzt seiner Freiheit ein Ende. Heute ist das letzte Mal, dass er die Erlaubnis für das Maiensäß bekommen hat, danach wird er wieder im Kloster sein, unter steter Aufsicht der Pater. Einen kleinen Funken Hoffnung hat er allerdings, wie er Loretta und die Kinder auch fortan sehen kann. Die Idee ist ihm kürzlich während der Arbeiten im Maiensäß gekommen. Er wird dem Abt vorschlagen, den Winter über die Möbel für das Maiensäß zu zimmern. Nur muss Quirin Statthalter Bruder Jakob erst davon überzeugen, dass sich diese Arbeit nicht in der Klosterwerkstatt machen lässt. Die ist sehr gut ausgestattet, aber halt doch keine Tischlerei wie die im Dorf, wird er Jakob sagen, weil …

Eben.

Einen guten Grund muss er noch erfinden.

Sobald er sich Lorettas sicher ist, wird er das Kloster verlassen, so viel steht fest.

Bis dann muss er eine Arbeitsstelle haben, für sich selber aufkommen können.

Der Schnee beginnt zu haften. Er stapft um die Wegbiegung und will gerade das nächste Steilstück in Angriff nehmen, doch plötzlich bebt der Boden unter ihren Füßen, fast hätte es sie hingeworfen, zugleich hören sie ein dumpfes Grollen, irgendwie gedämpft und doch ganz nah.

Loretta hat nach seinem Arm gefasst. Er drückt ihr beruhigend die Hand.

Das Beben lässt nach.

«Nur die nächste Sprengung, die hört und spürt man hier gut.»

«Ich kann mich nicht daran gewöhnen.»

«Gab es das bei euch in den Minen nicht?»

«Schon, aber … ich weiß nicht: weniger laut.»

«Die sprengen hier ganze Systeme in den Felsen, deshalb vielleicht. Aber das ist nichts, was dir Angst machen muss. Es wird noch den ganzen Winter so gehen, aber die Sprengungen sind tief im Berg drin, keine Sorge!»

Er würde ihr ja gern mehr erzählen. Letzthin hat er unten bei der Baustellenzufahrt Pancrazi Flepp getroffen. Der profitiert schon von den Bauten hier. Übernimmt, kaum volljährig, das Baugeschäft des Vaters und wird dann mit Aufträgen überhäuft. Sämtliche Außenarbeiten rund um die neue Festung seien ihm anvertraut worden, er wisse bald nicht mehr, wo ihm der Kopf stehe, zum Glück kämen immer mehr Italiener.

Quirin hat aufgehorcht.

Vielleicht findet er bei Pancrazi Arbeit? Ja, warum nicht. Eine Lehrstelle gar. Als Maurer ... Obwohl das überhaupt nicht seinen Interessen entspricht. Er kann als Bauernsohn zwar mit Werkzeugen umgehen, doch er ist kein Handwerker, bei jeder praktischen Arbeit machen sich seine Gedanken selbstständig, er verliert die Konzentration, versinkt in Träumereien. Zeichen genug, dass er in Zukunft wohl gescheiter seinen Kopf beschäftigt, und nicht seine Hände.

Doch für Loretta würde er noch ganz andere Dinge tun, wird ihm auch jetzt wieder klar. Die Arbeit am Maiensäß der Cavegns gehört dazu. Wie hat er doch gefuhrwerkt in den letzten Tagen, als er die Hütte für ihren Besuch bereit gemacht hat.

Bald werden sie dort sein.

Nur sie zwei.

Er hat Bauchgrimmen vor Angst und Freude.

Sie erreichen die Höhe der alten Weiden, haben den Weiler Mompé rechts liegen gelassen und nähern sich den Maiensäßen der Dadenser Bauern. Die sind knapp oberhalb der Baumgrenze über die hier sanft abfallenden, jetzt bereits weißen Gipfelhänge des Péz verstreut. Jenes der Cavegns ist das oberste, es hat eine überwältigende Aussicht auf die Rheinschlucht und die untere Deserta. Die Quelle auf dem Grundstück macht sie auch zum wertvollsten Maiensäß. Sein Großvater Dosi Cavegn hat sie einst noch oberhalb der Hütte gefasst, das Wasser sprudelt nun munter direkt zum Maiensäß, füllt dort einen Trog und sogar einen kleinen Teich, bevor es durch die Wiesen weiter zu den unteren Hütten springt.

Trog und Wasserbecken sind bereits zugefroren, als Quirin und Loretta bei der Hütte ankommen.

«Ma che bel' rifugio!», staunt Loretta.

»Jetzt ist es noch eine Baustelle, aber ich habe versucht, sie für heute ein bisschen herzurichten.»

Er hebt einen der Steine an, die das Wasserbecken umrahmen, und zieht darunter den Schlüssel hervor.

«Komm!»

Quirin öffnet die Tür und lässt sie eintreten. Neugierig schaut sie sich um, dann lässt sie sich sofort auf die Matratze fallen, die Quirin aus dem oberen Stock nach unten gebracht und mit zwei Lammfellen verschönert hat.

«C'è tutto che ci vuole!», sagt sie und lächelt Quirin an.

Alles, was es braucht? Fast ein bisschen frech! Er wird bis über beide Ohren rot, murmelt verlegen etwas von Kälte und Ofen. Sein prall gefüllter Rucksack rumst auf die Bodenbretter, er entzündet zuerst das Holz, das er tags zuvor schon in die Brennkammer gelegt hat. Die Tür zum Feuerraum schließt nur halb, wie jedes Mal wartet er bang ab, doch das neue Ofenrohr funktioniert tatsächlich, und die Hütte bleibt diesmal rauchfrei. Loretta gesellt sich zu ihm, er breitet das dritte Fell auf dem Speckofen aus, fasst sie um die Hüfte und hebt sie auf den Ofen.

«Che meraviglia! Er wird schon warm!»

«Das ist der Vorteil beim *Pegna scalegl.*»

«Scalegl?»

«Speckstein sagt man hier, oder Talkfels. Eine besondere Gesteinsart, mit der man gut arbeiten kann, weil sie weich ist, bei hohen Temperaturen aber sofort aushärtet. Wir sind unten bei der Burgruine an der Abbaustelle vorbeigekommen. Die Höhle, die ich dir gezeigt habe.»

Loretta wird es zu technisch, sie springt vom Ofen und wuchtet den Rucksack auf den Tisch.

«Was gibt es zum Essen? Du hast gesagt, du bringst alles mit?» Neugierig schnürt sie ihn auf, packt die Weinflasche, die Quirin im Klosterkeller stibitzt hat, am Hals und zieht sie heraus.

«Das ist wirklich eine Überraschung! Gibt es auch Gläser?»

Glücklicherweise hat Quirin auch daran gedacht, als er am Morgen bei der Mutter das Essen abgeholt hat.

Er greift nach dem Rucksack und nimmt die beiden Zinnbecher heraus, dann macht er sich mit dem Zapfenzieher seines Taschenmessers an den Korken. Er hat keine Übung darin, Wein kennt er bloß vom Abendmahl. Mit Mühe bringt er den Korken halbwegs unbeschädigt heraus.

«Viva!», sagt er, als die Becher zusammenstoßen.

«A noi!», sagt sie, ihr Gesicht nähert sich seinem unversehens, und für einen Sekundenbruchteil spürt er ihre Lippen hauchzart auf seinen. Bevor er sich davon erholt hat, wühlt sie schon wieder im Rucksack.

«Ich habe Hunger.»

«Pazienzia!», sagt Quirin, froh um die Ablenkung.

Er packt Maluns, Käse und Apfelmus aus. «Dafür muss ich schnell nach draußen, der Gasherd hier ist nicht mehr in Betrieb.»

Draußen neben der Tür hat er bereits den kleinen Heuherd, wie sie ihn in ihrer Familie nennen, bereitgestellt, zusammen mit der alten Feldpfanne der Cavegns. Er nimmt zwei schmale Holzscheite, fächert sie mit der Sichel in Späne auf, so wie es seine Mutter beim Wildheuen immer getan hat, und bringt damit auch die drei größeren Scheite sofort zum Brennen. «Bringst du mir das Maluns? Den Kartoffelbrei dort auf dem Tisch. Und das Stück Butter im Rucksack?»

Sie reicht ihm die Butter, er stückelt sie in die Pfanne, die er tags zuvor noch gescheuert hat, die Butter zergeht zischelnd, mit der Klinge seines Messers schiebt er die Kartoffeln in die Pfanne.

«Und jetzt noch die Kelle aus dem Rucksack!» Er macht eine Rührbewegung, Loretta versteht und holt sie ihm.

Zehn Minuten später ist das Maluns bereit.

Quirin hat seiner Mutter in einem unbeobachteten Moment sogar das karierte Baumwolltuch stibitzt, das sie beim Essen draußen immer auf die Wiese legt. Jetzt wirft er es über den Tisch, holt die Teller der Cavegns, die er in einer Kiste gefunden hat, stellt Weinflasche und Becher dazu und als Krönung eine noch unbenutzte Taufkerze aus dem Klosterbestand. Der Docht flammt auf, Quirin eilt nach draußen, nimmt die Pfanne vom Feuer und schiebt zwei Portionen auf die Teller, den Rest stellt er auf den Ofen.

«Bitte sehr!», sagt er und versucht, seinen Stolz zu verbergen.

Loretta schaut ihn aus ihren Bernsteinaugen auf eine Weise an, die Quirin für den Rest seines Lebens nicht mehr vergessen hätte, wäre er nicht schon beim ersten Nachschenken zu großzügig gewesen.

Die Wärme, das Essen und der Wein mildern seine Nervosität. Auch ihre Wangen glühen bald, ihre Augen blitzen, sie erzählt Quirin in einer seltsamen Mischung aus Italienisch und Romanisch von ihrer Reise hierher und den ersten Wochen in der Fremde, untermalt von leidenschaftlichen Gesten, deren Überschwang Quirin amüsiert und manchmal fast ein wenig erschreckt, was er dann sofort mit dem nächsten Schluck Wein dämpft. Die ersten paar haben ihm gar nicht geschmeckt, aber auf wundersame Weise wird der Wein immer besser und Loretta immer noch schöner.

Bald haben sie auch die Reste vom Maluns und den ganzen Käse vertilgt. Eine Nachspeise hat Quirin beim besten Willen nicht finden können. Die muss der Wein ersetzen.

Quirin nimmt die Teller vom Tisch und stellt sie draußen auf den Trog. Er wird sich später oder morgen früh darum kümmern, der Wasseranschluss in der Küche ist nicht installiert. Loretta tritt neben ihm in die Tür und staunt in das dichter werdende Schneegestöber, das Tageslicht nimmt bereits ab.

«Wir müssen bald aufbrechen, wenn wir heute noch ins Tal wollen», sagt Quirin fast widerwillig.

«Müssen wir?»

Quirin schaut sie erstaunt an. Er hat Bruder Jakob gesagt, falls der Schnee einsetze, übernachte er oben und mache die Hütte und die Baustelle winterdicht. Natürlich mit Hintergedanken. Eine bloße Träumerei, ein Hirngespinst! Loretta wird unten ja sicher erwartet. Und überhaupt.

«Und was, wenn wir hierbleiben?»

Er meint, sich verhört zu haben.

«Hier. Du meinst ... die ganze Nacht?»

«Wir haben doch alles, was wir brauchen! Feuer, Wasser, ein Bett ...»

Quirins Herz schlägt ihm bis in den Hals, seine Träume werden üblicherweise nicht wahr. Er ist überfordert und gleichzeitig hin- und hergerissen. Wenn es weiter so schneit, werden sie morgen im hüfthohen Schnee hinabwandern müssen. Ans Frühstück hat er zwar gedacht, das Resultat verwegener Gedankenspiele, aber jetzt, da deren Erfüllung fast droht ...

«Es wird uns einschneien!»

«Du wirst mich schon hinunterführen!» Sie zieht ihn in die Hütte hinein und will zugleich die Türe schließen, das bringt sie ins Stolpern, er fängt sie auf, und einen Moment lang kämpfen sie Arm in Arm um ihr Gleichgewicht, sie lacht auf.

«Genau, lass uns tanzen!»

Sie fängt sich mit zwei kleinen Walzerschritten auf, er bleibt so beweglich wie der Amboss von Bruder Jakob, sie lässt ihn stehen und tanzt jetzt für sich, begleitet sich mit einem fröhlichen Summen. Quirin bleibt das Staunen.

Endlich lässt sie sich auf ihren Stuhl fallen und hebt sofort den leeren Becher.

«Vino, per favore!»

Quirin verteilt das, was die Flasche noch hergibt, auf ihre Becher. Der Wein beruhigt ihn, irgendwie. Er erinnert sich an die andere Flasche, die er beim Vater hat mitlaufen lassen, und stellt sie auf den Tisch.

«Was ist das?»

«Ein Enzian. Eine Spezialität hier.»

Sie zieht den Korken aus der Flasche und schnuppert daran, sofort verzieht sie das Gesicht.

«Das riecht aber ... gefährlich!»

«Mein Vater trinkt jeden Tag ein Glas, schon am Morgen. Das wäre das Beste gegen jede Krankheit, sagt er.»

«Zum Glück habe ich noch etwas Wein.»

Sie hebt den Becher, Quirin tut es ihr gleich.

Ihr Blick macht ihn befangen.

«*Dimmi*, Quirin: Hast du eine Freundin?»

Quirin errötet ein weiteres Mal.

«Nein.»

«Warum nicht?»

Weil ich mich nie traue, müsste er jetzt sagen. Weil ich ins Kloster eingetreten bin. Weil ich nicht halb so mutig bin wie du. Und: Weil ich noch nie jemanden wie dich kennengelernt habe.

«Ich weiß nicht.»

«Bist du nie verliebt? Ich schon, immer. Ich bin immer in jemanden verliebt. Oder in etwas. Es passiert einfach. Ständig.»

Der Bernstein in ihren Augen wirkt im flackernden Schein der Kerze wie schmelzendes Gold.

«Quirin, du musst jetzt fragen: In wen?»

Quirin hat sich selbst grad beim Denken zugeschaut. «Was meinst du?»

«In wen ich verliebt bin, musst du mich fragen!»

Quirin leert seinen Weinbecher auf einen Zug.

«In wen denn?»

Sie legt den Becher an ihre Lippen und lächelt ihn darüber hinweg an.

«Mal in den, mal in die, mal in diesen, mal in das, mal in dieses …»

Sie wiederholt die Zeile auf Italienisch wieder und wieder, es wird zu einer Liedzeile, die sie jetzt summt, während Quirin fragt, ob er sie richtig verstanden hat. Mal in die …

Das wäre ja eine Frau.

Er traut ihr alles zu.

Quirin nimmt die Schnapsflasche und gießt in jeden Becher einen Fingerbreit Enzian.

Sie stoßen an, er nimmt einen großen Schluck, heiß rinnt der Schnaps seine Kehle hinab. Er hustet, sie nicht, sie hat nur genippt.

«Du bist mir ausgewichen», sagt er plötzlich mutig. «In wen bist du jetzt verliebt? Heute?»

Sie lacht.

«Das möchtest du wissen, nicht?»

«Ja.»

«Vielleicht findest du es heraus. Heute …»

Ist das eine Aufforderung? Quirin weiß nicht, was tun, und flüchtet sich in die nächste Frage.

«Hattest du in Italien einen Freund?»

Sie schaut ihn mit einem rätselhaften Lächeln an.

«Si!»

«Und er ist nicht mitgekommen?»

«Er ist Student», sagt sie, als erkläre das alles. Aber war es auch die Wahrheit?

«Und was meinten deine Eltern dazu?»

«Die haben doch nichts gewusst.»

«Natürlich. Aber habt ihr auch …»

«Was?»

«Nun … geküsst. Und so.»

«Und so?» Sie steht lächelnd auf, einen Moment lang kämpft sie mit dem Gleichgewicht. «Ich geh jetzt schnell raus, und wenn ich zurückkomme, kannst du weiterfragen. Oder …»

«Oder?»

«Sorprendimi!»

Sie huscht hinaus, er hört die Tür des Abtrittes knirschen, drei Minuten später ist sie zurück. Sie treffen sich in der Tür, sie dreht ihr Gesicht weg, so kann er ihre Unsicherheit nicht sehen. Quirin tritt in die Schneeluft hinaus, die Kälte trifft ihn wie ein Schlag. Er macht schnell, zu viel Ernüchterung will er jetzt nicht.

Als er zurückkommt, sitzt sie nicht auf der Matratze, wie er gehofft und gleichzeitig befürchtet hat, sondern am Tisch, und nippt wieder an ihrem Becher.

«Allora?», sagt sie.

Unter den schwarzen Haaren kann er ihre Augen kaum sehen, das hilft. Er zieht seinen Stuhl zu ihr heran und setzt sich.

«Wie alt bist du?», fragt er.

«Zwanzig, das weißt du doch.»

«Ich bin achtzehn.»

«Warum sagst du das?»

«Du bist älter. Du hast mehr Erfahrung. Mit deinem Freund. Früheren Freund. Also musst du mich lehren …»

«Was lehren?», fragt sie lächelnd, und nähert sich mit ihrem Gesicht seinem.

«Küssen. Zuerst.»

«Zuerst. Und nachher?»

Hört er aus der Nachfrage nun auch bei ihr Unsicherheit heraus?

Er fürchtet sich vor dem Nachher, auch wenn er es noch so sehr will.

«Nachher ist nachher», sagt er. «Vorher küssen wir.»

Ihre Lippen treffen auf seine, erkunden sie mit kleinen, tastenden Berührungen, er weiß nicht weiter, sie schon, er spürt plötzlich, wie sie ihn mit ihrer Zunge stupft, und öffnet zögerlich die Lippen.

Fünf Minuten später weiß Quirin mehr über das Küssen als seine großspurigen Freunde im Dorf.

Er steht auf und legt ein paar Scheite nach, während sie zur Matratze hinübergeht und sich darauf fallen lässt.

«Wir können einfach hier weiterküssen, das ist bequemer.»

Kapitel 13

Kopfschmerzen

Langsam sollte Quirin wieder klar denken.

Ineinander verschlungen, gegenseitig Wärme suchend, sind sie frühmorgens erwacht. Beide nackt. Loretta ist wieder eingeschlafen. Er hat seine Hand noch einmal ungläubig über ihre Brüste gleiten lassen, hat sie sanft geküsst, wenigstens an diesen morgendlichen Moment will er sich erinnern können.

Er hat sich angezogen und kauert nun fröstelnd vor dem Ofen, um ihn einzufeuern.

Nackt ist sie. Also haben sie …

Haben sie?

Er kann keinen klaren Gedanken fassen, der Katerkopfschmerz sprengt ihm den Schädel, trübt ihm den Blick, die Übelkeit ist kaum auszuhalten. Wenn er etwas isst? Er öffnet ungeschickt das letzte Päckchen Maluns und gibt die gestoßenen Kartoffeln in die Pfanne. Der Blick durchs Fenster ist überwältigend und beunruhigend zugleich. Noch immer schweben

Flocken vom Himmel, alles ist in sanft verzeihendem Weiß versunken. Annähernd ein Meter Neuschnee wird über Nacht zusammengekommen sein. Er wird den Weg hinab Meter für Meter bahnen müssen.

Quirin zieht seine Jacke an und tritt vor die Hütte.

Selbst den tragbaren Kochherd unter dem Vordach muss er erst vom Schnee befreien, bevor er das Maluns wärmen kann.

Bald verteilt er die Portionen auf die Teller. Er wischt die Pfanne mit Schnee aus, holt Wasser und erhitzt es auf dem Ofen, löffelt Nescafé hinein. Loretta sitzt aufrecht auf der Matratze, als er mit dem Frühstück hereinkommt, sie ist noch immer in die Decke gehüllt, die Augen etwas matt, ihre pechschwarzen Haare wild verstrubbelt.

«Maledetta mal di testa!», stöhnt sie.

Quirin hat diese Verwünschung nur zu oft von seiner wetterfühligen Großmutter gehört. Er lächelt leicht gequält. Ihm geht es nicht besser, und er verflucht seinen Vater, der stets diesen Unsinn vom gesunden Enzianschnaps erzählt.

Das Schlimmste aber … jede Erinnerung ist weg!

Außer dem Anfang. Es ist ihm viel zu schnell passiert, das weiß er noch. Die Erinnerung an diese Explosion der Lust und die gleichzeitige Scham darüber holt ihn wieder ein.

Obwohl … sie hat sich gar nicht damit aufgehalten und stattdessen seine Hände angeleitet.

Hat sie doch?

Und dann?

Später in der Nacht vielleicht?

Er weiß es nicht. Einfach nichts mehr da.

Er traut sich nicht zu fragen.

Sie küsst ihn unbefangen auf den Mund und setzt sich zu

ihm an den Tisch. Ihre Hände umfassen den Zinnbecher, nehmen die Wärme des Kaffees auf, mit jedem Bissen und jedem Schluck werden ihre Augen lebendiger, und Quirin kann seinen Blick nicht mehr von ihrem Gesicht lösen.

Er liebt sie.

Was soll das anderes sein, diese Wärme und dieses schmerzhafte Ziehen in seiner Brust?

Was bloß ist in der Nacht passiert?

Sie sind beide betrunken eingeschlafen, beschließt er. Das ist das Wahrscheinlichste.

Ein dumpfes Wummern dringt plötzlich in die Hütte, es kommt vom Tal her und macht ihn unruhig. Sie sprengen wieder. Das könnte bei diesem Neuschnee Folgen haben. Er hält sich vor Augen, wo der Weg ins Tal überall durchführt, und nimmt sich vor, Passagen unter steiler abfallenden Hängen zu meiden. Das geht nur, wenn sie zuerst die alten Kuhwiesen überqueren, einen großen Umweg in Kauf nehmen, dafür können sie dann in sanfter abfallendem Gelände auf der anderen Seite der Kuppe ins Tal absteigen.

Er spürt ihre Hand auf seiner.

«Tutto bene?»

Sie schaut ihn prüfend an, ein bisschen ängstlich gar, scheint ihm, vielleicht denkt sie, er bereue irgendwas, dabei macht er sich nur Sorgen. Um sie.

«Alles gut, ich überlege nur, wie wir wieder heil ins Tal kommen.»

Sie legt die Arme um seinen Hals. Ihm ist, als schauten ihre verstörenden Augen direkt in ihn hinein.

«Bleiben wir doch einfach hier!», sagt sie mit einem übermütigen Lächeln, und wieder berühren ihre Lippen die seinen.

Er reißt sich mit aller Macht zusammen. «Nein, es schneit weiter, wir müssen wirklich los!»

Quirin ringt nach Luft, versucht, sich die Anstrengung nicht anmerken zu lassen, für Loretta hingegen ist es noch immer wie ein Kinderspiel. Auf dem *Plaun Pardatsch* bewirft sie ihn immer wieder mit Schneebällen, dann wieder lässt sie sich in den Schnee fallen, sinkt dabei so tief ein, dass er ihr hochhelfen muss, was ihn zusätzlich Kraft kostet. Allein den Weg durch den hüfthohen Schnee zu bahnen, fordert ihm alles ab.

Quirin zwingt sich zu klaren Gedanken. Er vergegenwärtigt sich die verschiedenen Abstiegsmöglichkeiten und wählt eine Wegvariante aus, die ab der Baumgrenze immer durch den Wald führt. Je dichter die Fichten stehen, umso weniger hoch ist die Schneedecke zwischen den Baumstämmen.

Hofft er zumindest.

Der Weg führt noch weiter über die offenen Wiesen, es wird stiller hinter ihm. Beiden ist schwindlig, beide quälen dumpfe Kopfschmerzen. Als sich endlich die ersten Baumschatten im Nebel und Schneegestöber abzeichnen, erst nur ganz schwach, einer Fata Morgana gleich, atmen sie auf. Quirin, weil er hofft, dass der Weg nun einfacher wird, Loretta, weil ihre Augen endlich wieder Kontraste wahrnehmen und ihr Schwindel ein wenig nachlässt.

Was auf ihre Kopfschmerzen nicht zutrifft.

«Ich habe wohl ein bisschen zu viel getrunken», seufzt sie, als sie am Waldrand neben Quirin in den Schnee sinkt.

Meret ging vorneweg. Der Wanderweg führte durch die einstigen Weiden von Großvater Cavegn. Niculan trug Bigna auf dem Rücken. Kaum hatte er sie in den Rucksack gehoben, war es mit der morgendlichen Quengelei vorbei. Nichts mochte sie mehr, als auf dem Rücken ihres Vaters durch die Landschaft zu schaukeln.

Meret konnte sie ohnehin nicht tragen, der Schmerz der Schürfungen und Prellungen meldete sich wieder, sobald sie einen Rucksack trug.

Bevor sie in den Wald hineinkamen, machte der Weg einen Bogen über eine kleine Krete, die eine freie Rundsicht ermöglichte. Nur der tiefste Einschnitt der Medelserschlucht unter ihnen war noch in Nebel gehüllt. Neugierig zog Meret ihr Handy hervor, in dem sie Abbildungen aus Bruder Martins Manuskript gespeichert hatte, darunter das erste Gemälde dieser Region aus dem Jahre 1817, vom Schaffhauser Landschaftsmaler Johann Ludwig Bleuler. Sie holte es auf den Bildschirm und verglich das Gemälde mit der Landschaft, die sie vor sich sah. Wobei es Bleuler hier wohl besonders um den Zusammenfluss von *Rein da Medel und Rein Anteriur* gegangen war. Dann zeigte sie es Niculan, gespannt, wie er darauf reagieren würde.

«Ach, das! Hat sich aber einiges verändert», sagte er.

«Vor allem hatten die Maler damals einen sehr romantischen Blick auf die Berge», erwiderte Meret. «Du kennst das Bild?»

«Wohl jeder hier oben. Wir haben Bleulers Werke in der Klosterschule analysiert. Er hat mit einer ganzen Reihe von Bildern den Verlauf des Rheins, von der Quelle bis nach Rotterdam, dokumentiert. Ziemlich geschönt, will mir scheinen. Damals gab es ja noch keine Fotografien, und die Malerei sollte vor allem den Leuten gefallen, die Drucke davon kauften.»

Meret schaute ihren Mann erstaunt an. «Jetzt bist du auch noch Fachmann für frühe Kunstdrucke?»

Niculan lächelte. «Immerhin habe ich mal Kunst studiert. Aber mein Wissen kommt nicht von da. Bleulers Bergführer damals war ein berühmter Dadenser Pater, er hielt einiges über diese Malerreise durch die Deserta fest, durchaus nicht nur Positives übrigens, und alles, was dieser Ortsheilige berichtete, wurde den Dadenser Schülern eingetrichtert, ob sie das interessierte oder nicht. Ja, Bigna, wir gehen gleich weiter.»

Er drehte sich langsam zweimal mit ihr im Kreis, sofort wurde sie wieder ruhig.

«War übrigens eine spannende Figur, dieser Pater. Schon zu Lebzeiten eine Legende. Einer der frühen Bergsteiger, kaum ein Dreitausender hier, den er nicht als Erster bestiegen hätte. Ein Universalgelehrter, wie es sie nur damals gab. Und nur, damit du nachher nicht enttäuscht bist: Die Burg hier, in der Mitte des Gemäldes, das ist unser erstes Ziel, die Ruine Caschlatsch. Aber heute sind nur noch die Mauerreste zu sehen.»

«Stimmt, hier, über dem Zusammenfluss, er hat es gemalt, als wäre es eine Art Halbinsel.»

«Von dieser Burg aus kontrollierten sie die Säumer-Pfade zu den beiden Alpenübergängen. Eine strategisch wichtige Stelle, deshalb baute später auch das Militär an dieser Stelle Verteidigungsanlagen. Komm, wir steigen hinab, sonst wird unsere kleine Dame hier gleich wieder laut.»

«Die Ritter sollen die Säumer abgepasst und ihnen die Hälfte der Ware abgenommen haben, und die, die sich dagegen wehrten, kerkerten sie in den Höhlen unterhalb der Burg ein.»

«Das hat Bruder Martin geschrieben?»

«Ja.»

«Davon höre ich zum ersten Mal. Er hatte offenbar eine blühende Fantasie.»

«Oder die entsprechenden Dokumente gefunden.»

«Ich weiß nicht … Caschlatsch war eine Ministerialienburg des Klosters. Ich bezweifle, dass dort Raubritter zugange waren, die Methoden des Klosters waren subtiler. Aber nicht weniger effektiv, wie du aus meiner Familiengeschichte weißt, sonst würde der *Plaun Pardatsch* da oben noch immer uns gehören.»

Meret schaute noch einmal versonnen auf das Bild, dann strich sie Bigna, die wieder protestierte, sanft über die Wange. Sie folgten dem Zickzack des Wanderwegs, der Richtung Schlucht führte.

Nach längerem gemächlichen Abstieg blieb Niculan plötzlich stehen.

«Siehst du diesen Trampelpfad? Wird fast nur von Jägern benutzt. Er führt auf die Felsschulter der *Cascada*.»

«Da möchte ich hin.»

«Besser nicht. Der Weg dorthin ist ungesichert und viel zu gefährlich. Da, wo sich die Bäume etwas lichten, stürzt der Fels schon senkrecht ab, und du weißt, wie tief man stürzen kann.»

Er führte sie von den Wasserfällen weg, ihr Rauschen, das sie in den letzten Minuten stets gehört hatten, wurde leiser und verstummte schließlich ganz. Inzwischen hatten sich Laubbäume in die Fichten gemischt, die Sonne strebte ihrem Zenit entgegen, das Herbstlaub raschelte bei jedem Schritt, Merets Blick verlor sich alsbald in diesem bunten Kaleidoskop zu ihren Füßen.

Von der Burg Caschlatsch war nur noch eine zwanzig Meter lange Grundmauer übrig. Architekturstudenten hatten hier einen Aussichtsturm gebaut, er eignete sich hervorragend für ein Picknick. Meret nahm Niculan Bigna ab und setzte sich zum Stillen in die Herbstsonne. Es war gerade noch warm genug für solche Ausflüge. Meret wurde bewusst, wie wenig Zeit ihr noch blieb, um die Schauplätze des Manuskripts zu erwandern. Sie würde Gret und die *Cleangreen* für eine Recherche im Bundesarchiv einspannen und im Bedarfsfall selber nach Bern fahren. Haas verbarg etwas, da war sie sich ganz sicher.

Niculan hatte sein Fernglas zur Hand genommen und suchte konzentriert die Flanken des Péz Baselgia ab.

«Neue Risse?»

«Nein, aber man sieht auch von hier aus, dass der oberste Riss breiter geworden ist.»

Niculan hatte frühmorgens einen Berglauf über die Weiden zum *Cuolm* hinauf gemacht. An der breitesten Stelle des Risses, der Meret zum Verhängnis geworden war, hatte er eine Schnur mit Abstandsmarkierungen angebracht, diese verrieten eine leichte Bewegung des Untergrundes.

Er wusste nur nicht genau, ob er sich auf sein System verlassen konnte. Meret hatte ihm neulich von den Messgeräten berichtet, die Haas aufgezählt hatte, worauf sie sich am Abend sogleich im Netz umgetan hatten und auf eine Dokumentation zu den kürzlichen Bergstürzen am Piz Cengalo und bei Brienz, unweit der Deserta, gestoßen waren. Vom ersten Ereignis waren die Wissenschaftler überrascht worden, beim zweiten hatten sie von Anfang an gewusst, wie hoch die Gefahr war, und den großen Rutsch auch richtig vorausgesagt. Dabei waren dort exakt jene Überwachungsgeräte und Alarmierungssysteme im Einsatz gewesen, die auch Haas aufgezählt hatte.

Die waren in Brienz verlässlich gewesen.

Meret schaute zum Péz hinauf und hatte wieder die Bilder des gigantischen Schuttkegels bei Brienz vor Augen. Wie durch ein Wunder war er kurz vor den Häusern zum Stehen gekommen.

Blühte ihnen hier Ähnliches?

Nach all ihren Recherchen schien ihr noch immer, sie würde Haas richtig einschätzen. Er wollte seine eigenen Investitionen schützen, alles andere war undenkbar.

Der Eingang zu den Höhlen unterhalb der Burg sah unspektakulär aus, allerdings war er verbarrikadiert, und ein Verbotsschild warnte vor Einsturzgefahr. Niculan kümmerte das wenig, er zog einige der Absperrbretter zur Seite und schlüpfte hindurch. Eine echte Gefahr bestand nicht, die Besitzer des Geländes, offenbar die *Frars Flepp*, wollten sich mit den Schildern und Absperrungen nur absichern. Bis vor wenigen Jahren, erklärte er jetzt Meret, sei hier noch Speckstein abgebaut worden, bis man unlängst und zur Überraschung aller festgestellt hatte, dass der Stein von dieser Abbaustelle Asbestfasern enthielt. Jetzt standen vor der Höhle und dem offenen Steinbruch nur noch zwei verlassene Baubaracken mit vor Schmutz und Staub blinden Fenstern. Niculan hatte am Abend vorher noch Ervin getextet. Ein Kooperationskollege der Spina da Vin und in seiner Freizeit leidenschaftlicher Höhlenkletterer. Ervin hatte das System hier erforscht und kartografiert und Niculan sofort beruhigt: Im Eingangsbereich bestünde sicher keine Einsturzgefahr. Und Niculan hatte keineswegs die Absicht, tiefer einzudringen.

Er ließ die Taschenlampe aufblitzen und führte Meret einige Meter in die Höhle. Sie spürte sofort ihr Herz hämmern, der kalte Schweiss trat ihr auf die Stirn.

«Wir brauchen gar nicht weiterzugehen», meinte Niculan. «Bruder Martin ist einer Mär auf den Leim gegangen. Diese Höhlen sind zu Beginn des neunzehnten Jahrhunderts durch den Abbau von Speckstein entstanden. Ich bezweifle sehr, dass die im Mittelalter schon existiert haben.»

«Na dann. Gehen wir noch kurz zur Cascada und dann zurück zum Maiensäß.»

Sie konnte Niculan ohnehin nicht erklären, was sie eigentlich hierhergetrieben hatte. Vielleicht war das einfach ihre Art, ein Problem zu ergründen. Sie wollte alles über diesen Berg wissen, der von außen so unscheinbar wirkte, aber so viele Geheimnisse barg. Legenden, wie die der Raubritter, die viele hier kannten, oder zu kennen glaubten, obwohl sie offenbar keinen wahren Kern hatten. Oder die Geschichte mit den namenlosen Kindern.

Die Identität eines Ortes gründete auch in dem, was man sich darüber erzählte. Legenden stärkten Heimatgefühle mehr als historische Fakten. Bruder Martins Manuskript war voll von solchen Geschichten. Und ja, tatsächlich, jede weitere, so fantastisch sie auch war, ließ Meret Dadens noch mehr ans Herz wachsen.

Sie kamen zur Cascada und bestaunten das Naturspektakel. Die Sonne stand noch hoch genug, sie fiel in die Lichtung rund um den Teich und zauberte einen Regenbogen nach dem anderen in die gläserne Gischt.

Meret erinnerte sich an den Tag, an dem sie hier gebadet hatte und auf die Steintafel gestoßen war.

A nies affon perdiu.

Im ersten Moment hatte sie die Inschrift auf sich bezogen und als schlechtes Omen genommen. Dann hatte ihr Fidel von dem einstigen Seelenacker erzählt, und ihr Fund bekam eine andere Bedeutung.

Sie wollte Niculan von der Tafel erzählen, besann sich dann aber anders.

«Komm, ich zeig dir noch schnell die künstliche Felswand da drüben.»

Ein letztes Mal schaute sie zum Wasserfall hinauf. Angesichts der mächtigen Wand war sie froh, dass Niculan ihr den Weg auf die Klippe oben verwehrt hatte.

Quirin betrachtet Loretta verstohlen. Zu viel getrunken, hatte sie gesagt. Quirin fragt sich schon den ganzen Morgen, ob die Erinnerung auch ihr einen Streich spielte. Aber ihre Geste zur Stirn hin ist eindeutig, sie spielt nur auf ihre Kopfschmerzen an.

Es lässt ihm keine Ruhe. «Gestern Nacht …», sagt er schließlich.

«… era una meraviglia», sagt sie.

Er will nachfragen und schreckt dann doch zurück.

«Es war wunderschön, basta. Ihr Männer müsst immer weiterfragen. Es war zu schön, und ich werde dieses Maiensäß nie mehr vergessen.»

Das ist es ja!, will Quirin protestieren. Du wirst es nicht vergessen, und ich kann mich nicht mal erinnern. Doch er hält sich zurück, richtet seine Aufmerksamkeit auf Dringlicheres. Er muss sie sicher hinunterbringen, nur das zählt gerade.

«Ist dir warm genug?»

«Machst du Scherze?»

Auch Quirins Unterhemd ist von Schweiß durchtränkt, aber er weiß, wie schnell die Empfindung sich ändern kann, wie es sich anfühlt, wenn die innerste Kleiderschicht erst klamm und dann kalt wird und gleichzeitig die Feuchtigkeit von außen eindringt.

Sie müssen in Bewegung bleiben.

Wenigstens erfüllt sich seine Hoffnung, unter den Bäumen ist die Schneeschicht etwas weniger hoch, und das Dach der Äste schützt sie etwas. Das Gelände fällt steil ab, bald rutscht er zum ersten Mal weg, weil der Schnee unter ihm nachgibt, aber er findet sofort wieder Halt. Dann landet Loretta kichernd in seinen Beinen, reißt ihn um, gemeinsam kämpfen sie sich wieder hoch, nehmen den nächsten Abschnitt in Angriff. Selbst gemeinsame Missgeschicke bringen sie einander näher, denkt Quirin plötzlich, vielleicht werden sie sich in vielen Jahren noch an diesen Marsch erinnern. Wie oft bei ihm löst ein Bild das nächste aus, er sieht sich um ihre Hand anhalten, sieht sie beide vor der Kirche stehen und in ihr Haus einziehen, sieht, wie sie über einen Strand ins Meer rennen, in Italien offenbar, um gleich darauf ihren Kindern abends im eigenen Maiensäß die Gutenachtgeschichte vom großen Marsch durch den Schnee zu erzählen, so wie ihre Mutter ihnen die Geschichte vom Schellenursli erzählt hat. Selbst dann noch, erinnert sich Quirin fast wehmütig, wenn ihr von der harten Tagesarbeit die Augen bereits zufielen, hatte sie stolz erzählt, dass der berühmte Zeichner der Geschichte einst mit ihr in der unteren Deserta zur Schule gegangen war. Nicht ohne zu ergänzen, dass der Künstler in der Schule noch kaum einen geraden Strich zuwege gebracht hätte.

Wieder rutscht Quirin aus, diesmal greift er nach dem Ast einer Fichte und findet so wieder ins Gleichgewicht. Lass die Träumerei!, weist er sich zurecht. Der Abstieg erfordert seine ganze Aufmerksamkeit. Er hört ein gedämpftes Rauschen, das ihn gleichermaßen beruhigt wie zur Vorsicht anhält. Sie kommen in die Nähe der *Aua da Crusch,* sie sind am richtigen Ort, doch unmittelbar vor ihnen wird der Fels unter dem Wasser der *Cascada* ins Nichts abfallen. Er beschließt, den Hang zu überqueren und den Felsabsturz unter ihnen zu umgehen. Das ist sicherer. Sogleich mahnt er Loretta zur Vorsicht, doch im selben Moment geschieht, wovor er sich schon den ganzen Tag gefürchtet hat.

Dieses unbeschreibliche dumpfe Rumsen tief in der Schneedecke.

Quirin macht instinktiv einen Satz zum nächsten Baumstamm, zugleich sieht er, wie sich über Loretta wie in Zeitlupe ein Riss in der Schneedecke öffnet, er klafft sofort weiter auf, die Schneedecke unter Lorettas Füßen kommt ins Rutschen, und jetzt geschieht alles in Sekundenschnelle: Loretta fällt nach hinten, Quirin streckt den Arm aus, erwischt eben noch ihre Hand und packt zu, dann wirft er sich mit seinem ganzen Gewicht zur anderen Seite, will nach dem Baum dort greifen, doch dieser wischt an ihm vorbei. Er lässt Lorettas Hand nicht los, sie schreit nicht, sie lacht, denkt er erstaunt. Er blickt hinab, wehrt sich nicht gegen diese Kraft, die ihn mitnimmt, hält aber krampfhaft nach einem weiteren Baum Ausschau, an den er sich klammern könnte. Er macht eine Art Schwimmbewegung, etwas hilflos, er will Lorettas Hand nicht verlieren. Bereits droht Panik ihn zu lähmen, doch endlich hilft der Zufall ein wenig mit, das Schneebrett trägt ihn näher zu den Bäumen hin. Er wird einen der untersten Äste erwischen, sich daran festkrallen, aber … nicht auszudenken, wenn die Schneemassen sie beide gegen den Stamm drücken! Kaum hat er es gedacht, ist er schon auf der Höhe des Baumes angekommen, wuchtet sich mit einer Bewegung aus dem Rumpf kurz hoch, kriegt den Ast tatsächlich zu fassen. Er wird ihn nicht loslassen, und Loretta schon gar nicht, er hofft nur, dass das Holz nicht morsch ist. Es dreht ihn halb um die eigene Achse, sein Rucksack verhängt sich irgendwo, doch er rutscht nicht mehr, er schaut zur Seite, Loretta zu ihm hinüber, sie lacht noch immer, nicht ahnend, was ihnen gleich droht, der Zug auf seine Hand wird unerträglich. *Tegn ferm*, denkt er als Letztes, halt sie einfach fest!

Kapitel 14

Lorettas Tochter

Im ersten Moment dachte Fidel, Adalina hätte Besuch von einer Freundin, so einträchtig saßen die beiden Frauen am Stubentisch. Dann hörte er sie Italienisch sprechen. Er trat näher, die Besucherin drehte sich um.

Der seltsame Kontrast zwischen den ungewöhnlich hellen, goldbraunen Augen und ihren pechschwarzen Haaren erklärte ihm sofort, wer sie war.

«Besuch für dich, Fidel!», sagte Adalina mit einem Lächeln, das der überrumpelte Fidel schwer deuten konnte.

Die Frau war aufgestanden.

«Pater Fidel, es ist mir eine Freude. Vica d'Alessio.»

«Fidel genügt. Was … Was für eine Überraschung, willkommen in Dadens!»

«Ein Überfall, ich weiß, es tut mir leid. Ich lebe derzeit in Zürich und war beruflich in Chur. Weil mir die Sache keine Ruhe ließ, bin ich spontan in den Zug gestiegen. Im Kloster habe ich erfahren, wo ich Sie finden kann.»

«Deshalb können Sie auch den Pater weglassen.»

«Sie haben eine gute Wahl getroffen», sagte Vica d'Alessio. «Das wage ich schon nach unserer kurzen Unterhaltung zu behaupten.»

«Da hörst du's, Fidel!»

«Sie haben recht, ohne Zweifel», sagte Fidel und schaute dabei zu Adalina.

Tags zuvor hatte er ihr den Brief vorgelesen und ihr von seinem Besuch bei Pancrazi erzählt, ohne zu sehr in die Details zu gehen. Merets wiederholtes Drängen hatte Wirkung gezeigt, jetzt war Fidel froh, dass er ihm nachgegeben hatte. Nicht auszudenken, Vica d'Alessio wäre hier hereingeschneit und hätte Adalina aus dem Nichts mit ihrer Vatersuche konfrontiert.

«Sagen Sie, Herr … nun, Fidel, Sie haben meine Mutter tatsächlich gekannt?»

«Möchten Sie noch einen Kaffee?», wich Fidel der Frage fürs Erste aus.

«Nein danke, ich muss leider bald wieder auf den Zug, sonst komme ich nicht mehr nach Hause.»

«Leben Sie schon länger in der Schweiz?»

«Nur zwischenzeitlich, aus beruflichen Gründen.»

«Soll ich Sie zum Bahnhof begleiten? Dann berichte ich Ihnen auf dem Weg, was ich weiß.»

«Das wäre nett.»

Er fragte sich, wie viel er ihr von Pancrazi wirklich erzählen sollte, und kam auf ihre Frage zurück, indem er wiederholte, was er Adalina tags zuvor erzählt hatte. «Ich habe Ihre Mutter das ein oder andere Mal bei Kirchenanlässen getroffen. Allerdings ist das sechzig Jahre her, so zuverlässig ist mein Gedächtnis nicht mehr. Im Kloster gab es auch immer diese Gerüchte um die namenlosen Kinder.»

«Namenlose Kinder?»

Statt zu antworten, machte Fidel eine Geste zur Tür hin. Vica verabschiedete sich herzlich von Adalina und bedankte sich für die Einladung, sie doch bald wieder zu besuchen.

Zu zweit spazierten sie Richtung Bahnhof.

Er nahm den Faden wieder auf.

«Die Patres im Kloster erfuhren bei der Beichte von den Kindern. Damit kann ich eines der Rätsel aufklären, Sie haben es in Ihrem Brief erwähnt. Die Kinder, die die Gastarbeiter eigentlich nicht hier haben durften, die verbotenerweise aber trotzdem hier waren, wurden *farfalle* genannt. Die Schmetterlinge. Die Vornamen waren ihre eigenen, aber wenn man sie nach ihrem Nachnamen fragte, sagten die Kleinen ‹*Farfalla*›.»

«Das klingt, als hätten Sie auch mit den Kindern zu tun gehabt!»

«Dank dem Beichtgeheimnis fühlten sich die Italienerinnen sicher und erzählten von ihren Sorgen. Alle, die von den Kindern wussten, wollten diese unhaltbaren Zustände ändern, auch die Dadenser, aber das Gesetz war unmissverständlich, die Kinder waren offiziell gar nicht in der Schweiz, wir konnten nichts tun. Vordergründig zumindest nicht.»

«Meine Mutter hatte immer eine hohe Meinung vom Kloster hier. Sie hätte heimlich Unterstützung bekommen.»

«Sie meinte damit wohl Schulmaterial für die Kinder. Unterstützung gab es übrigens auch aus der Gemeinde. Bis dann passierte, was passierte.»

Wieder dachte Fidel an Pancrazi und seine Baracke. Er wechselte das Thema. «Aber sagen Sie mir, Frau d'Alessio, was genau arbeiten Sie in der Schweiz?»

«Vica. Nennen Sie mich einfach Vica. Ich bin freischaffende Kuratorin und konzipiere eine Ausstellung für das Kunstmuseum Zürich. Bis zur Eröffnung im Frühjahr bleibe ich in der Schweiz . Und heute hat mich die Arbeit nach Chur geführt, ins dortige Kunstmuseum.»

«Haben Sie Familie?»

«Kinder meinen Sie, leider nein.» Sie verstummte für einen Moment. «Ich lebe schon seit dreißig Jahren mit meiner Frau zusammen, aber zu unserer Zeit war so etwas nicht möglich. In Italien schon gar nicht. Aber vielleicht liegt da ein Grund ...»

Sie verlor sich in Gedanken.

«Der Grund für?»

«Für meinen Brief an Sie. Um mehr über diese mögliche Familie zu erfahren. Meine Verwandtschaft hier. Wenn es sie denn gibt!»

Sie kamen zum Brunnendenkmal des Placidus und nahmen die kleine Treppe hinunter zum Bahnhof. Fidel staunte insgeheim, wie gut er ihr Italienisch verstand. Er hatte keine Übung mehr darin.

Unten auf dem Bahnhofplatz kam Vica d'Alessio auf den Punkt. «Warum also glaubte meine Mutter, genau Sie würden mir helfen können?»

«Oh! Nun, wohl ... weil ich dank der Beichte etwas mehr wusste als andere.»

«Dann haben Sie ihr die Beichte abgenommen?»

Fidel zögerte. «Ich war für sie wohl eine Vertrauensperson. Und es war im Dorf kein Geheimnis, dass ein Maurer, der damals gerade zum Unternehmer wurde, sehr ... wie sagt man ... die beiden waren vertraut.»

«*Fidato?*»

«Ja. Solche Beziehungen, vorehelich und dann noch zwischen einer Fremden und einem Hiesigen, wurden zwar nicht an die große Glocke gehängt, aber sie sprachen sich trotzdem herum.»

«Sie hat Ihnen also von ihm erzählt?»

«Ich habe sie auch zusammen gesehen.»

Die beiden im nächtlichen Schneetreiben … Fidel stand das Bild sofort wieder vor Augen.

«Sie hat von der verbotenen Schule erzählt, wo sie die Kinder betreut hat. Davon wussten Sie also auch?»

«Ja.»

«Erzählen Sie!»

«Ihre Mutter und zwei, drei andere junge Italienerinnen gaben den Kindern an ihren freien Tagen Unterricht. Das wurde im Winter 1962 aber ein Problem, denn es gab keinen geeigneten Ort dafür. Bis eben dieser Bauunternehmer Loretta eine seiner Baracken zur Verfügung stellte. Wenn Sie hinüberschauen, am Klosterhof vorbei nach links, zum Rheinzusammenfluss, das Waldstück gleich darüber. Dort gab es eine Abbaustelle für Speckstein mit einer Baracke, die im Winter nicht gebraucht wurde. Pancrazi Flepp hat sie für die Kinder ein wenig hergerichtet.»

«Pancrazi Flepp?»

«Sagt Ihnen der Name etwas?»

«Nein, leider nicht.»

Sie wirkte enttäuscht.

«Der könnte mein Vater sein?»

«Wie gesagt, er und Loretta waren … vertraut.»

«Ma poi … invece …» Mit einer lustigen Handbewegung trieb sie ihn an, weiterzusprechen.

«Was meinen Sie?»

«Ich habe das Gefühl, alles, was Sie mir sagen, schreit nach einem Nebensatz. Nach einer Präzisierung, nach … ich weiß nicht, täusche ich mich?»

Fidel schaute sie versonnen an. Sie hatte ein gutes Gespür für Menschen und seine Unsicherheit erkannt. Wieder stand ihm Pancrazis nicht gespielte oder eben sehr gut gespielte Verblüffung vor Augen, als er ihn nach den vielen Briefen fragte, die Loretta ihm angeblich geschrieben hatte. Das blieb ein Rätsel. So wie er Pancrazis wenige Sätze zu seinen Nachfolgern und den fehlenden Nachkommen deutete, müsste Pancrazi sich doch geradezu danach sehnen, dass ihm eine Tochter oder ein Sohn vom Himmel fiel.

Die Durchsage für den Zug nach Ilanz und Chur schallte über den Platz. Fidel überlegte, ob er ihr mehr von Pancrazi erzählen sollte.

Würde das ihre Hoffnungen schüren oder enttäuschen?

Oder wollte er nur sich selber schützen und nicht weiter in die Geschichte verwickelt werden?

«Ich bin mir eben nicht sicher, gerade bei diesem Mann. Eine schillernde Figur, aber auch ein … etwas seltsamer Kauz.»

«Pancrazi Flepp», wiederholte Vica, als wollte sie sich den Namen einprägen.

Fidel musste Zeit gewinnen. «Machen wir es doch so: Ich erzähle Pancrazi von Ihnen, und wenn Sie das nächste Mal nach Dadens kommen, versuchen wir, ein Treffen zu organisieren. Wäre das in Ihrem Sinn?»

«Natürlich, ja. Gerne. Auch wenn er nicht mein Vater ist, kann er mir vielleicht etwas von meiner Mutter erzählen, was ich noch nicht weiß.»

«Dann planen wir so.»

Fidel zog sein Handy heraus, setzte die Brille auf und ließ sich ihre Nummer diktieren.

«Ich texte Ihnen gleich, dann haben Sie meine auch.»

Sie reichte ihm die Hand. Mit einem zwiespältigen Gefühl sah er sie in den Zug einsteigen. Erleichterung und Bedauern hielten sich die Waage. Weshalb bloß hatte er ihr nichts von den Briefen und Pancrazis Reaktion erzählt? Der Zug fuhr an, sie winkte und schaute zu ihm zurück, bis sie außer Sichtweite war.

Quirin wird diesen Blick nie vergessen. Die Angst darin, dann Erleichterung, schließlich Dankbarkeit. Schnee und Eisschollen stürzen unter ihnen über die Felsklippe. Er zieht Loretta näher zu sich, obwohl ihn Arm und Schulter so sehr schmerzen, dass er schreien möchte. Vorsichtig dreht er den Kopf, blickt den Hang hinauf, doch da kommt nichts mehr. Die ganze Schicht ist verschwunden, der Waldboden unter dem Abriss wirkt, als hätte es hier gar nie geschneit. Der Schnee hatte sich noch nicht mit dem Untergrund verbinden können. Vorsichtig lässt er den Ast über sich los, dreht sich halb um die eigene Achse und schließt sie in die Arme. Noch immer zittert er, vor Angst, vor Anstrengung. Alles gut, alles vorbei, beruhigt er sich und verflucht sich zugleich. Weshalb ist er nicht schon früher aus dem Hang hinaus? Um ein Haar wären sie hier in die Tiefe gestürzt.

Seine Schuld.

«*Andiamo!*»

Sie nickt, er fasst zur Sicherheit wieder nach dem Ast und hilft ihr mit der anderen Hand auf.

«Alles in Ordnung?»

«Ja.»

«Schau, dass du nicht ausrutschst. Wenn wir bei der Baumgruppe da unten sind, kann nichts mehr passieren, dann sind wir weit genug weg.»

Er führt sie an der Hand hinüber und atmet endlich auf.

Bald stapfen sie wieder abwärts, durch hohen Schnee, doch der Hang fällt hier nur leicht ab.

Sie ist nicht mehr unbeschwert wie zu Beginn, aber allmählich werden ihre Schritte sicherer.

Schon nach rund hundert Metern Abstieg stoßen sie auf den Zaun, der das neue Militärgelände sichert. Von hier zieht er sich bis hinunter an den Vorderrhein. Quirin wählt die Innenseite, sein Ziel ist die Ruine *Caschlatsch* und die Specksteinhöhle der *Frars Flepp*, am Rande der Sperrzone. Dort werden sie Rast machen, und er wird versuchen, den Abschied von Loretta noch etwas hinauszuzögern. Die Aussicht auf die nächsten Wochen lässt ihn fast verzagen. Kein Maiensäß als Ausflucht mehr, wie soll er sich aus dem Kloster schleichen, Loretta treffen, den Kindern Romanisch beibringen? Auch wenn er das, wie er sich eingesteht, nur tut, um bei ihr zu sein.

Der Schnee durchkreuzt all seine Pläne.

Während des restlichen Abstiegs kreisen seine Gedanken nur darum, wie er mit Loretta zusammenbleiben kann.

Will sie das wirklich?

Seine Zweifel kehren zurück.

Sie ist älter als er. Hat schon einen Freund zu Hause. Ja, sie ist mit ihm ins Maiensäß gekommen, hat über Nacht bleiben wollen, sie haben sich geküsst und mehr … Aber zählt das? Sie ist betrunken gewesen, wie er. Vielleicht überlegt sie sich alles noch einmal.

Er muss mit Pancrazi sprechen, denkt er wieder, als sie endlich die Ruine erreicht haben und er im Eingangsbereich der Specksteinhöhlen seinen Rucksack absetzt. Der Anblick einiger Steinblöcke, die zum Abtransport bereitliegen, bringt ihn auf eine neue Idee. Wenn er behauptet, der Ofen im Maiensäß müsse ersetzt werden? Und anbietet, er würde über den Winter beim Ofenbauer im Unterdorf einen neuen bauen? Das müsste Abt Stefan doch erlauben.

Und sobald Pancrazi eine Stelle für ihn hätte, würde er das Kloster für immer verlassen.

Der neue Plan ist verwegen, aber nicht aussichtslos, er macht ihm neuen Mut. Quirin geht zur Baubaracke hinüber. Er untersucht das Vorhängeschloss an der Tür, dann schraubt er mit dem Taschenmesser die Schlosshalterung los und öffnet die Tür. Nach einem vorsichtigen Blick hinein winkt er Loretta zu sich.

Die Baracke ist erstaunlich geräumig, an der Wand mit dem Fenster steht ein Tisch mit vier Hockern, wo die Arbeiter offenbar zu Mittag essen.

«Im Winter wird die nicht gebraucht. Wenn du den Tisch in die Mitte stellst und wir für die Kinder noch ein paar Sitzgelegenheiten basteln, könnten wir die Schule hier machen.»

Loretta zieht fröstelnd die Schultern hoch.

«Ist nicht gerade warm hier.»

Quirin deutet auf ein Loch in der Wand, dicht unter der Decke.

«Das ist die Vorbereitung für ein Ofenrohr. Wir finden sicher irgendwo einen alten Holzschnitzelofen.»

«Ich weiß nicht. Das ist doch Militärgebiet hier?»

«Lass das meine Sorge sein. Hierher kommt im Winter keiner. Die Zufahrt führt durch ein Tor im Zaun, gleich oberhalb eurer Unterkünfte.»

«Also gehört die Baracke dem Militär?»

«Nein, der Baufirma, die hier den Stein abbaut und verkauft. Frars Flepp.»

«Siehst du, das klappt nie, wir brauchen ihre Erlaubnis.»

«Die kriegen wir, Pancrazi Flepp ist ein alter Freund von mir.»

«Pancrazi?», fragt Loretta sofort nach.

«Ja, warum?»

«Nur … ein ungewöhnlicher Name.»

Quirin ist irritiert von ihrem Gesichtsausdruck.

«Kennst du ihn etwa?»

«Nein!», sagt Loretta schnell.

Etwas zu schnell, denkt Quirin misstrauisch.

«Warum sollte ich?»

«Hätte mich auch erstaunt, Pancrazi ist ein seltsamer Mensch. Soll ich ihn fragen wegen der Schule?»

«*Piano, piano* … Hier unten … ich muss mir das erst überlegen.» Loretta wirkt plötzlich hellwach. «*Stroli*, sagst du. Warum ist Pancrazi seltsam?»

«Er hat nur die Bauerei im Kopf. Interessiert sich für nichts anderes. Der ist erst so alt wie du, hat aber schon das Geschäft des Vaters übernommen. Komm, ich mache drüben in der Höhle ein Feuer, da können wir unsere Sachen trocknen und alles besprechen.»

Sie beugt sich vor und küsst ihn. Noch Minuten später spürt er ihre Lippen auf seinen, und nur der Gedanke an seine Eltern hält ihn davon ab, loszustürmen. Um ein baldiges Gespräch mit Abt Stefan kommt er ohnehin nicht herum. Das Kloster ist der falsche Platz für ihn, am Ende wird das auch der Abt einsehen.

Fidel schreckte aus der Lektüre auf, als Adalina ins Zimmer trat.

«Ich habe eben gerufen, Fidel, ich gehe einkaufen, brauchst du etwas?»

«Entschuldige, das hier hat mich absorbiert.»

«Was ist das?»

«Eines der Amtsbücher von Abt Stefan.»

«Der Mann mit den zwei Gesichtern.»

«Beschreibt ihn gut, ja.»

«Du weißt, was er unserer Familie angetan hat, damals mit dem Hof.»

«Und was er euch weggenommen hat, musste das Kloster nachher an das Militär abgeben. Ich lese gerade seine Notizen von der ersten Begegnung mit einem gewissen Karl Kalt, dem Verantwortlichen für die Armeebauten. Die haben sich nicht gerade mit Samthandschuhen angefasst, so viel kann ich jetzt schon sagen.»

«Und was versprichst du dir davon?»

«Ich will endlich erfahren, was damals wirklich geschehen ist. Was sie gebaut haben. Dann wissen wir, was Haas alles verbirgt.»

«Vielleicht findest du ja auch etwas zu dieser Loretta und den Kindern damals.»

Fidel fühlte sich ein bisschen ertappt. «Vielleicht. Das wäre ein willkommener Nebeneffekt.»

«Eben. Dann lass ich dich jetzt. Und du brauchst wirklich nichts?»

«Ich habe hier alles, was ich brauche. Wenn mir noch etwas einfällt, texte ich dir.»

Er hatte ihre versteckte Frage verstanden und sie hoffentlich seine verschlüsselte Antwort. Jedenfalls lächelte sie und küsste ihn zum Abschied.

Er würde ihr mehr von Loretta erzählen, aber zuerst musste er sich selbst im Klaren sein, was damals wirklich passiert war.

Fidel vertiefte sich wieder in das Buch. Glücklicherweise war Abt Stefans Handschrift gut leserlich, sein Schreibstil berichtartig verkürzt, aber anschaulich, und so hatte Fidel die Begegnung der beiden – Zusammenstoß war wohl eher die richtige Bezeichnung dafür – drüben im Abtzimmer des Klosters bald klar vor Augen. Mit welchen harten Bandagen der Abt dabei kämpfte, überraschte Fidel nur halb, er wusste, wie harsch und unerbittlich Stefan immer dann reagiert hatte, wenn seine Überzeugungen infrage gestellt worden waren. Mehr als einmal hatte er es selber zu spüren bekommen, besonders damals, als der Abt ihn in die Engelberger Verbannung geschickt hatte.

Fidel lächelte. Vielleicht würde er im zweiten Buch sogar etwas über ihren eigenen Streit damals finden. Aber zuerst wollte er sich im ersten chronologisch vorwärts arbeiten.

Von allen möglichen Leuten hatte der Abt versucht, mehr über die Baustelle am Péz drüben zu erfahren. Fidel war darauf gefasst, dass Pancrazi eine der Quellen des Abts gewesen war. Von den Hiesigen musste er derjenige gewesen sein, der am meisten über die Baustellen gewusst hatte. Doch er tauchte im Amtsbuch nicht ein einziges Mal auf. Stattdessen war der Abt auf einen überraschenden und willigen, wenn auch nicht immer sehr präzisen Informanten gestoßen: Sep Antoni Gienal.

Fidel richtete sich im Stuhl auf, mit Daumen und Zeigefinger massierte er sein Ohrläppchen.

Sep Antoni ließ sich, wie der Abt notierte, von keinem Sperrzaun aufhalten und hatte sich sogar regelmäßig in die geheimen Kavernen geschlichen. Immer kurz nach den Sprengungen, und das aus einem einfachen Grund: Sep Antoni hatte bald mitbekommen, wie die Mineure bei den Aushubarbeiten immer wieder wunderbare Kristalle aus den Stollen trugen. Von ihrer Seltenheit und Größe konnte Sep Antoni bei seinen normalen Strahlgängen nur träumen.

Als «nicht ganz bei Trost» bezeichnete der Abt Sep Antoni altmodisch unverblümt. Er hätte sich mit ihm hauptsächlich mithilfe von Zeichnungen verständigt. Fidel blätterte weiter. Er stieß auf etliche kleine, aber gut deutbare Skizzen, die in das Buch hineingelegt worden waren. Darauf waren Tunnelverläufe und größere Kavernen zu sehen, ähnlich denen, die Fidel bei der Führung gesehen hatte. Im nächsten Moment blickte er auf eine Zeichnung, die ihm sehr bekannt vorkam. *La catedrala ella baselgia,* die Sep Antoni auch Meret gezeichnet hatte.

Hier hatte jemand die Höhe des Turmes eingetragen, 25 Meter.

Das rätselhafte Herz der geheimen Anlage.

Kapitel 15

Der Politiker

«Hier, die schwarze Arche. Jetzt erklär mir mal, wozu man so etwas benötigt.»

Adalbert Candreja, bereits über die Skizze gebeugt, schaut noch mal auf, und sagt belustigt: «Die schwarze Arche, *miu car avat?* Ein blumiger Name, selbst für deine Verhältnisse!»

Es hat Abt Stefan einiges an Überzeugungskraft gekostet, den einzigen Schweizer Parlamentarier aus der Deserta zu einem Treffen zu bewegen. Sie kennen sich aus der Jugend, aber je intensiver Bruder Stefan seine theologischen Studien vorantrieb, desto weiter hatte sich Adalbert Candreja von der Kirche entfernt. Wie die meisten Juristen hat er es mehr mit dem Recht als mit der Gerechtigkeit, denkt Abt Stefan. Die ideale Voraussetzung für eine Politikkarriere … Nachdenklich ruht sein Blick auf dem Jugendgefährten. Seine Kirchenskepsis kann Candreja in der hochkatholischen Deserta allerdings schlecht an die große

Glocke hängen, das wäre hier wenig förderlich. Candreja hat mittlerweile ein Abonnement auf das prestigeträchtige Amt im Bundesparlament. Seine Wiederwahl ist jedes Mal unbestritten, dank seines stets offenen Ohrs für die Wirtschaft und seiner austarierten Gefälligkeiten und Aufmerksamkeiten querbeet. Da kann auch das eine oder andere Zugeständnis an die Kirche nicht schaden.

Das Treffen mit ihm, natürlich im *Alpsu*, dem besten Restaurant von Dadens, ist simples Kalkül, da macht sich der Abt nichts vor.

«Die schwarze Arche im Gegensatz zur weißen Arche», erklärt er geduldig. «Die ‹Weiße Arche im Gebirge›, so hat einer der brillantesten und sprachgewaltigsten Schüler unser Kloster mal in einem Aufsatz genannt. Er hat vor gut einem Jahr hier abgeschlossen: Niklaus Meienberg.»

«Sagt mir nichts.»

«Merk dir den Namen, du wirst mit Sicherheit noch von ihm hören. Deshalb wird das, was das Militär genau gegenüber dem Kloster in den Berg baut, für mich nun die ‹schwarze Arche›. Von dir, unserem Vertreter im Parlament, möchte ich im Interesse des ganzen Tales wissen, was um Christi willen die da bauen.»

«Das ist nun halt geheim.»

Martina, die Tochter des Hauses, stellt ihnen gerade die Teller mit dem Hauptgang auf den Tisch und wünscht guten Appetit. Als gelte sofort ein Waffenstillstand, verstummen die beiden und widmen sich den Capuns, die besten in der ganzen Deserta.

Während des Essens überlegt sich Abt Stefan, wie er dem Politiker die Würmer aus der Nase ziehen könnte, während Candreja sich insgeheim doch über die Skizze wundert, sie macht auch für ihn keinen Sinn.

Endlich zieht der Abt sich die Serviette aus dem Stehkragen. Das goldene Kreuz seines Vorgängers kommt wieder zum Vorschein, aber wie er vermutet hat, macht es auf Candreja weniger Eindruck als letzthin auf Haas.

«Von wem ist die Zeichnung eigentlich?», fragt Candreja und deutet auf das Papier.

«Das ist nun halt geheim», antwortet der Abt und lächelt süffisant.

«Keine zuverlässige Quelle also», kontert Candreja sofort.

«Eben doch.»

«Wie kann er wissen, wie es da drinnen ausschaut?»

«Der Mann ist immer wieder in der Kaverne. Keine Sorge, was er mir aufzeichnet, gibt es dadrin auch.»

«Ein Soldat oder ein Mineur?»

«Weder noch, gib dir keine Mühe.»

«*Car avat*, das habe ich mich in der Klosterschule schon immer gefragt: Zu wem gehst du als Abt eigentlich in die Beichte.»

«Wie kommst du jetzt da drauf?»

«Mir scheint, du solltest nicht immer alles für dich behalten müssen, in deinem schweren Amt. Dich mal aussprechen können, wenn dich etwas so bedrückt … wie etwa diese Bauten da drüben.»

«So?»

«Ja. Abgesehen davon interessiert mich die Antwort wirklich.»

«Ich beichte bei einem meiner Mitbrüder.»

«Tatsächlich?» Candrejas Überraschung ist diesmal nicht gespielt.

«Natürlich.»

«Weil – das ist doch heikel? Das ist ja dann einer deiner Untergebenen.»

«Mitbruder.»

«Subalterner Mitbruder. Ich hätte gedacht, du erledigst dein … nun: dein Geschäft bei einem Abtkollegen.»

Candreja gestattet sich zu seiner originellen Wortwahl ein Lächeln, der Abt hält sofort dagegen: «Das ist vielleicht der größte Unterschied zwischen einem Mönch und einem Politiker: Wir achten nicht nur auf den eigenen Vorteil. Oder darauf, wie wir gerade dastehen.»

Er lässt den Satz kurz wirken, will aber schnell zum Thema zurück. «Hier in der Deserta verbreitet sich das Gerücht, dort drüben werde etwas Gefährliches gebaut. Und die ganze Geheimhaltung trägt noch mehr dazu bei.»

«Das Gerücht verbreitet sich … oder du verbreitest es?»

«Ich bin beileibe nicht der Einzige, der sich Fragen stellt. Und mit jedem weiteren Lastwagen in unseren engen Dorfstraßen werden sie drängender.»

«Ach, komm. Was soll das Militär schon Gefährliches bauen, ist denn nicht immer alles verblüffend harmlos am Ende?»

«Willst du mich auf den Arm nehmen? Erzähl das mal den Althäusern im Bernischen, in ihrem wiederaufgebauten Dorf, den Göschenern mit ihrem ausgebrannten Munitionslager oder den Angehörigen der Opfer von Fort Dailly.»

«Ein Munitionslager wird es hier nicht geben, wenn dich das beruhigt.»

«Wenn alles so harmlos wäre, müsste es ja nicht geheim sein.»

«Für den Feind muss alles geheim bleiben.»

«Feind? Wohl wieder der arg strapazierte Russe!»

«Der und viele andere.»

Zumindest hat Candreja mehr als ein Feindbild, denkt der Abt.

«Warum werde ich die Vermutung nicht los, dass alle diese Feinde nur als Vorwand dienen, noch mehr Geld in eine komplett sinnlose Aufrüstung unserer Miniarmee zu stecken?»

Candreja reagiert darauf nur mit einem leichten Stirnrunzeln.

Martina bringt Kuchen, zwei Tassen Kaffee und zwei Gläser Anisbrand aus der Desertaner *Destillaria*, die beiden Männer sind wieder für einen Moment beschäftigt und erörtern kenntnisreich, welcher Brand aus Surrein am besten schmeckt. Der Abt votiert für den mit den Kräutern, Candreja für gedörrte Birnen.

«Typisch Politiker, süß und bekömmlich muss es sein.»

«Typisch Abt, immer ein bisschen bitter, zu jedem Vergnügen ein bisschen Selbstkasteiung.»

Sie stoßen mit einem Schmunzeln an.

«Jetzt sag mal, was du wirklich weißt, Adalbert!»

«Ich begreif deine Sorge nicht», erwidert Candreja. «Als es um die Abfindung für euer Land ging, hast du dich auch nicht quergestellt.»

«Ich habe das Doppelte herausgeschlagen, wie du vielleicht weißt. Die Alternative wäre Enteignung gewesen.»

«So überzeugend war Kalt?»

«Kennst du ihn?»

«Natürlich.»

«Und?»

«Ebendeshalb. Ich finde ihn meist wenig überzeugend.»

Abt Stefan ist beruhigt. Also denken sie über den Mann ähnlich.

«In diesem Fall war es eine Ausnahme … sie hätten uns wirklich enteignet, wir waren chancenlos.»

«Mag sein. Aber manchmal muss man sich wehren, auch wenn es nur um ein Zeichen geht.»

«Deshalb sitzen wir hier.»

Abt Stefan ahnt nicht, wie sehr er Candreja schon den ganzen Abend aus dem Herzen spricht. Dieser lehnt sich jetzt zurück, schaut über die Schulter des Abts lange zum Fenster hinaus, als gäbe es da mehr zu sehen als nur Schneeflocken. Die Fragen, die dem Abt unter den Nägeln brennen, hat er sich längst auch schon gestellt. Zusammen mit anderen Parlamentskollegen ist er sogar bei den Mitgliedern der Militärkommission vorstellig geworden, doch ihr Versuch, mehr zu den exorbitanten Kosten des neuen Kavernenbaus im Péz Baselgia zu erfahren, ist erfolglos geblieben.

Den übergeordneten Zweck der Anlage hat ihm einer aus der Kommission in einer feuchtfröhlichen Berner Nacht dann doch noch verraten. Es entstehe ein hochmodernes Logistiklager mit riesigen Abstellhallen und Werkstätten für Militärfahrzeuge aller Art.

Dessen Trunkenheit sprach eigentlich dafür, dass der Mann ihm die Wahrheit gesagt hatte. Was aber ein Logistiklager in der hintersten Deserta soll, leuchtet keinem ein.

Dieser Kuppelbau mitten im Berg ist erst recht unerklärlich.

Das alles kann er Abt Stefan nicht gut verraten, seine Informationen sind vertraulich, zudem ungenau und teils widersprüchlich. Steckt letztendlich doch mehr dahinter? Die Geschichte interessiert ihn allmählich. Muss ihn interessieren, das ist sein Wahlgebiet. Bei einem allfälligen Militärskandal hier könnte einiges für ihn herausspringen.

Seit Jahren schon will er einen Sitz in der mächtigen Militärkommission des Bundesparlaments. Gerade bei der Diskussion um die milliardenteure Mirage-Flugzeugbeschaffung kürzlich, in der ganzen Schweiz während Wochen Tagesthema, hat ihn seine Unsichtbarkeit grün und blau geärgert.

Die Parteifraktion hat ihm den begehrten Kommissionssitz stets verwehrt, immer mit dem maliziösen Hinweis, ein einfacher Gefreiter im Militär mache dort so gar keine Gattung.

Abgesehen von diesen Planspielen kann es nicht schaden, sich den Abt warmzuhalten. Sollten sich Candrejas Wünsche im Parlament nicht erfüllen, will er in zwei Jahren für die Kantonsregierung kandidieren, dann braucht er jeden möglichen Mitstreiter in der Region.

Noch hört man hier oben auf den Abt des Klosters.

«Ich kann ja mal in Bern ein wenig herumstochern», sagt er endlich.

«Damit würdest du mir und vor allem der Deserta einen großen Dienst erweisen», antwortet Abt Stefan. Er weiß genau, was Candreja dafür erwartet. «Wenn wir dank dir ans Licht bringen, dass da drüben etwas Unrechtes vor sich geht, stehen wir alle in deiner Schuld.»

Der Politiker quittiert das Versprechen auf zukünftige Unterstützung mit einem zufriedenen Nicken.

«Aber sag mal, weshalb immer deine Andeutungen, der Bau könne für das ganze Tal gefährlich sein?»

Abt Stefan beugt sich vor, und plötzlich fällt alles Diplomatische von ihm ab.

«Im Ernst, Berti, dieser Karl Kalt und seine kalten Kriegerkollegen geraten doch komplett aus der Spur. Was der mir erzählt hat, über Atomwaffen und wie in den nächsten Jahren die Bomben nach Moskau geflogen werden könnten, der Mirage sei Dank! Wie er einen Atombombeneinsatz selbst im eigenen Land für möglich hält! Der Mann ist unzurechnungsfähig und eine Gefahr für das Gemeinwohl.»

«Das ist doch nur Gerede der Stahlhelmfraktion. Ich weiß, es gibt etliche davon, aber sie sind selbst im Militär in der Minderheit.»

«Bist du dir da wirklich sicher?»

Candreja nickt, allerdings etwas zögerlich. Immer wieder gibt es in der Bundeshauptstadt Gerüchte über geheime Organisationen und Netzwerke innerhalb des Militärs.

«Wenn es hart auf hart geht, gibt es uns ja auch noch», versucht er, den Abt zu beruhigen. «Letztendlich sagen wir Politiker, was geht und was nicht.»

«Wenn ihr überhaupt erfahrt, was wirklich geht!»

Candreja schweigt nachdenklich.

«Deshalb unternimm etwas. Wir haben uns übel gestritten, Kalt und ich, ich habe alles ausgepackt, was ich gegen ihn in der Hand hatte. Du weißt, wovon ich rede. Jeder erinnert sich an die Geschichte mit Annamengia. Eigentlich nicht meine Art, ich habe mich da nicht eben vorbildlich verhalten. Entsprechend wütend ist er geworden. Er hat von seinen Atombomben-Träumen schwadroniert, und gemeint, in den neuen Kavernen würde die Uransuche vorangetrieben. Ah … ich sehe es dir an, das wusstest du nicht! Als ich ihn weiter reizte, doppelte er nach, die Kavernen da drüben würden zudem für genau das gebraucht, was mir und meinen Bolschewisten-Freunden zutiefst zuwider sei, jeden Quadratmeter würden sie dafür nutzen!»

Candrejas Neugier wächst. Er nimmt die Zeichnung vom Tisch und schaut sie lange an, als wolle er sie sich einprägen.

Er hat es zwar nie in die Militärkommission geschafft, man hat ihn angesichts seiner langen Amtszeit als Nationalrat aber unlängst in die Energiekommission berufen. Dort ackern sie Woche für Woche Dutzende von Ordnern zu neuen Technologien durch. Er hat das unbestimmte Gefühl, eine ähnliche Skizze, nur sehr viel professioneller, schon mal gesehen zu haben. Aber er kann sich beim besten Willen nicht mehr erinnern, in welchem Zusammenhang. Eine Täuschung womöglich, die Fülle von Unterlagen, die er jedes Wochenende nach Hause in die Deserta schleppt, hat ihm bereits ein chronisches Rückenleiden beschert. In der Kommission hangeln sie sich von Debatte zu Debatte, aber den Überblick haben sie längst verloren, so rasant verläuft der technologische Fortschritt, der Ausbau der Wasserkraft, der Stromnetze und die Suche nach neuen Energieträgern.

«Gut», sagt er endlich und stemmt sich aus seinem Stuhl hoch. «Verbleiben wir so. Ich höre und sehe mich um, du tust dasselbe, und wir stimmen uns dabei ab.»

Abt Stefan nickt zufrieden. Mehr hat er nicht erwarten können. Gemeinsam gehen sie in das dichte Schneetreiben hinaus. Zum Abschied schwört er Candreja nochmals auf das gemeinsame Ziel ein. «Kannst denen in der Hauptstadt ruhig sagen, die ständigen Sprengungen hier lösten große Befürchtungen aus. Die Lawinengefahr steigt, und alle drei Stunden bebt der Péz wegen einer nächsten Detonation. Irgendwann passiert garantiert was! Und spätestens dann werde ich all meine Fragen laut stellen, du weißt, wie und wo.»

«*Schon bien,* ich melde mich.»

Fidel schob seine Brille auf die Stirn. Er stieß seinen Stuhl zurück und starrte minutenlang sinnierend auf die beiden Abtbücher. Dann richtete er sich plötzlich auf. Er machte etwas umständlich sein Handy an, richtete die Linse sorgfältig auf die sechzig Jahre alte Skizze von Sep Antoni und fotografierte sie. Er schob die Brille wieder auf die Nase und textete Meret, er habe die Zeichnung eben im Abtbuch gefunden, zusammen mit der Bestätigung, dass Sep Antoni schon während der Bauzeit der Informant des Abtes gewesen war. Zur Kristallsuche habe er sich immer wieder in die frisch herausgesprengten Kavernenabschnitte geschlichen. Und danach für den Abt Zeichnungen angefertigt.

Kaum waren Foto und Text abgeschickt, klingelte das Handy, aber es war nicht Meret.

«Herr Brameter?!»

Fidel erkannte die Stimme von Robert Haas, doch die Anrede mit dem Namen des früheren Abtes irritierte ihn, dann fiel ihm ein, dass er sich diesen Namen für die Führung durch die *Fortezia* ausgeliehen hatte.

«Herr Haas, was für eine Freude! Sie haben sich an mich erinnert.»

«Aber natürlich, wie könnte ich Sie vergessen. Unsere Häuser gehen weg wie warme Brötchen. Ich wollte deshalb nachfragen, ob Sie mit den Kindern Ihrer Frau vorbeikommen wollen, wie Sie vorgeschlagen haben.»

«Natürlich, das ist fest vorgesehen.»

In Wahrheit hatte Fidel seine Ankündigung längst wieder vergessen.

«Aber Sie wissen, wie das ist, Herr Haas. In meinem Alter geht einem die Zeit aus, und trotzdem schlägt man sie meist nur tot. Meine Stiefkinder hingegen finden zu nichts Zeit, wir suchen immer noch ein mögliches Datum.»

«Sie sind also weiterhin interessiert?»

«Aber natürlich, ich habe mich derweil auch noch etwas weiter informiert über die Kavernen. Gar nicht so einfach, vieles wurde da geheim gehalten.»

Plötzlich wusste Fidel, womit er Haas aufschrecken konnte.

«Aber auf etwas Seltsames bin ich doch gestoßen. Auf die schwarze Arche!»

Einen Moment lang blieb es am anderen Ende still.

«Worauf?», fragte Haas hörbar irritiert.

«Na, auf diesen Kuppelbau im Berg, das ist ja der Wahnsinn. Dieses kirchenschiffartige Gewölbe, das in eine Turnhalle mündet, sozusagen. Das müssen Sie mir beim nächsten Mal unbedingt zeigen. Nur schon meine Skizze hier ist atemberaubend. 25 Meter hoch soll das Turmgewölbe sein. Wozu wurde das gebaut?»

«Ich fürchte … ich weiß gerade nicht, wovon Sie sprechen.»

«Eben, über diese eine Kaverne, in der Form einer Kathedrale. So sieht es zumindest auf den Zeichnungen hier aus.»

«Ach so!» Das Lachen am anderen Ende klang ein bisschen forciert, schien es Fidel. «Sie müssen da sehr alte Pläne gefunden haben, die wohl gar nie ausgeführt wurden .»

«Nicht ausgeführt? Meinen Sie?» Fidel gab sich Mühe, seine Enttäuschung hörbar zu machen. «Zu schade, ich habe mich schon auf etwas Verrücktes gefreut.»

«Unser Projekt bietet noch genug verrückte Geschichten, Herr Brameter. Rufen Sie mich einfach an, wenn Sie mit den Kindern einen Termin gefunden haben. Aber warten Sie nicht zu lange, sonst ist es zu spät. Wollen wir so verbleiben?»

Fidel bestätigte es ihm und drückte Haas weg.

Der hatte es verdächtig eilig, fand er.

War der Berg doch nicht so sicher, wie er tat?

Fidel schaute auf die Uhr, suchte seine Sachen zusammen und machte sich zum Bahnhof auf. Meret hatte auf seine Nachricht noch nicht reagiert, stellte er mit einem kurzen Blick auf sein Handy fest. Er kaufte online eine Fahrkarte und bestieg die rhätische Bahn nach Zacuns. Als er eine Viertelstunde später durch sein Heimatdorf spazierte, fiel ihm ein, dass er sich gescheiter erkundigt hätte, ob Pancrazi überhaupt hier im Hauptsitz war oder unterwegs zu einem seiner vielen Bauprojekte. Doch er hatte Glück, Pancrazis Sekretärin brauchte diesmal keine zusätzliche Erklärung und nahm sofort den Hörer zur Hand. Zwei Minuten später stürmte der Bauunternehmer ins Vorzimmer, den Mantel schon über die Schulter gelegt, er müsse sofort hinunter nach Dadens, warum Fidel sich denn nicht angemeldet hätte.

«*Dieus, lamaschi*, ihr Mönche seid mir ja lustige Zeitgenossen. Lasst die Uhren im Kloster in eurem eigenen Takt laufen, und denkt, der Rest der Welt habe dieselbe Muße. Komm, wir fahren gemeinsam zurück.»

«Gute Idee», konnte Fidel gerade noch antworten, dann öffnete sein Jugendfreund ihm sichtlich stolz die Flügeltüren eines ganz und gar unförmigen Teslas..

«Welchen Sinn ergibt ein Elektrofahrzeug, das größer als ein Panzer ist?», wagte Fidel dann trotzdem zu fragen und wurde zugleich in die Rückenlehne gedrückt.

«… und Schub entwickelt wie eine Rakete!», fügte er hinzu.

Pancrazi lachte nur. «Weißt du, was unsere Lehrlinge in einem solchen Moment sagen würden? *Aber schon gailira?!*»

Fidel verzichtete auf eine Antwort und behielt besorgt das Sträßchen im Blick, bis sie oben auf der breiteren Kantonsstraße waren.

«Was ist? Da lässt du dich jahrzehntelang nicht blicken, und jetzt schon zum zweiten Mal in kürzester Zeit?» Pancrazi Flepp schielte neugierig zu Fidel hinüber.

Der ließ sich nicht lange bitten.

«Ich habe kürzlich die Tochter von Loretta getroffen.»

«Die Tochter von … ach, das schon wieder.»

«Genau. An die du dich kaum mehr erinnerst.»

«An sie schon, schwach. Aber du hast eine seltsame Geschichte von irgendwelchen Briefen erzählt.»

«An die du dich nicht mehr erinnerst.»

«Die ich nie erhalten habe.»

«Sagtest du, ja.»

«Du glaubst mir also nicht?»

«Ich versteh es nicht ganz.»

«Warum nicht?»

Fidel rief sich Vicas Ausführungen in Erinnerung. «Vor ihrem Tod sagte Loretta ihrer Tochter, ihr Vater sei kein Italiener gewesen, bei dem Empfänger ihrer Briefe muss es sich also um einen Hiesigen gehandelt haben, und zwar um einen Bauarbeiter.»

«Na, da gab es noch ein paar andere außer mir, in der Zeit rackerte sich die halbe Welt da drüben am Berg ab.»

«Stimmt, aber da ist noch etwas.»

Wieder blickte Pancrazi zu Fidel, doch er schien nicht beunruhigt zu sein, nur neugierig.

«Was?»

«Ihr wurdet gesehen. Nachts, vor der Baracke.»

Fidel starrte durch die Windschutzscheibe ins Leere … Loretta und Pancrazi, eng umschlungen, minutenlang, bevor sie gemeinsam in der Baracke verschwanden.

«Im Ernst jetzt, Fidel? Jemand will vor … wie viel Jahren? … gesehen haben, wie wir uns küssten, und jetzt, als achtzigjähriger Scheintoter soll ich mich noch daran erinnern? An die Küsse in meiner Jugend? Nach all den Gelegenheiten an Theatervorführungen, Chorkonzerten, Heidelbeertagen, Prozessionen … Ich habe viele geküsst, Fidel, wir lebten nicht wie Mönche, Fidel, wir nicht!»

«Jetzt übertreib nicht, das waren die Sechzigerjahre.»

«Eben. Langsam verstehe ich, weshalb du im Kloster gelandet bist.»

Kapitel 16

Engelberg

Quirin schaufelt verbissen Schnee, er hat mit der Rückseite des Innenhofs begonnen, doch in Gedanken ist er schon weiter. Bei Abt Stefan und was er ihm sagen wird. Wie er es ihm sagen soll … Darüber rätselt er, seit sie vom Maiensäß zurück sind. Er kann dem Abt ja nicht den wahren Grund nennen, weshalb er das Kloster verlassen will.

Wegen eines Mädchens? Der würde ihn bloß auslachen.

Seine Begründung so energisch beiseitewischen, wie er gerade den frischen Pulverschnee auf den Bänken im Hof.

Er muss sich etwas einfallen lassen. Ein dringliches Unwohlsein. Er fühle sich eingesperrt, er brauche das freie Arbeiten draußen, so sehr wie die Luft zum Atmen, nichts anderes sei er von zu Hause gewohnt, die Enge des Klosters deshalb unerträglich.

Stimmengewirr dringt plötzlich in den Hof, eine Tür schlägt auf, eine Schar interner Klosterschüler eilt an ihm vorbei, ihre

Schuhe treten noch schnell den Schnee fest, den er gerade wegschaufeln wollte.

Leise fluchend beginnt er von Neuem, jetzt mit doppeltem Kraftaufwand.

Ob er das Novizengewand nicht einfach ausziehen könne, würde er den Abt fragen. Sich von Statthalter Bruder Jakob als Externer ausbilden lassen, so wie die normalen Lehrlinge in den Dorfbetrieben.

Eine Lehre als … ja, nun: eine Lehre für allerlei, halt.

Verzweifelt sucht er nach Argumenten, es fallen ihm keine vernünftigen ein. Er muss weg von hier. Die wenigen Stunden nutzen, die Loretta nicht in der Arbeit erstickt. Sie arbeitet sechs Tage pro Woche in der Tuchfabrik, hat sie ihm verraten, an dem einen freien Tag schaut sie meist nach den Kindern, Zeit für sich findet sie keine. Aber wer von ihnen hatte denn überhaupt eine Wahl! Wem das nicht passe, der könne gleich wieder nach Hause zurückfahren, dort würden genügend andere nur darauf warten, die frei gewordene Stelle in der Schweiz zu erben.

Immer wieder versucht er, sich an die gemeinsame Nacht zu erinnern. Erfolglos. Manchmal fürchtet er, er mache viel mehr daraus, als wirklich gewesen ist. Vielleicht sind sie einfach eingeschlafen, trunken und betrunken, Alkohol allein kann doch nicht eine solche Lücke in seinem Gedächtnis hinterlassen. Den Abstieg und das Schneebrett beispielsweise, das alles hat sich eingebrannt. Der Moment, als sich der Riss im Schnee über ihr aufgetan hat, steht ihm noch immer vor Augen, so deutlich, wie er manchmal das dumpfe und unheimliche Rumsen wieder hört, als die Schneedecke gerissen ist.

Wie viel Glück sie verbraucht haben.

Zuviel, wie es jetzt den Anschein macht.

Ein Zeichen dafür, dass es nicht recht ist, was sie tun?

Er stützt sich auf die Schaufel.

Basta! Alles ist ja glimpflich ausgegangen.

Bloß …

Etwas nagt an Quirin.

Loretta hat sich mit ihrer Reaktion in der Baracke verraten. Sie hat Pancrazi schon gekannt.

Gut.

Kurz darauf hat er ihr die Baracke gegeben. Ohne seine Vermittlung.

Pancrazi tut nichts für nichts, Quirin kennt ihn genau.

Was also ist ihre … Gegenleistung?

Solche Gedankenspiele machen ihn mutlos. Wer ist er schon, im Vergleich zu Pancrazi, der erfolgreich ein eigenes Geschäft führt. Der schon etwas ist. Und älter ist als er. Gleich alt wie Loretta.

Er passt viel besser zu dieser wunderschönen Frau als er.

Ein Junge erst. In einem seltsamen Gewand dazu.

An einem seltsamen Ort.

Er reißt sich zusammen. Er wird sie nicht kampflos aufgeben. «Verlass dich darauf, Pancrazi!» Fast wütend nimmt er den nächsten Schneehaufen in Angriff.

In seinem Rücken öffnet sich die Tür zum Kreuzgang. Präfekt Bruder Arpagaus, der Leiter der Klosterschule, tritt in den Hof, den Kopf halb nach hinten gedreht, weil er dem Mädchen noch ein Buch in die Hand drücken will.

«Damit können Sie selbst Deutsch lernen», versichert er ihr, «und gleichzeitig können Sie es Ihren Leuten beibringen, gerade auch den Jüngeren.»

Er zwinkert ihr zu. Loretta bedankt sich verlegen. Die Anspielung ist klar, jeder hier im Kloster weiß, wofür sie das Schulmaterial wirklich braucht, umso dankbarer ist sie Arpagaus und den anderen, die helfen, obwohl sie es nicht tun müssten. Sie reicht dem Schulleiter die Hand und deutet sogar einen leichten Knicks an.

Im selben Moment dreht sich Quirin um und erstarrt in der Bewegung. Fassungslos schaut er zu Loretta hinüber, dann wendet er sich panisch ab.

Bruder Arpagaus zeigt über den Hof hinweg auf die Tür, die Loretta nach draußen führt. Sie winkt ihm nochmals zu und eilt los. Im selben Moment tritt Abt Stefan zum Schulleiter und fragt ihn leise, ob sie bei der Suche nach geeignetem Schulmaterial fündig geworden sind.

Loretta erblickt auf ihrem Weg nach draußen den Mönch mit der Schaufel, und ihre Schritte verlangsamen sich. Quirin sieht aus dem Augenwinkel, wie sie zögert, doch sie geht weiter. Er will schon aufatmen, als Loretta stehen bleibt und sich langsam zu ihm umdreht.

Abt Stefan und Bruder Arpagaus beobachten verwundert, wie sie plötzlich auf den Novizen zusteuert. Quirin will noch zur nahen Tür schleichen, doch als seine Hand nach der Klinke greift, steht sie schon hinter ihm.

«Quirin?!», ruft sie ungläubig.

«Sie kennt ihn?», fragt Abt Stefan Arpagaus erstaunt. Dieser zuckt mit den Schultern, und wartet, was weiter passiert.

«Bist du das, Quirin?»

«Ich kann es dir erklären.»

Loretta steht nun dicht vor ihm, sie ist fassungslos.

«Ma tu sei un frate?»

«Nein, ich arbeite nur hier.»

«Lüg mich nicht an, ich sehe dein Gewand.»

«Ich bin doch nur Novize.»

«Das … das geht doch nicht, Quirin. Wir haben … wir beide … das hättest du mir sagen müssen, dann hätte ich doch nie …»

Eben, denkt Quirin.

Ihre Augen füllen sich mit Tränen, er macht einen Schritt auf sie zu, aber sie weicht sofort zurück.

«No, Quirin, lasciami!»

Sie dreht sich um und rennt davon. Quirin vergisst seine Zurückhaltung. Wenn er sie jetzt gehen lässt, ist alles verloren. Er lässt die Schaufel fallen und setzt ihr nach, doch bevor er die Tür, die hinter ihr zufallen will, erreicht hat, lässt ihn die donnernde Stimme des Abts erstarren.

«Quirin, wohin willst du?»

Abt Stefan setzt sich zu ihm an den Tisch. Einen Moment lang hat er das Sofa in Betracht gezogen, aber angesichts der verzweifelten Miene seines Schützlings und der delikaten Geschichte scheint es ihm angezeigt, ihm Nähe und Mitgefühl zu vermitteln.

«Du magst wohl dieses Italienermädchen», sagt er, im Gefühl, sich dem heiklen Thema damit behutsam anzunähern, doch Quirin schockiert schon diese erste Frage, die eher eine Feststellung ist. Was weiß der Abt, *copfertammi?* Von ihm und Loretta? Vom Maiensäß gar? Hat sie einer beobachtet? Mit Sicherheit! Um gleich darauf ins Kloster zu rennen, und dem Abt alles brühwarm zu erzählen, wie es so oft geschieht in diesem verfluchten Dorf!

Er kommt in seinem Aufruhr gar nicht auf den Gedanken, dass die Szene eben schon offensichtlich genug war.

Der Abt sieht, wie sich Trotz in Quirins Züge schleicht. Er seufzt innerlich. Auch damit hat er gerechnet. Er erinnert sich an seine eigenen Schwärmereien, als er in Quirins Alter war. An die nächtlichen Träumereien, an die Gewissensbisse. Er war bereit gewesen, für Maria alles hinzuwerfen. Das Mädchen, das in der Klosterküche ausgeholfen hat. Im Schutz der Himbeerstauden drüben haben sie sich unterhalten, einmal haben sie sich sogar berührt. Er wollte zum Abt gehen, er müsse und wolle das Kloster sofort verlassen. Doch bevor der ihn angehört hatte, sah er Maria im Dorf wieder. Arm in Arm mit einem anderen Jungen. Den sie auch nicht weggestoßen hat, als er direkt auf sie zugegangen ist.

Da hat er verstanden.

Abt Stefan beobachtet Quirin, der mit hängendem Kopf am Tisch sitzt.

Unwillkürlich fragt er sich, was damals geschehen wäre, hätte Maria den Arm stattdessen um ihn gelegt. So wie er es sich in den Nächten in seiner Zelle erträumt hatte.

Vielleicht säße er jetzt nicht hier.

Es gibt keinen Grund, den Jungen zu verurteilen, nimmt er sich vor.

«Eigentlich hast ja du um dieses Gespräch gebeten, Quirin. Habe ich den Grund dafür heute gesehen?»

Quirin bleibt stumm. Was soll er auch sagen? Jetzt ist alles anders als noch am Tag zuvor. Ihre Augen … diesmal voller Tränen, voller Entsetzen. Abscheu gar? Macht es noch Sinn, um den Austritt zu bitten? Loretta wird ihm dann erst recht nicht verzeihen. Weil sie glauben würde, sie habe ihn von seinem Weg abgebracht, er habe wegen ihr ein Gelübde gebrochen.

Gar nichts hat er gebrochen.

Weshalb fühlt er sich dann wie ein Verräter?

«Ich wollte … ich wollte Sie bitten, mich aus dem Kloster zu entlassen.»

«Aber weshalb denn, Quirin? Weil du dich in dieses Mädchen verliebt hast.»

«Nein. Ja. Nein. Ich bin nicht dafür gemacht, ich ersticke hier drin, ich kann das nicht.»

Abt Stefan schaut ihn lange nachdenklich an, bevor er seine nächste Frage stellt.

«Hattest du dieses Gefühl auch schon, als du hier begonnen hast? Ich meine, bevor du das Mädchen kennengelernt hast.»

Quirin schaut ihn erstaunt an, dann senkt er den Blick. So weit hat er damals noch nicht gedacht. Aber … spielt es eine Rolle? Jetzt ist alles anders, jetzt hat er Gefühle kennengelernt, von denen er zuvor nur eine Ahnung hatte. Er kann ja nicht die Zeit zurückdrehen und alles vergessen.

Loretta schon gar nicht.

«Hast du dich von Beginn an bei uns unwohl gefühlt, Quirin? Nicht an den ersten Tagen der Eingewöhnung, danach, meine ich?»

«Nicht so sehr. Ja. Ungewohnt war es einfach.»

«Aber da hast du noch atmen können», konstatiert der Abt mit einem gutmütigen Zwinkern.

Quirin antwortet nicht. Wieder steht ihm Lorettas Entsetzen vor Augen. Dem Abt seinerseits wird klar, dass er wenig erreichen kann. Außer vielleicht Zeit zu gewinnen. Er sinnt über seinen nächsten Zug nach. Wenn er Quirin noch einige Tage in Dadens bleiben lässt, holt ihn vielleicht die notwendige Ernüchterung ein, so wie ihn damals.

Es vergrößert das Risiko, dass sich die beiden versöhnen. Dann wäre Quirin für das Kloster verloren.

Wäre das so schlimm?

Er kann sich aufgrund der Reaktion des Mädchens zusammenreimen, was zwischen den beiden geschehen ist. Zumindest ist in dem Mädchen etwas zerbrochen, das hat er selbst aus der Distanz erkannt.

Wäre es seine christliche Pflicht, das Glück der beiden neu zu schmieden?

Er ist Abt eines Klosters, erinnert er sich. Es gibt Regeln und Grenzen.

Ihm hat die Erfahrung ja auch nicht geschadet, redet er sich ein. Er wird Quirin erläutern, was er sich für ihn ausgedacht hat.

«Hör dir erst mal an, was wir mit dir vorhaben.»

Misstrauisch beobachtet Quirin den Abt. Der ist aufgestanden und hat ein großformatiges Buch aus dem Regal gezogen, das er vor Quirin auf den Tisch legt und in der Mitte aufschlägt. Prächtige Farbabbildungen zeigen ein mächtiges Kloster, wohl noch größer als ihr eigenes, eingebettet in eine Berglandschaft.

«Ich habe mit dem Abt von Engelberg telefoniert», kommt Abt Stefan ohne Umschweife auf den Punkt. «Nachdem ich ein Loblied auf dich gesungen habe, ist er bereit, dich an der Stiftschule aufzunehmen. An der Schule, Quirin! Das nächste Semester beginnt im Frühjahr, aber damit du auch von Beginn an mithalten kannst, werden dich die Lehrer dort auf den Schulbeginn vorbereiten. Gleichzeitig wirst du in der Werkstatt angelernt. Falls es mit der Schule nicht klappt, kannst du in den Klosterbetrieben einen handwerklichen Beruf lernen und in vier Jahren immer noch überlegen, ob du das Kloster verlassen möchtest.»

Quirin, der etwas ganz anderes erwartet hat, ein inquisitorisches Verhör zumindest, mit passender Strafe, schaut ihn erstaunt an.

«Hör mir zu, Quirin. Ich habe dich genau beobachtet, seit du zu uns gekommen bist. In dir steckt viel mehr, als du selber denkst. Du bist kein Handwerker, du bist ein Träumer und wirst irgendwann ein Denker werden. Ein Kopfarbeiter, das auf jeden Fall.» Er tippt auf das Foto vom Engelberger Kloster. «Und das hier ist so etwas wie ein kleines Wunder. Ich sehe keine andere Möglichkeit, wie einer aus deinen Verhältnissen zu einer Matura und danach vielleicht zu einem Studium kommen könnte. Wenn du diese Chance nicht packst, wirst du es dein Leben lang bereuen, glaub mir.»

Quirin ist innerlich aufgewühlt. Man sieht es in seinem Gesicht.

Was der Abt vorschlägt, entspricht seinen geheimsten Wünschen. Er weiß längst, dass er anders ist als viele seiner Jugendfreunde, als Pancrazi beispielsweise. Er will mehr wissen von der Welt als die, will auch mehr sehen davon, und wie oft hat er sich schon geärgert, dass er nicht mehr weiß, nicht mehr Zeit für Bücher hat, dass er nicht besser Italienisch spricht …

Loretta.

Das ist das Seltsame an diesem Vorschlag.

Warum in die Fremde? Warum kann er das alles nicht hier machen?

Als lese er seine Gedanken, sagt Abt Stefan: «Bei uns ist eine solche Lösung natürlich nicht möglich, die Engelberger sind bessergestellt, wir sind auf das Schulgeld jedes einzelnen Internatsschülers angewiesen und können den nächsten Freigänger aus der Gemeinde erst in zwei Jahren an der Schule aufnehmen, so leid mir das tut.»

Tut es ihm keineswegs, denkt Quirin. Er spürt, wie gut der Abt Bescheid über ihn und Loretta weiß.

«Wann müsste ich denn gehen?», fragt er endlich zaghaft.

Was auch immer seine Antwort sein wird, denkt Quirin, er muss zuvor noch mit Loretta sprechen. Ihr alles erklären. Sehen, wie sie reagiert. Wird sie es verstehen? Einerlei. Er muss ihr sagen, dass er kein Mönch ist und auch nie einer sein wird. Er hat sie nicht hintergangen, er hat seinen Entschluss schon vor der Nacht im Maiensäß gefasst, er kann ja gar nichts dafür, dass er dieses blöde Gewand trägt.

Er wird ihr erzählen, was der Abt vorgeschlagen hat.

Vielleicht gibt es dann eine gemeinsame Zukunft.

Abt Stefan ist aufgestanden und schaut auf die verschneiten Dächer von Dadens hinunter. Er weiß, was er Quirin eigentlich sagen müsste: Sofortige Abreise! Noch vor einigen Jahren hätte er es auch getan. Doch schon während des Gesprächs mit seinem Engelberger Freund hat er sich nicht festlegen können, obwohl er weiß, dass er Quirin sofort in die Innerschweiz schicken sollte. Besser heute als morgen.

Wird er altersmild? Oder wachsen seine Zweifel, je mehr er erlebt, sieht, fühlt? Selbst … Zweifel am eigenen Glauben? Sein Blick wandert zum Péz Baselgia hinüber. Gerade hat ihn eine weitere dumpfe Detonation wieder an Kalts Machenschaften erinnert. An die Arbeiter, die dort drüben verheizt werden. Wofür nur?

Fragt keiner, sind ja auch keine Schweizer, die sich in den Berg graben, nicht ahnend, in welche Gefahr sie sich tagtäglich begeben.

Dieses Land, denkt der Abt, hat den Krieg glimpflich überstanden, ja, hat sogar von ihm profitiert, auch wenn es keiner laut sagt. Und ist so nun in der Lage, für ihre monumentalen Bauten im Gebirge, ob zivil oder militärisch, Ausländer nach Lust und

Laune kommen zu lassen. Aus Ländern, die unter dem Krieg gelitten haben. Selbst im Flachland unten kommen sie ohne die Arbeiter aus Italien nicht mehr aus. Aber ja nur bei der Arbeit! Abends sollen sie dann in ihre Baracken verschwinden, keinen Mucks machen, und das Recht auf ein Familienleben wird ihnen durch unsägliche Bestimmungen verweigert. Wie praktisch, dass die Schweizer Arbeiter, immerhin potenzielle Wähler, plötzlich nicht mehr auf der tiefsten sozialen Stufe stehen. Die Ausländer sind die willkommenen Prügelknaben. Jeder kann ungestraft nach unten treten und muss keine politischen Konsequenzen fürchten.

Der Abt merkt, wie er abdriftet. Passiert ihm immer häufiger, denkt er.

Wo aber ist in alldem, so fragt er sich noch, der Wille Gottes zu sehen?

Was hilft es da, zwei aus der untersten Schicht zusammenzuführen?

Die Zeit ist noch nicht reif dafür.

Und doch.

«Am Freitag ist Heiligabend», sagt er endlich zu Quirin, der seine Antwort mit Bangen erwartet. «Am sechsundzwanzigsten Dezember, meinem Namenstag, reise ich traditionell für einen Gottesdienst nach Engelberg, da nehme ich dich mit.»

Er will erst hinzufügen, dass Quirin bis dahin Zeit für seine Entscheidung habe, dann lässt er den Jungen im Glauben, er habe keine Wahl.

Es klopft an die Tür des Abtzimmers, Statthalter Bruder Jakob streckt seinen Kopf herein und meldet, Sep Antoni sei hier, um den Abt zu sprechen.

Dieser macht Quirin ein Zeichen, dass ihr Gespräch beendet ist.

«Bis Heiligabend bleibst du im Kloster, über Weihnachten bist du bei deinen Eltern, hast Zeit zum Packen. Ich freue mich auf unsere Reise in die Innerschweiz, da werde ich dir alles über die Stiftschule und das Kloster dort erzählen.»

Quirin geht wie betäubt hinaus. Im Korridor steht Sep Antoni, sachte von einem Bein auf das andere schwankend, wie es seine Gewohnheit ist.

Er lächelt Quirin freundlich an.

Dieser grüßt den Sonderling und will sich an ihm vorbeidrücken. Sep Antoni hält ihn auf.

«Hier, nimm!», sagt er.

Er drückt Quirin ein samtenes Säckchen in die Hand.

*«Ord la catedrala ella baselgia, per ils affons scumandai», flü*stert er ihm ins Ohr. Bevor die Tür des Abtzimmers hinter ihm zugeht, blinzelt er Quirin verschwörerisch zu.

Quirin öffnet vorsichtig das Säckchen und lässt den Inhalt in seine Hand gleiten. Es sind kleine Kristallspitzen, absolut makellos und rein, als hätten sie noch nie das Tageslicht erblickt.

Was hat er nur mit seiner Bemerkung gemeint, dieser komische Kauz? Was war eine Kathedrale in der Kirche? Für die *affons scumandai*, die verbotenen Kinder.

Weshalb wusste er von denen?

Es waren genau acht Kristalle.

Ein Zufall?

Quirin schiebt sie in das Säckchen zurück und geht langsam den Korridor hinab. Am Ende bleibt er unschlüssig stehen. Er muss zurück zu seiner Schneeschaufel, doch er braucht einen Moment für sich. Quirin nimmt die Treppe und drückt sich in die hinterste Bank der Klosterkirche. Das hat er noch nie getan. Ausnahmsweise ist keiner der Brüder hier, er braucht kein Gebet vorzutäuschen.

Seine Finger kneten unablässig und nervös das Säckchen mit den Kristallen. Was soll er tun? Er muss im Kloster bleiben bis Heiligabend, das sind noch zwei Tage. Und in vier Tagen muss er gehen. Loretta verlassen.

Sie will ihn ohnehin nicht sehen. Nie mehr.

Es sei denn …

Würde sie ihm glauben? Verzeihen?

Vielleicht, wenn er es geschickt anstellt! Er lässt die Kristalle wieder in seine Hand gleiten. Sie fühlen sich gut an.

Eine Idee keimt in ihm auf.

Vielleicht ist das mit Sep Antoni wirklich kein Zufall. Er wird den Kindern ein Weihnachtsgeschenk machen. Für sie die Kristalle, für Loretta … Heiligabend ist Freitag, sie nimmt sich sicher frei und wird mit den Kindern in der Baracke sein.

Er wird vor ihr hingehen und alles vorbereiten.

Der Plan verleiht ihm neuen Mut. Er glaubt zwar nicht, dass Loretta sich so leicht umstimmen lassen wird, aber wenn er es nicht versucht, wird er es sich nie verzeihen.

Hat er den Abt richtig verstanden?, fragt er sich plötzlich. In Engelberg wird er nicht mehr Novize sein. Nur noch normaler Schüler. Spätestens im Frühjahr.

Das wird Loretta überzeugen.

Sie haben sich geküsst.

Sie hat es doch zuerst gewollt, sie ist die Mutige gewesen. Oder nicht?

Kapitel 17

Die Skizze

Meret wurde unruhig, als schon wieder eine Böe an den Fensterläden des Maiensäßes rüttelte.

Sie trat ans Fenster. Noch war der Himmel stellenweise blau, der Wind nur ein Vorbote. Ihr Blick schweifte über die Bergspitzen der oberen Deserta, wanderte südwärts. Dort türmten sich erste Wolken auf. Sie öffnete ihre Meteo-App und studierte die Regenkarten. Die angekündigten Gewitterzonen näherten sich von Süden her den beiden großen Pässen. Die dunkelroten Punkte auf dem Radarbild verrieten, welche Wassermassen eben im Tessin niedergingen. Einmal mehr. Jetzt sah sie auch den Wetteralarm für ihr Gebiet. Widerwillig aktivierte sie die Push-Funktion für Sturmwarnungen. Sie fühlte sich in den Frühsommer zurückversetzt, als über Wochen hinweg täglich Gewitterstürme und monsunartiger Starkregen die Schweiz heimgesucht hatten, mit Todesopfern im Tessin, in Graubünden und im Wallis. In der Deserta glücklicherweise nicht. Gefehlt hatte nicht viel, noch immer waren die Narben der Erdrutsche in den Wiesenhängen rund um Dadens sichtbar.

Wenn es weiter so warm blieb, würde es auch in den höchsten Lagen nicht schneien, alle Wasser würden ungebremst in die Täler stürzen.

Und oben am Péz die Risse.

Das Militär würde rechtzeitig Alarm schlagen.

Sie packte ihre Habseligkeiten zusammen. Dann rückte sie ihre Polaroids zurecht, entstaubte sie ein letztes Mal, betrachtete die Bilder von Sanna. Sie hatte ein schlechtes Gewissen, weil sie ihre Freundin so vernachlässigte.

Aber seit Bigna auf der Welt war, waren die Tage viel kürzer als vorher, verteidigte sie sich.

Schnell war sie für die Abfahrt bereit. Sie wollte trotzdem auf Niculan warten, es war sein Maiensäß, er musste kontrollieren, ob alles für die langen Wintermonate, in denen niemand heraufkam, präpariert war.

Meret griff nach dem Manuskript von Bruder Martin und legte sich zu Bigna.

Zuerst war nichts mit Lesen, weil die Kleine sie sofort in Beschlag nahm. Endlich gelang es Meret, sie für ihre letzte Entdeckung im Spielzeugladen zu begeistern, eine Art Mini-Kinderbuch aus Stoff mit aufgestickten Bildern und angenähten Beißringen, das Ganze versehen mit kleinen Glöckchen.

Das stete Bimmeln machte auch Meret schläfrig. Sie verdrängte die Müdigkeit und vertiefte sich in das Manuskript.

Nach einigen Seiten stieß sie auf einen eingeklebten Umschlag. Er enthielt eine Karte oder Skizze, Meret faltete sie auf, und fuhr hoch.

Als Niculan hereinkam, saß sie kerzengerade auf dem Fußboden, sie hatte sein altes Schullineal in der Hand, das irgendwann hier oben geblieben war, neben ihr lagen Bleistifte, ihr Skizzenblock und die riesige, vergilbte Skizze.

«Ist Zeit, dass wir von hier verschwinden, was machst du da?»

«Erst, wenn du das gesehen hast», erwiderte Meret, die über ihrer Entdeckung den drohenden Sturm vergessen hatte.

Unterirdische Festungsanlage Surrein, Etappe 2, Situation 1:20 000, stand auf der Karte. Höhenkurven deuteten die Beschaffenheit des Geländes an, kartografiert war aber nicht die Landschaft, sondern das Innere des Berges.

Meret erklärte ihm, was es damit auf sich hatte. Sprachlos starrte er auf die Karte, überrascht vom Ausmaß der dort skizzierten Bauten, versuchte er, sich einen Reim darauf zu machen. Erfolglos.

«Das führt ja durch den ganzen Berg!»

«Wenn ich die Angaben auf der Karte richtig verstehe, reichen die Kavernen bis auf diese Seite des *Cuolm*. Wir sitzen da genau drauf.»

«Wozu das alles?»

«Das müssen wir herausfinden. Der Grund dafür kann nur militärischer Größenwahn gewesen sein. So hat es auch Bruder Martin in seinen wenigen Notizen dazu bewertet.»

Sie entfaltete die Karte ganz und breitete sie auf dem Boden aus. Dann griff sie nach ihrem Handy, machte ein paar Fotos und schickte die Bilder an Fidel, mit dem Vermerk, die Karte sei ihr aus Bruder Martins Lebenswerk buchstäblich in den Schoß gefallen.

Niculan beschäftigte Bigna und interpretierte zugleich die Maßangaben und die wenigen Informationen, die der Karte eingeschrieben waren.

«Hat es keine Detailzeichnungen, Querschnitt der Kavernen, solche Dinge?»

«Nur diese Karte. Mit dem Vermerk von Bruder Martin, dass sie im Falle einer Veröffentlichung des Manuskripts nicht gedruckt werden dürfe.»

«Und er schreibt nirgendwo, welchen Zweck die Anlage erfüllen soll?»

«Nach Angaben, die jemand Abt Stefan gesteckt haben soll, handelt es sich um ein Logistiklager der Schweizer Armee.»

«Das da? In der hintersten Deserta? Niemals.»

«Eben. Mehr hat offenbar auch Bruder Martin nicht herausgefunden. Oder nicht veröffentlichen dürfen.»

«Machen wir uns mal ein wenig schlau!» Niculan beugte sich wieder über die Karte, im Grunde nicht mehr als eine rudimentäre Bauskizze.

«Das hier muss hinter der falschen Felswand zwischen der Cascada und dem Resort sein. Wohl die erste Kaverne. Und das könnte doch dieser Kuppelbau sein, den Sep Antoni mir aufgezeichnet hat.»

«Also bildet diese Karte nur den neueren Teil der Festung ab.»

«‹Etappe 2› heißt es hier.»

«Stimmt. Sind die Angaben in Metern?»

«Ja.»

Niculan stand auf und betrachtete den Grundriss des Systems mit mehr Abstand.

Es war ein Netz von Gängen, die zu sieben Kavernen führten. Er addierte die Distanzen, das System drang bis zu vier Kilometer in den Felsen ein. Niculan begriff nun Merets Bemerkung, dass sich auch hier unter ihnen, diesseits des *Cuolm*, Kavernen befanden. Jede der Kavernen besaß nur einen Zugang. Teilweise lagen sie bis zu fünfhundert Meter auseinander.

Was für ein Irrsinn.

In der Mitte jeder Kaverne war ein Quadrat eingezeichnet.

«Was heißt das?»

«Schacht. Schacht 1 in Kaverne 1, Schacht 2 in Kaverne 2, und so weiter bis Schacht 7.»

«Sie platzierten einzelne Kavernen tief in den Berg hinein, und sprengten in jede einen senkrechten Schacht?»

«Falls sie diesen Plan wirklich umgesetzt haben.»

«Wozu?»

«Vielleicht findet Fidel etwas dazu in den Amtsbüchern, Abt Stefan hat sich ja damals mit diesem Politiker zusammengetan, vielleicht hat der mehr herausgefunden. Wie hieß er gleich?»

«Candreja. Adalbert Candreja. War offenbar bekannt wie ein bunter Hund damals.»

«Ich habe Gret darauf angesetzt. Dokumente zu solchen Unternehmen, Protokolle aus den parlamentarischen Kommissionen beispielsweise, werden nach dreißig oder fünfzig Jahren zugänglich gemacht.»

«Auch die sind vergangen, aber ich kann mir nicht vorstellen, dass solche Regeln auch für hoch geheime Militärdokumente gelten. Fidel ist mit seinen inoffiziellen Quellen vielleicht erfolgreicher.»

«Gret meldet sich bei mir, sobald sie Zugang erhalten haben, dann werde ich wohl schnell nach Bern müssen.»

Eine nächste Böe ließ die Hütte erbeben.

«Wir sollten ohnehin langsam weg hier, ich muss ja mit dem Motorrad hinunter. Machst du Bigna bereit? Ich will nochmals zum *Cuolm* hinauf und schauen, was sich am Riss getan hat.»

Meret verkniff sich den Kommentar, dass schon genügend Leute den Berg überwachten.

Die Wolkentürme und die Wettermeldungen verhießen nichts Gutes, fand auch Fidel. Er warf einen letzten besorgten Blick aus dem Fenster, dann drehte er die Herdplatte aus, stellte die Kanne mit dem für Adalina frisch zubereiteten Tee auf ein Tablett und ging damit ins Wohnzimmer.

Adalina saß auf dem Sofa und strickte.

«Ich schmökere noch ein wenig in den Abtbüchern. Wann müssen wir dort sein?»

«Erst um fünf, du hast noch zwei Stunden. Und wir müssen erst mal schauen, wer wirklich kommt, da draußen geht es jetzt los, so dunkel, wie es schon ist.»

Adalina hatte Fidel dazu überredet, in ihren Lesezirkel mitzukommen, den sie mit einigen Dadenserinnen vor Jahren ins Leben gerufen hatte, und der sich seither alle zwei Monate traf. Heute würde es um einen Roman gehen, der in Dadens spielte und merkwürdigerweise «Das Dorf der Nichtschwimmer» hieß. Der Titel hatte Fidels Neugier geweckt.

Er zeigte auf ihr Strickzeug.

«Was wird das?»

«Ein Jäckchen für Bigna, im besten Fall», sagte Adalina. Stricken gehörte nicht zu ihren Lieblingstätigkeiten, es war ihr immer zu altmodisch gewesen, und während ihrer Zeit als Apothekerin hatte sie auch nie Muße dafür gehabt.

Fidel ging in sein Zimmer. In Adalinas Estrich hatte er kürzlich einen alten Schaukelstuhl gefunden, diesen etwas aufgefrischt und mit einem Schaffell versehen. Der ideale Lesesessel. Er knipste die Lampe an, ignorierte den Ansturm der Windböen auf der Wetterseite des Hauses und vertiefte sich in das Bild, das ihm Meret geschickt hatte. Er erkannte die Karte wieder, er wusste sogar, wie sie einst in Abt Stefans Hände gekommen war. Er selbst hatte sie ihm beschafft! Damals hatte er sich wenig dafür interessiert, nun verwunderte ihn das wahnwitzige Ausmaß der Anlage. Er wischte das Bild wieder vom Display. Eins nach dem andern. Abt Stefans Notizen und Berichte im Amtsbuch hatten Vorrang. Glücklicherweise lasen die sich spannend, es war mehr ein Tagebuch, administrative Details waren stichwortartig zusammengefasst und konnten übersprungen werden. So drehte sich seine Arbeit in den ersten Tagen nach der Begegnung zwischen dem Abt und dem Politiker Candreja offenbar eher um Alltagsgeschäfte im Kloster, um organisatorische Fragen in der Bruderschaft, wie etwa die Neubesetzung des Bibliothekarsamtes, weil der bisherige ernstlich erkrankt war.

Die Lektüre brachte Fidel einige Erinnerungen zurück, allerdings waren diese so gegensätzlich zur Perspektive des Abtes, dass er sie nur schwer mit dem Gelesenen zusammenbrachte.

Er überblätterte mehrere Kapitel und fand, wonach er suchte. Abt Stefan hatte es gewagt, einige Seiten den verbotenen Italienerkindern zu widmen, die es doch nach offizieller Lesart gar nicht gegeben hatte. Dabei kam er bald ausführlicher auf die jungen Frauen zu sprechen, die die Kinder betreuten und versuchten, ihnen Unterricht zu geben. Lorettas Name wurde nicht genannt, Abt Stefan hatte ihn wohl sicherheitshalber weggelassen, so wie überhaupt alle Namen der Involvierten, fiel Fidel auf. Er beschrieb stattdessen die Anstrengungen der Italiener, sich selber zu organisieren, und kommentierte unverblümt, was für ein unmöglicher Zustand dies sei, geschuldet nur den unmenschlichen, wirklichkeitsfremden Ausländergesetzen. Er habe seinen Brüdern ausdrücklich erlaubt, die jungen Frauen zu unterstützen, mit Schulmaterial, Rat und Tat, auf seine Verantwortung hin, er sei dafür zu belangen, das halte er hier ausdrücklich fest. Diesen Akt zivilen Ungehorsams gebiete ihm der Glaube und alles, was ihm heilig sei, Mitgefühl und Nächstenliebe zuerst. Es könne doch nicht sein, dass dieses reiche, vom Krieg verschonte Land es sich erlaube, billige Arbeitskräfte für gefährliche, entbehrungsreiche, oft tödliche Arbeiten herzuholen, zum einzigen Zweck, den eigenen Wohlstand und die eigene vermeintliche Sicherheit zu vergrößern, diesen Arbeitern dann aber ein Familienleben ganz einfach zu versagen.

Fidel schaukelte sacht in seinem Stuhl, der bei jeder Bewegung leise knarrte, das anheimelnde Geräusch kontrastierte das Heulen des Windes draußen.

Er hatte nie gewusst, was er von Abt Stefan wirklich halten sollte. Was er hier las, sprach für ihn. Für seine Eigenwilligkeit, die damals aber auch blitzschnell in Arroganz umschlagen konnte, wenn er sich infrage gestellt fühlte.

Und jetzt, nach dem Unglück?, hatte der Abt weitergeschrieben, *wird sich jetzt etwas ändern? Werden die Verantwortlichen beim Bund und in den Kantonen zur Besinnung kommen? Wird das jemandem eine Warnung sein? In allen Städten und in vielen Dörfern gibt es die geheimen Schulen der verbotenen Kinder. Wer steht jetzt hin und sorgt dafür, dass die Gesetze angepasst werden und der Familiennachzug für Gastarbeiter erlaubt wird?*

Kurz irritiert von der Erwähnung des Unglücks, blätterte Fidel vor und wieder zurück. Dann fand er das Datum zum Kapitel und orientierte sich daran. Er würde später die Seiten lesen, die er übersprungen hatte, jetzt wollte er sich erst einmal Abt Stefans Einträgen von Anfang 1963 widmen, die ihn besonders interessierten, weil er da selbst schon nicht mehr in der Deserta gewesen ist.

Heute ist wieder ein Brief im Kloster angekommen, der mir einmal mehr die Unmenschlichkeit und die verheerenden Folgen dieses Systems in aller Härte vor Augen führt. Die junge Absenderin schreibt uns öfter. Sie hat die verbotenen Kinder, le farfalle, wie sie hier in der Deserta genannt wurden, heimlich unterrichtet und wurde zu Unrecht für das Unglück verantwortlich gemacht. Die Behörden haben so einen Grund gefunden, das Mädchen auszuweisen. Dabei gibt es für das Unglück nur einen Schuldigen, das weiß hier jeder, und ich werde den Mann immer wieder benennen, auch wenn er sich mittlerweile jeder Verantwortung feige entzogen hat. Zurück aber zu dieser Frau, die sich nichts anderes hat zuschulden kommen lassen, als Menschlichkeit walten zu lassen, die die alleingelassenen Kinder unterrichtet hat, auch an jenem verhängnisvollen Tag. Daraufhin ist ihr die Aufenthaltsbewilligung entzogen worden und sie musste nach Italien zurückkehren. Ihr Brief ist unglücklicherweise an unseren ehemaligen Novizen adressiert gewesen, deshalb musste ich ihn konfiszieren, aber er zeigt, in welches Elend die unsinnigen Ausländerbestimmungen einen Menschen wie sie gestürzt haben.

Fassungslos hatte Fidel die letzten Zeilen gelesen, er blickte auf, im selben Moment blitzte es, und kaum eine Sekunde später krachte ein Donner, die alten Fensterscheiben klirrten in ihren Fassungen. Unten rief Adalina nach ihm. Er eilte die Treppe hinab. Sie zeigte in den Garten hinaus.

«Hoffentlich spült es uns nichts weg», sagte sie. «Kannst du überhaupt etwas sehen?»

Eine gläserne Wasserwand fiel herab, sie nahm ihnen die Sicht auf die Straße.

«Ich glaube, mit unserem Lesezirkel wird es nichts.»

«Ach, das hört wieder auf», beruhigte Fidel sie wider besseres Wissen.

«Wer weiß. Was ist mit dir, du siehst seltsam aus.»

«Der Lärm hat mich nur aus der Lektüre gerissen.»

«Lektüre? Du bist eingenickt, gib es zu!»

Fidel ließ sie in ihrem Glauben.

Er rief die Niederschlagskarten auf seinem Handy auf. Wenn die Anzeige stimmte, und das hatte sie meistens, als er noch mit dem Gleitschirm unterwegs gewesen war, würde der Regen in einer halben Stunde nachlassen, worauf sie eine Stunde lang Ruhe haben würden, bevor die nächste Front von Süden her über die Deserta hinwegzog.

Dann würde es erst richtig losgehen.

Ein Zeitfenster, um im Kloster vorbeizuschauen …

War es wirklich möglich, dass Loretta Briefe dorthin geschickt hatte?

Die junge Absenderin schreibt uns öfter.

Sie hatte sich nicht nur an Pancrazi gewandt.

Konfisziert, hatte der Abt geschrieben. Seinen Brief. Ordnungsliebend, wie Abt Stefan gewesen war, hieß das vielleicht auch: archiviert.

Es war einen Versuch wert.

Doch … wollte er sie wirklich lesen?

Fidel schaute in den Garten hinaus. Das Trommeln des Regens war leiser geworden, schien ihm.

«Der Regen lässt schon nach, Adalina. Können wir uns unten im *Alpsu* treffen, ich möchte vor dem Lesezirkel noch schnell ins Kloster, ein Dokument suchen.»

«Bei dem Wetter?», fragte Adalina überrascht.

«Ebendrum, noch bevor der Monsun einsetzt», scherzte Fidel, schon auf halbem Weg zu Regenmantel und Stiefeln.

Es regnete so tropenartig wie im Frühsommer. Auf den ersten Blick nicht sehr heftig, bis einem draußen bewusst wurde, wie dicht die feinen Tropfen fielen, und in welcher Kadenz. Trotz Mantel, Hut und Schirm wurde er pitschnass. Die Deserta war verhangen, das ganze Tal wurde zur dampfenden Waschküche, ähnlich jener in den Kellergewölben des Klosters.

Im Gehen überlegte Fidel, wie er vorgehen sollte. Dem Abt sein Anliegen einfach vortragen? Er konnte das Amtsbuch als Quelle für seine Anfrage ja verschweigen, einfach behaupten, er habe von der Absenderin selbst erfahren, dass einst Briefe an ihn vom alten Abt zurückgehalten worden waren.

Thaddäus, den heutigen Abt, hatte er als gerechten Lenker der Klostergeschicke erlebt. Er würde sich nicht so verhalten wie Abt Stefan. Vielleicht würde er ihm sogar helfen.

Er hatte Glück, Thaddäus war ausnahmsweise nicht besetzt und hatte sich auch nicht zum Bibelstudium zurückgezogen, wie er es oft tat. Um seiner Unsicherheit Herr zu werden, wie Fidel ahnte. Thaddäus war ein großer Zweifler, der sich seinen Anspruch, ein Diener Gottes zu sein, jeden Tag neu erkämpfte.

Wie viele von ihnen.

Fidel hatte dieses Ringen um den Glauben immer als tröstlich und auch ein wenig vorbildlich empfunden. Thaddäus füllte ein anspruchsvolles Amt aus, das früher zu oft mit überzeugten, sendungsbewussten Vorzeigegläubigen besetzt worden war, denen jede Eignung zur Führung einer Gemeinschaft fehlte.

Der Abt empfing ihn freudig, fast überschwänglich, dann wurden seine Züge plötzlich ernst.

«Du bist doch nicht reuig und willst hierher zurück?», fragte er fast besorgt.

«Oh nein, keine Veranlassung, nein, gar nicht.»

«Da bin ich ja beruhigt», sagte der Abt. Sein Gesicht war sofort wieder heiter, und Fidel wurde plötzlich bewusst, dass er sich keine Sekunde gegen Fidels Austritt gesperrt hatte. Im Gegenteil, er war sofort auf seinen Wunsch eingegangen, und von Beginn an hatten sie eigentlich nur darüber gesprochen, wie Fidel außerhalb der Klostermauern schnellstmöglich Fuß fassen könnte.

Der Abt hatte wohl kein Interesse an einem baldigen, weiteren bettlägerigen Alten, dachte Fidel etwas defätistisch.

«Was also kann ich für dich tun, mein guter Fidel.»

«Ich bin wegen eines Briefes hier.»

«Das habe ich fast vermutet», sagte Abt Thaddäus und lehnte sich in seinem Stuhl abwartend zurück.

«Was?» Fidel war in höchstem Maß verwundert. Und befremdet.

«Mein Vorgänger hat mich auf diesen Moment vorbereitet. Und der wiederum war von Abt Stefan instruiert worden. Vielleicht erinnerst du dich noch an ihn.»

Wie sollte er nicht! Fidel musterte den Abt immer noch ungläubig. Der machte sich am Pult zu schaffen, nestelte endlich aus einer unteren Schublade einen Umschlag und reichte ihn Fidel.

«Hier, ganz offiziell. Im Auftrag von Abt Stefan. Jahrzehnte danach, allerdings. Für den Fall, dass du mit diesem Anliegen an die Klosterführung herantreten würdest.»

«Er hat damit gerechnet?», fragte Fidel, immer irritierter.

«Offenbar. Seine Antwort auf deine Fragen würdest du im Brief finden.»

«Warum seine? Ist das ihr … ist das ein Brief von Abt Stefan?»

«Ja.»

«An mich?»

«Ja.»

Fidel wollte erst nach dem Brief von Loretta fragen, besann sich aber anders: «Warum hat Stefan nicht zu Lebzeiten mit mir darüber gesprochen?»

«Das weiß ich nicht. Ich nehme an, er hielt den Zeitpunkt damals für verfrüht.»

Thaddäus stemmte sich aus seinem Stuhl hoch. «Machen wir es doch so: Ich muss hinüber zum Statthalter, schauen, dass das ganze Kloster und die Stallungen im Klosterhof sturmfest gemacht werden. Du weißt, was auf uns zukommt, nicht, ihr bereitet euch im Dorf auch vor? Gut. Du bleibst hier und liest den Brief in aller Ruhe. Bis nachher.»

Fidel wollte ihn aufhalten, ihn interessiere ein ganz anderer Brief, und Stefans Worte konnten ihm gestohlen bleiben. Trotzdem wuchs seine Neugier darauf, was der Alte ihm posthum noch zu sagen hatte. Er willigte mit einem Nicken ein.

Fidel öffnete das Kuvert aus schwerem Büttenpapier.

Lieber Fidel, ich weiß nicht, ob du noch im Kloster bist, wenn du diese Zeilen liest. Aber ich möchte dir trotzdem oder gerade deswegen ein Geständnis machen. Ein überfälliges, wirst du wohl denken, aber vielleicht findest du auch, so viele Jahre und Erfahrungen später, dass ich vielleicht nicht ganz falsch gehandelt habe, als ich Loretta d'Angelo von dir fernhielt. Sie ist damals in ihre Heimat zurückgekehrt, musste es tun und ist dort hoffentlich irgendwann glücklich geworden. Von Italien aus hat sie versucht, dich zu kontaktieren, sie wollte sich bei dir entschuldigen, wegen ihrer Reaktion im Klosterhof und offenbar irgendwie auch wegen Pancrazi Flepp? Item, hätte ich dir ihren Brief gegeben, wärst du noch am selben Tag von Engelberg nach Italien gereist, du hättest dir selbst deine Zukunft, dein späteres Studium, deine Rückkehr ins Kloster und letztendlich dein Leben in unserer Gemeinschaft über all die Jahrzehnte verbaut. Damals war ich überzeugt, richtig gehandelt zu haben. Auch zum Besten von Loretta, ich wollte, dass sie alles vergaß, was ihr in der Schweiz am Ende zugestoßen ist. Zu meiner Entschuldigung muss ich sagen, dass die Situation durch die Machenschaften des Militärs, durch die Diskriminierung der Gastarbeiter mit ihren verbotenen Kindern sehr belastend war, auch für uns. Das mag meine Weitsicht teilweise getrübt haben. Heute ahne ich, dass ich in dein Leben eingegriffen und eine Entscheidung für dich getroffen habe, die du wohl selber hättest treffen müssen.

Nur – wie hättest du entschieden, Fidel?

Oder soll ich dich wieder Quirin nennen? Ich vermute, du bist mittlerweile wohl endgültig aus dem Kloster ausgetreten.

Du wirst dich auch fragen, weshalb ich dir diesen Brief schreibe und warum ich auf diese Weise zulasse, dass du von meinem «Eingriff» erfährst. Ich tue dies für den Fall, dass du eines Tages mit Fragen kommst. Das ist geschehen, wenn du diese Zeilen liest. Andernfalls hätte sie niemand je zu Gesicht bekommen. Lass mich dir eines noch sagen: Als junger Mönch hatte ich einst eine ähnliche Geschichte erlebt, deine Gefühle damals wegen Loretta kenne ich nur zu gut, und Lorettas Hinweis auf Pancrazi Flepp hat mir gezeigt, dass sich unsere Geschichten ähneln.

Auch deshalb habe ich so gehandelt.

Beantworte dir selbst und gewissenhaft diese Frage, bevor du mich verurteilst: Wie hättest du entschieden?

Herzlich, aus einem besseren Leben, so es Gott gefällt.

Avat Stefan

Fidel ließ den Brief sinken, dann zerknüllte er ihn wütend und pfefferte ihn zu Boden.

Dieser selbstverliebte, machtbesessene Dreckskerl.

Er durchmaß mehrmals aufgewühlt das Abtzimmer.

Wie hättest du entschieden?

Jetzt begriff er einiges. Aber das war nicht das, was er gesucht hatte.

Wo war Lorettas Brief? Er nahm das Kuvert und fasste hinein. Nichts.

Selbst jetzt noch wollte man ihm ihre Briefe vorenthalten.

Wie hättest du entschieden?

Wie wohl!

Wie ... wohl?

Die Tür ging auf, Abt Thaddäus war zurück.

«Und?», fragte er neugierig.

«Wann hat Abt Stefan diesen Brief geschrieben?»

«Kurz vor seinem Tod.»

«Und wusste er da schon, dass er bald sterben würde?»

«Ich denke schon, er war krank, wie du weißt.»

«Und er hat keinen zweiten Brief hinterlassen?»

«Meines Wissens nicht, nein.»

«Den hat er nur geschrieben, um sein Gewissen zu erleichtern.»

Abt Thaddäus war von Fidels schlecht verhehlter Wut sichtlich getroffen.

«Aber das ist doch ... zulässig? Sich vor dem Ableben etwas einzugestehen, meine ich. Oder sich zu entschuldigen.»

«Zu entschuldigen? Dafür, mein lieber Abt, war dein Vorgänger leider zu eitel. Er hat sich nur ein letztes Mal gerechtfertigt.»

Fidel wollte etwas anfügen, besann sich, stand auf und ging mit gesenktem Blick aus dem Abtzimmer. Abt Thaddäus hob hilflos die Hand, als wollte er ihn zurückhalten, ließ sie dann aber resigniert sinken.

Kapitel 18

Der Verrat

Was hatte Loretta ihm alles geschrieben?

Sie hätte ihm verziehen?

Sie wisse, von wem die Geschenke wären …

Sie würde ihn …

Und Pancrazi?

Fidels Gedanken drehten sich im Kreis. In einem ersten Impuls hatte er nach Hause gehen wollen, sich an der Pforte zur Bibliothek aber anders besonnen und dem Bibliothekar weisgemacht, er suche noch Lektüre für die kommenden Regentage. Vermeintlich schmökernd war er durch die Regale geschlendert, hatte sich unauffällig aufwärtsgearbeitet, bis Franz' Aufmerksamkeit erlahmt war. Er gelangte in den Bereich, in dem auch das Archiv des Klosters untergebracht war. Ein Vibrieren seines Handys ließ ihn innehalten. Die Nachricht kam von Vica d'Alessio, sie kündigte ihr Kommen anderntags an, sie habe zwei unerwartete freie Tage, die sie nutzen wolle, um endlich den Ort besser kennenzulernen, der ihre Mutter so geprägt habe.

Sie solle sich melden, schrieb er zurück, er wolle ein Treffen mit Pancrazi Flepp einfädeln. Zu Erkundungen sei das Wetter allerdings nicht sehr geeignet …

Son' impermiabile, schrieb sie zurück.

Ihre Schlagfertigkeit gefiel Fidel, aber Vica kannte Regentage in der Deserta noch nicht.

Er schaute zum Pult des Bibliothekars hinab. Franz war beschäftigt. Fidel trat leise in den Archivraum. Gab es so etwas wie Personalakten? Brauchte es im Klosterbetrieb wohl nicht, er hatte seines Wissens auch nie dem Arbeitsrecht unterstanden. Oder doch? Neugierig blickte er sich um. Die Regale der einen Wand waren mit Ordnern gefüllt. Fidel zog willkürlich einen heraus. Er war hauptsächlich mit Rechnungen gefüllt, in diesem Fall aus dem Jahre 1973. Er stellte ihn zurück und wandte sich der gegenüberliegenden Seite zu. Hier war das Regal vollgepfropft mit weichen Kartonmappen ohne Rückenverstärkung, die von zwei Gummibändern zusammengehalten wurden. Als er eine von ihnen herauszog, wusste er, dass er tatsächlich die Personalakten gefunden hatte. Bruder Martin (bürgerlich: Martin Caminada) stand auf der Mappe .

Was für ein sinniger Zufall. Ausgerechnet der Autor des Manuskripts, in dem Meret die seltsame Skizze gefunden hatte.

Fidel sah, dass die Mappen alphabetisch geordnet waren, er suchte nach seiner eigenen und wurde tatsächlich fündig: Bruder Fidel (bürgerlich: Quirin Livers). Er nahm die Mappe heraus und verließ eilig den Archivraum. Einen Moment lang war er unschlüssig, vielleicht sollte er jetzt gleich hineinschauen und die Dokumente dann wieder zurücklegen. Der zerknüllte Brief knisterte in seiner Jackentasche, und er spürte, wie sein Zorn wieder hochstieg. Um die Vertraulichkeit seiner Post hatte sich auch keiner geschert! Er schob die Mappe unter seine Jacke, verabschiedete sich von Bruder Franz, er habe nichts Gescheites gefunden, er käme bald wieder.

Draußen auf der Straße tauchte er in den feinen, dichten Sprühregen ein, hastete die Hauptstraße hinauf und brachte sich klatschnass im *Alpsu* in Sicherheit.

Vom Lesezirkel war noch niemand da. Er hatte den kleinen Saal für sich und öffnete die Mappe.

Auf der ersten Seite standen die Formalien: Namen, Geburts- und Heimatort, die Adresse des Bauernhofs seiner Familie in Zacuns, sein Geburtsdatum, sowie das Eintrittsdatum, beziehungsweise der Beginn seines Noviziats. Er blätterte um und blickte erstaunt auf sein Schulzeugnis. Das war tatsächlich hier gelandet? Machte ja irgendwie Sinn, wenn er bedachte, dass das Kloster so etwas wie sein erster Lehrbetrieb gewesen war.

Er fand eine Impfkarte und darunter seine chronologisch aufgezeichnete Klosterbiografie.

Im Herbst 1962, kurz nach seinem Eintritt und wohl nur wenige Wochen, nachdem er Loretta zum ersten Mal bei der Beichte gesehen hatte, war der Auftrag des Abtes an ihn vermerkt, das Cavegn-Maiensäß für eine Renovation zu vermessen und vorzubereiten.

Unter dem Datum 21. Dezember 1962 las er zu seinem erneuten Missmut von einem unerfreulichen Vorfall im Innenhof. Novize Quirin habe sich offenbar mit einem Mädchen eingelassen, worauf folgender Abtentscheid fuße: Novize Quirin wird ins Kloster Engelberg gebracht und dort als Gastschüler im Frühjahr in der Klosterschule aufgenommen. In den Monaten davor arbeitet er in der Lehrlingswerkstatt des Klosters Engelberg. Der Übertritt nach Engelberg wird auf den 26.12. fixiert.

1962. Weihnachten. Vieles hatte Fidel im Laufe der Jahrzehnte vergessen, aber an eines erinnerte er sich genau: seine schreckliche Gemütsstarre nach den Geschehnissen an Heiligabend.

Seine Habseligkeiten hat Quirin schnell gepackt. Die Kristalle für die Kinder liegen bereit. Zu Hause auf dem Hof wird er kein Geschenkpapier finden, wird dort selten gebraucht. Seine Eltern behelfen sich mit Zeitungspapier, in speziellen Fällen, an runden Geburtstagen beispielsweise, gönnt man sich braunes Packpapier. Präfekt Bruder Arpagaus hat ihm einen Bogen Papier mit Sternenmuster überlassen, als er ihm erklärt hat, er brauche es für die italienischen Kinder. Er verschnürt die acht Päckchen mit Strohbändeln aus der Gärtnerei. Sie sehen ganz manierlich aus, denkt er, als er sie sorgsam in den Rucksack schiebt.

Das ist wichtig.

Alles ist heute wichtig, Loretta muss ihm verzeihen.

Was wird sie Augen machen, wenn die Kinder ihre Kristallspitzen auspacken.

Natürlich wird er ihr irgendwann danach erzählen, dass es eigentlich Geschenke von Sep Antoni sind, beruhigt er sein schlechtes Gewissen.

Hat der Sonderling dem Abt von ihm und Loretta erzählt? Er streicht immer wieder im Kloster herum, er hat ihn schon öfter mit dem Abt gesehen.

… *per ils affons scumandai,* hat er gesagt.

Sep Antoni muss sie in der Kapelle Sogn Gion Battesta beobachtet haben. Oder unten am Vorderrhein, bei ihren Spielen am Wasser. Beim gemeinsamen Singen.

Nur die Kinder und sie beide.

Wie er Loretta vermisst.

Heute wird er sie sehen. Sich für seine Schwindelei entschuldigen und von seiner Zukunft ohne Gewand erzählen.

Vielleicht ist es noch nicht zu spät.

Der Gedanke an Pancrazi entmutigt ihn sogleich wieder.

Geduld, muntert er sich auf. Es gibt keinen Beweis. Vielleicht bildet er sich etwas ein.

Er wird einfach nicht mehr an den alten Jugendfreund denken. Den Rivalen. Wer sich zu sehr auf ein Hirngespinst versteift, sich gar der Angst davor hingibt, sorgt selbst dafür, dass alle Befürchtungen wahr werden.

Minuten später schlägt die Tür hinter ihm zu. Quirin schaut nicht zurück. Er ist überzeugt, dass er dieses Kloster nie mehr betreten wird.

Die Schule in Engelberg durchstehen, dann ist er frei.

Die Sorge, wie er danach das Studium finanzieren soll, verdrängt er.

Der Schnee fällt leise, aber beharrlich und dicht, während er die Rheinbrücke überquert und sich durch den Wald der Ruine nähert. Bald erreicht Quirin den Zaun, der das Militärgebiet einschließt. Das Tor ist mit einem Vorhängeschloss gesichert. Offenbar hat Pancrazi Loretta einen Schlüssel beschafft. Quirin holt kurz Anlauf, klettert in den Maschen hoch, schaut, dass er sich oben am Stacheldraht nicht verletzt, und springt dann auf die andere Seite. Minuten später ist er bei der Baubaracke. Diese Tür ist zu seinem Erstaunen unverschlossen, aber es kommt ja ohnehin niemand mehr nach Caschlatsch, der nicht befugt oder im Bild darüber ist, wozu die Baracke jetzt dient.

Kaum schlägt die Tür hinter ihm zu, schreckt ihn die nächste Sprengung im Berg auf. Er horcht hinaus. Gibt es einen ungewohnten Nachhall? Die Ankündigung einer Lawine?

Das Lawinenrisiko bei diesem Neuschneezuwachs ist seit Tagen ein großes Thema in Dadens. Alle sprechen sie darüber. Offenbar ist die Gemeinde machtlos, denn die Mineure arbeiten sich pausenlos weiter und weiter in den Fels hinein. Quirin versteht das gar nicht, sie müssten doch mittlerweile so weit vorgedrungen sein, dass der Lärm der Explosionen nicht mehr zu hören sein sollte.

Was weiß er schon.

Er schaut sich in der Baracke um. Natürlich, was hat er anderes erwartet, Pancrazi hat sich größte Mühe gegeben, hat Loretta noch einen weiteren wackligen Tisch hineingestellt. Acht Hocker und ein Stuhl sind darum gruppiert, Zeichenstifte und Papier liegen auf der unebenen Tischplatte, ein Zählrahmen steht daneben.

Er sammelt alles ein und legt es auf die wacklige Kommode an der Wand der Baracke. Deren Schublade steht offen, er will sie mit dem Bein zuschieben, als eine Zeichnung darin seine Aufmerksamkeit erregt. Er zieht sie heraus. Ihr Format überrascht ihn, er breitet die Skizze auf dem Tisch aus, versteht ihren Sinn erst nicht, bis er plötzlich in den Péz hineinzuschauen glaubt.

Jetzt erst entdeckt er den handschriftlichen Titel: *Unterirdische Festungsanlage Surrein, Etappe 2, Situation 1:20 000.*

Ein Plan von der geheimen Baustelle! Hier, in Pancrazis Baracke. Sein alter Freund hat wirklich überall die Nase drin, denkt Quirin. Er versucht, sich einen Reim darauf zu machen, doch die Skizze ergibt für ihn keinerlei Sinn. Seine Aufmerksamkeit gilt ohnehin anderem heute. Er faltet die Karte zusammen, will sie zurücklegen, zögert kurz, steckt sie schließlich in seinen Rucksack.

Der Abt würde viel darum geben, diese Karte zu sehen, das weiß er aus seinen meist wütenden Bemerkungen über die Militärbauten am Péz. Vielleicht wird ihm die Karte noch nützlich sein. Pancrazi braucht sie ja auch nicht hier herumliegen zu lassen.

Im besten Fall kann er sie beim Abt gar gegen Pancrazi verwenden.

Der ist sicher nicht erfreut über Pancrazis Pakt mit dem Militär.

Quirin besinnt sich auf den Grund seines Kommens und beginnt, die Tannenzweige, die er auf dem Weg hierher gesammelt hat, mit Zapfen, Flechten und Moos zu kleinen, hübschen Arrangements zu fügen. Für jedes Kind eines. Er holt die acht Kerzen, die er im Kloster stibitzt hat, aus dem Rucksack und setzt sie in die Mitte der Arrangements.

Als er fertig ist, macht er einen Schritt rückwärts und betrachtet sein Werk.

Loretta wird es gefallen. Zu gerne würde er ihr überraschtes Gesicht sehen, die Freude in ihren Augen, doch er wird sie erst abpassen, wenn die Kinder wieder weg sind.

Seine Abbitte ist nicht für fremde Ohren gedacht.

Darf keiner hören, auch die Kinder nicht.

Er holt die Geschenkpäckchen aus dem Rucksack und legt sie sorgsam zu den Arrangements.

Wo sich wohl Matteo, sein kleiner Freund, hinsetzen wird?

Ans Tischende, so wie er ihn kennt.

Er legt das Päckchen mit dem größten Kristall dort hin, begutachtet alles noch mal, legt eine Schachtel Streichhölzer in die Tischmitte und verlässt dann die Baracke.

Das Tageslicht, ohnehin schon fahl, wird schwächer. Er schaut sich um, entscheidet sich sofort für die Höhle als Versteck, dort ist er vor Schnee und Wind geschützt.

Er stemmt einen der Holzblöcke hoch, die Bauarbeiter im Sommer wohl als Sitzgelegenheit benutzt haben, und trägt ihn zur Höhle. Im Windschutz des Eingangs macht er es sich darauf bequem.

Quirin schickt ein Stoßgebet zum Himmel. Jetzt muss er nur noch richtig kombiniert haben. Kommt Loretta wirklich an Heiligabend mit den Kindern hierher?

Es ist die letzte Chance, sie vor der Abreise zu sehen.

Trotz der Kälte macht sich Müdigkeit bemerkbar, und die Augen fallen ihm immer mal wieder zu.

Plötzlich schreckt er auf. Er weiß nicht, wie viel Zeit vergangen ist, Kinderstimmen haben ihn geweckt. Er jubelt innerlich und zieht sich zugleich weiter in die Dunkelheit der Höhle zurück. Da, tatsächlich: Matteo spurtet als Erster über die Lichtung zur Baracke. Natürlich er. Quirin lächelt unwillkürlich.

Dann Loretta.

Sie hält zwei der Kleineren an der Hand, gemeinsam kämpft sich die ganze Schar durch den Schnee bis zur Baracke, Matteo hat schon die Tür geöffnet und schreit plötzlich laut auf.

Offenbar hat er die Geschenke entdeckt.

«Venite, venite, ci sono regali!», schreit er.

Quirin sieht, wie Loretta aufhorcht und ihre Schritte beschleunigt.

Staunen wird sie, wenn die Kinder ihre Kristalle auspacken.

Sep Antoni sei Dank.

Er wartet ab, sieht ein Licht aufflammen, dann ein zweites. Sie zünden seine Kerzen an.

Was würde er dafür geben, wenn alles noch wie früher wäre, und er mit ihnen in der Wärme.

Rauch steigt aus dem Ofenrohr, das Kerzenlicht ist bald heller als das schwindende Tageslicht.

Quirin wartet, dann hört er eine Melodie, die ihm bekannt vorkommt. Das Weihnachtslied seiner Großmutter! Leise stimmt er ein.

Tu scendi dalle stelle
O Re del cielo
E vieni in una grotta
Al freddo e al gelo

Quirin hat plötzlich Tränen in den Augen. Seine Großmutter hat das Lied an Weihnachten immer mit ihm gesungen.

... *in una grotta, al freddo e al gelo.*

In einer Höhle, in der Kälte, im Frost.

Er vermutet, dass Loretta mit den Kindern noch eine Weile in der warmen Baracke bleibt, und stapft durch den Schnee. Er weicht dem ersten Lichtquadrat aus und schleicht vorsichtig zu einem der Fenster. Das Lied, die Kinder, die Erinnerung an die Großmutter – er muss Loretta einfach sehen.

Sie steht neben Matteo oben am Tisch, im Schimmer der Kerzen, einer Madonnenstatue gleich, die langen Haare trägt sie heute offen.

Wie im Maiensäß.

Dann blickt sie ihn direkt an. Ihre Augen hell und leuchtend.

Unerreichbar schön.

Das blinde Fenster spiegelt den Kerzenschein zurück, sie kann ihn nicht sehen. Das Lied ist zu Ende. Sie macht den Kindern ein Zeichen. Die Erlaubnis, die Geschenke zu öffnen.

Matteo zerreißt sein Geschenkpapier ungeduldig, Quirin sieht sein erstauntes Gesicht, als er den Kristall ehrfürchtig gegen das Kerzenlicht hält.

Es muss für ihn wie ein kostbares Schmuckstück sein. So etwas hat er offenbar noch nie gesehen.

Ein nächstes dumpfes Grollen zerstört den Augenblick, Quirin zieht instinktiv den Kopf ein, dann entfernt er sich schnell vom Fenster, bevor Loretta auf die Idee kommt, hinauszuschauen. Noch immer eingeschüchtert von dem Schneebrett über der Cascada, blickt er zu den Hängen des Péz hinauf. Der viele Schnee verändert seine Konturen, selbst die steilsten Wände sehen heute weniger schroff aus, der Berg wirkt zugänglicher, freundlicher.

Quirin weiß, wie sehr dieser Anblick täuscht.

Er versteckt sich wieder in der Höhle, ein bisschen ratlos, wie er mit Loretta ins Gespräch kommen soll, es dunkelt bald ein, und sie wird die Kinder heimbringen. *Las baraccas da pulenta.* Früher hat sich Quirin keine Gedanken um den Begriff gemacht, jetzt weiß er, dass es ein Schimpfwort ist.

Die Dadenser fühlen sich unbehaglich, weil immer mehr Fremde in die Deserta kommen. Er hört es bei den Dorfgesprächen. Sie haben Angst, sie fänden bald keine Arbeit mehr, dabei hat es viel mehr Arbeitsplätze als Arbeiter hier, das wissen doch alle.

Malgrad, sagen sie.

Trotzdem. Kaum habe es neue Arbeitgeber wie das Militär, holen sie Ausländer her.

Das Misstrauen gegenüber den Italienern ist groß. Die Dadenser sind immer arm gewesen und haben stets um ihre Arbeit gefürchtet. Noch heute ziehen die Jungen, sobald sie können, ins Unterland. Und viele der Mädchen müssen ins Welschland, wenn sie ein Auskommen finden wollen, bevor sie heiraten.

Die Barackentür schwingt auf, die Kinder purzeln lärmend heraus und beginnen sofort mit einer Schneeballschlacht. Loretta öffnet die Tür nochmals:

«*Zitti, zitti*, leise wie die Schmetterlinge!», erinnert sie die Kinder.

Wie gerne wäre er hinübergestürzt und hätte mitgemischt, aber jetzt muss er sich auf das konzentrieren, was er ihr sagen will, ihr nachgehen und sie bei den Baracken aufhalten.

Loretta räumt offenbar noch etwas auf, doch bald erlöschen die Lichter, und sie kommt heraus. Wie bei ihrer ersten Begegnung trägt sie ein Kopftuch, diesmal wegen der Kälte. Die Hände vergräbt sie tief im Mantel. Sie ruft die Kinder zusammen und führt sie hinunter zu dem Tor in der Umzäunung.

Er folgt ihnen in gebührendem Abstand, verliert sie kurz aus den Augen, als er den Zaun überklettert, weil sie das Tor sofort wieder geschlossen haben.

Im Wald ist es schon fast dunkel. Die schneebeladenen Äste hängen schwer über dem Trampelpfad. Sie wandern dem Rhein entlang, dessen Wasser sich einen Weg zwischen weich verhüllten Felsen sucht, der Schnee dämpft sogar sein Rauschen.

Loretta und die Kinder kommen bei den Arbeiterhäusern an. Sie beginnt, sich von jedem Kind zu verabschieden, diesmal nicht nur mit einem Lehrerinnen-Handschlag, sondern mit einer zusätzlichen Umarmung, weil Weihnachten ist. Wie Schicksalsgenossen, denkt Quirin und will loseilen, um sie aufzuhalten, bevor sie in der eigenen *Baracca* verschwindet.

Mitten in der Bewegung erstarrt er.

Wie aus dem Nichts aufgetaucht, steht plötzlich jemand neben ihr. Eine Gestalt. Ein Mann. Loretta winkt den Kindern zu, sie stieben los, rennen und stolpern und straucheln durch den tiefen Schnee, immer wieder ihr Juchzen und Lachen unterdrückend.

Quirin weiß nicht, was tun. Er verschmilzt mit dem Schatten einer Jungfichte. Die beiden nehmen ihn nicht wahr. Lorettas ganze Aufmerksamkeit gilt dem andern.

Quirin huscht zum nächsten Baumstamm.

Pancrazi.

Seine Körperhaltung ist unverkennbar.

Er ist nur halb überrascht, die plötzliche Gewissheit trifft ihn trotzdem wie ein Schlag.

Er hört sogar, was sie zu ihm sagt.

«Grazie, mille grazie. Die Kinder haben sich so gefreut über die Geschenke! Jetzt hat jedes eine eigene Weihnachtskerze. Und diese Wundersteine, woher hast du die nur?»

Sie wartet die Antwort gar nicht ab, und Pancrazi hütet sich, irgendwas zu erklären, weil sie gerade ihre Arme um ihn schlingt.

Ihre Küsse sind endlos.

Quirin möchte seinen Schmerz hinausschreien, losstürmen, den Hochstapler entlarven, Loretta klarmachen, wer die Kinder beschert hat. Er wird ihr seine Liebe gestehen, und klären, dass er gar nie ins Kloster hat wollen, er nicht!

Die Eltern hätten es so bestimmt, und was könne er denn schon …

Er rührt sich nicht.

Sie küssen sich noch immer.

Quirin verliert jeden Mut. Er ist ja selber schuld. Die Kristalle hat ja nicht er, sondern Sep Antoni gefunden.

Er ist der Hochstapler. Sie hat recht.

Loretta löst sich endlich ein wenig von Pancrazi, aber nur halb, dann nimmt sie seine Hand und zieht ihn mit sich.

Jesses Maria, tu das nicht!

«Komm mit, ich kann mich hier im Schnee und in der Kälte doch gar nicht richtig bedanken.»

Quirin weiß, was sie damit meint. Er kennt das Versprechen, das in ihrer Stimme mitklingt.

Kennt es aus dem Maiensäß.

Pancrazis Antwort nimmt der Wind mit.

Gelähmt schaut er ihnen hinterher. Sie streben auf die eine Baracke zu.

Alles verloren.

Fidel blätterte fast mechanisch in seiner Biografie, starrte zwischendurch an die Wandtäfer des *Alpsu*, versank in Erinnerungen, die Stück für Stück zurückkehrten. Die beiden in der Nacht, zusammen, er allein, der nicht endende Weihnachtstag dann auf dem Hof. Er hatte sich in der Scheune versteckt, ins Stroh verkrochen, um die Kälte auszuhalten und niemanden sehen zu müssen. Die Eltern nicht, die Geschwister nicht, in seinem ersten und letzten großen Liebeskummer gefangen.

Die Reise am andern Tag nach Engelberg schien plötzlich der einzige Ausweg zu sein.

«Weinst du?»

Ohne dass er es wahrgenommen hatte, war Adalina in die Gaststube getreten und schaute ihn erst verwundert, dann besorgt an.

«Nein, nein, ach was, nur eine Erinnerung.»

«Ich weiß», sagte Adalina. «Jetzt erzähl endlich.»

Kapitel 19

Camouflage

Adalina hatte ihre Hand auf seine gelegt. Fidel erzählte von der ersten Begegnung mit Loretta in der Klosterkirche, wie er ihr gefolgt war, wie er von ihr geträumt hatte, wie er sie wiedersah, sich mit ihr und den Kindern anfreundete, wie er Pläne schmiedete, wie er sich aus dem Kloster fortstehlen konnte, dank des Maiensäßes und des seltsamen Auftrags von Abt Stefan.

An dieser Stelle reagierte Adalina zum ersten Mal.

«Du warst für die Renovation von unserem Maiensäß verantwortlich?», fragte sie erstaunt. «Warum hast du nichts gesagt, als wir oben waren?»

«Nur für die Planung und die ersten Arbeiten, andere haben den Umbau beendet. Ich habe es nicht erwähnt, weil damit ganz andere Erinnerungen verbunden sind. Nicht die besten.»

Fidel dehnte seinen Nacken, bevor er weitersprach und von der Nacht im Maiensäß erzählte.

Er ging nicht zu sehr in die Details.

Adalina hörte ruhig und mit Anteilnahme zu. Eifersucht war ihr fremd, nachträgliche ohnehin. Sie verstand ohne großes Nachfragen, weshalb Fidels Erinnerungen lückenhaft waren. Wie er hatte auch sie nur wenige Jahre später in der erzkonservativen Deserta ihre erste Liebesgeschichte erlebt. Mit Merets Vater, dem Klosterschüler. Sie hatte mit einer heimlichen Abtreibung geendet. Adalina wusste nur zu genau, wie schwierig das erste Lieben damals gewesen war.

Vor allem für die Frauen.

Deshalb musste sie lächeln, als sie von Fidel hörte, wie selbstsicher Loretta gewirkt habe, wie erfahren.

Gut gespielt, Loretta, dachte sie.

Auch das kannte sie aus eigener Erfahrung.

Was wussten die Männer schon.

Fidel mochte sich des Alkohols wegen nicht mehr erinnern, oder er hatte zum Selbstschutz einige Dinge über Jahrzehnte im Kloster ganz einfach verdrängt. Das war wohl der Grund für seine Verunsicherung. Adalina hatte Fidel noch nie so aufgewühlt gesehen.

«Was geschah danach?», fragte sie vorsichtig, weil Fidel nicht weitersprach.

Seine Finger zupften verlegen an seinem rechten Ohrläppchen. Er erklärte, dass der Schnee seine temporären Fluchten aus dem Kloster verhindert hätte, und kam dann auf die fatale nächste Begegnung im Innenhof des Klosters zu sprechen.

«Sie ist geflüchtet, weil ich sie getäuscht habe.»

«Getäuscht? Du warst achtzehn. Sie wusste doch auch, dass du noch lange kein Mönch warst! Sie hat sich wohl eher Vorwürfe gemacht, weil sie dich vermeintlich verführt und in ein Dilemma gestürzt hat. Wahrscheinlich war sie religiös, sie ist ja offenbar auch freiwillig zur Beichte gegangen. Hat sie ja niemand gezwungen. Ich beispielsweise bin nicht mehr zur Beichte gegangen, nachdem ich volljährig geworden bin. Kam gar nicht gut an hier im Dorf, aber das kümmerte mich nicht.»

Fidel schwieg. Was ihm in den vielen Jahren im Kloster gefehlt hatte, war der weibliche Blick auf die Dinge. Seit er bei Adalina war, wurde ihm das bewusster. Er hatte zwar viele Schülerinnen im Unterricht betreut und sich immer beherzt mit ihren Ansichten auseinandergesetzt, doch der Altersunterschied hatte vieles überlagert.

Er erzählte Adalina, wie er den Plan für Heiligabend ausgeheckt hatte, nachdem ihm die Kristalle von Sep Antoni in den Schoß gefallen waren.

Adalina schüttelte den Kopf. «Ist das nicht unfassbar? Er scheint immer ein bisschen abwesend, aber er wusste und weiß doch immer mehr als wir andern. Bis heute ist das so.»

Fidel schilderte ihr die Momente vor der Baracke, in der Kälte, im Schnee, die Freude der Kinder, das Kerzenlicht, das auf Loretta fiel, der Gang zurück zu den Baracken und wie da plötzlich Pancrazi auftauchte. Der Kuss dann, der Verrat, und wie die beiden im Arbeiterhaus verschwanden.

Adalina blieb einen Moment lang still. Sie schaute aus dem Fenster und sah, dass die ersten Teilnehmerinnen des Lesezirkels eintrafen. Es blieb ihnen nicht viel Zeit.

«Hast du noch einmal von Vica gehört?», fragte Adalina etwas unvermittelt.

«Sie hat heute geschrieben, sie kommt morgen für zwei Tage, will das Tal erkunden. Weshalb?»

«Weil sich das perfekt trifft, du gehst mit ihr morgen zu Pancrazi.»

Sie schob den Stuhl zurück und stand auf.

«Darüber habe ich auch schon nachgedacht, aber hältst du das wirklich für eine gute Idee? Er tut ja, als erinnere er sich kaum an Loretta, da sei nichts gewesen.»

«Was ja offensichtlich nicht stimmt, wie du mir gerade geschildert hast. Und du bist immer noch ziemlich wütend, das erstaunt mich doch ein wenig. Immerhin ist mehr als ein halbes Jahrhundert vergangen seither.»

«In Vicas Gegenwart verhält er sich vielleicht anders, könnte ich mir vorstellen.»

«Ja, denn er könnte ihr Vater sein», sagte Adalina.

«Oder du, Fidel.» Sie stand auf und küsste ihn sanft auf die Stirn. «Wenn du Glück hast, bist du es!»

Sie ging hinaus zu ihren Lesefreundinnen, Fidel schaute ihr konsterniert hinterher.

Glück?

Später, während die anderen über das Buch mit den Nichtschwimmern sprachen, war er ziemlich abwesend, verspann sich immer weiter in seine eigenen Gedanken, die mitleidigen und manchmal auch leicht belustigten Blicke von Adalina ignorierte er.

Es kam zum unvermeidlichen nächsten Streit, diesmal spätabends. Meret brütete über den Unterlagen von Haas, bis sie die Ausdrucke der Pläne schließlich mit einem nur leicht unterdrückten Fluch von sich schob.

«Ich finde nichts, einfach nichts! Wenn er nicht in die Felswand und den Bunker hinein bauen würde, wären das ganz normale Baupläne.»

«Was hast du erwartet, dass einer wie Haas dir seine Geheimnisse offenbart?»

«Ich weiß, dass dir mein Vorgehen nicht gefällt, Niculan. Aber schau dich um. Mach die Augen auf! Wenn wir nicht versuchen,

Leute wie Haas zu beeinflussen, nur schon dahingehend, dass grüne Technologien auf längere Sicht die günstigeren sind, wer tut es dann? Ich bin es leid, von Kongress zu Kongress zu tingeln, wo sich die Wissenschaftler gegenseitig das bestätigen, was sie ohnehin schon wissen. Dass es jeden Tag einen weiteren Tag zu spät ist für den ökologischen Umbau. Wir müssen die Player in diesem Land zur Besinnung bringen, und so leid es mir tut, Haas scheint einer von ihnen zu sein, zumindest wenn ich sehe, mit welchen Budgets er baut.»

«Wenn er denn baut!»

«Er hat die RiverLodge in drei Jahren hochgezogen, und sie funktioniert. Gefällt mir ja auch nicht, aber es ist eine Tatsache.»

«Und warum ist er dann nicht in der Lage, dir die richtigen Unterlagen zu schicken?»

«Das auf den Plänen sind ganz banale Bunkerräume. Fidel hat sie nach der Führung ähnlich geschildert. Vielleicht bilden wir uns ja nur ein, dass der Péz Baselgia ein Geheimnis birgt.»

«Natürlich, genauso wie die Risse da oben.»

«Ich ja wohl kaum, Niculan, ich bitte dich! Ich bin da hineingerasselt, nicht du.»

Er hob entnervt die Hände.

«Ist ja gut! Aber dann erklär mir bitte mal, wo in deinen Plänen die *Catedrala* ist, die Sep Antoni gezeichnet hat.»

Meret zuckte nur mit den Schultern.

«Eben. Und ich weiß und du weißt, dass er das nicht erfunden hat. Aber plötzlich traust du den Plänen von Haas mehr als dieser alten Skizze, die du in dem alten Manuskript gefunden hast. Die entstanden ist, als es Haas noch nicht mal gab. Die sicher niemand manipulieren konnte.»

Meret schwieg noch immer, was Niculan so sehr reizte, dass er ungewohnt energisch wurde.

«Mir reicht es. Sobald ich morgen in der Manufaktur wegkann, hole ich Sep Antoni, und dann gehen wir den Berg auskundschaften.»

«Das ist doch ein völlig unnötiges Risiko.»

«Warum? Dein Haas überwacht doch zusammen mit dem Militär jeden Millimeter Fels da oben. Ich kann dir sagen, für einen Bergführer ist das mehr Sicherheit, als er sonst jemals hat. Es sei denn, Haas hätte dir ...»

Er verstummte, weil Merets Handy brummte, sie warf einen Blick darauf. Endlich Nachricht von Gret. Sie überflog eilig den Text.

«Der Antrag, die Dokumente einzusehen, ist bewilligt, ich muss morgen Mittag in Bern sein.»

«Dann wirst du Bigna wohl mitnehmen müssen, ich habe schon etwas vor.»

Meret schaute ihm verwundert hinterher. Zwar knallte er nicht die Tür zu, als er den Raum verließ, aus Rücksicht auf Bigna vielleicht, aber Meret hatte ihren Mann selten so aufgebracht erlebt.

Manchmal, wenn zum Beispiel jemand seine Entwicklungsarbeit in der Manufaktur hinterfragte, reagierte er mit einer fast autistischen Sturheit, in ihrer Beziehung war ihr die aber noch nie begegnet.

Selber schuld, wenn du dir ausgerechnet einen Bergler aus der Deserta angelst!, würde Gret morgen in Bern bloß zu ihr sagen.

Besser, sie erzählte es ihr gar nicht erst.

Niculan hatte lange überlegt, mit welcher seiner Outdoor-Jacken er sich vor dem Regen schützen wollte, letztendlich hatte er sich mit einer bunten Plastikpelerine beholfen, die er sonst nur bei Open-Air-Konzerten einsetzte. Jetzt war er froh über diese Wahl, denn der Regen fiel pausenlos und dicht, das stete, sanfte Prasseln auf der Kapuze erinnerte ihn an eine Expedition in Costa Rica, ausgerechnet in jenem Jahr, als die Regenzeit drei Wochen früher als üblich eingesetzt hatte.

Die Feuchtigkeit lag seit Tagen wie eine Wolke über der Deserta, alles, was Niculan anfasste, war klamm, die Nässe drang nach den tagelangen Regenfällen in jede Ritze, doch mehr zu schaffen machte Niculan die anhaltende Düsternis. Im Haus war er stets versucht, das Licht anzumachen, weil die tief liegenden Wolken den Tag zur Nacht machten.

So hatte es das früher nur kurz vor einem Gewitter gegeben.

Die Idee, den Péz zu erkunden und möglicherweise sogar in die Festung einzudringen, war ihm gekommen, als er letzthin Sep Antoni im Dorf getroffen hatte. Er hatte sich an Fidels Bericht über seine Bunkerführung erinnert, bei der ihm der Sonderling begegnet war. An einer unzugänglichen Stelle, hatte Fidel gemeint, es habe ausgesehen, als würde dieser nach Belieben in der Festung ein und aus gehen.

Sep Antoni war nicht einmal erstaunt gewesen und hatte sofort verstanden, was er von ihm wollte.

«*Gie. La catedrala ella baselgia*», hatte er nur bestätigt. «*Ella fortezia dal limpilampi.*»

Schon bevor er am Abend zuvor Meret über sein Vorhaben informiert hatte, war ihr Treffpunkt an der *Sontga Crusch* ausgemacht gewesen.

Haas hier, Haas da … Sie stellte sich aber auch an.

Er wusste, dass er sich nicht korrekt benahm, aber der Typ nervte ihn von Tag zu Tag mehr.

Erbost stapfte er den schlammigen und sumpfigen Wanderweg hoch. Falls Sep Antoni ihm wirklich Zugang verschaffen konnte, war es ohnehin gescheiter, wenn Meret nicht dabei war, ihr wäre die Platzangst in die Quere gekommen.

Je näher er den Wasserfällen kam, destso dichter fiel der Regen.

Vielleicht wäre er gescheiter noch mal zu den Rissen hinauf, um ihre aktuelle Breite auszumessen.

Da oben rutschte der ganze Hang, und der Herr Investor schwafelte etwas von Überwachung.

Der dachte doch gar nicht daran!

Der hatte andere Pläne, und er musste dahinterkommen, welche. Wollte er sein neues Projekt überhaupt retten? Verließ er sich tatsächlich auf Prepper-Wohnungen in alten Bunkeranlagen?

So dumm war der nicht.

In Niculan regte sich ein Verdacht.

Vielleicht wollte der Mann gar nichts retten, ganz bewusst!

Niculan rutschte an einer sumpfigen Stelle weg, fluchend rappelte er sich auf. Der Regen und seine Auswirkungen machten selbst ihm, der seit je mit der Natur lebte, allmählich zu schaffen. Er überlegte, welche Folgen ein Bergsturz am Péz Baselgia für Dadens haben würde, versagte sich dann aber jeden weiteren Gedanken.

Sep Antoni war nicht sehr gesprächig, aber ihr Vorhaben schien ihn weiterhin zu interessieren. Er drückte Niculan die Hand, ohne etwas zu sagen, sein Blick sanft und freundlich wie immer.

Nicht ein einziges Mal war das anders gewesen bei ihren Begegnungen, obwohl es einiges gab, was er ihm hätte übel nehmen können. Merets Familie, diese Geschichten im Dorf … In Sep Antonis Strahlerunfall war vielleicht Merets Großvater Otto

Benedikt verstrickt gewesen. Und der wiederum war zuerst mit Niculans Großvater befreundet gewesen und mit diesem dann über Kreuz gekommen. Ein einziger Wirrwarr. Von dem Unfall wusste niemand Genaueres, es gab keine Zeugen. Meret hatte ihren Großvater, den Unternehmer, gar nicht mehr gekannt. Sie hatte das Spärliche, was sie von der Benedikt-Seite ihrer Familie wusste, ohnehin erst vor wenigen Jahren erfahren.

Damals, als er mit Meret die rätselhaften Umstände des Bergtods ihres Vaters recherchiert hatte.

Als sie sich nähergekommen waren.

Hoffentlich würden sie ihre unsinnige Streiterei nach seiner Expedition endlich beilegen können.

Bezüglich der Geschichte zwischen Otto Benedikt und Sep Antoni war es bei den Gerüchten geblieben, und der einzige Beleg dafür schien der Kristall zu sein, den Meret einst von ihrem Vater erhalten hatte. Ursprünglich offenbar ein Fund von Sep Antoni, sie hatte ihm dafür einen anderen geschenkt.

Vielleicht ja kein Zufall, dachte Niculan, dass Sep Antoni ihn heute um den Hals trug.

Was auch immer zwischen ihm und Benedikt gewesen sein mochte, ihr, der Enkelin, trug er nichts nach.

Niculan schaute zur *Cascada* hinauf. Das Doppelte und Dreifache der normalen Wassermenge stürzte oben über die Felsschulter, fiel tosend herab und füllte den Kessel, in dem sie standen, mit einem steten Brüllen. Sie verstanden ihr eigenes Wort kaum.

«So viel Wasser habe ich hier noch nie gesehen», schrie Niculan gegen den Wind.

Sep Antoni lächelte nur.

Er machte eine Handbewegung und ging los, näher zur Felswand hin und dann der Camouflage-Plane entlang. Niculan war froh, dem donnernden Wasser zu entkommen. Wann immer er mit den direkten Folgen der Klimaerwärmung konfrontiert war, so wie jetzt in dieser Regen- und Hochwasserperiode, war ihm unwohl. Die Leute hier oben hatten zu lange die Augen davor verschlossen, hatten alles immer auf die Natur geschoben, er nahm sich da nicht aus. Da verändere sich immer was, das renke sich schon wieder ein, und früher hätte es auch schon warme Winter gegeben ...

Sie stapften noch zwei, drei Minuten länger durch den Morast am Fuß der Wand, dann blieb Sep Antoni abrupt stehen.

«*La catedrala*», sagte er und deutete auf die Plane.

«*Cheu?*», fragte Niculan verwundert.

«*Gie.*»

Sep Antonis Hand tastete über die gemalten Felsstrukturen, fand eine Ritze, es sah aus, als klappe er plötzlich ein Stück des Felsens auf. Ein Knauf war sichtbar geworden, zugleich schob Sep Antoni einen Schlüssel in das Schloss darunter und öffnete ohne Mühe eine Tür von normalem Ausmaß.

Woher hatte er einen Schlüssel?

Niculan folgte ihm.

Der ganze Eingang war betoniert. Sep Antoni drehte an einem Lichtschalter. Hinter dem Stahltor gab es eine, zweite, fast meterdick einbetonierte Tür, wie sie Niculan nur von Schutzräumen kannte.

«Geht man bei der Führung mit Haas auch hier rein?», fragte Niculan.

Sep Antoni schien die Frage verstanden zu haben, er schüttelte sofort entschieden den Kopf.

«La catedrala», sagte er wieder und deutete in den Gang vor ihnen.

«Und wo kommen wir aus dem System wieder heraus?», fragte Niculan. Er besann sich auf seine Bergführer-Tugenden und wollte Meret den Ausstiegsort texten, solange er noch Netz hatte.

Er entfaltete die Karte und hielt sie Sep Antoni hin. Der legte den Finger sofort und bestimmt auf einen Punkt am Rhein oberhalb des Resorts.

«Da oben? So weit reicht das System?» Niculan schaute Sep Antoni erstaunt an.

«La punt da Zacuns», bestätigte Sep Antoni.

«Gut, also bei der alten Rheinbrücke. Wie lange brauchen wir?»

«In'ura.»

Bloß eine Stunde? Niculan zog sein Handy heraus, dann fiel ihm auf, wie wenig Meret als Adressatin Sinn machte. Wenn etwas passierte, im Berg, war sie in Bern und viel zu weit weg, um zu helfen.

Er besann sich anders und schickte den Text mit einer zusätzlichen kurzen Erläuterung an Adalina.

Gret war schon früher als Meret in Bern angekommen, ihre Assistentin hatte den Arbeitsplatz reserviert und die Unterlagen zusammenstellen lassen. Gret erwartete Meret auf der Treppe zum Eingangsportal des klassizistischen, breit gestreckten Gebäudes.

«Liegt alles bereit!», sagte sie nach einer innigen Umarmung. «Dann mal los!»

«Heute gibt es wohl wieder mal nur Sandwiches.»

«Als würde dich das stören. Oder lässt du dir neustens Zeit fürs Mittagessen?»

Gret hielt ihr die Tür auf.

«Tatsächlich warten die Sandwiches schon auf dich. Hat Niculan die Kleine?»

«Nein, Adalina, Niculan fährt grad eine eigene Tour, der will mit Sep Antoni in die alten Anlagen eindringen.»

Grets Gesichtsausdruck wirkte plötzlich etwas beunruhigt, sie drehte sich aber schnell weg, und Meret war nicht sicher, ob sie sich getäuscht hatte.

Hatte ihre Freundin bereits etwas erfahren ?

Sie gingen zum Empfangsdesk, wo Meret ihre Identitätskarte vorzeigen musste, einen Besucherbadge erhielt und diesen schriftlich quittierte.

«Dann mal los!»

Meret trat hinter Gret in den Lesesaal, der wesentlich moderner und nüchterner eingerichtet war, als sie erwartet hatte.

Auf dem Tisch, der für sie reserviert war, lagen zwei Stapel.

«Im linken Stapel sind die Protokolle und Beschlüsse, die hier im Archiv waren, den rechten Stapel hat unsere Assistentin zusammengestellt, sie ist auch noch in der Mediendatenbank fündig geworden. Wenn man weiß, was man sucht, ist vieles gar nicht mehr so geheim, wie es zu Beginn den Anschein hatte. Das hier, zuoberst rechts, ist eine gute Zusammenfassung. Sinnigerweise ein Artikel aus dem *Spiegel* von 1995. Da wirst du schon mal deine Freude haben. Beginn doch damit, und danach suchen wir in den Protokollen nach den Belegen und Beweisen dafür. Okay?»

«Und das alles ohne Mittagessen», scherzte Meret, deren Magen im selben Moment gut hörbar knurrte.

Gret zog eine Papiertüte aus ihrer Tasche.

«Das *Ciroletta* mit Rohschinken aus der *Reinhard Bakery*. Noch andere Fragen oder Beschwerden?»

Fidel stand bereits auf dem Bahnsteig, als Vicas Zug einfuhr. Sie saß im dritten Wagen und winkte, kurz darauf nahm er neben ihr Platz.

Sie würden mit ihrem Zug gleich einige Stationen weiterfahren, hatte er ihr getextet, um gemeinsam Pancrazi Flepp zu treffen.

Verstohlen beobachtete er im Gespräch ihre Gesten, doch nichts daran erinnerte ihn an seine eigenen.

Er verwünschte Adalinas Andeutung.

Ihr Vater? Unmöglich.

«Was haben Sie diesem Pancrazi nun genau erzählt?», unterbrach Vica seine Gedanken. «Was muss ich vor dem Treffen wissen?»

Eine gute Frage.

Was wusste er selber über seinen Jugendfreund?

Nach seiner Zeit in Engelberg und seiner Rückkehr als Lehrer ins Kloster hatte er nichts mehr mit ihm zu tun gehabt. Zu tun haben wollen. Schon in jenen Jahren hatte Pancrazi den Grundstein zu seinem heutigen Imperium gelegt. Nicht immer mit sauberen Mitteln, schon damals nicht.

Der Zug war bereits hinter Dadens, der Regen prasselte unvermindert an die Scheiben. Fidel blickte zum Péz hinüber, der im Dunst kaum sichtbar war. Was für eine Dummheit, diese Expedition der beiden Männer. Wäre er nicht von seinen eigenen Geschichten abgelenkt gewesen, hätte er ihnen den Plan rechtzeitig ausgeredet. Die Wassermengen, die in der Deserta fielen, brachen wieder alle Rekorde und nahmen immer bedrohlichere Ausmaße an. Die Erde konnte das Wasser nicht mehr aufnehmen, in vielen Wiesenhängen über den Dörfern öffneten sich die charakteristischen braunen Halbmonde, die am Abriss kleinerer Erdrutsche entstanden.

«Pancrazi Flepps Unternehmen wurde in den 1970er- und 1980er-Jahren immer erfolgreicher», sagte er endlich. «Das war hier eine dunkle Zeit in der Baubranche. Ein Kartell kontrollierte alle Ausschreibungen, Absprachen waren die Regel, Mafiamethoden keine Ausnahme, ein paar wenige Unternehmer verhinderten, dass jene, die im Kartell nicht mitmachten, überleben konnten. Als das Kartell aufflog, war es um Pancrazis guten Ruf geschehen, doch sein Unternehmen war bereits so mächtig, dass seine Geschäfte kaum darunter litten.»

«Hat er Familie?», fragte Vica neugierig.

«Nur zwei Brüder, die stille Teilhaber der Firma sind, sehr stille. Wohl einfach, weil er sich nicht getraut hat, sie loszuwerden.»

«Hat er nie geheiratet?»

«Nicht meines Wissens, er hat keine Kinder, hat er mir letzthin zumindest gesagt, deshalb versucht er jetzt, sein Unternehmen an zwei, drei Mitarbeiter abzugeben.»

Ihre Blicke trafen sich.

«Oje, Sie denken vielleicht …» Vica brach ab und wirkte fast verlegen. Aber nur für einen Moment, dann wurde sie energisch. «Um eines klarzustellen, sein Geld interessiert mich nicht! Wir stehen auf eigenen Beinen und verdienen mit der Arbeit, die wir lieben, sogar mehr, als wir brauchen.»

«Ich wäre gar nicht auf die Idee gekommen.»

Vica blickte in die trostlose Waschküche hinaus. «Ich dachte nur … durch seinen Reichtum könnte mein Auftauchen hier plötzlich berechnend wirken.»

«Um Himmels willen, nein», sagte Fidel schnell. «Ich habe ja die Verbindung hergestellt, Sie wussten nichts von ihm, außer dieser einen Bemerkung von Loretta über einen ‹muratore› in Dadens. Also machen Sie sich darüber mal keine Gedanken!»

Sie schaute noch immer zum Rhein hinunter und dann hinauf zum Péz. Als wittere sie plötzlich Gefahr, fragte sie: «Ist aber schon nicht normal hier, diese Wassermassen?»

Kapitel 20

Das Rosabuch

«Was ist noch normal?»

Fidel beantwortete Vicas Frage mit einer Gegenfrage und lächelte ihr beruhigend zu. «Es hat den ganzen Frühsommer hier schon geregnet, die Sonne haben wir über Monate kaum gesehen, die Wiesen sind nie mehr abgetrocknet, der Wasserdunst blieb über dem Rhein stehen, Hochwasser war der Normalpegel der Flüsse.»

«Und trotzdem ist keiner alarmiert, scheint mir», erwiderte Vica. «Zumindest da, wo ich arbeite, weder in Zürich noch in Chur.»

«Die Schweizer sind Meister des Verdrängens, lassen Sie sich das gesagt sein.»

«Aber das kann doch keiner mehr verdrängen!» Vica deutete auf den seltsamen Dunst, der die gesamte Tiefebene der Deserta verhüllte.

«Wir bleiben unbelehrbar.»

Einen Moment lang machte sich Stille breit, bevor Fidel auf ihre Frage zurückkam. «So wie in diesen Tagen, das ist nochmals gefährlicher als im Sommer. Ab morgen werden die ersten Seitentäler gesperrt. Sie werden mit Ihren Erkundungen nicht weit kommen, fürchte ich.»

Er blickte hinauf zu den Gipfelhängen des Péz.

Sie alle mussten hoffen, dass dort nicht noch mehr ins Rutschen kam. Vicas Frage hatte ihn noch unruhiger gemacht.

Seit seinem Austritt aus dem Kloster hatte er plötzlich viel mehr Gründe, sich zu sorgen.

In der Nacht war er wach gelegen, irgendwann hatte er sich aus Adalinas Arm gelöst, war in sein Zimmer geschlichen, um im Amtsbuch von Abt Stefan zu lesen. Er hatte beim letzten Mal etliche Seiten übersprungen, in denen der Abt von den Geschehnissen am Stefanstag 1962 berichtete. Beim nochmaligen Lesen merkte er, dass ihm Wichtiges entgangen war.

Im Zugfenster spiegelte sich Fidels nachdenkliches Gesicht. An jenem 26. Dezember war er mit der Rhätischen in die Gegenrichtung gefahren, Engelberg als Ziel. Aber erst seit heute Nacht wusste er, weshalb ihn der Abt zwar damals zum Zug begleitet hatte, aber dann doch nicht mitgefahren war. Fidel erinnerte sich noch genau, wie sie im Abteil Platz genommen hatten und zugleich ein dumpfes Grollen vom Gegenhang zu hören war.

Quirin achtet kaum darauf, doch der Abt springt wie von einer Tarantel gestochen hoch. Sein Gesicht läuft rot an, als fehle es ihm plötzlich an Luft, dann zerrt er seine Tasche von der Gepäckablage.

«Du fährst allein, Quirin, tut mir leid. Ich verrate dem Schaffner deinen Zielort, er wird dir helfen. Und keine Sorge, ich komme bald mal nach Engelberg. Aber jetzt brauchen sie mich hier.»

Sagt es und hastet zur Tür. Der verdutzte Quirin sieht durchs Fenster, wie er aus dem Zug springt, mit dem Schaffner einige Worte wechselt, Sekunden später eilt er schon zum Bahnhofsgebäude und Richtung Unterdorf.

Quirin sinkt ins Polster zurück, etwas knistert in seinem Jackett.

Die Karte der Kaverne für den Abt.

Er wird sie ihm schicken müssen.

Abt Stefan stürmt derweil durchs Unterdorf, Wind ist aufgekommen, eisige Kügelchen prallen auf seinen Hut und peitschen ihm ins Gesicht. Und diese Wahnsinnigen sprengen wieder! Denen geschieht ja auch nichts, tief im Felsen, die glauben, sich alles erlauben zu können. Aber genug ist genug! Der Abt erlaubt sich einen stummen Fluch. Er hat mit der Gemeinde und dem Militär vereinbart, dass bis nach Neujahr keine weiteren Sprengungen mehr die Dadenser verängstigen sollen. Sie haben mit den stetig wachsenden Schneemengen schon Probleme genug. Er handle doch nur auf Anweisung aus Bern, hat der Oberst, der von Divisionär Karl Kalt mit der Bauplanung und der Leitung betraut worden war, noch schwach protestiert. Aber die Dringlichkeit, mit der die Gemeinderäte auf ihn einredeten, hatte schließlich Wirkung gezeigt. Sie würden erst im neuen Jahr mit den Sprengungen fortfahren, gestand der Oberst zu.

Bis er beim nächsten Telefonat von Karl Kalt offenbar einen anderen Befehl erhalten hat.

Anders kann sich der Abt nicht erklären, was gerade passiert. Wie alle Dadenser hat er ängstlich zum Péz hinaufgestarrt, in Erwartung, dass sich die Schneemassen da oben lösen, zuerst die mächtigen Wächten auf dem Gipfelgrat, die selbst von hier unten zu sehen sind.

Das Echo der Detonation verhallt, nichts passiert, doch ein heiliger Zorn hat sich Abt Stefans bemächtigt.

«Dem legen wir das Handwerk, ein für alle Mal», ist das Erste, was der verblüffte Adalbert Candreja zu hören bekommt, als der Abt einige Minuten später in sein Wohnzimmer platzt und den Schnee vom Hut schüttelt.

«Auch dir ein friedvolles Weihnachtsfest», entgegnet Candreja trocken. «Darf ich dir etwas anbieten? *Jesses maratra*, heute ist ja sogar dein Namenstag, komm, setz dich!»

Der Abt hängt seinen Umhang auf den Kleiderbügel, der ihm von Candrejas Frau eilfertig hingehalten wird. Sie bringt das nasse Stück und den Hut hinaus und kommt bald mit zwei Tassen Kaffee zurück.

Selbst das Weihnachtsgebäck, das sie dazustellt, mitsamt Totenbeinen, für den Abt eine ewige Versuchung, vermag ihn nicht abzulenken.

«*Quei basta!* Die Gemeinde hat mit den hiesigen Verantwortlichen des Militärs ausgemacht, dass über die Weihnachtszeit nicht gesprengt wird, nicht zuletzt wegen der Lawinengefahr. Und jetzt das!»

«Was?», fragt Candreja.

«Das! Eben! Die Detonation. *O Dieus*, sag nicht, du hättest es nicht gehört?»

«Ich habe vielleicht ein bisschen laut aufgedreht. Meine Tochter hat mir zu Weihnachten die erste Platte der Desertaner Chöre geschenkt.» Candreja zeigt auf den Plattenspieler, dessen Teller sich noch immer dreht.

«Dann bist du der einzige Dadenser, der eben nicht zum Péz hochgestarrt hat, in Erwartung des Schlimmsten.»

Candreja hebt etwas hilflos die Arme. «Die werden ja schon

keine unnötigen Risiken eingehen», sagt er dann mit wenig Überzeugung.

«Berti, wo lebst du? Karl Kalt hat ihnen offenbar befohlen, weiter zu sprengen. Weshalb macht er das, die paar Tage kann er sich doch leisten? Jetzt dürfte es jedem klar sein, mit wem wir es zu tun haben. Ich sag dir eines: In all den Jahren im Kloster habe ich keinen verwerflicheren Menschen getroffen. Er konnte von Glück sagen, dass die Eltern von Annamengia damals nicht geklagt haben, dass es beim Rauswurf aus der Schule geblieben ist. Und Kalt hat sich offenbar nicht gebessert. Bei euch oben im Bundeshaus muss man das doch wissen!»

Candreja schweigt, doch der Abt liest in seinem Gesicht, dass er mit seiner Einschätzung nicht falschliegt.

«Du hast etwas erfahren, stimmt's?»

Abt Stefan rückt näher an den Tisch, fast so, als gäbe es hier im gemütlich getäferten Wohnzimmer des Politikers unliebsame Zuhörer.

Candreja steht plötzlich auf. Er geht zu seinem prachtvollen Sekretär hinüber, entriegelt ihn und klappt die Schreibauflage herunter. Aus dem einen Ablagefach nimmt er eine Schreibmappe und bringt sie zum Tisch herüber.

«Da. Ich wäre morgen ohnehin zu dir gekommen.»

Er legt Abt Stefan ein Dokument hin und beobachtet seine Reaktion darauf.

Dieser erkennt die Übereinstimmung mit Sep Antonis Skizze sofort. Er entziffert die Beschriftung unter der Skizze.

Aufriss Kaverne, eidgenössischer Schwerwasserreaktor Lucens VD.

«Betriebsgebäude, Zugangsstollen, Maschinenkaverne, Reaktorkaverne», murmelt Abt Stefan beim Lesen. In dieser Reihenfolge sollten die Kavernen offenbar in den Felsen getrieben werden.

«Lucens?», fragt er endlich.

«Im Welschen. Dreißig Kilometer nördlich von Lausanne.»

«Woher hast du das?» Abt Stefan zeigt auf den Klassifizierungsstempel «Geheim» in der rechten oberen Ecke.

«Sep Antonis Skizze von der schwarzen Arche hat mich sofort an etwas erinnert, und in der letzten Sitzung der Energiekommission ist mir dieses Dokument wieder in die Hände gekommen. Schau, exakt dieselbe Form wie die Felskaverne. Wie hast du es genannt?»

«Die schwarze Arche.»

Der Abt blickt lange auf die Skizze, dann wieder entgeistert zu Candreja. «Was … was heißt das jetzt? Dadrin entsteht auch ein solcher Atomreaktor, willst du mir das sagen?» Der Abt deutet mit dem Kinn zum Péz hinüber.

Adalbert Candreja antwortet so zögerlich, als müsse er sich vor jedem Satz überlegen, was er dem Abt anvertrauen darf.

«Nein. Ja. Nicht nur, befürchte ich. Der Reihe nach: Die Eidgenossenschaft entwickelt ebendiesen ersten eigenen Atomreaktor in Lucens, im Waadtland.»

«Wozu?», fragt Abt Stefan bass erstaunt. «Die Amerikaner beherrschen das schon lange.»

«Die Schweiz will aus eigener Kraft Reaktoren bauen können.»

«Weil …?»

«Weil wir unabhängig sein wollen?»

«Nunsenn.»

«Die Meinungen gehen auch im Bundeshaus auseinander, aber gegen eine zivile Nutzung der Atomkraft spricht ja nichts.»

Abt Stefan hält es nicht mehr in seinem Fauteuil. Er springt auf und stellt sich ans Fenster. Das Kloster ist keine fünfzig Meter von Candrejas Haus entfernt, doch es ist im Schneetreiben nicht auszumachen. Er vergegenwärtigt sich alles, was er über diese neuartigen Atomkraftwerke weiß. Eine Technologie, so viel ist ihm klar, deren Gefahren stets heruntergespielt werden.

Doch halt … Die plötzliche Erkenntnis raubt ihm den Atem. Wenn man sich in Lucens für die zivile Nutzung der Atomkraft interessiert, was entsteht dann hier, unter Aufsicht des Militärs?

Vor wenigen Jahren erst sind Geologen in der ganzen Schweiz ausgeschwärmt und haben nach natürlichen Uranvorkommen gesucht. Ganz offiziell. Auch in der Deserta.

Plötzlich macht so einiges Sinn. Die Eile, die Heimlichtuerei, Kalts Überheblichkeit …

Er wendet sich wieder Candreja zu: «Hilf mir auf die Sprünge, du hast doch Naturwissenschaften studiert.»

Candreja ahnt schon, worauf er hinauswill. «Lange her», sagt er.

«Für einen Reaktor braucht es Uran …?»

«Uranoxid.»

«Erhält man nicht auf dem Dorfplatz.»

«Eher nicht. Außer … in Belgisch-Kongo.» Candreja lächelt grimmig. «Bis vor wenigen Jahren zumindest.»

«Da habt ihr es eingekauft?»

«Ihr?»

«Die Politik?»

«Das ist wieder mal nicht sehr differenziert, mein lieber *Avat*. Das Parlament hat auf jeden Fall nicht darüber befunden.»

«Also differenzierter: Die Regierung hat heimlich eingekauft. Wie viel?»

«Zehn Tonnen.»

«Sieh an.»

Zu Abt Stefans Verdruss verstummt Candreja plötzlich.

«Was wurde damit gemacht?», fragt er deshalb ungeduldig nach.

Nur widerwillig spricht Candreja weiter. «Die Hälfte ging ins Eidgenössische Institut für Reaktorforschung nach Würenlingen. Dort gibt es ja schon den Diorit, einen funktionsfähigen Übungsreaktor.»

«Und dort wird Plutonium angereichert», fügt der Abt hinzu.

«Dort wird zivil geforscht», korrigiert ihn Candreja mit wenig Überzeugung.

«Dabei entsteht zusätzliches waffenfähiges Plutonium», insistiert der Abt.

Candreja widerspricht nicht.

«Was ist mit der anderen Hälfte des Urans aus Belgisch-Kongo?»

«2283 Kilogramm Uranoxid und 3238 Kilogramm Uran brachten sie nach Wimmis.»

«In die Schweizer Pulverfabrik.»

«Deklariert als Kriegsreserve.»

«Und weiter.»

«Da ist es nicht mehr, so scheint es.»

«Scheint es?»

«Es wird andernorts gelagert, auch sachgerecht, sagen sie.»

«Wo?»

«Sagen sie nicht.»

«Dir auch nicht?»

«Nein.»

«Sagt wer nicht?»

«Niemand sagt nichts.»

«Und du kannst nicht …?»

«Vergiss es.»

«Uranoxid und Plutonium könnten durchaus in einem Logistiklager der Armee gelandet sein, das eigentlich … kein Logistiklager ist.»

Candreja dementiert wieder nicht. Stattdessen beobachtet er besorgt, wie Abt Stefan seine Wanderungen von Neuem aufnimmt, als fürchte er, dass seine schweren Schuhe bald einen Trampelpfad im Teppich hinterlassen würden.

«Lass mich das noch mal zusammenfassen, ganz langsam, ich bin kein Energiespezialist und sitze auch nicht in eurer Kommission: Obwohl die Schweiz offiziell ihren ersten Atomreaktor erst plant, zur zivilen Nutzung wohlgemerkt, verfügen wir über ein paar Tonnen Uran und Uranoxid, das theoretisch angereichert werden könnte zu waffenfähigem Plutonium, beziehungsweise schon angereichert wird, in diesem Forschungsreaktor, dem Diorit?»

«Das ist nun mal ein Abfallprodukt dort.»

«Der Abfall der einen ist das Manna von Karl Kalt und Konsorten.»

Adalbert Candreja sitzt plötzlich kerzengerade auf seinem Stuhl.

«Was ist?», fragt der Abt irritiert.

«Du weißt schon vom Projekt ‹Manna›?»

Abt Stefan versucht irritiert, Zeit zu gewinnen. Was hat er eben gesagt? ‹Manna› im Sinn, wie er es immer braucht: Nahrung, die vom Himmel fällt, Gott sei's gedankt. Sollte er aus Versehen … Er dreht sich zum Fenster, um sein verdutztes Gesicht zu verbergen. Die forschen also heimlich an der Atombombe, unter dem Deckmantel eines zivilen Nuklearprojekts, und nennen es dann noch «Manna»?! Als wäre Plutonium eine gottgegebene, lebensrettende Himmelsspeise. Er könnte gleichzeitig lachen und weinen ob so viel Ignoranz, und er braucht einen Moment, bis er seine Fassung wiederfindet.

«Natürlich weiß ich von ‹Manna›», sagt er endlich und fast etwas von oben herab.

«Dann tu nicht immer so naiv, Herrgott!» Candreja muss an sich halten, um nicht kräftigere Ausdrücke zu verwenden. «Nimmt mich nur wunder, woher. *Aber item.* ‹Manna› heißt ebendieses Programm in Würenlingen, eigentlich kurz für: Material- und Nachhaltigkeitsanalyse. Im Reaktor wird Plutonium produziert, man forscht dort bezüglich Anreicherung und Isotopenzusammensetzung.»

«Und alles immer nur zum zivilen Nutzen», kommentiert der Abt ironisch.

«Nun gut. Naiv sind wir in Bern ja nicht», erwidert Candreja zu seinem Erstaunen. Aber ein bisschen zu gelassen, scheint ihm.

Als hätte er einen plötzlichen Entschluss gefasst, rückt er jetzt etwas näher an den Tisch.

«Das ist noch nicht alles, Stefan. Glücklicherweise gibt es in der Armee ein paar wenige, die weiter denken als bis zum nächsten Schützengraben. Ich habe dank ihrer Einblick in das ebenso geheime wie berühmte ‹Rosabuch› des Generalstabes erhalten.»

«Rosabuch?»

«Offenbar derzeit die Lieblingsfibel des Generalstabschefs, darin sind alle Nuklearkriegsszenarien festgehalten. Und interessante weitere Aussagen, einige sind sogar an die Öffentlichkeit gelangt, nur werden sie nicht wirklich ernst genommen. So gab einer etwa zu Protokoll, Atomwaffen seien bereits zu gebräuchlichen, fast konventionellen Waffen geworden, man könne in der Landesverteidigung unmöglich darauf verzichten, aus reiner Rücksichtnahme auf die Bevölkerung.»

«Das hat Kalt auch gesagt.»

«Der sitzt ja eben auch im Generalstab. Geführt von Anton Jakobssohn, weiß der Teufel, woher der einst in die Schweiz gekommen ist. Er sagt im ‹Rosabuch›: Da man ja nun bald über die Mirage-Flugzeuge verfüge, die Atombomben bis nach Moskau tragen könnten, müsse man sich auch einen Einsatz im Feindesland überlegen.»

«Exakt Kalts Worte, Berti, ich hab's dir doch erzählt!»

«Die typischen Aussagen der ‹Hardliner›, wie die Amerikaner neumodisch sagen. Zu denen gehören Kalt und Jakobssohn zweifelsohne auch, dazu weitere Mitglieder des Armeestabs, aber nicht alle denken so martialisch. Deshalb sickerte sogar bis zu mir durch, was ich dir jetzt erzähle, niemand weiß offiziell davon, niemand wird das in den nächsten Jahrzehnten erfahren: Dieser Jakobssohn hat bei drei Physikern ein geheimes Gutachten über Kosten und Möglichkeiten einer eigenen Nuklearwaffenproduktion bestellt. Sein Wunschzettel: 50 Fliegerbomben von je 60 bis 100 Kilotonnen Sprengkraft, später weitere 100 Bomben und 50 Artilleriegranaten mit jeweils fünf Kilotonnen. Dann noch eine dritte Serie, addiert ergibt das ein Tausendfaches der Sprengkraft der Hiroshima-Bombe.»

«Aber … das bringen die doch nie durch!»

«Von der Arbeit der drei Physiker weiß keiner, und vom Gutachten schon gar nicht, so bedenklich es ist. Ihre Forschung hat nämlich ergeben, dass die Schweiz technisch durchaus in der Lage ist, Atomwaffen zu entwickeln. Und …»

«Und was?»

«Wenn mich nicht alles täuscht, hat Jakobssohn bereits damit begonnen, an Parlament und Bundesrat vorbei.»

«Sag nicht, hier bei uns?»

«Genau, mithilfe von Karl Kalt. Der Ausdruck Logistikzentrum ist nicht ganz falsch, nur sehr verharmlosend.»

Abt Stefan starrt Candreja bestürzt an. «Atomwaffen? Deshalb das alles? Deshalb hat Kalt viel zu viel gezahlt, deshalb hat er keine Öffentlichkeit gewollt, deshalb die Eile!»

«Du hättest einen Aufstand gemacht, das wäre ihm und Jakobssohn sehr ungelegen gekommen. Jetzt bauen sie zunächst unauffällig die alte Festung Surrein ein bisschen aus. Und weil das ja alles ziemlich gefährlich ist, hat sich Kalt gedacht, bauen wir das alles in die Deserta.»

«Weil er uns hier oben ohnehin nicht sehr mag.»

«Späte Rache.»

«Für den Rauswurf damals, zweifelsohne eine Demütigung, die Kalt nie vergessen wird. Obwohl er damals noch glimpflich davongekommen ist.»

«Wir müssen ihn stoppen», sagt Abt Stefan, das Entsetzen über die neuen Erkenntnisse steht ihm ins Gesicht geschrieben.

Candrejas Lächeln ist schwerer zu deuten. Abt Stefan kennt den Politiker gut genug. Der wittert bereits wieder einen persönlichen Nutzen in der Geschichte.

«Wir müssen gut überlegen, wie wir vorgehen. Bis jetzt sind das alles nur Vermutungen, vielleicht sind wir komplett auf dem Holzweg. Aber ja, wir werden sie alle stoppen. Kalt und all die anderen kalten Krieger.» Candreja freut sich über sein spontanes Bonmot, das er sich gleich für künftige Auftritte merkt. «Damit legen wir uns aber mit der obersten Armeeführung des Landes an, das ist dir bewusst.»

«Ja.»

«Du unterschätzt das Ausmaß der Affäre, mein lieber Stefan. Das sind die Heiligen im Lande, du hast es bei dieser wahnwitzigen Mirage-Beschaffung gesehen.»

«Im Volk kippt die Stimmung, du wirst sehen.»

«Zähl lieber mal nicht darauf.»

«Was tun wir?»

«Kalt liefert uns mit den Sprengungen eben eine Steilvorlage. Du machst erst mal seine Fahrlässigkeit bezüglich Lawinengefahr öffentlich.»

«Und du?»

«Ich bin empört. Stelle erste Fragen. Was dadrin eigentlich so schnell gebaut werden muss? Erwähne dann Gerüchte um eine mutmaßliche Reaktorkaverne …»

«… und den Verdacht, dass die nur ein Teil der Anlage ist.»

«Genau. Als Mitglied der Energiekommission wisse ich bestens Bescheid über Lucens und welche Bauten es für einen Kernreaktor brauche, die Kavernen in der Deserta müssten etwas Größeres verbergen.»

«Du musst dich in Bern mit denen verbünden, die nicht zu diesen Hardlinern gehören.»

«Genau. Und dann lassen wir die Bombe hochgehen, sozusagen.»

Kapitel 21

Der Ohrring

Meret wollte sich in die Lektüre vertiefen, Gret deutete nochmals auf den Stapel mit den Dokumenten aus dem Archiv.

«Du hattest übrigens recht, die Dokumente von 1962 sind schon nach dreißig Jahren allgemein zugänglich geworden.»

Merets Handy vibrierte.

Es war zu ihrem Erstaunen Adalina, die sich meldete. Sie öffnete die Textnachricht, schüttelte verstimmt den Kopf, klickte sie gleich darauf weg, sagte aber nichts.

Sie nahm sich den *Spiegel*-Artikel vom Mai 1995 vor, wie Gret ihr vorgeschlagen hatte.

GROSSES KALIBER

Bisher geheime Militärdokumente beweisen: Die Schweiz erwog während des Kalten Krieges, Atommacht zu werden.

Jahrelang, so zeigen Sitzungsprotokolle der Landesverteidigungskommission aus den Jahren 1957 bis 1964, waren eidgenössische Strategen vom Ehrgeiz be-

herrscht, die Schweiz zur Atommacht hochzurüsten. Sie setzten die Anschaffung von Kampfjets durch, die Nuklearwaffen hätten befördern können, und sondierten deren Beschaffung im Ausland. Auch den Bau und die heimliche Erprobung eigener Atomwaffen hatten sich die Dr. Seltsams in Bern vorgenommen.

Tatsächlich entlarven die Dokumente die eidgenössischen Kalten Krieger als ebenso eingebildet wie einfältig. 1957 debattierten die Militärführer, ob sie das Land als 'klein und schwach' darstellen sollten, um die Zauderer in der Regierung für die Atomrüstung zu gewinnen. Oder als übermächtig.

Ein neuer Krieg werde ein Krieg der Weltanschauungen sein, umschrieb der Offizier die Obsession der Planer. Die Schweiz sei als antikommunistische Bastion bekannt, und die Russen hätten »alles Interesse, sie als Zentrum des Widerstands gegen den Kommunismus zu eliminieren«.

Das sollte notfalls mit einem Atomschlag verhindert werden - auch um den Preis der Zerstörung eigener Städte.

Umstritten war unter den Generälen die Frage, ob das 'Rosabuch', in dem sie ihre Nuklearkriegsphantasien vortrugen, zwischen taktischen und strategischen Atomwaffen unterscheiden sollte.

Meret lachte laut auf.

«Ernsthaft? Das ‹Rosabuch›? Hast du das gelesen?»

«Erstaunt dich das? Es gibt letztendlich nichts Lächerlicheres und Pathetischeres als Männer, die im Geheimen ihre Kriegsspiele üben, wie einst als Buben im Sandkasten. Das Traurige ist allerdings, dass wir jetzt zum ersten Mal eine Frau an der Militärspitze haben, und sich herausstellt, dass die keinen Deut besser ist.»

Meret las weiter, Gret biss herzhaft und ein bisschen zu demonstrativ in ihr Sandwich.

Die Militärs wagten einen neuen Anlauf: Sie bestellten bei drei Physikern insgeheim ein Gutachten über Kosten und Möglichkeiten einer eigenen Nuklearwaffenproduktion.

Daß es bei der Studie blieb, war nicht die Folge besserer Einsicht. Vielmehr wuchs die Beschaffung der «Mirage»-Flugzeuge den Militärs so über den Kopf, daß das Parlament die Notbremse zog. Der Generalstabschef meldete sich abrupt in den Ruhestand ab, der Verteidigungsminister folgte ihm wenig später.

Merets Miene war immer betroffener geworden.

«Steckt reichlich Sprengstoff drin, nicht? Im wahrsten Sinne des Wortes. Tonnenweise. Die Studie hat also gezeigt, dass die Schweiz fähig war, Atombomben zu bauen. Ich folgere daraus: Karl Kalt hat damit sogar begonnen.»

«Auf eigene Faust?», fragte Meret ungläubig.

«Wer weiß? Aber am Schluss war er das Bauernopfer, er nahm ein ziemlich tragisches Ende.»

Gret zeigte auf den anderen Stapel.

«Schau hier, das ist der Bericht der Physiker zu Händen des Generalstabs.»

«Den habt ihr gefunden?»

«Ja. Der liest sich wie eine detaillierte Bauanleitung für eure Fortezia: *Das Versuchsgelände sollte in einer unbewohnten Berggegend liegen und weiträumig abgesperrt werden, als Vorsichtsmaßnahme, falls doch einmal kleine Mengen radioaktiver Stoffe bei einer Explosion an die Oberfläche gelangen und die unmittelbare Umgebung des Sprengortes unbetretbar würde.»*

Im selben Moment brummte Merets Handy. Sie warf einen Blick darauf, dann hielt sie es Gret hin.

Kurze Rast bei einem Zwischenausstieg. Dann wieder nicht mehr erreichbar. Unsere Karte stimmt nur teilweise, das System führt nicht so tief in den Berg hinein. Wir sehen uns an der Brücke. Dauert länger als angenommen. So sieht das hier aus.

Meret vergrößerte das erste Bild, es zeigte eine mächtige betonierte Schutztür, die halb offen stand, daneben unübersehbar das gelb-schwarze Warnschild für nukleare Gefahr. Auf den nächsten Fotos waren kleinere Durchgänge abgebildet, überall dasselbe Zeichen an der Wand.

«Fuck.»

«Ja», sagte Meret.

«Das bestätigt meine Vermutung: In der Fortezia Surrein wurde ein Atomkraftwerk gebaut, analog zu dem eidgenössischen Versuchswerk in Lucens. Das jedoch entstand für die zivile Nutzung, in Surrein hätte es schlussendlich der Stromerzeugung für die Atom-Festung dienen müssen. Und als Nebenprodukt wäre auch gleich das waffenfähige Plutonium entstanden, praktischerweise. Eine entsprechende Gasultrazentrifuge zur Plutonium-Anreicherung war vorgesehen, des Weiteren, halte dich fest, sollte dein Péz Baselgia ein gigantisches Testgelände für unterirdische Atombombenversuche werden.»

«Was? New Mexico in der Deserta?»

«Wie gesagt, das sind die Schlüsse, die wir gezogen haben, wir fanden kein einziges Dokument, das den Bau des Reaktors, der Zentrifuge und der Testschächte bestätigt. Die bleiben wohl auf ewig geheim oder wurden sogar vernichtet. Aber hier, lies mal diesen Passus!»

«Zur Erprobung der Bombenversionen schlagen wir sieben unterirdische Atomtests vor. Riesige Kavernen werden die Erderschütterungen abschirmen, im Ausland können diese so nicht mehr seismometrisch identifiziert werden.»

Meret ließ die altersbraunen Seiten konsterniert sinken.

«Sieben Tests?»

«Du denkst an diese Skizze, nicht? An die sieben Schächte.»

«Aber … wie macht man solche Tests, hast du das auch recherchiert?»

«Man bohrt einige Hundert Meter tief, platziert die Bombe am Boden des Schachts, verschließt ihn mit verschiedenen Materialien wie Beton oder Sand, und dann Bumm.»

«Du willst mir sagen …»

«Das war meiner Meinung nach das Ziel des Herrn Kalt. Wie es scheint, ist sein Plan Anfang 1963 aufgeflogen, bevor er ihn im Detail umsetzen konnte. Nur … über das plötzliche Ende des Unternehmens findet sich nun gar nichts in den Dokumenten. Da wurde klammheimlich aufgeräumt.»

«Im Berg drin hoffentlich auch!»

Meret erinnerte sich unwillkürlich an ihren Auftrag im Bernischen, bei dem sie viel über den Umgang des Schweizer Militärs mit seinen früheren Fehlern gelernt hatte.

Sie hakte nach: «Also ist nicht klar, was damals in die Kavernen gebracht wurde?»

«Uranoxid und Plutonium, davon kannst du ausgehen. Kam damals auf unerklärliche Weise von der nationalen Pulverfabrik Wimmis zu euch hoch, dafür haben wir im Archiv einen ordnungsgemäßen Lieferschein gefunden. Die militärische Pingeligkeit ist manchmal schon fast herzig. Der Reaktor wurde wohl nicht mehr in Betrieb genommen, und ich bezweifle, dass sie weit genug waren für Tests. Vorsicht ist trotzdem angebracht. Ich habe das anhand des zivilen Reaktors in Lucens nochmals studiert. Dort kam es ja 1969, kurz nach Eröffnung, zum Super-GAU, weil ein Brennelement schmolz.»

«Was?» Meret war verwirrt, dann dämmerte es ihr. Sie hatte auch schon davon gehört, aber nie verifiziert, ob die Geschichte stimmte.

«Eine Kernschmelze in der Schweiz, ein Super-GAU, Tschernobyl in Lucens, aber keiner erinnert sich. Schon gar nicht die lustigen Männlein in Bern, die heute wieder nach Atomkraft schreien. Damals wurde verdrängt, danach vergessen. Zum Glück hatten sie das Werk in eine Felskaverne gebaut. Danach sei alles geräumt und dekontaminiert und die Kaverne versiegelt worden. Aber lustig: Vierteljährlich wird in der Umgebung dort die Wasserqualität geprüft.»

«Ach.»

«Ja.»

«Robert Haas und seine Proben an der *Cascada.*»

«Ein möglicher Hinweis darauf, dass die *Fortezia Surrein* vielleicht doch nicht so sauber ist. Also schau, dass Niculan zügig da rauskommt. Und dann zieht ihr wohl besser ins Unterland, bevor euch die Bergspitzen auf die Füße fallen.»

«Was Kalt und Konsorten damals geplant haben, all das, was wir hier lesen, entspricht aber hoffentlich nicht dem, was sie in Realität noch umsetzen konnten, Gret?»

«Hoffentlich nicht, aber du kennst meine Meinung: Wer will da oben schon wohnen, Kavernen hin oder her! Und jetzt solltest du mit mir kommen, wir gehen schnell raus auf die Treppe vor dem Archiv.»

«Tun wir das ?»

«Ja. Ich will rauchen, und du musst jemanden treffen.»

«Muss ich?»

«Ja.»

Auf dem Weg nach draußen klingelte Merets Telefon. Adalina, stellte sie mit einem Blick fest.

«Ist Niculan also wirklich in den Berg?», fragte sie mit leicht gehetzter Stimme.

«Ja, warum, Adalina?»

«Sie melden Steinschlag unterhalb der Risse, Cordelia lässt das Resort räumen, das Unterdorf wohl auch bald.»

«Oh nein. Nein! Danke für die Nachricht, ich melde mich wieder, ich unternehme was.»

Sie klickte Adalina weg und textete Niculan, er müsse wegen Steinschlag bei *Muota Pigniel* sofort aus dem Berg raus.

Die Lese-Häkchen blieben grau.

Nervös eilte sie Gret hinterher. Die wartete auf der Treppe, ihre Zigarette brannte bereits. Meret erzählte ihr, was Adalina gerade gemeldet hatte.

«Umso mehr solltest du mit ihm sprechen.»

Gret deutete ohne weitere Erklärung auf einen Mann, der ebenfalls rauchend auf dem obersten Treppenabsatz saß, was etwas irritierend war, trug er doch Anzug und Krawatte. Dann allerdings sah Meret seine Gesundheitsschuhe, schwarz zwar, aber mit genoppten, dicken Gummisohlen.

«Militär», sagte sie halblaut zu Gret.

«Darf ich vorstellen», sagte diese sofort vernehmlich: «Meret Sager – Hans Vormüller, Logistikabteilung der Schweizer Armee.»

Der Mann stand auf und reichte Meret die Hand.

«Herr Vormüller, ich werde mich gern später mit Ihnen unterhalten, aber jetzt möchte ich nur eines wissen, denn bei uns oben in Dadens zerfällt eben ein Berg. Stimmt die Aussage von Robert Haas, Besitzer der Fortezia Surrein, dass das Militär den Péz Baselgia in Dadens mit allen denkbaren Geräten auf Erdbewegungen überwacht?»

«Davon weiß ich nichts. Warum sollten wir das tun?»

«Die Kaufverträge der Fortezia würden das so bestimmen.»

«Da hat Ihnen jemand einen Bären aufgebunden.»

Meret und Gret wechselten einen raschen Blick.

«Letzte Frage für heute: Gibt es radioaktive Abfälle im Péz Baselgia?»

Vormüller drückte mit seiner gepolsterten Ferse umständlich den Zigarettenstummel aus. «Sehen Sie, Frau Sager, genau darüber sollten wir etwas ausführlicher sprechen.»

Meret hatte im Berner Oberland genug mit der Armee zu tun gehabt, um seine Worte richtig zu deuten.

«Gerne ein anderes Mal, wir haben einen Notfall, Sie übrigens auch, auf Wiedersehen.»

Meret zog Gret von ihm fort. «Hör zu, diese Bitte habe ich zum ersten und letzten Mal in meinem Leben, versprochen: Ich brauche sofort einen Heli.»

Gret lächelte, aber auch sie konnte ihre Anspannung nicht verbergen. Sie wandte sich wieder Vormüller zu.

«Frau Sager braucht einen Heliflug nach Dadens. Gleich jetzt. Und schicken Sie doch einen Ihrer Katastrophenkoordinatoren mit, schlage ich vor.»

Fidel registrierte jede Gefühlsäußerung in Pancrazis Gesicht, als dieser Lorettas Tochter zum ersten Mal die Hand schüttelte. Überraschung, Unsicherheit, aber auch Freude wechselten in rascher Folge. Er musste sofort an Loretta gedacht haben, als er

Vicas Augen sah. Das war unvermeidlich, wie Fidel aus eigener Erfahrung wusste. Derselbe beunruhigende Kontrast zwischen den hellen bernsteinfarbenen Augen und den dunklen Haaren.

«Soll ich euch beide eine Weile allein lassen?», fragte er.

Pancrazi schaute ihn ganz erstaunt an. «Warum das denn? Auf keinen Fall, jetzt setzen wir uns erst mal hin und schauen, was wir gemeinsam herausfinden.»

«Du musst italienisch sprechen!», sagte Fidel, ebenfalls etwas irritiert. «Oder deutsch.»

«Romanisch beherrsche ich leider nicht», pflichtete Vica ihm bei. «Aber erzählen Sie mir doch von meiner Mutter und wie das war, damals.»

Pancrazi wollte sich erst hinter seinen Schreibtisch setzen, merkte aber noch rechtzeitig, dass dieses Gespräch einen privateren Rahmen verdiente. Er gesellte sich zu Fidel und Vica, die schon auf der Polstergruppe Platz genommen hatten.

Familiengespräche hatte er hier seit Jahren nicht mehr geführt, fiel ihm auf.

Seit Jahrzehnten, korrigierte er sich sogleich.

Er beugte sich zu Vica vor. «Ich traf deine Mutter zum ersten Mal dort, wo sie am liebsten war, vermute ich.»

Fidel blieb weiterhin in der Beobachterrolle und war schon jetzt ein bisschen überrascht. Eine permanente Großspurigkeit war Pancrazi eigen gewesen, schon als Junge, kein Wunder, war er doch der Größte und Stärkste aller Buben von Zacuns gewesen. Jetzt schien die Selbstsicherheit und auch die Arroganz des erfolgreichen Machers aber mit jedem Satz mehr zu bröckeln. Verwundbarkeit und Verletzlichkeit las Fidel plötzlich in seinen Augen. Verständlich, er saß seiner Tochter gegenüber. Fidel fragte sich plötzlich, ob er Pancrazi falsch eingeschätzt hatte. Ihre Beziehung zueinander. Er hatte das Machtgefälle zwischen dem erfolgreichen, selbstsicheren Macher und Unternehmer und ihm, dem verschüchterten Bauernsohn und Klosternovizen, immer als gegeben hingenommen.

«Die Arbeit in der Tuchfabrik gefiel Loretta schon, aber lieber war sie bei den verbotenen Kindern und unterrichtete sie in allem, was diese lernen sollten. Vor allem bot sie ihnen einen sicheren Raum, wo sie sich nicht verstecken mussten, wo sie auch mal laut sein konnten, herumtoben durften, unten bei der alten Kapelle. Aber das hat er dir sicher erzählt, er hat ihr dabei ja geholfen.»

«Wie geholfen?»

«Unser Fidel hat sie auch unterrichtet, hat sie heimlich Romanisch gelehrt. Damals hieß er übrigens noch Quirin. Quirin Livers.»

«Ach?»

«Stimmt doch, *lamaschi*?»

«Sie hat dir von mir erzählt?», fragte Fidel.

«Beichtgeheimnisse, hm …?», sagte Vica leise.

Er würde ihr ja erklären, weshalb er ihr nicht alles gesagt hatte, wusste aber nicht, wie, und Pancrazi ließ ihn gar nicht erst zu Wort kommen.

«Jetzt, wo ich in Vicas Augen schaue, sehe ich auch Loretta wieder vor mir: Ja. Ich erinnere mich, Fidel. Und ja, sie hat von dir erzählt. Überhaupt hat sie eigentlich immer nur von dir gesprochen …»

Fidels Verwirrung wuchs.

«Zum ersten Mal habe ich deine Mutter in der Kapelle getroffen.»

Im Gegensatz zu ihm war Pancrazi ganz selbstverständlich zu einem vertrauten «Du» übergegangen, stellte Fidel argwöhnisch fest.

«Es war zu Beginn des Winters im Jahr … *jesses maratra*, hilf mir, Fidel!»

«1962.»

«Ein schlimmer Winter begann, wir ahnten nicht, wie heftig er werden würde. Und das Militär hatte den halben Péz eingezäunt, um ihn zu durchlöchern.»

«Zu deinem großen Glück, Pancrazi!»

«Meinst du? Vielleicht, ja. Ich weiß nicht, so viel wie danach mit der Fortezia schiefging … Aber zurück zur Kapelle. Ich hatte vom Militär den Auftrag erhalten, auch jenes Gebiet einzuzäunen. Die Kapelle galt als verlassen, einst war sie für die Dadenser wichtig gewesen, weil dort in den Auenwäldern die Namenlosen ruhten. Wie sagt man auf Italienisch, Fidel?»

«I non battezzati.»

«Genau. Deshalb glaubte ich erst an Erscheinungen, als ich zur Kapelle kam. Kinder sangen dort! In einer Sprache ohne Worte, ich habe das noch heute im Ohr.»

«Eine Vorsichtsmaßnahme von Loretta», warf Fidel ein.

«Was? Ach … weil … verstehe! Damit ein heimlicher Zuhörer wie ich nicht erkennen konnte, woher die Kinder waren? Habe ich mir so gar nie überlegt. Nun, ich habe festgestellt, dass der Gesang aus der Kirche kam, und deine Mutter dort mitten im Unterricht aufgeschreckt.»

«Sie hat mir manchmal davon erzählt», sagte Vica. «Nur widerwillig zwar, wohl wegen dem, was diesem Matteo zugestoßen ist.»

«Sie ist furchtbar erschrocken, als ich auftauchte. Ich musste sie erst einmal beruhigen. Ihr erklären, dass kaum jemand in Dadens mit der Kinderregelung für Saisonniers einverstanden war, ich schon gar nicht. Und ich habe ihr sofort gesagt, sie könne im Winter unmöglich in der kalten Kirche bleiben, wir müssten einen anderen Ort finden. Prompt hat sie mich nach der Baracke gefragt.»

Pancrazi brach ab und starrte auf seine Hände, die er unablässig knetete, als müsse er sich vergewissern, dass noch Leben in ihnen war. «Hätte ich es doch nur nie erlaubt …», murmelte er dann plötzlich.

Fidel horchte auf. Dass sich auch Pancrazi die Schuld an Matteos Tod gab, hätte er nicht gedacht.

«Was geschah dann?», fragte Vica behutsam.

«Ich habe die Baubaracke auf Caschlatsch ein bisschen herrichten lassen und beheizbar gemacht. Loretta ist mit den Kindern dann dorthin gegangen. Leider auch am Tag des Unglücks.»

«So weit sind wir noch nicht», merkte Fidel an.

«Was meinst du damit?»

«Erzähl ihr zuerst von dir, von Heiligabend», sagte Fidel. Erzähl ihr von meinen Geschenken, die du dir unter den Nagel gerissen hast, fügte er stumm hinzu. Und wie du sie damit bezirzt hast!

«Heiligabend?»

«Du warst in der Baracke.»

«An Heiligabend? Das müsste ich doch … ach ja, stimmt, ich habe Loretta das Weihnachtsgeld für die Italiener gebracht.»

Er wandte sich an Vica. «In unserem kleinen Betrieb hatten wir ein Sparschwein, in das wir jedes Mal einen Zehner legten, wenn einer von uns zu spät kam, einen groben Schnitzer machte, Werkzeug verlor, solche Dinge. Über das Jahr kam einiges zusammen, normalerweise spendeten wir das Geld dem Kloster, damals fanden wir aber, es werde bei den Italienern eher gebraucht. Ich brachte Loretta das Kuvert mit den paar Franken in die Baracke, ich wusste ja nicht, wo ich sie sonst finden konnte. Und ja, natürlich tat ich das an Heiligabend.»

«Eine noble Geste», sagte Vica, was Fidel insgeheim ärgerte. Er ahnte, weshalb. Wenn Pancrazi jetzt nicht log, hatte er damals vielleicht auch Loretta nicht angelogen.

«Es wurde an jenem Heiligabend früh dunkel», erinnerte sich Pancrazi. «Wir brachten die Kinder zurück zu den Arbeiterhäusern. Und der Schnee fiel dicht, unaufhörlich. Was für ein Winter! Aber das sagte ich schon.»

Fidel wartete, bis Pancrazi weitererzählte, doch der schien alles gesagt zu haben.

«Und die Kristalle?», sagte er deshalb unbeabsichtigt scharf.

«Kristalle?»

«Loretta hat sich bei dir bedankt, für die Geschenke …»

Pancrazi schaute ihn überrascht und für einen Moment verständnislos an, er wirkte nachdenklich, als hole ihn alles plötzlich wieder ein. Zugleich ging ihm ein Licht auf. Ein Lächeln stahl sich auf seine Lippen.

«Du!! Natürlich. Du warst da! Sie dachte, ich hätte … jetzt verstehe ich. Jetzt verstehe ich alles!»

Er schaute kurz zu Vica. Ihr waren die Zusammenhänge nicht klar, ihre Finger spielten nervös mit dem Ring an ihrem rechten Ohr.

«Du warst auch dort, an jenem Abend?», fragte Pancrazi endlich.

Fidel nickte nur.

«Die Kristalle für die Kinder, die waren von dir?»

«Von Sep Antoni.»

«Was hat der damit zu tun?»

«Er hat immer mit allem zu tun.» Fidel brach ab und setzte dann neu an: «Auch heute noch. Jetzt gerade ist er mit Niculan drüben in den geheimen Kavernen.»

«Sind die verrückt?»

«Warum? Ist das so gefährlich?»

«Natürlich … nicht. Ich weiß nicht, vielleicht doch.»

«Wegen der sieben Schächte?»

Pancrazis Blick verfinsterte sich.

«Ich habe damals in deiner Baracke den Plan gefunden, Pancrazi. Mit allen Details. Ich habe ihn dem Abt geschickt. Hast du eigentlich gewusst, was ihr da gebaut habt? Natürlich hast du. Und einfach mitgemacht. Aber dazu später. Ja, ich war bei der Baracke, ich habe euch beobachtet und gesehen. Wie sie sich bei dir für die Kristalle bedankt hat.»

«Dann weißt du auch, dass ich sie über ihren Irrtum aufgeklärt habe. Ich hätte ein eigenes Geschenk und wisse nicht, wer hinter den anderen stecke.»

«Ja, ja, natürlich. Deshalb bist du mit zu ihr gegangen, den Lohn zu kassieren.» Fidel mochte den Ton, in dem er den Satz sagte, selber nicht.

Wieder stutzte Pancrazi, wieder lächelte er, aber diesmal bitter.

Vicas Blick wanderte zwischen den beiden hin und her. Es dämmerte ihr, was geschehen war.

«Armer Fidel», sagte Pancrazi endlich. «Sie hat mich doch nur den Eltern der Kinder vorstellen wollen. Wie konntest du dich nur so täuschen. All die verlorenen Jahre, Jahrzehnte! Mir hat Loretta nie einen Brief geschrieben, ich habe von ihr immer nur Körbe erhalten.»

Kapitel 22

Die Lawine

«*Hai visto Matteo*, der Schnee geht schon über die Fenster hinaus!»

Bis auf den Weg, den sie sich jedes Mal neu bahnen, ist die Baracke tief eingeschneit.

«Bald haben wir kein Licht mehr, wir bleiben wohl besser mal einige Tage zu Hause!»

«Aber die Schule?», fragt Matteo, etwas gespielt besorgt.

Loretta lächelt. «Wir machen schulfrei, bis der Schnee schmilzt. Schneeferien.»

«*Che peccato*», erwidert Matteo, sein schelmisches Grinsen verrät, wie wenig leid ihm das tut. «Kann ich draußen spielen?»

«Später vielleicht, erst macht ihr noch die Zeichnungen für eure Eltern fertig.»

Matteo murrt leise, aber er fügt sich. Loretta befreit mit dem Besen die Öffnung des Ofenrohrs auf dem Dach, bevor sie das Holz in der Brennkammer entzündet. Beim ersten Mal hat sie es nicht getan, sofort hat sich die Baracke mit Rauch gefüllt, und sie waren hustend geflüchtet.

Diesmal zieht das Ofenrohr problemlos, die Baracke ist schnell warm, und die Kinder vertiefen sich in ihre Zeichnungen.

Loretta legt das Briefpapier auf die raue Tischplatte, Matteo reicht ihr einen Karton als Unterlage.

«Wem schreibst du?», fragt er ohne Umschweife. «Quirin, *vero?*»

Loretta nickt mit einem traurigen Lächeln.

«Warum kommt er nicht mehr zu uns?»

«Er muss nach Engelberg. Das ist an einem ganz anderen Ort in der Schweiz.»

«Warum?»

«Wegen der Schule.»

Sie bringt es nicht übers Herz, die Wahrheit zu sagen. Sie hat doch nicht wissen können, dass Quirin Mönch ist. Wird. Werden möchte. Dann hätte sie doch nie …

Wirklich nicht?

Und jetzt hat ihn der Abt in ein anderes Kloster versetzt. Sicher wegen ihr. Bruder Arpagaus hat es ihr am Morgen nicht genauer erklären wollen. Engelberg habe halt einen freien Platz an der Schule für Quirin, das Kloster Dadens nicht.

Warum wohl nicht?

«Dann wird er dort Mönch?», hat sie Arpagaus gefragt.

Seine zweideutige Antwort hat ihr nicht alle Hoffnung genommen, deshalb schreibt sie unverzüglich den Brief. Arpagaus hat versprochen, ihn an Quirin weiterzuschicken.

«Also hat Quirin uns die Kristalle geschenkt», sagt Mina, das jüngste Mädchen der Gruppe. «Zum Abschied!»

«Das vermute ich jetzt auch», sagt Loretta.

Sie muss sich bei Quirin dafür bedanken. Damit beginnt sie den Brief, das ist noch einfach.

Der stets wirblige Matteo wird aber schon wieder unruhig und steht plötzlich neben ihr.

«Schau mal, was ich mit *Papà* gebastelt habe.»

Er deutet auf den Kristall, den er an einer geflochtenen Schnur um den Hals hängen hat, für den Stein hat er eine filigrane Fassung aus Silberdraht geflochten.

«Ah, das ist ja wunderbar, das werde ich ihm gleich schreiben!»

«Darf ich nach draußen? Ich muss mich bewegen, sagst du immer.» Er zwinkert ihr frech zu, und sie fragt sich einen Moment lang, ob sie nicht zu lieb zu den Kindern ist. Matteo tanzt ihr schon ziemlich auf der Nase herum.

«Du bleibst aber bei der Baracke. All der Schnee, er verschluckt jedes Geräusch, langsam wird es unheimlich. Versuch doch mal, den Schnee vor dem Fenster wegzuräumen.»

«Mach ich!»

Abt Stefan und Adalbert Candreja sind sich einig, der Plan zu ihrem weiteren Vorgehen gegen Kalt stimmt für beide. Der Abt schmunzelt zufrieden. «So zwingen wir das Militär, das Projekt zu veröffentlichen, dann wird es am Widerstand der Bevölkerung scheitern, und Kalt ist erledigt.»

«Darauf stoßen wir an!», erwidert Candreja. «Meine Frau war beim Weihnachtseinkauf in der *Destillaria*, sie haben endlich frischen Änis gebrannt, ein halbes Jahr warte ich schon darauf.»

Er stemmt sich aus seinem Fauteuil hoch und will die Glastür des Buffets öffnen, als ein dumpfer, weit entfernter Knall ihn innehalten lässt.

«*Giavelen*, jetzt habe ich es auch gehört!»

«Sie sprengen noch häufiger als sonst», sagt der Abt fassungslos.

«Deshalb ist Kalt wohl persönlich hier», sagt Candreja und macht sich am Korken der Flasche zu schaffen.

«Was?»

«Ich habe ihn gestern gesehen, vor dem Dadenserhof, ich dachte, das wüsstest du ohnehin. Oh … das ist nicht gut … »

Der Abt ist mit einem Sprung am Fenster und starrt angestrengt durch die Butzenscheiben nach draußen.

«Weg vom Fenster!», ruft Candreja.

Jetzt nimmt er ihn also doch ernst, denkt der Abt noch, und findet das selber absurd.

Matteo hat seine Jacke angezogen und hüpft hinaus. Kurz darauf hört sie das Kratzen der Schneeschaufel an der Wand.

Sie wendet sich wieder ihrem Brief zu.

… haben sich so sehr darüber gefreut, Matteo hat seinen sogar um den Hals hängen. Da siehst du, wie sehr die Kinder dich ins Herz geschlossen haben, Quirin.

Nicht nur die Kinder.

Hättest du mir doch nur etwas gesagt!

Ich musste von dir fortrennen, als ich dich im Kloster gesehen habe. In diesem Gewand. Und wie sehr habe ich mich schuldig gefühlt.

Doch seither hatte ich Zeit zum Nachdenken. Ich kann verstehen, was in dir vorgeht. Ich habe deine Liebe gespürt, da oben im Mises, ich spüre sie jetzt noch, wenn ich daran denke. Ganz nahe, so heftig, dass es mir fast bange wird.

Aber es wird schon nichts passiert sein.

Wenn ich mich zurückerinnere, so wie jede Nacht, geht mir jeder Augenblick wieder durch den Kopf. Auch du wirst dich daran erinnern.

Auch an diesen seltsamen Schnaps, mein Gott, hat mein Kopf geschmerzt.

Und im Rückblick wird mir klar, wie sehr alles von mir ausgegangen ist. Es war mein Vorschlag gewesen, ohne Kinder hinaufzugehen. Ich wollte die Nacht über bleiben. Ich habe dich provoziert … und ja.

Jetzt erst weiß ich, weshalb du so zurückhaltend gewesen bist, so scheu, so unsicher.

Hättest du doch etwas gesagt.

Doch was dann?

Ich hätte dich vielleicht noch mehr provoziert, ich kenne mich, ich kann mich nicht herausreden. Ich hätte herausfinden wollen, wie weit du gehst. Wie sehr das Kloster schon in dir ist.

Wann hättest du es mir gebeichtet?

Weißt du, wie oft ich gebeichtet habe, bei euch im Kloster? Gut, nicht immer bin ich deswegen gekommen, Bruder Arpagaus hat mir meist etwas für die Kinder mitgegeben.

Es ist ein Wunder, dass wir uns nicht dort kennengelernt haben.

Ich versuche, mich in dich hineinzuversetzen. Hast du mich dazu benutzt, etwas über dich herauszufinden? Etwas, was du geahnt hast? Ist dir durch mich klar geworden, dass du kein Mönch sein willst?

Das rede ich mir ein.

Das wünsch ich mir so sehr.

Aber dann hättest du mir doch etwas gesagt. Spätestens nach unserer Nacht.

Jetzt hat mir Mina grad ihre Zeichnung für die Eltern gezeigt. Sie sollten malen, was ihnen im neuen Jahr am meisten Freude machen wird. Mina hat die Kinder gezeichnet. Und mich. Und einen großen Mann mit lustiger Frisur.

Sie werden dich vermissen, Quirin.

Per l'amore di Dio, warum kann es nicht einfacher sein, dieses Leben. Warum gibt es nicht genügend Arbeit bei uns in Sassoferrato, warum bist nicht du nach Italien gekommen, auf Ferienreise, und wir hätten uns so verliebt wie hier.

Warum kann nicht alles anders sein?

Seit jenem fatalen Moment im Kloster verliere ich meine Zuversicht, Tag um Tag ein bisschen mehr. Es ist Weihnachten, meine Familie ist weit weg und du auf einem anderen Stern. Meine Unruhe wächst, die Stille in diesem Schnee wird immer unheimlicher.

Und ich allein hier mit den Kindern.

Ti amo dal fondo del mio cuore, das wollte ich dir schreiben. Das sollst du wissen.

Vielleicht wirst du ja gar nicht Mönch?

Vielleicht gibt es in Engelberg Arbeit für ein italienisches Mädchen?

Engelberg heißt La montagna dell' angelo, sagt Frate Arpagaus. Das passt doch zu mir.

Schreib mir sofort zurück, wenn du das liest, ich bitte dich. Und wenn es nur ist, um Abschied zu nehmen. Ich muss wissen, woran ich bin.

Loretta (d'Angelo!), per sempre la tua.

Sie faltet den Bogen zusammen und steckt ihn ins Kuvert. Als sie mit ihrer Zunge den Kleberand befeuchtet, lässt eine Detonation die Baracke erzittern. Sie achtet erst nicht darauf, Sprengungen sind häufig hier. Doch dann hört sie etwas, das sie erstarren lässt.

«Matteo, komm rein!!»

Sie weiß schon, dass ihre Warnung zu spät kommt.

Der Bretterboden unter ihren Füßen bebt bereits, der Lärm schwillt an, wird zum Donner, als breche der Himmel über ihnen auf. Jetzt zittern auch die Wände, die Kinder schreien vor Angst, Lorettas Hände suchen an der Tischkante nach Halt, sie verliert das Gleichgewicht, im nächsten Moment zerbersten die Fenster, und weiße Arme greifen gierig nach ihr.

Abt Stefan hört mit Schrecken das feine Klirren der Scheiben in den Bleifassungen, eine erste Erschütterung offenbar, das Grollen vom Péz Baselgia hat jetzt nichts mehr mit der Sprengung zu tun. Auch Candreja, der schon die Lawine in den Fünfzigern im Unterdorf erlebt hat, kennt die Geräusche.

«In den Keller?»

«Zu spät», sagt Candreja gefasst.

Wie angewurzelt stehen sich die beiden gegenüber, Candreja die Flasche noch in der Hand. Das Grollen klingt jetzt plötzlich dumpfer.

«La lavina!»

«Jetzt überspringt sie das Tobel, wie damals.»

«Viva.»

«Viva.»

Noch nie haben sie diesen Trinkspruch ernster gemeint. Die Flaschen im Buffet klirren, und der Boden unter ihren Füßen vibriert. Das Grollen wird zu einem körperlich spürbaren Wummern, ein giftiges Sausen begleitet es, es wird fast dunkel, Candreja kauert plötzlich auf dem Boden.

«Druckwelle, das Fenster!»

Im nächsten Augenblick splittert Glas, fauchend dringen Luftwirbel in die Stube, die Schneemassen drücken herein.

So ist das also, denkt der Abt noch. Gott zu dir!

Doch schon eine Ewigkeit später ist es wieder still.

Unerträglich still.

Der Abt wischt sich über die Augen, blinzelt, erkennt, dass der eindringende Schnee lose ist, Schneestaub fast.

«Adalbert?»

Candreja bleibt noch am Boden kauern, dann springt er plötzlich auf, und wischt energisch den Schnee ab, als wolle er sich Mut machen.

«Staublawine, wir haben nur die Druckwelle abgekriegt», analysiert er fast mechanisch. «Zieh dich an, *avat*, es gibt Arbeit. Traurige, befürchte ich.»

Sie erkennen Dadens nicht wieder, als sie sich einen Weg durchs Unterdorf bahnen. Die Häuser, die Straßenlaternen, die Zäune, alles ist zu grotesken Schneeskulpturen erstarrt. Bei der Brücke sehen sie die ersten Verwüstungen. Der Dachstock von Maissens Schlosserei ist ganz einfach verschwunden, zerborstene Balken, die wie Mahnfinger ins Leere ragen, zeugen von der verheerenden Kraft der Druckwelle. Der Abt schickt ein Gebet zum Himmel, niemand möge sich da oben aufgehalten haben. Ein paar andere Dadenser trauen sich auf die Straße, bereit, mit bloßen Händen nach Opfern zu suchen. Noch sehen Candreja und der Abt nur Bauschäden, als ihnen plötzlich ein Mann in Uniform mit seltsamen, weiß gepuderten Stiefeln in die Arme läuft.

«Kalt!»

Abt Stefans Ruf hallt wie ein Peitschenschlag über die Straße.

«Das ist deine Schuld! Bist du komplett von Sinnen? Keine Sprengungen mehr, das war ausgemacht.»

«Divisionär Kalt, für Sie, Herr Abt.»

«Oh nein, das hier wird dich alles kosten, Kalt, das hier ist dein Ende.»

«Nicht so theatralisch, Brameter. Es besteht kein Zusammenhang zwischen unseren Arbeiten und dem hier. Ist ja nur Materialschaden.»

Abt Stefan sieht plötzlich Sep Antoni in der unteren Gasse winken, Adalbert Candreja eilt zu ihm, Sep Antoni sagt etwas, und Candreja rennt wie von Furien gehetzt los.

Der Abt winkt Sep Antoni zu sich.

«Was war?»

«Il frar pign d' Adalbert.»

«Nichts mehr zu machen?»

Sep Antoni schüttelt nur den Kopf. Der Abt versteht. Adalberts jüngerer Bruder ist der Chef der Lawinenkommission.

Der Abt dreht sich zu Kalt hin und baut sich vor ihm auf.

«Der erste Tote. Auf deinem Gewissen, Kalt. Wir bringen dich vor Gericht.»

Kalt lächelt unbeeindruckt.

«Dir ist noch immer nicht klar, Brameter, was hier läuft, nicht wahr?»

«Oh doch, mit jedem Tag klarer.» Ihre Blicke verhaken sich. «Geheime Atomforschung? Alles im Verborgenen, alles ohne Segen vom Bundesrat, vom Volk schon gar nicht? Das mag man nicht mal in der Schweiz, wenn das Militär sich selbstständig macht. Wir bringen alles ans Licht, Kalt, dann gnade dir Gott. Was du damals Annamengia angetan hast, war schon unentschuldbar, jetzt bist du nicht nur ein Vergewaltiger, jetzt bist du auch noch ein Mörder. Morgen wird alles publik, heute kümmern wir uns um die Opfer.»

Kalt stößt ihn wütend zurück. «Was weißt denn du schon, Brameter, in deinem heiligen Palast da oben? Du bist nur Staffage, wie dein ganzer Kostümverein. Wir haben Wichtigeres zu tun. Wir verteidigen das Land, damit ihr euren Firlefanz weiter aufführen dürft. Dieses Land braucht neue Waffen, und ich habe dir schon einmal gesagt, dass dieses Ziel jedes Opfer wert ist, auch in der Zivilbevölkerung, auch hier. Zählen wir die Opfer einfach dazu. Gestorben im Dienst des Vaterlands.»

In diesem Moment nähert sich Motorengeräusch von der Brücke her, Abt Stefan schaut auf. Der Schneepflug der Gemeinde, dahinter ein Bagger, auf dem Fahrersitz erkennt der

Abt Pancrazi Flepp. Auf seiner Höhe hält der an und springt herunter, der Pflug fährt weiter Richtung Dorfausgang und zur Schlucht.

«Alle, die hier nicht gebraucht werden, sollen uns nach Caschlatsch folgen, wir bahnen ihnen einen Weg.»

«Was ist dort passiert?»

«Die Baracke bei der Specksteinhöhle ist im Moment die Schule für die verbotenen Kinder. Sie sind dort.»

«Oh nein … nein!!»

Pancrazi klettert auf seinen Sitz zurück.

«Ich komme mit dir, Pancrazi, warte!»

Abt Stefan dreht sich um, holt kurz aus und schlägt Kalt die Faust blitzschnell, aber mit all seiner Kraft, ins Gesicht. Gut, dass er heute seinen Abtring trägt.

Kalt stürzt zu Boden, Blut spritzt aus seiner Nase.

Der Abt klettert zu Pancrazi hinauf.

«Hätte einer schon lange tun sollen», sagt dieser nur.

«Und wir hätten schon lange miteinander sprechen sollen, Pancrazi. Du weißt besser als jeder andere Desertaner, was der Mann da in den Berg baut. Du stehst auf der falschen Seite. Jetzt fahr zu! Himmel, die Kinder …»

Der Schneepflug macht beim Militärzaun, der den Weg nach Caschlatsch absperrt, nicht viel Aufhebens und durchbricht das Tor, ohne anzuhalten.

Zwanzig Meter weiter bleibt er trotzdem stecken. Der Fahrer winkt Pancrazi nach vorn, sie stoßen hier seitlich auf den Lawinenkegel, der Bagger muss den weiteren Weg freischaufeln.

Erschreckt und konsterniert blickt der Abt auf die gewaltigen Schneemassen, die sich gegen Caschlatsch hin auftürmen. Mächtige Baumstämme ragen heraus, als wären es nur zerborstene Zahnstocher. Ganze Felsblöcke hat der Schnee mitgerissen. Die Staublawine im Unterdorf, wird dem Abt klar, ist bloß die Folge der großen Schneebretter hier gewesen.

Nur langsam kommt Pancrazi voran, nach zwanzig Minuten wird es etwas besser, der Weg umläuft den Rand des Kegels, die Retter schöpfen neue Hoffnung.

«Da schau, die Bretter!»

Angestrengt starrt Pancrazi nach vorn. Der Lawinenkegel hat sich offenbar nur wenige Zentimeter neben der Baracke talwärts geschoben, sie aber praktisch verschont. Vor der Eingangstür ragt der Schnee bis weit übers Dach hinaus. Vorsichtig, Schaufel um Schaufel legt Pancrazi die Tür frei. Der Abt ist vom Sitz gesprungen und nähert sich vorsichtig.

Er hört das Weinen und Husten der Kinder, als sie die Tür aufstemmen. Loretta steht vor ihm, die verängstigten Kinder dicht um sich geschart, der Schnee, der offenbar auch hier in Wolken eingedrungen ist, reicht ihnen bis zu den Knien.

«Habt ihr Matteo gefunden? Ja? Ich bitte Sie?! Er hat draußen spielen wollen, er muss hier sein.»

Der Abt breitet ohnmächtig die Arme aus, Loretta sieht an ihm vorbei und begreift, weshalb sie in der Baracke gefangen waren. Was geschehen ist.

Was mit Matteo ist.

Sie verliert das Bewusstsein.

Als sie wieder bei sich ist, sitzt sie apathisch auf einem der freigeräumten Stühle. Abt Stefan winkt Pancrazi herbei. «Könnt ihr die Kinder in die Salzwanne des Pflugs setzen und nach Hause bringen?»

«Das müsste klappen, ja.»

«Und du, Loretta?»

Sie reagiert nicht.

«Sie steht unter Schock. Bringt sie zum Arzt, sie braucht ein Beruhigungsmittel. Und Betreuung.»

Er kauert sich neben Loretta nieder.

«Ich muss zu den Eltern», sagt sie leise.

«Nein. Das ist meine Aufgabe. Wie heißt Matteos Vater? Ich weiß, ich weiß, sei unbesorgt, wir verraten niemanden.»

«Mela. Matteo Mela. Wie der Vater und dessen Vater davor.» Loretta schießen die Tränen in die Augen. «So hat es Matteo selbst immer gesagt … bis wir es ihm abgewöhnt haben.»

«Ich kümmere mich darum, Loretta. Um alles.»

Er steht auf und winkt Pancrazi heran. Sie zieht ihn am Ärmel. «Etwas müssen Sie für mich tun, *Abate Stefano*», flüstert sie ihm zu. «Schicken Sie ihn bitte an Quirin, Ihren Novizen. Es ist sehr wichtig.»

Sie reicht ihm den Brief.

Der Abt nickt und schiebt das Kuvert in sein Gewand.

Kapitel 23

Steinschlag

«Was meinst du mit Körbe?», fragte Fidel argwöhnisch.

«Was wohl, *lamaschi?!* Ja, ja, ist gut, ich hätte es dir schon lange gestehen sollen. Ich habe vielleicht wirklich mehr gewollt von ihr in jener Nacht, und auch zuvor schon, zugegeben. Aber sie eben nicht.»

«Sie hat dich geküsst!», sagte Fidel nur.

«Herrgott, ja, bist du schwer von Begriff. Weil sie erst dachte, die Geschenke für die Kinder wären von mir. Das habe ich richtiggestellt, und nachher hat sie mich nicht mehr … *Lein schar quei*, Lorettas Tochter hört zu, also lassen wir das.»

Fidel sank in seinen Stuhl zurück. Pancrazi hingegen war jetzt nicht mehr zu bremsen. «Offensichtlich ja deine Tochter. Wie ist denn das passiert? Noch ein Rätsel?»

Fidel schüttelte matt den Kopf. «Du wirst es nicht glauben, aber ich erinnere mich nicht.»

Er verzichtete darauf, vom Maiensäß zu erzählen. Vielleicht Vica, eines Tages.

Pancrazi ließ nicht locker. «Aber am Tag des Unglücks, am Stefanstag, wo warst du da?»

«Im Zug nach Engelberg.»

«*Perfetg!* Gerade als sie dich gebraucht hätte.»

«Was hätte ich denn tun sollen?» Fidels Stimme bebte, er fühlte sich wieder wie damals.

Schuldig.

«Der Abt hat es so befohlen! Doch dann ist er im letzten Moment aus dem Zug gesprungen, hat mich sitzen lassen. Wohl weil er eine Sprengung gehört hat. Ich konnte nicht anders, ich …»

Pancrazi griff sich an den Kopf. «Du konntest nicht anders?! Du warst achtzehn und verliebt, und eine Frau wie Loretta hatte einen Narren an dir gefressen, weiß Gott, weshalb, aber du? Du konntest nicht anders?!»

Vica ergriff Partei. «Ich glaube, Fidel dachte, meine Mutter sei in dich verliebt, Pancrazi, vielleicht ist er deshalb abgereist. Er ist geflüchtet … aus Enttäuschung. Er hat dir das Feld überlassen. Irrtümlicherweise. Die Wahrheit hat er ja nie erfahren. Bis heute, nicht wahr? Ich glaube dir, du hast meine Mutter wirklich geliebt, Fidel.»

«Mehr als alles in der Welt.»

Pancrazi schaute die beiden verblüfft an.

«Wegen mir hast du dich zurückgezogen?», fragte er ungläubig. «Das ist ja noch unsinniger. Ich dachte, du ringst mit dem Gewissen, mit Gott, mit einem Gelübde, mit was auch immer. Dabei hättest du ja nur etwas sagen müssen, warum bist du nicht zu mir gekommen, wir waren doch Freunde, von Kindesbeinen an.»

Nur langsam verstand Pancrazi, was damals wirklich geschehen war.

Deshalb hatte ihn Fidel nach seiner Engelberger Zeit nicht mal mehr angeschaut. Jahrzehntelang!

«Es wäre so ein leichtes Spiel gewesen, Fidel. Quirin! Sogar in dem Moment, als wir sie aus der Baracke gerettet haben, dachte sie an dich. An Matteo und an dich.»

Verdutzt hält er inne, als treffe ihn eben eine Erkenntnis. «Und ja, genau: Der Brief! Sie hat dem Abt einen Brief in die Hand gedrückt.»

«Ein Brief?», fragte Fidel kraftlos.

«Für dich, jetzt ist es klar. Sie hat sich deswegen sogar Vorwürfe gemacht. Ich brachte sie zum Arzt, sie erzählte ihm, sie hätte Matteo aus der Hütte gehen lassen, um ein bisschen Ruhe zu haben. Für die anderen Kinder, aber auch für sich selbst. Weil sie schreiben wollte.»

Vica stand auf und setzte sich auf Fidels Stuhllehne. «Du konntest das alles nicht wissen, lass dir von ihm nichts einreden. Das war … Schicksal.»

Fidel drehte sich zu ihr. «Eher ein Abt, der Schicksal gespielt hat.»

Unablässig bearbeitete er mit den Fingern sein Ohrläppchen.

Vica sah es und lachte plötzlich. «Jetzt verstehe ich …»

«Was?», fragte er irritiert.

«Als ich mich nach dem ersten Treffen von Adalina verabschiedet habe, flüsterte sie mir zu, sie habe so eine Ahnung, wer wirklich mein Vater sei. Unsere Marotten haben es ihr wohl verraten.»

Fidel schaute sie ungläubig an. Adalina? Damals hatte sie ja fast nichts über Loretta gewusst.

Dann endlich und fast so, als ergebe er sich, breitete er die Arme aus.

Pancrazi lächelte in sich hinein, als die beiden sich umarmten …

«Eines ist mir noch immer nicht klar, Lamaschi!», sagte er später. «Wie soll ich dich jetzt nennen?»

«Nicht *lamaschi*, du Büffel. Fidel oder Quirin.»

Vica lachte. «Ich sage lieber *Papà*, wenn du erlaubst.»

Fidel drückte ihr einen Kuss auf die Wange.

«Und die Briefe?», fragte Pancrazi. «Als du mich hier zum ersten Mal überfallen hast, ging es um Briefe, die Loretta angeblich mir geschrieben hat. Also war das eine Finte, dir hat sie geschrieben, du wusstest das doch!»

«Eben nicht. Der Abt hat den Brief zurückgehalten. Den ersten und allfällige weitere. Er hat mir dafür nach seinem Tod ein paar Zeilen geschrieben, die man mir gestern erst ausgehändigt hat. Darin erklärt er sein Verhalten. Es sei das Beste für mich gewesen. Gut möglich, dass sie mir ganz viele Briefe geschrieben hat, ich bekam keinen zu Gesicht.»

«Was für ein scheinheiliger, hinterfotziger …» Pancrazi konnte seine Zunge eben noch im Zaum halten.

«Abt Stefan war ein schwieriger Zeitgenosse, ja. In gewissen Dingen brillant, in anderen …»

Fidel sprach nicht weiter, er wollte gar nicht daran denken, was ihnen genommen worden war. Was der Abt Loretta damit eingebrockt hatte, sie allein in Italien. Schwanger.

Mit seinem Kind.

Der Helikopter setzte sie auf der sicheren Talseite ab, ungeachtet der Proteste von Vormüller sprang sie aus der Maschine, die sofort wieder startete und Vormüller und den Militärgeologen zum Krisenstab in Dadens brachte.

Meret suchte mit den Augen den felsigen Hang über der Brücke von Zacuns ab. Irgendwo hier war also ein Ausstieg aus dem Kavernensystem, wenn sie Niculans Textnachricht richtig verstanden hatte.

Sie fand keinerlei Anzeichen dafür. Dann legte sie den Kopf in den Nacken. Die Felswand bei der Brücke stieg fast überhängend neben ihr auf. Früher hatte sie sich an solchen Orten seltsam behütet und geschützt gefühlt, doch dieses Gefühl war verflogen, seit sie in die Spalte gestürzt war. Die befand sich rund tausend Meter über ihr. Meret ging bis zu der schmalen Steinbrücke von Zacuns, beugte sich neugierig über das Geländer, schaute hinunter in den Rhein, der sich tosend einen Weg zwischen den großen Felsblöcken suchte. Plötzlich horchte sie auf. Sie glaubte für einen Moment, sich getäuscht zu haben, aber da war es wieder: dieses Singen, wie ein Zischeln des Windes, aber viel melodiöser, wie Kinderstimmen. Ja, ein Summen, ohne Worte, herzzerreißend schön.

Genau wie sie es oben in der Spalte gehört hatte.

Unmöglich.

Nur das Singen des Windes in den Felswänden, sagte sie sich, dann fielen ihr Fidels Geschichten vom Berg der Namenlosen wieder ein.

A nies affon perdiu.

Zum Glück war Bigna bei Adalina.

Wieder war nur ein leises Grollen zu hören, drüben an der Cascada, als nähere sich die nächste Gewitterzelle.

Wo blieb Niculan?

Das Grollen verstummte, die Kinderstimmen hörte sie nicht mehr. Hirngespinste. Wohl ausgelöst durch das Buch von Bruder Martin. Der Mönch hatte ein ganzes Kapitel zu den Gräbern der ungetauften Kinder geschrieben, ein ziemlich kritisches, das rechnete Meret ihm hoch an, denn die Rolle, die das Kloster in dieser Geschichte gespielt hatte, war keineswegs löblich gewesen.

Dann fiel ihr ein, dass sie die Stimmen schon einmal oben im Anriss gehört hatte. Lange vor der Lektüre des Buchs. Es war also nicht der Auslöser ihrer Halluzinationen.

Was dann?

Sie setzte sich auf eine Bank dicht an der überhängenden Wand bei der Brücke. So wäre sie geschützt, wenn wirklich noch mehr Steine kämen.

Gar nichts war überwacht worden, Robert Haas hatte sie eingeseift. Nun gestand sie sich ein, was ihr Niculan schon die ganze Zeit hatte sagen wollen. Weshalb? Weshalb schützte Haas sein Projekt nicht? Kurz entschlossen tippte sie auf seinen Kontakt.

Diese Nummer ist nicht mehr in Betrieb.

Hatte er geahnt, dass der Berg gefährlich werden könnte, vielleicht schon lange vor allen anderen? Natürlich … dafür die Reservationsgelder!

Dreiundzwanzig Einheiten, jedes Mal fünf Millionen Anzahlung.

Und sie hatte ihm geglaubt, sich einlullen lassen, und jetzt war Niculan in Bedrängnis.

Du hast doch gesagt, der Berg würde überwacht, hatte er sie noch erinnert.

Wütend schlug sie mit der Faust aufs Knie, im selben Moment schrak sie zusammen. Über ihr prasselte es dumpf, Aufprallgeräusche, etwas zerplatzte, sie blickte in den Himmel, es regnete plötzlich Steine so groß wie Handbälle, sie krachten auf den Wanderweg und zersplitterten beim Aufschlag. Blitzschnell wich sie zurück, tiefer unter den Felsvorsprung, der ihr, so wurde ihr klar, eben das Leben gerettet hatte.

Sie bereute, dass sie Gret dazu überredet hatte, in Bern zu bleiben, und war zugleich froh darüber.

Trotzdem, sie brauchte Hilfe. Vormüller hatte ihr versprochen, den Krisenstab im Dorf zu informieren, die würden sicher jemanden schicken.

Es war wieder ruhig.

Meret ging zum seitlichen Ende des Vorsprungs, wartete nochmals einige Sekunden und streckte dann ihr Handy mit der Kamera im Reverse-Mode in den Regen hinaus.

Nichts zu sehen.

Sie filmte weiter, kippte dabei immer wieder leicht das Handgelenk, zog sich dann wieder auf das Bänkchen zurück, zugleich fragte sie sich, wie viel Gewicht der Fels über ihr aufzufangen vermochte.

Sie spielte den Film ab. Kein weiterer Steinschlag. Doch plötzlich entdeckte sie auf der Aufnahme etwas Kurioses, es wirkte wie eine optische Täuschung, als greife der Wind in die Felswand und klappe sie um. Natürlich, eine weitere Camouflage. Dort musste der Ausstieg sein!

Sie schaute hinüber. Wenn sie den Wanderweg verlassen und den Felsen entlangklettern konnte, war es machbar.

Aber gottversucht?

Sie hatte nirgendwo ein Schild gesehen, das vor Steinschlägen warnte.

Der Berg war tatsächlich in Bewegung.

Niculan hätte schon längst hier sein müssen. Steckten die beiden fest?

Sie fasste sich ein Herz, kletterte so schnell wie möglich die Böschung unter der Wand hinauf und hetzte auf die Camouflage zu, immer so dicht wie möglich dem Felsen entlang, als schütze sie das. Hoch über ihr war er immerhin ein wenig überhängend.

Nach Luft ringend, erreichte sie die lose Ecke der Plane, hangelte sich an ihr entlang, bis sie eine nächste Ritze entdeckte. Sie riss die Plane ganz auf und legte eine zwei Meter hohe Stahltür frei. Mit einem Steinbrocken hämmerte sie mit aller Kraft gegen das Metall.

Dann horchte sie gespannt.

Nichts.

Sie wiederholte das Prozedere. Da. Ja, sie war sich sicher, sie hörte etwas. Aber nur ein Klopfen.

Die Tür schien unversehrt zu sein.

Sie wählte Niculans Nummer. Er war immer noch nicht erreichbar.

Meret wusste sich nicht mehr zu helfen. Sie flüchtete zurück unter den Felsvorsprung und rief Fidel an.

Dieser pulte aus den Untiefen seiner Neonjacke das Handy heraus und nahm Merets Anruf sofort entgegen. Sein Gesicht verdüsterte sich, er schaute zum Péz hinüber, doch der war komplett nebelverhangen. Er lauschte einen Moment lang konzentriert und sagte dann:

«Wir sind schon in Zacuns, bei Pancrazi. Und in fünf Minuten bei dir, mit Werkzeug. Sei vorsichtig, schütze dich!»

Er sprang auf.

«Unten an der Brücke hagelt es Steine, und Niculan kann die Ausstiegstür in der Kaverne nicht öffnen. Weißt du, wo das ist, Pancrazi?»

«Vielleicht. Kommt.»

Ohne weitere Fragen eilte Pancrazi voraus, in einem so erstaunlichen Tempo für seine zweiundachtzig Jahre, dass Vica fast nicht folgen konnte.

Unten im Hof hielt Fidel sie auf.

«Gib doch Vica einen Wagen, damit sie zu Adalina nach Dadens hinunterfahren kann, die soll sofort die Gemeinde informieren. Sag ihnen einfach: Steinschlag bei Zacuns, es gehe los am Péz.»

Pancrazi drückte ihr den Schlüssel des Tesla in die Hand.

«Oh. Kann ich das?»

«Kannst du einen Computer bedienen?»

«In der Regel.»

«Ist genau dasselbe. Los!»

Vica brauchte einen Moment, bis sie den Schalthebel und das Display verstand, dann fuhr sie vorsichtig los.

Pancrazi ging mit Fidel in den Fuhrpark. Er deutete auf einen der Kleinlaster. «Den benutzen wir für Abbrüche aller Art, da passt auch das Werkzeug rein.»

Pancrazi konnte den Laster nur mit größter Mühe zur Zacunser Brücke steuern, so viele Felsbrocken und Steine lagen auf der Fahrbahn, die meisten waren beim Aufschlag zersplittert und hatten den Teerbelag aufgerissen. Fidel sah Meret schon von Weitem, sie winkte und deutete auf den Felsen über ihr.

«Halte bei ihr an, das scheint eine geschützte Stelle zu sein.»

«Wenn wir es überhaupt hinüberschaffen», sagte Pancrazi nur, und Fidel fragte sich, ob sie beiden Greise überhaupt nützlich sein würden.

Nachdem sie sich Merets Bericht angehört hatten, war er nicht viel zuversichtlicher.

«Vielleicht hat sich bloß die Tür durch die Felsbewegungen verklemmt», überlegte Pancrazi laut.

«Dann kriegen wir sie niemals auf», erwiderte Fidel. «Ich versuche, mich zu erinnern, wie der Einstieg unten bei unserer Führung ausgesehen hat. Da war sogar noch eine Betontür …»

«Klar, die Schutztür, aber die steht offen, sonst hätte Meret ihr Klopfen gar nicht gehört.»

Wieder gab es hoch über ihnen ein Grollen, kaum hörbar, ein Beben in der Luft eher, gerade deshalb beängstigend.

«Lange sollten wir hier nicht bleiben», sagte Pancrazi. «Ich kann es mit dem hydraulischen Handspreizer versuchen.»

Er kletterte ächzend auf die Ladebrücke des Lasters. Kurz darauf reichte er Fidel das Gerät herunter.

Fidel betrachtete den Spreizer mit der angeschlossenen hydraulischen Pumpe skeptisch, aber mangels Alternativen hatte er beschlossen, Pancrazi zu vertrauen. Dieser nahm die Böschung zur Wand in Angriff, Meret hielt ihn auf.

«Du hast die Steine gesehen ... Das kann jederzeit noch schlimmer werden.»

«Ich weiß. Aber ich bin nicht ganz unschuldig an alldem hier.» Unter ihrem erstaunten Blick kraxelte er weiter. Wenig später setzte er das Werkzeug an der Tür an. Schon nach den ersten paar Versuchen verriet seine Körperhaltung ihnen, dass sein Vorhaben scheitern würde. Im selben Moment entdeckte Meret rund siebzig Meter über ihnen eine Bewegung.

«Vorsicht!», schrie sie Pancrazi zu. Der ließ das Gerät fallen und stolperte der Wand entlang in ihre Richtung. Sekunden später flog etwas Dunkles herunter, prallte über ihm zweimal scheppernd am Felsen ab und verschwand in der Schlucht.

«Was war das?»

«Sicher kein Steinschlag. Eine Metallplatte wohl, da, schaut, Niculan hat eine andere Lösung gefunden!»

Hoch über ihnen war plötzlich eine Öffnung im Felsen zu sehen, ähnlich der, die Meret von der Jungfraubahn in der Eigerwand in Erinnerung hatte.

Vielleicht endeten da oben die Lüftungsröhren der Kavernen.

Meret erkannte Niculan an seiner bunten Pelerine.

«Da kommt er nie runter», sagte sie verzweifelt.

«Vielleicht haben sie ja ein Seil dabei.»

Meret trat aus dem Schutz des Vorsprungs, um volle Sicht auf die ganze Wand zu haben, keinen Gedanken daran verschwendend, welcher Gefahr sie sich selber aussetzte. Sie legte die Hände wie einen Trichter um ihren Mund und schrie, so laut sie nur konnte: «Steinschlag! Vorsicht, da kommen Steine!»

Fidel trat neben sie.

«In den Kavernen ist es offenbar nicht sicherer.»

«Aber ohne Seil, Fidel! Das kann nicht mal er.»

«Weißt du eine andere Lösung?»

«Wir rufen den Heli zurück.»

«Bei diesem Nebel? Und Steinschlag? Da fliegt kein Pilot in die Wand. Überlass es ihm, er ist Bergführer.»

Niculan hatte sich niedergekauert und drehte ihnen jetzt den Rücken zu, sein Fuß suchte eine erste Rinne, fand eine Kante, die breit genug war für die Spitze seiner Bergschuhe.

«Er klettert frei», sagte Fidel, offenbar nicht überrascht.

«Schau mal, wer da über ihm ist!», sagte Pancrazi.

Sep Antoni war nun ebenfalls im Felsfenster aufgetaucht, er verschwand wieder, gleich darauf wurde etwas aus der Öffnung geschoben.

«Ein Brett?»

Pancrazi verfolgte das Ganze auf dem Display seines Handys, die Kamera herangezoomt, immer wieder nahmen ihnen die Nebelschwaden, die sich verdichteten, die Sicht.

«Eine Tür wohl, oder ja, ein Brett. Sep Antoni setzt sich drauf.»

Meret begriff. Wie ein Dach ragte die Tür jetzt aus der Wand. Ihr alter Freund versuchte so, Niculan zu schützen.

Was würde das Holz aushalten? Kleinere Steine immerhin, aber …

Sie versagte sich, weiterzudenken.

Niculan kam nur langsam vorwärts. Nach fünf Minuten hatte er vielleicht fünfzehn Meter geschafft, sobald er sicheren Stand hatte, legte er eine Pause ein, sie sahen, wie er die Arme ausschüttelte, um die Muskeln zu lockern. Ein Viertel der Höhe war nun geschafft, immer wieder nahm er sich Zeit, suchte nach dem nächsten Griff für die Finger, einer Rille für die Füße, er ließ sich nicht zur Eile verleiten.

Auch Meret zog jetzt ihr Handy hervor, sie sah, dass Adalina sie zu erreichen versucht hatte, wischte die Meldung aber weg und zoomte mit ihrer Kamera Niculan heran. Das brachte nicht viel, stellte sie sogleich fest. Die Vergrößerung war minimal, ihre Hand zitterte vor Anspannung, sie ließ das Handy wieder sinken, sie sah auch so schon, wie gefährlich seine Kletterei war, und sie verwünschte seine Entscheidung, hier abzusteigen, statt sich durch die Kavernen zurück nach Caschlatsch zu kämpfen.

Aber wusste sie denn, wie es dadrin aussah?

Wenigstens war Bigna in Dadens in Sicherheit.

Selbst wenn es zum Schlimmsten kam, war Dadens vermutlich immer noch außerhalb der Gefahrenzone.

War der Steinschlag nur ein Vorbote?

Sie konnte Adalina mit ihrer Angst nicht allein lassen.

«Sollten wir sie anrufen, Fidel?»

Er warf ihr einen Blick zu, sie wusste, dass er dasselbe dachte wie sie. Manchmal waren keine Nachrichten besser als beunruhigende.

Dann aber trat er zurück unter den Felsvorsprung und zog sein Handy aus der Tasche.

«Kein Empfang», sagte er gleich darauf.

«Nimm meines. Anderer Anbieter. Eben hatte ich Netz.»

Gleich darauf hörte sie ihn erklären, dass er es sei, und Merets Telefon benutze.

Sie versuchte, sich in Gedanken auf Niculan zu konzentrieren. Wünschte ihm aus ganzem Herzen Kraft. Betete, er möge die richtige Bewegung im richtigen Moment machen, kaltblütig bleiben. Es durfte nicht schiefgehen, mit ihm hatte sie ihr Glück gefunden. Die Ruhe. Eine Stütze. Und Schutz. Überhaupt alles, was sie in den ersten sechsunddreißig Jahren ihres Lebens vermisst hatte. Ohne ihn … Nicht auszudenken. Ein plötzlicher Groll gegen sich selbst stieg in ihr auf, zugleich wäre sie am liebsten auf die Knie gesunken, so sehr zitterten ihre Beine.

Als hätte Pancrazi es gemerkt, legte er seinen Arm um ihre Schulter.

«Er klettert wie kein anderer. Immer schon. Mach dir keine Sorgen.»

Sie schöpfte neuen Mut. Doch Niculan hatte erst die Hälfte des Abstiegs geschafft, noch immer konnte jeder Ausrutscher, ja jedes Zögern tödlich enden.

«Und Bigna?», rief sie Fidel zu.

«Alles gut.»

Das beruhigte sie kurz, doch der Ausdruck in Fidels Gesicht gefiel ihr nicht.

«Aber?»

«Sie evakuieren das Unterdorf. Die Hänge über *Muota Pigniel* sind in Bewegung.»

Das war oben beim Anriss. Wo vor einigen Tagen alles begonnen hatte. War das der Anfang vom Ende, fragte sie sich und schalt sich sogleich dafür. Nein, nichts endete hier. Niculan würde es schaffen, bald waren sie in Sicherheit, zurück bei ihrer Tochter.

Sie blickte wieder hinauf. Dachte zuerst, sie täusche sich.

«Nein!!»

Sie bildete sich den gewaltigen Felsbrocken nicht ein, direkt über Niculan, wie in Zeitlupe sah sie ihn auf die Felsöffnung zufliegen, er knallte genau auf die Tür, durchschlug sie ganz einfach, Sep Antoni wurde hochgeschleudert, und das Krachen und Splittern des Holzes traf Meret bis ins Mark.

Kapitel 24

Beerdigungen

Als wären wir zweierlei Menschen, denkt Abt Stefan, als er über die Köpfe der Trauergemeinde schaut. Heute sitzen sie in der Klosterkirche, trauern um Candrejas Bruder, gestern haben sie sich an der *Cascada sontga crusch* versammelt, ein bisschen weniger zahlreich, ungleich bescheidener, draußen, ungeschützt in der Kälte, nahe dem Unglücksort.

Er hat Loretta stützen müssen, hat ihr Zittern gespürt und ihr leise Mut zugesprochen.

«Weißt du, weshalb die Leute alle hier sind? Für Matteo und seine Eltern, ja. Aber auch für dich. Sie zeigen dir, dass dich keine Schuld trifft. Du hast immer alles für die Kinder getan, das wissen sie.»

Abt Stefan löst sich von Loretta und tritt vor die schweigende Menge. Schwarz gekleidet alle, ein unheimlicher Kontrast zur tief verschneiten Schneelandschaft. Einige Einheimische sind gekommen, allen voran der von Schuldgefühlen geplagte Pancrazi Flepp, der für seine Gutmütigkeit und sein Mitgefühl hart bestraft worden ist.

Er wird Pancrazi nachher noch erwähnen.

Der hat wenigstens einen Versuch gemacht, Pancrazi hat Loretta und den Kindern die Baracke zur Verfügung gestellt.

Er nicht, das wirft er sich jetzt vor.

Es wäre ein Leichtes gewesen, im Kloster einen Hort für die verbotenen Kinder einzurichten.

Abt Stefan versucht, sich zu sammeln, die richtigen Worte zu finden, auf Italienisch, das gebietet der Respekt.

Sein Blick fällt auf den Eisfall über dem Teich. Es ist fast still, bis auf ein schwaches Plätschern von dem wenigen Wasser, das nicht im freien Fall gefriert, zu Eis erstarrt und Teil dieser grotesken, in den Himmel schießenden Skulptur wird.

Vielleicht sollte er seine Rede mit dem Versäumnis beginnen.

Ja.

Sein Versäumnis ist gleichzeitig das des ganzen Landes, der Politiker, der Gemeinden …

«Ich muss mich entschuldigen, *cari miei*, für Unentschuldbares. Wir alle in Dadens hätten dieses Unglück nicht zulassen dürfen, ich bereue es zutiefst. Wir haben … ich habe noch versucht, die Sprengungen in den Kavernen zu verhindern. Es ist mir nicht geglückt, das werde ich mir immer vorwerfen. Matteo ist eines der Opfer. Ein Mann im Dorf das andere, ihn werden wir morgen beerdigen. Für unser Verhalten gibt es keine Rechtfertigung, keine …»

Abt Stefan bricht ab, muss neu ansetzen.

Wie Trost finden, wo nur Wut ist?

Auf Kalt. Auf dieses Pack von Kriegstreibern, berauscht von ihren Allmachtsfantasien, Lichtjahre entfernt von jeder Realität.

Vom Leben der Mineure, der Näherinnen, die hier sind, um Matteo zu ehren.

«Ihr seid hierhergekommen, in dieses Land, von uns gerufen, für viele sinnvolle Arbeiten meist, an Stauseen, Tunnels, an Lawinenverbauungen. Aber der Sinn hier, bei der Fortezia Surrein … wie gerne würde ich einen darin sehen. Wir brauchten eure Arbeitskraft, aber wir haben euch niemals als Menschen behandelt, nicht wie unsereins. Unverständlich ist er auch für mich, Matteos Tod. Ein Junge, den alle gemocht haben, der nichts anderes wollte, als mit seinen Gefährten spielen, hier, gleich da drüben. Und lernen wollte er, von Loretta und anderen Lehrerinnen. Sie haben versucht, den Kindern ein einigermaßen normales Umfeld zu schaffen. Freiräume statt abgeschlossene Zimmer und Schränke, die als Versteck dienen müssen. Aber für ein Versteckspiel, das die Erwachsenen erfunden haben. Das kann nie gut enden. Ja, auch ich, auch wir haben versäumt, Loretta und den andern zu helfen. Diesen Teil der Schuld müssen wir tragen, ohne Ausflüchte. Pancrazi Flepp hier, er hat wenigstens versucht, etwas zu tun, er hat die Baracke zur Verfügung gestellt … und ist bestraft worden.

Weshalb müssen wir, müsst ihr, dieses Opfer bringen?

Weshalb hast du das zugelassen?, fragt ihr Gott.

Seit dem Unglückstag frage ich mich das auch. Warum Matteo?»

Genau dieselbe Frage hat er bei der Pressekonferenz im Gemeindesaal zwei Tage zuvor auch gestellt.

Karl Kalt hat sie mit einer Gegenfrage beantwortet.

«Was sucht ein Kind, das nicht mal in unserem Land sein dürfte, auf dem militärischen Sperrgelände der Anlage Surrein? Das ist die eigentliche Frage, die man sich stellen sollte, meine Herren!»

Er hat den Abt keines Blickes gewürdigt und sich direkt an die Journalisten gewandt.

«Wenn keiner sich an irgendwelche Regeln hält, wie sollen wir dann die Wehrkraft dieses Landes aufbauen? Die dringend notwendige militärische Infrastruktur für unsere Landesverteidigung aufrechterhalten, wenn selbst von sogenannt respektabler Seite unser Schaffen für das Vaterland angezweifelt wird. So wie eben durch den Störenfried dort. Ich wiederhole hier in aller Klarheit: Dieses Kind war illegal in unserem Land, war illegal auf dem Gelände der Fortezia. Und es gibt keinen einzigen Beleg dafür, dass die Lawine irgendetwas mit unseren unterirdischen Sprengungen zu tun hatte. Ich betone: unterirdisch! Die Lawine wurde nicht vom Militär ausgelöst. Es hat einfach sehr viel geschneit. Sie sollten den Zwischenrufen dieses … dieses Pfarrers da nicht zu viel Bedeutung beimessen. Das hier habe ich auch ihm zu verdanken, was wohl alles über seine Zurechnungsfähigkeit sagt.»

Er deutet theatralisch auf das Pflaster über seiner Nase und auf sein blaues Auge.

Abt Stefan hat sich ein Grinsen nicht verkneifen können.

Es ist der Moment von Candrejas Auftritt, wie zwischen ihnen beiden geplant, für die Journalisten aber komplett überraschend. Kalts Proteste einfach ignorierend, hat sich der Politiker neben den Divisionär gesetzt.

Ein Raunen geht durch den Raum, Adalbert Candreja hebt leicht die Hand und bittet so um Ruhe.

«Ich unterbreche die Rede des Divisionärs hier ungern, doch ich möchte kurz auf meine dringliche Anfrage an den Bundesrat hinweisen, die ich im Parlament gestern Abend eingegeben habe. Die Anfrage bezieht sich direkt auf die Arbeiten und Sprengungen in der Fortezia Surrein. Im Gegensatz zu Ihnen, Herr Divisionär, habe ich gehört, wie die Sprengung den Lawinenniedergang ausgelöst hat. Und um allen hier vollends klarzumachen, dass ich nicht zum Spaß hier bin: Das zweite Opfer, das in der Lawine ums Leben kam, ist mein Bruder. War mein Bruder.

Und Sie, Divisionär Kalt, mache ich persönlich dafür verantwortlich.»

Er bricht ab. Jeder im Raum sieht, wie er um Fassung ringt, bevor er fortfährt. Bei diesem öffentlichen Auftritt, denkt der Abt in der Zuschauerreihe, ist seine Betroffenheit zum ersten Mal nicht gespielt.

«Diejenigen, die mit der Untersuchung der Lawinenursache beauftragt sind, werden ohnehin bald erfahren, dass die Gemeinde vor Weihnachten Gespräche mit den Militärverantwortlichen der Fortezia vor Ort geführt hat, es wurde ausgemacht, dass die Sprengungen bis ins neue Jahr ausgesetzt werden. Bis sich die riesigen Neuschneemengen gesetzt und gefestigt haben. Divisionär Karl Kalt hat die Vereinbarung offenbar nicht interessiert und er hat eigenmächtig, oder soll ich sagen: allmächtig verfügt, dass bereits am Stefanstag, am Unglückstag also, wieder gesprengt wird. Die Folgen kennen wir.»

Kalt will das Wort ergreifen, Candreja lässt ihn nicht sprechen.

«Sie dürfen sich noch früh genug erklären, Herr Divisionär, und wir sind alle sehr gespannt darauf, aber Sie erlauben mir noch ein, zwei Bemerkungen.»

Er wendet sich wieder an die Journalisten.

«Man fragt sich natürlich, weshalb die Eile? Weshalb man solche Sprengungen nicht um ein paar Tage verschieben kann? Und automatisch kommen Überlegungen, die man früher schon hätte anstellen können. Auch ich. Gerade ich. Wozu wird da überhaupt gesprengt? Und wenn man sich an den richtigen Orten umhört, erhält man auch Antworten. Irritierende Antworten, allerdings. Ich bin in den Besitz von Dokumenten gekommen, die zeigen, dass in der Fortezia Surrein Seltsames passiert. Geplant sei, auch das nur halb offiziell und einigermaßen geheim, ein Logistikzentrum der Armee. Ich sehe, Sie wundern sich ein bisschen. Sie denken schnell, und Sie denken richtig. Ein Logistikzentrum in unserer wunderschönen, abgelegenen Deserta, am äußersten Rand der Schweiz. Ich bin für jede Investition in unserer strukturschwachen Talschaft offen. Aber ein Logistikzentrum? Ist das sinnvoll? Wohl kaum. Vielleicht ist es ja nicht der wahre Zweck der Anlage. Ich bin im Besitz der streng geheimen Pläne der Fortezia. Ich habe diese meiner dringlichen Anfrage an den Bundesrat beigelegt.»

Niemand muss Adalbert erklären, denkt der Abt, wie man mit einer Kunstpause die Spannung erhöht.

«Wissen Sie, ich bin ja kein Experte auf diesem Gebiet, aber alles deutet nun darauf hin, dass in der Fortezia Surrein ohne Wissen und Zustimmung des Volkes gefährliche nukleare Anlagen gebaut werden, mit dem Ziel, Schweizer Atombomben zu entwickeln und – das werden Sie mir nicht glauben – offenbar auch zu testen. Hier, in der Deserta! Das, Herr Kalt, und nur das, ist der irrsinnige Zweck der Anlage in Dadens. Ich will nun vom Gesamtbundesrat hören, wie viel er von diesem Projekt weiß, was der Vorsteher des Militärdepartements weiß und was der Chef des Generalstabs, Anton Jakobssohn.

Er ist nach meinen Informationen eine treibende Kraft im Ganzen. Sie alle hier kennen seine Einstellung gegenüber Atomwaffen, er hält ja mit seiner Meinung meist nicht hinter dem Berg. Außer … wenn er heimlich aktiv werden will. Wie offenbar in Dadens.»

Adalbert lässt seinen Blick über die Journalisten schweifen, die mitgeschrieben haben und halblaut bereits zu diskutieren beginnen.

«Sie fragen sich schon, wer wirklich hinter alldem steckt, nicht? Eine geheime Armee in der Armee? Was für ein absurder Gedanke. Unvorstellbar! In einer Demokratie wie unserer ist das niemals möglich! Denken Sie. Ich bin mir da plötzlich nicht mehr so sicher, ich weiß nur, es sind seltsame Dinge geschehen. Und einer, der Ihnen das alles genauer erklären könnte, wenn er nur wollte, ist der Verantwortliche für die Armeelogistik, der Herr Divisonär hier neben mir. Oder hat er das alles gar auf eigene Faust geplant? Er ist damals persönlich gekommen, um dem Kloster das entsprechende Land abzukaufen, unter rechtswidriger Androhung von Enteignung übrigens, sollte das Kloster sich sträuben. Ich frage mich zudem, ob Dadens, meine Heimat, als Ort dieses so gefährlichen Projektes zufällig gewählt worden ist. Wie mir der ehrenwerte Abt des Klosters, der ‹Pfarrer›, wie er vom Divisionär eben respektlos genannt worden ist, erzählt hat, war Herr Kalt einst Schüler im Kloster Dadens. Vielleicht der Grund für seine Ausfälligkeit eben, denn sein Abgang dort war … nun, sagen wir mal: unschön. Hässlich gar. Höchst bedenklich. Die eine oder andere Recherche, wie und weshalb es zu seinem Rauswurf aus der Klosterschule kam, würde sich vielleicht lohnen, meine Herren Journalisten. Nur so viel, bei uns in der Deserta begreift keiner und keine, wie jemand mit Kalts Vorgeschichte jemals in so ein Amt hat aufsteigen können.»

Candreja steht auf. «So, das war's von meiner Seite, ich warte nun gespannt auf die Antwort des Bundesrates. Von diesem Herrn brauche ich nichts weiter zu wissen, aber das geht Ihnen vielleicht anders. Wenden Sie sich gerne an ihn, ich muss mich um die Beerdigung meines Bruders kümmern.»

Nach diesem Satz hat Candreja den perplexen Kalt sitzen lassen, hat im Gang Abt Stefan mit einem grimmigen Lächeln den Vortritt gelassen, und das Letzte, was sie beide von Kalt gehört haben, ist seine Beteuerung gewesen, das wäre alles erfunden, und er kommentiere solch lächerliche Anschuldigungen nicht.

Seither ist er abgetaucht. Die Zeitungen rätseln quer durch das Land, was an Candrejas Andeutungen dran sein könnte, einige recherchieren bereits über die Geschichte mit Annamengia. Die Regierung ihrerseits lässt nur verlauten, man gehe der Angelegenheit auf den Grund, und die Armee mauert.

Doch was hilft es. Jetzt stehen sie hier am Eisfall in der Kälte, für Matteos Abschied. Versuchen, mit den Folgen von Kalts Machenschaften umzugehen.

Tröstende Worte soll er finden.

Er spricht zur Trauergemeinde, doch ihm fehlt die Überzeugung, der Glaube fast, er gesteht es sich ein. Er erreicht die Leute, die vor ihm stehen, nicht wirklich. Er sieht ihre Gesichter, ihren nach innen gekehrten Blick, aber er kann nur ahnen, was in ihnen vorgeht. Keiner, da ist er sich sicher, ist einst freiwillig von zu Hause weggegangen, die schiere Not in ihrem Heimatland hat sie in die Schweiz getrieben. So wie vor fünfzig, vor hundert Jahren die jungen Desertaner hatten auswandern müssen, um zu überleben.

In jedes Gesicht, wie jung die meisten auch sind, haben sich schon die Entbehrungen, das Leid, die Angst eingegraben.

Loretta hat ihm erzählt, Matteos Onkel sei einer der Mineure. Er ist es wohl, der jetzt vortritt. In der Hand hält er eine massive Steinplatte, die er am Schluss der Rede dem Abt zum Segnen hinstreckt.

Eine schöne Geste der Mineure. Gemeinsam haben sie die Inschrift in den Stein gemeißelt.

Zumindest ein Denkmal, das sie dem Jungen hier setzen können. Matteos Eltern sind mit dem Sarg unterwegs in die Heimat, dort wird er auf dem Friedhof begraben, wie es sich gehört.

Hier hat es den Jungen nicht einmal gegeben.

Offiziell.

Er segnet die Steinplatte mit Sorgfalt und Inbrunst.

A nies affon perdiu
Per il nostro bambino perduto

Matteos Onkel winkt Loretta zu sich. Gemeinsam stapfen sie durch den tiefen Schnee zum Teich, umrunden die Eisplatte. Ihr Ziel ist die letzte offene Stelle im Eis, direkt unter den gewaltigen, stahlblauen Zapfen des Eisfalls.

Wenn es so kalt bleibt, friert es bald ganz zu, denkt der Abt.

Loretta lässt die Platte langsam ins Wasser gleiten.

Sie versinkt in der Schwärze.

Als schließe sie einen Kreis, den einer gewaltsam unterbrochen hat.

Die verbotenen Kinder sind zum ersten Mal in aller Öffentlichkeit zusammengekommen. Hand in Hand stehen sie im Halbkreis, beginnen zu singen.

Es sei Matteos Lieblingslied, hat Loretta dem Abt am Vorabend erzählt. Vom ersten Advent an habe er es jeden Tag singen wollen.

Tu scendi dalle stelle
O Re del cielo
E vieni in una grotta
Al freddo e al gelo

In der Kälte, im Frost. Was könnte besser passen, denkt der Abt. Die Kinderstimmen hallen von der Eiswand zurück, durch das Echo klingt der Gesang sphärisch, unwirklich, unerträglich traurig, die Bise frischt auf und trägt das Lied in die Deserta hinaus.

Der Abt denkt plötzlich an all die Diskussionen, die er schon mit verzweifelten, trauernden Eltern geführt hat, weil sie ihre ungetauften Kinder hier beerdigen mussten.

Als würden die verbotenen Kinder auch für sie singen.

Loretta singt jedes Wort mit, während sie tränenüberströmt zu den anderen zurückstapft.

Der Erste, der sie sanft und tröstend in den Arm nimmt, sieht der Abt verwundert, ist Sep Antoni.

Kapitel 25

Die schwarze Arche

Durch den Aufprall auf das Brett änderte der Felsbrocken seine Flugbahn und verfehlte Niculan um Haaresbreite. Dieser konnte sich an der Wand festklammern, so schien es, eng gegen den Felsen gepresst, einen Arm über dem Kopf, ein jämmerlicher Schutz, aber besser als nichts, hatte er Meret einmal auf einer Tour gesagt, besser ein gebrochener Arm als ein eingeschlagener Schädel.

Er hat Stand, redete sich Meret ein, es kommen keine weiteren Steine im Moment, ganz ruhig, er ist gleich bei dir.

Nur er.

Sep Antoni ist verschwunden.

Sie weigerte sich, es zu verstehen.

«Fidel!»

Der war bereits draußen auf der Brücke, versuchte, durch die Nebelfetzen im tosenden Rhein etwas zu erkennen, rannte dann zurück.

Ihre verstörten Blicke trafen sich.

«Hast du ihn stürzen sehen?»

«Nein.»

«Hättest du es gesehen?»

«Ich weiß nicht.»

Sie starrten geschockt hinauf, doch Sep Antoni tauchte nicht in der Öffnung auf, wie sie insgeheim gehofft hatten.

Er blieb einfach verschwunden.

Fidel und Pancrazi lösten sich aus ihrer Erstarrung. Niculan war noch zehn Meter über ihnen, als sie wieder bei Meret waren. Ein hallendes Geräusch von oben kündigte weitere Steine an, die Meret aus der Distanz aber kaum sehen konnte. Dann wieder größere Felsbrocken, diesmal aber nicht in Niculans Falllinie.

Drei Meter mochten ihm noch fehlen. Auch Niculan blickte hinauf, er musste etwas gesehen haben, denn er ließ sich fallen, furchtlos, wie nur ein Gleitschirmflieger das konnte, und verschwand hinter der Böschung aus ihrem Gesichtsfeld.

Gleich darauf tauchte er wieder auf, gebückt rannte er der Wand entlang, die Arme schützend über dem Kopf.

Bis er Meret umarmen wollte.

Doch Fidel ließ ihnen keine Zeit.

«Weg jetzt!»

Pancrazi kletterte in den Laster. Niculan hielt Meret unter dem Vorsprung zurück, bis Pancrazi gewendet hatte. Erst danach kletterten sie alle in die Fahrerkabine, holperten über die Brücke, dann drückte Pancrazi das Gaspedal durch und beschleunigte durch die Serpentinen hinauf, er bremste erst wieder, als sie in den Werkhof der Frars Flepp schlitterten.

Hier waren sie in Sicherheit.

«Sep Antoni?», fragte Niculan endlich.

Fidel schüttelte den Kopf.

«Ich weiß nicht. Wir … er verschwand plötzlich. Ist abgestürzt oder noch in der Festung.»

«Er hat dir das Leben gerettet», sagte Meret.

Niculans Gesicht zeigte keine Regung.

«Er war immer für uns da», sagte er endlich. «Für das Dorf. In allen Zeiten. Wir haben es ihm nie gedankt.»

Meret drückte seine Hand. «Er hat gewusst, wie sehr wir ihn alle lieben, glaub mir.»

«Und das reicht?»

Meret wusste keine Antwort.

«Sep Antoni kann nicht sterben», sagte Niculan, und Meret fragte sich für einen Moment, ob mit ihm alles in Ordnung war.

Pancrazi war wieder angefahren und auf die Kantonsstraße eingebogen, jetzt setzte er den Blinker.

«Willst du etwa ins Resort?»

«Vielleicht braucht noch jemand Hilfe.»

Angespannt starrten sie nach vorn in den Nebel. In zwei großen Schleifen führte die Straße wieder an den Rhein hinunter und brachte sie so zurück in die unmittelbare Gefahrenzone.

Niculan war der Erste, der das unbehagliche Schweigen durchbrach.

«Die können sich jetzt doch einfach in ihre Schutzräume zurückziehen, dafür haben sie Millionen gezahlt.»

«Die schützen vor allem vor Dingen, die niemals eintreten werden», sagte Pancrazi, «aber nützen keinem, wenn hier alles verschüttet wird, wenn der ganze Berg sich bewegt. Und vergiss nicht die normalen Hotelgäste in den Bungalows.»

Jetzt erst erinnerte sich Meret an das, was Adalina am Telefon gesagt hat. «*Jesses*, das habe ich vergessen: Cordelia hat ja die Evakuierung angeordnet.»

Tatsächlich wirkte das Resort komplett verlassen. Pancrazi wendete kurz vor der Rezeption den Wagen, drückte einige Male auf die Hupe, sie warteten.

Meret textete Adalina, sie seien mit Niculan auf dem Weg zurück zu ihr.

«Offenbar ist deine Cousine doch noch in die Gänge gekommen», sagte Niculan.

«Cordelia ist eine gute Präsidentin», sagte Pancrazi. «Sie verfällt nicht so schnell in Panik.»

«Du weißt, ich mag sie. Aber nach Merets Sturz hätte sie sehr viel mehr tun können.»

«Du vergisst, dass am Péz das Militär immer mitredet.»

«Stimmt eben nicht, wie wir in Bern herausgefunden haben», sagte Meret. «Bei der Armee weiß keiner was von Überwachung, das war auch nie Gegenstand einer Vertragsklausel. Und sie wollen nicht damit herausrücken, was da noch so alles im Berg lagern könnte.»

«Und was ist mit Haas?», hakte Niculan nach. «Wo steckt der jetzt? In seinem Prepper-Bunker?»

«Prepper?» Pancrazi lachte nur, während er den Scheibenwischer schneller stellte. «Du fällst doch nicht auch auf seine Marketingsprüche herein? Der ist so wenig Prepper wie wir zwei, den interessiert nur das Geschäft.»

«So wie dich.»

Meret erinnerte sich an die seltsame Provider-Meldung, als sie Haas hat anrufen wollen.

«Wir schauen nach», sagte sie. «Welches Haus ist seines?»

Pancrazi wirbelte das Steuer herum und fuhr zum letzten Haus am Seeufer.

Meret war so schnell aus dem Auto, dass Fidel ihr kaum folgen konnte. Sie rannte zur Eingangstür, sie war nur angelehnt.

«Ausgeflogen», sagte Fidel, als er sie eingeholt hatte.

Meret schaute sich im Wohnzimmer um. Kein persönlicher Gegenstand, alles blitzblank leer geräumt, es sah aus wie die Musterwohnung für ein neues Immobilienprojekt.

Fidel trat an den Tresen der Bar, die in diesem Haus das Wohnzimmer veredelte.

«Hier!»

Er streckte einen Briefumschlag in die Luft.

«Für dich!»

«Was?»

«Dein Name ist drauf.»

Mit einem Satz war Meret neben ihm und riss das Kuvert auf. Eine Fotografie fiel heraus.

Sie, unter der Cascada, den Blick nach oben gerichtet, als posiere sie. Nackt.

«Dieses verdammte Aas.»

Sie ließ das Bild sinken.

Fidel hatte es bereits gesehen, sagte aber nichts.

«Er muss mich heimlich fotografiert haben, bei unserer ersten Begegnung», sagte sie, zugleich wurde ihr klar, wie wenig es dieses Bild erklärte.

«Ich habe da einfach gebadet», fügte sie hinzu, vergewisserte sich noch mit einem Blick über die Schulter, dass Niculan ihnen nicht nachgekommen war.

«Schon kapiert», sagte Fidel nur.

Meret drehte das Bild um.

Ich hoffe, wir sehen uns bald wieder, Meret, am liebsten natürlich genauso wie auf diesem Bild. Ich hätte gerne noch weiter mit Ihnen gearbeitet, aber die Natur will es anders, ich habe es fast vermutet. Ich werde Ihnen zehntausend Franken für Ihre Vorarbeiten zukommen lassen, Sie verdienen eine kleine Beteiligung an diesem erfolgreichen Unternehmen. Vielleicht auf ein nächstes Projekt, irgendwo, irgendwann …

«Er hat gar nie geplant, die zweite Etappe zu bauen», sagte Fidel, konsterniert von der Erkenntnis, wie sehr auch er Haas auf den Leim gegangen war.

«Ja. Er hat genau gewusst, dass der Péz gefährlich ist, in jeder Beziehung. Vielleicht schon lange.»

«Deshalb hat er das System mit den Reservationszahlungen erfunden.»

«Und genau geplant, wann und wie er verschwinden wird.»

«Ja. Und mit Sicherheit spurlos. Die Mittel dazu hat er ja.»

Meret wusste nicht, wohin mit ihrer Wut, sie starrte noch immer auf das Bild.

«Komm schon, wir müssen weg hier», holte Fidel sie aus ihren Gedanken.

«Und?», fragte Niculan, als sie in den Laster stiegen.

«Ausgeflogen!», sagte Meret. «Du hattest mit allem recht.»

«Den sehen wir nie wieder», ergänzte Fidel.

Pancrazi jagte den Motor hoch. «Der war schon weg, als der Regen begann. Er wird einfach woanders ein neues Projekt beginnen.»

Das war Meret zu viel. «Verdammt, wie kannst du nur bei solchen Geschäften mitmachen?»

Fidel auf dem Beifahrersitz lachte unlustig. «Das fragst du ihn wirklich? Er war doch schon dabei, als dieser Karl Kalt mit seinen durchgeknallten Kriegern uns das eingebrockt hat.»

Pancrazi warf ihm einen wütenden Blick zu, sein Gesicht färbte sich rot. «Du bist der Richtige, mir Vorwürfe zu machen, Fidel. Ich musste für eine Familie Geld verdienen, für meine Brüder, für meine Eltern. Mein Vater hatte sich längst zum Krüppel geschuftet. Wer außer Kalt hätte mir sonst Arbeit gegeben, Fidel? Dem Außenseiter, dem Rotzbengel aus Zacuns. Du hast die ruhige Kugel geschoben, dich haben sie ins Kloster verfrachtet, Kost und Logis frei. Und es hat dir da so gut gefallen, dass du selbst eine schwangere Frau hast sitzen lassen.»

Was er sagte, machte Meret und Niculan sprachlos. Meret verstand als Erste. Sie legte Fidel ihre Hand auf die Schulter.

« Ist … Vica etwa deine Tochter?»

«Garantiert ist sie das. Aber er hat es mir in die Schuhe schieben wollen.» Pancrazi lehnte sich in den Fahrersitz zurück und erhöhte gegen Dadens hin das Tempo noch einmal, das dichte Prasseln des Regens auf Scheibe und Karosserie wurde zum Trommelwirbel. «Er hat Loretta allein gelassen, nicht ich. Mich hat sie immer zurückgewiesen.»

Meret musste das alles erst verdauen. «Lassen wir die alten Geschichten für einen Moment», sagte sie nach einer langen Pause. «Wir sind alle durch den Wind, und es gibt gerade Wichtigeres zu tun.»

«Genau, Pancrazi», fiel Niculan ein. «Erklär mir mal, warum Haas letzthin an der Cascada Wasserproben entnommen hat.»

«Keine Ahnung», sagte dieser.

«Atomare Abfälle?», fragte Meret.

Pancrazi antwortete nicht sofort.

«Das weiß wohl keiner so genau», sagte er endlich.

«Wie, das weiß keiner?», empörte sich Niculan. «Das Militär ja wohl mit Sicherheit.»

Meret lachte auf. «Diesen Eindruck bekam ich in Bern nicht. Aber die entscheidenden Dokumente dazu, zur Räumung zum Beispiel, sind unter Verschluss. Gret ist dabei, da tiefer zu graben.»

«Vielleicht ist das auch eines der Geheimnisse, die Kalt mit ins Grab genommen hat», sagte Pancrazi. Er starrte auf die gläserne Wasserwand vor ihm.

«Das kann doch nicht sein», sagte Meret.

«Doch. Das Militär hat ihn damals zum alleinigen Sündenbock erklärt, die Geschichten aus seiner Schulzeit taten das Übrige. Drei Wochen nach dem Lawinenunglück hat er sich erschossen.»

«Praktischerweise», sagte Fidel.

«Hätte der Armee gar nichts Besseres passieren können», sagte Pancrazi.

«Er hat sich umgebracht?», fragte Meret überrascht. Auf diese Information war sie noch nicht gestoßen.

«Zumindest in der Hinsicht war er konsequent», sagte Pancrazi.

«Wenn er es wirklich selber getan hat», fügte Fidel hinzu.

Niculan verlor erneut die Geduld. «Und warum weiß man dann nichts Genaueres über die Altlasten?»

«Unter anderem, weil er einen Teil der Kavernen noch hat sprengen lassen», sagte Pancrazi.

«Was?!»

«Auch davon stand nichts in den Dokumenten, die ich gesehen habe», sagte Meret beunruhigt.

«Das wurde meines Wissens auch nie bekannt.»

«Und woher weißt du es dann?»

«Wir haben nach der Sprengung alle Verbindungsstollen zugemauert.»

Niculan ging ein Licht auf. «Deshalb hat die Karte nicht gestimmt. Die Gänge und Kavernen weiter im Innern haben wir nicht gefunden. Was habt ihr da eingemauert?»

«Ich weiß es nicht.» Die Hilflosigkeit in Pancrazis Stimme verriet, dass er die Wahrheit sagte.

«Wunderbar», kommentierte Fidel, der sich noch immer an seinem alten Feindbild abarbeitete. An die dunklen Stellen in seiner eigenen Geschichte wagte er sich nicht.

Noch nicht.

«Ich wusste ja damals nicht ...» Pancrazi brach ab.

«Was?» Meret ließ sich nicht mehr abwimmeln.

«Dass er solche Dinge zu verbergen hatte. Ich arbeitete im Auftrag des Militärs, dachte ich. Das Militär war er. Er müsse die Logistik-Anlagen redimensionieren, wegen des ganzen Theaters nach der Lawine. Um den Journalisten den Wind aus den Segeln zu nehmen.»

«Logistik?», spottete Niculan. «Jede zweite Kaverne ist mit nuklearen Warnschildern gepflastert.»

«Damals noch nicht», sagte Pancrazi. «Davon wussten wir nichts.»

«Das Militär hat die Schilder erst später angebracht?»

Was das zu bedeuten hatte, gefiel nun Meret nicht. «Aber wenn du auch zuerst keinen Verdacht geschöpft hast, dann doch dreißig Jahre später, als die Archive geöffnet wurden.»

Pancrazi winkte ab. «Du meinst diesen Spiegelartikel und all das? Das war doch nur ein Aufflackern, ein Sturm im Wasserglas, das hat keiner wirklich ernst genommen. Eine reine Journalistengeschichte. Natürlich stand da, dass radioaktives Material hierhergeschafft worden war. Aber doch nicht, um es einzumauern! Das war wertvolles Zeugs, das wurde wieder weggebracht.»

Fidel geriet von Neuem in Rage. «*Himmelsterna,* Pancrazi, da drüben rutscht der ganze Berg, und dich kümmert nicht, ob du da Atommüll eingemauert hast, seinerzeit?»

«Ihr vergesst die Wasserproben!», erinnerte Meret.

«Ach was, da ging es doch nie um Radioaktivität», widersprach Pancrazi. «Die hat das Militär schon immer durchgeführt, es sind noch riesige Dieseltanks in den Anlagen drin, die konnten nicht komplett zurückgebaut werden. Bei den Proben geht es um solche Dinge. Öl, Schwermetalle, was weiß ich.»

«Eben», sagte Fidel nur. «Was weißt du schon!»

Vor ihnen war im Nebel plötzlich eine Straßensperre aufgetaucht. Meret realisierte erst jetzt, dass sie bereits in Dadens waren.

Müde fuhr sie sich über die Augen. Sie wollte jetzt nur noch zu Adalina und Bigna.

Der Mann im militärischen Kampfanzug hielt sie zuerst zurück, ein Dadenser Feuerwehrmann rief ihm etwas zu, worauf er sie durchwinkte. Offenbar hatte er nur die Aufgabe, Ortsfremde zurückzuschicken.

«Jetzt ist das Militär doch noch gekommen?» Niculan schüttelte angewidert den Kopf.

Sie bogen von der Dorfstraße in die Gasse zu Adalinas Haus ein. Sie stand mit der Kleinen schon in der Tür, die Hand sorgsam wie ein Dach über Bignas Kopf.

Hinter ihr tauchte Vica auf.

Pancrazi verabschiedete sich knapp, er wolle beim Krisenstab vorbeischauen, ob noch Material benötigt würde.

Eine Stunde später saßen sie alle um den Tisch herum. Adalina hatte Spaghetti gemacht. Bigna saß auf Niculans Schoß, Meret erzählte Adalina und Vica, was in Zacuns geschehen war.

Als sie von Sep Antoni sprach, konnte sie die Tränen nicht zurückhalten.

«Ihr habt ihn wohl alle gut gekannt», sagte Vica behutsam zu Fidel.

«Unser Leben lang, ja.»

Sie griff nach seiner Hand und hielt sie einen Moment lang fest. Im ersten Moment hatte er den Impuls, sie zurückzuziehen.

An so etwas, dachte er, musste er sich erst gewöhnen.

Meret hatte ihre Geste gesehen, sie schaute zu Niculan und Bigna. Zweimal Tochter und Vater, dachte sie. So anders und doch … Gerührt suchte sie in der Tasche nach der Polaroidkamera.

Als sie die SX-70 aufklappte, wurde es praktischerweise heller im Raum.

«Kommt jetzt gar noch die Sonne hervor?», fragte Adalina.

Meret trat ans Fenster, tatsächlich tasteten sich Sonnenstrahlen wie fahlgelbe, leuchtende Finger durch die Wolkendecke, unten bei der Brücke stachen sie durch den Nebel und brachten das Wasser des Rheins zum Glitzern. Nur für einen Moment lang, dann verschlang der Nebel den Fluss wieder.

Dafür wurde die Sicht auf den Péz frei.

Etwas bewegte sich dort. Sie stieß die Terrassentür auf und trat hinaus. Schon bevor sie den Berg hörte, stockte ihr der Atem, denn sie sah, wie sich der Felsturm gleich neben der *Cascada* plötzlich zu neigen begann, so langsam, als glaube er es selbst nicht, und immer weiter, bis er Übergewicht bekam, bis er einknickte, einfach in sich zusammenfiel, implodierte.

«Der Péz!!»

Meret hörte sich schreien, aber es war der Schrei einer Fremden.

Das pulverisierte Gestein wurde in gigantischen Staubwolken in die Luft geschleudert. Jetzt erst hörten sie es: Ein seltsames

Zischen zuerst, dann ganze Lärmkaskaden, als arbeiteten drüben gigantische Baumaschinen, doch eigentlich kannte sie nichts, womit sie diesen Lärm hätte vergleichen können. Ein orgelndes Brausen, Rauschen, unterlegt von einem pausenlosen, dumpfen Donnern und Grollen. Die Schuttwolken nahmen ihnen kurz die Sicht. Als der Blick wieder frei war, trauten sie ihren Augen nicht, denn nun sah es aus, als würde sich die ganze Wand bewegen, als wollte sie neben der Cascada einfach wegbrechen. Nein, nicht die ganze Wand, korrigierte sich Meret. Nur ihre äußere Hülle, das war das Seltsame! Die Wolken rissen auf, die tief stehende Abendsonne beleuchtete die apokalyptische Szenerie, als hätte ein begabter Beleuchter ihre Strahlen präzis ausgerichtet, jetzt, da die Wand sich nach Jahrmillionen der Erstarrung gleichsam häutete, die riesigen äußersten Felsplatten, die ihr lästig geworden waren, einfach abwarf, um ein neues Bild zu erschaffen.

Meret begriff als Erste, was sie sah.

«La catedrala ella baselgia», sagte Fidel.

Im grüngelben Sonnenlicht, mitten in der Wand, klaffte das dunkle Mahnmal des Reaktorgewölbes nun gut sichtbar für alle, dem Fels entrissen, als wären dort über Jahrzehnte ein Kirchenschiff und ein Kirchturm in den Berg gehauen worden, zu Ehren eines früheren Gottes, an den keiner mehr glaubte.

Meret hielt die Kamera noch immer in der Hand, sie richtete sie zum Péz hinüber und drückte ab, das Polaroid wurde mit einem Zischeln ausgestoßen.

Nur langsam, widerwillig fast, ebbte der Lärm ab, die Staubwolken verflüchtigten sich, die Umrisse der freigelegten Kathedrale blieben.

Sie wandte sich Fidel zu. Der aber schaute hinauf zum Kloster, das so lange seine Heimat gewesen war.

«Genau gegenüber, auf derselben Höhe, aber auf der anderen Talseite. Als habe Kalt es so geplant.»

«Meinst du wirklich?»

«Ja. Und weißt du, was das Schlimmste daran ist: Das Kloster hier ist nur noch Folklore, die Kathedrale da drüben wird das wahre Vermächtnis unserer Generation: Die schwarze Arche.»

Niculan lehnte sich plötzlich über das Geländer und starrte zur Kirche Sontga Gada hinüber.

«Wie hat er das jetzt wieder geschafft?», fragte er komplett verblüfft.

Alle Blicke folgten seinem Arm. Sie sahen einen Mann über die untere Kirchwiese näher kommen, sein leichtes Humpeln war selbst aus dieser Distanz unverkennbar.

Urs Augstburger dankt:

Judith Zimmermann, Mara und Lina Augstburger.

Meiner Livetruppe Hendrix Ackle, Roberto Caruso, Hanspeter Stamm und Monika Schärer, wie immer.
Ebenso Barbara Terpoorten, Anja Kofmel, Sven Furrer, Pascal Dussex, Pat Wettstein, Urs Blickle.
Meiner Erstleserin, Gabriela Bloch Steinmann.
Nathalie Wappler, Baptiste Planche.
Meinem rätoromanischen Gewährsmann für alle lokalen Belange und Ausdrücke: Gieri Venzin.
Unserer Familie in der Surselva, den Gienals, insbesondere Yvonne Gienal, Sonja Gienal Burkhalter und Markus Burkhalter.
Der Familie Jacomet/Huber, insbesondere Simon Jacomet (Der Autor fährt Jacomet-Ski, what else)

Herzlichen Dank Susanne Gretter für ihr akkurates Lektorat.
Sarah Schroepf für das präzise Korrektorat.
Dario Benassa für die erneut fulminante Gestaltung und natürlich Ricco Bilger, meinem Verleger seit der ersten Stunde.

Recherchematerialien:

Nus savevan da nuot auter, Cornelia Vinzens, Somedia Buchverlag

Mit verschmitztem Lächeln, Hermann Schlapp, Terra Grischuna Verlag

Oh du weiße Arche am Rand des Gebirges!, Niklaus Meienberg, Reportagen 1, Limmat Verlag

Der Rhein von der Quelle bis zur Mündung, Johann Ludwig Bleuler, antiquarisch: Alexandra Preuss Verlag

Die Surselva und Ilanz – Eine Zeitreise durch vier Jahrhunderte, André Schenker-Nay, Somedia Buchverlag

Der Traum vom eigenen Reaktor, Tobias Wildi, Chronos Verlag/Interferenzen

Die Schweiz im Kalten Krieg 1945 – 1990, Thomas Buomberger, Hier und Jetzt Verlag

Die Schweiz unter Tag, Jost Auf der Mauer, Echtzeit Verlag

Bunker, Prepper, Präparate, Renaton Beck und Jan Jirat, Juli 23, wobei/WOZ

Der größte Prepper-Bunker der Schweiz, Galileo Pro Sieben 2021

Foto: Isalena Sutter

Urs Augstburger wurde 1965 in Brugg geboren. Mit dem Bergdrama »Schattwand« gelang ihm der literarische Durchbruch. Urs Augstburger ist beim Schweizer Radio und Fernsehen für die Koproduktionen mit der freien Dokumentarfilmszene verantwortlich. Er lebt mit seiner Frau und seinen beiden Töchtern in Ennetbaden. www.ursaugstburger.com

Im Bilgerverlag erschienen:
»Für immer ist morgen« (1997)
»Chrom« (1999)
»Schattwand« (2001/2014)
»Gatto Dileo« (2004)
»Graatzug« (2007)
»Wässerwasser« (2009)
»Das Dorf der Nichtschwimmer« (2020)
»Das Tal der Schmetterlinge« (2023)

Urs Augstburger
Der Berg der Namenlosen
Roman

1. Auflage 2025, © 2024 bilgerverlag GmbH,
Ricco Bilger, Josefstrasse 52, 8005 Zürich, bilger@bilgerverlag.ch
www.bilgerverlag.ch

Der Bilgerverlag wird im Rahmen des Förderungskonzeptes zur Verlagsförderung in der Schweiz vom Bundesamt für Kultur mit einem Förderbeitrag für die Jahre 2021–2025 unterstützt.

Lektorat: Susanne Gretter

Buch-, Satz- und Umschlaggestaltung: Dario Benassa, d.a.b.studio

Druck: Friedrich Pustet, Gutenbergstraße 8, 93051 Regensburg,
Tel. 0941 9424-132, jpustet@pustet.de

Verlagsauslieferung: GVA, Anna-Vandenhoeck-Ring 36, 37081 Göttingen,
info@gva-verlage.de

ISBN 978-3-03762-114-1

9 783037 621141